LA PARADOJA DE MI ALMA

La Paradoja de mi Alma por Kenneth Ramírez

© 2023 Kenneth Ramírez

Diseño de cubierta: Kenneth Ramírez

Los personajes y eventos retratados en este libro son ficticios. Cualquier similitud con personas reales, vivas o muertas, es coincidencia y no es intención del autor.

Ninguna parte de este libro puede reproducirse, almacenarse en un sistema de recuperación o transmitirse de ninguna forma ni por ningún medio, ya sea electrónico, mecánico, fotocopiado, grabación o cualquier otro, sin el permiso expreso por escrito del autor.

Manuscrito original inscrito en el Libro de Registro de Obras Literarias del Registro Nacional de Costa Rica en el Tomo 27, Folio 226, Asiento 10733 el 19 mayo de 2023.

Todos los derechos reservados.
ISBN: 9798378753949

LA PARADOJA DE MI ALMA

KENNETH RAMÍREZ

Para mi familia, que es mi columna vertebral. Para Robert, que creyó en esta historia y en mí años atrás. Y para mi yo de niño, que soñaba con atravesar portales a reinos mágicos.

"*Escucha, mi buen Govinda, uno de los pensamientos míos: la sabiduría no se transmite. La ciencia que el sabio intenta comunicar suena siempre a locura*".

Siddhartha, Hermann Hesse

*"Aun detrás del recodo quizá todavía esperen
un camino nuevo o una puerta secreta,
y aunque hoy les pasemos de largo,
mañana podríamos venir por aquí
y tomar los caminos escondidos que corren
hacia la luna o hacia el sol".*

La Comunidad del Anillo, J.R.R. Tolkien

CONTENIDO

Prólogo		17
Primera parte: Puertas. ¡Puertas!		19
1	Un pedido	21
2	El Parvani color vino	26
3	El chico de entregas	35
4	Una investigación	48
5	Bienvenido el otoño	60
6	Recaídas	77
7	Un viaje	89
	Segunda parte: Despertar	97
8	Caminos, lugares, conversaciones	99
9	Asuntos familiares	108
10	Espantos	122
11	¿Qué hay de más? Más allá.	133
12	Filo y herida	147
13	Una bruja	157
14	Reflejos	167

Tercera Parte: La Magia del alma 175

15 Ganar la cabeza 177

16 Tres pasos de iniciación 180

17 Un secreto, un gato, una casualidad 188

18 Soplón 196

19 Recuerdos persistentes 204

20 No dónde, cuándo. 210

21 Una pista 221

Cuarta Parte: Una espiral a la oscuridad 241

22 Medidas desesperadas 243

23 Se llama crecer 252

24 El peligro de las maldiciones 256

25 Una lección por las malas 266

26 Sello incandescente 274

27 Cerca, más cerca 286

28 Omni-ómnimun 295

29 Fallar antes de empezar 311

Quinta Parte: El inmarcesible 317

30 Saltar al vacío 319

31 Un mar de recuerdos 326

32	En sus zapatos	350
33	Íldrigo	385
34	Emerger	408
35	Una solución, un sacrificio	409
36	Conjuro de Linimento	415
37	Afuera la tempestad	422
38	Clases de piano	434

Epílogo	439
Agradecimientos	441
Acerca del autor	443

Prólogo

Una anémica chimenea alumbra con un tímido sonrojo la habitación. Nunca he estado aquí. Entre las sombras danzantes se asoman varias jaulas; unas en el suelo y otras sobre los sillones y la cama. Una de ellas parece encerrar una máscara con varios rostros; otra, un espejo reventado y, otra, un gran ovillo de lana. Con todo, quien tiene mi atención es el individuo ensombrerado que se recuesta en la repisa de la chimenea. El cabello suelto le cubre el perfil del rostro cabizbajo y sostiene en una mano un pequeño retrato enmarcado.

Se percata de mi llegada y me ofrece la fotografía, escondiendo su mirada bajo el ala del sombrero.

No sé si tomarlo, no sé si tenga el valor. Creo saber de quién es la foto, pero la imagen luce borrosa, amarillenta.

El sujeto me la ofrece de nuevo y finalmente escucho su voz resuelta y amigable.

—Anda, no hay peor verdad que la que no se quiere ver.

Primera parte

Puertas. ¡Puertas!

1
Un pedido

La gran casa parece perenne, silenciosa y olvidada. Me pregunto qué tan vieja puede ser, quién la construyó y cómo es que nadie en Brimin habla de ella. Es como si todos en el pueblo hubiéramos decidido ignorar que existe y que nunca ha estado habitada, que yo recuerde. La había olvidado casi por completo, pero ahora recuerdo cuánto me intrigaba de pequeño. Nunca había llegado hasta aquí y se supone que no debería. Como regla, la gente del pueblo no se acerca a este lugar; prohibición que también mi madre nos impuso a mi hermano y a mí desde que tengo memoria. El consenso en el que crecí, y el cual no termino de entender, dice que estas tierras son un caldero del mal y que algo espantoso se oculta en el bosque donde estoy. De ahí la advertencia favorita en Brimin: "Compórtate, o te mando al Alto". O quizá: "¡Lárgate al Alto!" o "¡Piérdete en el Alto!". A Brimin Alto, se refieren. Pero lo prohibido se vuelve deseable, así que más de una vez me vi arrastrado a las cercanías por obra de mis amigos. Y en esas ocasiones llegué a atisbar el techo y otros vistazos de la casa; escondida entre los árboles, siempre anónima. Desde entonces he albergado curiosidad por el lugar y solo hasta hoy logro verla de cerca en toda su forma. Es una sorpresa saber que, después de todo este tiempo, alguien vive aquí.

Bajo de mi bicicleta y la recuesto en el muro de piedra que rodea la extensa propiedad. Saco el pedido de la canasta, que es un sobre de papel grande y abultado. *Éveril Gábula, Casa Marlo, Brimin Alto,* dice, en letra de mi padre, escrito en el sobre. Una ráfaga de viento me toma desprevenido y me vuela el sombrero. Cuando me agacho a recogerlo, puedo escuchar como el mismo viento hace silbar a unos altos pinos sobre mí. Entonces un chirrido atrapa mi atención: es el portillo que conduce al patio. Parece que el viento lo empujó también. Me acerco a esa entrada, la cual da la bienvenida hacia una calzada de lajas que atraviesa el patio hasta la casa. La residencia es de dos plantas, hecha de madera y con amplias ventanas. Parece estar en condiciones aceptables para ser un lugar abandonado. Una planta trepadora la invade de un lado y el musgo la mancha en varios otros. De los techos le cuelgan, por aquí y por allá, varias suertes de maleza, y la pintura blanca está descarapelada en algunas partes. El bosque parece amurallar el espacio y un extenso césped se extiende por delante y por detrás de la edificación. Frente a la casa, un eucalipto deja caer una barba gris que se balancea y, bajo esta, descansa una banca de metal blanca. Al entrar, me percato de un par de herramientas de jardinería y de un ancho sombrero que están tirados en el pasto. La tierra de algunos arbustos y rosales se ve más oscura, como si la acabaran de estar limpiando. Tal vez están reviviendo la casa.

 Toda mi vida crecí escuchando acerca del mal en estas tierras y, aunque me cueste aceptarlo, secretamente, apoyo a mi padre cuando dice que son tonterías. Nunca he entendido por qué les aterra la idea de este lugar. Llegué a creer que me estaba perdiendo de algo, pero con el tiempo me afilié más a la explicación de mi padre: son supersticiones. Y me lo he repetido todo este rato, intentando ignorar la sensación extraña que me da la casa. No es como lo que dicen en el pueblo, que una amargura y un miedo contaminan el aire, que es sofocante el solo acercarse. Es, más bien, algo... silencioso. Y me siento estúpido de consentir uno de esos pensamientos, pero no logro quitarme la idea. Sigue sutil, casi imperceptible, por poco "una sugestión", como también diría papá.

Y eso debe ser, por supuesto.

Continúo por la calzada y llego hasta el porche sin señales de vida. Subo las gradas y encuentro que la puerta está entreabierta, esta se mece con el viento. Logro espiar el interior en el vaivén y todo luce ordinario. Unas acogedoras butacas amueblan una salita de bienvenida junto con una mesa de centro y una percha para abrigos. También alcanzo a ver una pintura colgada en una de las paredes; ilustra una puerta azul de dos hojas, entreabierta, y bañada por la luz cálida de una puesta de sol.

Toco la puerta y espero.

Nadie aparece.

Llamo, pero nadie responde.

Miro alrededor para asegurarme de que no esté pasando algo por alto.

Al lado derecho de la casa, el bosque se abre y descubro un pequeño mirador custodiado por unos pinos de una especie larga y delgada. Desde el porche se puede ver un preludio del horizonte. Allá, muy a lo largo, a los pies de las montañas donde está Brimin, descansa la costa. Siempre me ha parecido una vista cautivadora.

Regreso a la puerta y toco una vez más. Nadie acude al llamado.

Podría solo dejarlo.

Pero alguien lo puede robar.

¿Aquí? Imposible.

No me puedo arriesgar, de todas maneras.

Intento irme y, entonces, un particular sonido me detiene. Cuando miro, encuentro que unos ojos sagaces e instintivos me supervisan.

Un gato.

Parece juzgarme con su postura regia y su mirada suntuosa. O quizá solo es mi conciencia. Pero es cierto, no es buena idea llevar el paquete de vuelta conmigo. Aunque me sorprendió que papá aceptara esta dirección de envío (arriesgando una discusión con mamá), estoy seguro de que me volverá en mis talones si no termino la tarea.

Tengo que dejarlo.

Al fin, pongo el sobre frente a la puerta, ante la supervisión del gato negro de ojos grises. Antes de enderezarme, extiendo mi mano para tocar su cabeza, pero cuando lo miro de cerca, me ataca un mareo enfermizo que me ocasiona un vacío en el estómago. Todo parece dar vueltas alrededor de sus ojos. Estoy a punto de caer al suelo o a... ¿un gran vacío?

Me aferro torpemente a la baranda del porche para no caer. Sus ojos me siguen viendo fijamente. Oleadas de escalofríos me recorren la espalda y la piel se me eriza. Me doy la vuelta y camino con paso torpe, como si acabara de dar muchas vueltas. Llego hasta el portillo y lo cierro (como pensé, no es tan ligero); subo a mi bici, me seco las manos sudorosas mientras me repongo y subo mi pie en un pedal.

Le doy un vistazo a la casa antes de apresurarme a partir.

El viento aún silba en el lugar y aquellos ojos me siguen mirando.

La débil luz que antecede al alba entra por la ventana de mi habitación, que está abierta de par en par. El frío me saca del sueño, pero lo que me despierta es la silueta contraluz que se dibuja en la abertura.

Parpadeo varias veces porque me cuesta ver.

—¿Quién es? —me animo a preguntar.

No obtengo respuesta.

Me salgo de la cama, me quedo de pie y trato de reunir valor para enfrentarle. La figura sigue ahí, en mi habitación, inmóvil.

—¿Qué hace aquí?

Apenas se vuelve cuando hablo, sin revelar quién es. Me acerco cauteloso mientras que el sujeto permanece viendo hacia el exterior.

—Tiene que irse.

Afuera, el viento silba sigiloso. Trato de acercarme más y ver su rostro, pero solo logro ver los inicios de su perfil y su cabello largo y ondulado bajo el sombrero.

—Disculpe.

Tomo su hombro e intento voltearlo, pero es como una estatua.

—¿Quién es usted? ¡Míreme!

Entonces me sobreviene un miedo, como si mis palabras hubieran desatado algo terrible.

2
El Parvani color vino

Muchos están tristes porque el verano está acabando, pero yo no estoy entre ellos. Quiero pensar que no sé por qué. Me digo que tal vez me gusta la nostalgia de los colores otoñales, o tal vez porque el bochorno ya se irá, o que tal vez solo es un capricho; aunque debajo de eso sé que se me hace como un fin. Este en especial. Y si ya ha de suceder, que suceda pronto. Terminé el colegio e iré a estudiar a una universidad. Me iré de casa, lejos, a la ciudad. Estudiaré sobre negocios, como mi hermano mayor, a quien parece irle muy bien. Quien, a decir verdad, ahora me parece un desconocido que solo escribe de vez en cuando por cartas y al que le hablamos una o dos veces al mes cuando agendamos una cita en el teléfono de la oficina postal del pueblo. Supongo que la vida cambia cuando uno se convierte en adulto. Imagino que lo descubriré pronto.

Papá no puede estar más emocionado. La idea de estudiar negocios viene de él, una tradición que decidió fundar. Dice que es su mayor legado, que en la vida no hay nada como poner los pies sobre la tierra, educarse y forjar un futuro con el esfuerzo propio. Salir de Brimin es lo mejor que le puede pasar a sus hijos, lejos de la ignorancia y las supersticiones. Si ha insistido en algo, es en que lleguemos a ser hombres "serios y centrados", lo cual he llegado a traducir como gente que no se atiene a supersticiones, supercherías y artimañas.

—Si nunca dije que nos fuéramos de aquí, fue por su madre —dice en ocasiones cuando la charla se profundiza—. Ella le tiene mucho cariño a este pueblo, pero yo le dije desde que llegué que a la gente de este lugar le falta poner los pies sobre la tierra y dejar de ser tan creyencera. De ser así, Brimin sería un lugar muy diferente, más desarrollado. Si no, vean a Isas.

He llegado a creer que tiene una extraña fijación o, mejor dicho, una riña con cualquier cosa que pretenda ser sobrenatural. El tema es que siempre ha sido muy firme en sus estatutos, así que... a Braxen es a donde voy. La universidad comienza su curso lectivo hasta el invierno y eso significa que tengo un tiempo antes de que mi vida empiece en serio.

El verano que pasa ha sido diferente. Cada vez que salgo por ahí y ando en bici, cada vez que ando con mis amigos, cada vez que leo un libro o que visito a algún pariente, siento que todo tiene un tono nostálgico. Es como ver las cosas con el color amarillento que hace a las fotografías verse más viejas y borrosas. De alguna manera, lo que vivo me parece que es del pasado ya, como si no me perteneciera. Entré a la universidad, no muchos lo hacen aquí. Además de la constante reafirmación de mi padre, mis amigos dicen que soy muy afortunado, que me aseguro un buen porvenir, y así, y así. La ciudad es donde muchos de mis conocidos quieren ir cuando sean adultos; trabajo, dinero, civilización, una de las joyas del país, nuestro puerto de comercio. Yo no sé qué pensar, pero tampoco creo que sea buena idea cuestionar. Es decir, esta idea parece bastante conveniente y tal vez no deba romper lo que no está roto. Tal vez mi padre tenga razón y Brimin solo sea un lugar de ignorancia y superstición, y lo mejor que me puede pasar es largarme en cuanto pueda.

Tomo mi bicicleta y salgo pedaleando desde el patio de mi casa. Un poco somnoliento aún, ya que últimamente tengo mal sueño. Yo le ayudo a mi padre en los veranos a atender su tienda y este ya casi termina. Suelo irme en bici; suelo andar mucho en bici. De vez en cuando ando la nariz descarapelada por el viento y el sol, pero nunca le pongo mucha atención. Esta mañana, igual que muchas otras, manejo por los caminos empolvados y pedregosos de las afueras de Brimin en dirección al centro.

Ya que tengo tiempo disponible, mi padre me puso a trabajar más de lleno en su tienda para que pueda ahorrar dinero para mi partida. El negocio tiene bastante popularidad. Casi nadie se anima a viajar tan lejos por mercadería como lo hace mi padre, quien viaja hasta la ciudad, y por eso tenemos muchas exclusividades. Vendemos casi todo para el hogar. No es tan malo trabajar ahí, al menos me da tiempo de leer libros cuando no aparecen clientes. Trabajaré en la tienda a la espera del aviso de mi hermano, quien acordó con mi padre que va a hacer lo posible para conseguirme un empleo de medio tiempo en la ciudad antes de que caiga el invierno, así no seré un estudiante sin dinero. Y bueno, ese es el plan.

Antes de llegar a mi destino, debo pedalear un rato por las calles adoquinadas de Brimin. La vista no me molesta del todo. La mayoría de los edificios y casas en el pueblo están hechos del abundante material calizo de la montaña a la que se aferra. Predomina un paisaje arquitectónico de uniformidad y armonía en cada callejón al que se mire. No es difícil resaltar en tanta homogeneidad, pero eso puede ser también una maldición. De pronto no me resulta tan placentero el escenario. Por suerte, llego a la plaza central. La tienda queda ahí, en la planta baja de un edificio que solía ser un almacén de vinos y que mudaron a otro lado más grande. Cuando me acerco, noto un auto color vino estacionado en los parqueos de la tienda. *Parvani*, dice atrás en cromo junto a la llanta de repuesto. Aunque un poco empolvado, no impide que resalte por su delicadeza. Las coberturas de las llantas fluyen como anchas olas a los lados de la cabina y llegan hasta la parte delantera, que se alarga excéntricamente. Lleva brillantes acabados en cromo y se corona con un techo de un negro rotundo. No recuerdo otro auto así de pretencioso en Brimin.

Como de costumbre, entro por un angosto callejón al costado del edificio y voy hasta un patio trasero para guardar mi vehículo. Cuando entro a la trastienda, percibo el usual olor a incienso marso que mi padre pone a quemar siempre. Es un olor frutal que recibe con cordialidad a los clientes.

Salgo a la tienda y me recibe el barullo de una conversación.

—Es una suerte que exista este lugar —dice una voz masculina y no puedo dejar de pensar que suena resuelta y melodiosa.

Me asomo tras un estante; mi padre se encuentra hablando con un sujeto ensombrerado. Además de nosotros, la tienda se encuentra vacía.

Me dirijo hacia el mostrador para que mi padre se entere de que llegué.

—Buenos días —les digo a ambos.

Mi padre me saluda con su puño, según su costumbre, y yo le correspondo. El tipo del sombrero asiente para saludarme. Tiene un aspecto peculiar, o más bien, ¿extranjero?

—Como le decía —continúa diciendo el sujeto a mi padre de manera gentil y con un acento que suena citadino—, ¿le queda más papel?

—Claro, un momento —responde mi padre y se vuelve a buscar en unos armarios tras el mostrador.

El hombre le agradece y se queda de pie donde está mientras repasa con un aire curioso todos los artículos de alrededor. Lleva una mirada perspicaz bajo el ala de un sombrero azul oscuro y va vestido con una gabardina del mismo color. El cabello castaño y largo le cae a los lados de una cara angulosa, jovial y ligeramente morena. Se me hace difícil calcular su edad, no obstante, debe de ser unos cuantos años mayor que yo.

Me resulta... familiar.

Debe de ser el dueño del auto de afuera.

Me dirige una mirada.

Escondo la mía de inmediato. Mientras, mi padre rebusca.

—Lindo lugar Brimin —me dice cordialmente.

Lo miro, aprieto los labios sin pensar y asiento.

—Gracias.

—Aquí están —suscita mi padre de entre unas cajas.

Pone sobre el mostrador unos paquetes rectangulares envueltos en un papel café, como grandes sobres.

—Son resmas —explica con su usual actitud servicial—. Tenemos unas diez.

—Solo una, por favor.

—Con gusto. ¿Algo más?

—Sí, por favor, unos diez sobres, diez timbres de uno. Si tiene —aclara—. Luego, tinta para sellos, unos 3 lápices de escribir y un afinador de punta, si es posible.

—De inmediato —asiente mi padre—. Yoshaya, ve y busca la tinta y una almohadilla para sellos también.

Yoshaya es como mis padres me llamaron, y aunque nuestro país es una gran mezcla de culturas, Brimin no tanto. Por eso, toda mi vida me ha tocado explicarle a la gente de aquí por qué llevo un nombre que suena extranjero. "Es somarso, quiere decir oleaje o sonido de mar. Mi padre conoció en la ciudad a un inmigrante marso que se llamaba Yoshaya. O eso cuentan. Y... a mis padres les pareció un buen nombre para mí".

—La almohadilla es una regalía —le anuncia mi padre al tipo mientras recoge el resto del pedido.

—Estupendo.

—Muy bien —dice mi padre cuando regreso—, serían ocho grises. ¿Bolsa?

—No, descuide. Mi auto está afuera —responde el tipo y le da las monedas—. Le agradezco mucho, señor Barno. Espero estar de vuelta pronto —termina diciendo y le extiende la mano a mi padre.

—Con todo gusto, Señor Gábula. A sus órdenes —responde con una sonrisa—. *Pas a vin*.

Gábula... ¿Éveril Gábula?

El hombre parece entretenerle la expresión con la que se despidió mi padre.

—*Pas a vin* —nos dice contento y me extiende una mano.

La estrecho con una sonrisa no muy genuina y me siento hipócrita, pero la voz de mi padre me repite: "el cliente es el cliente".

—*Pas a vin* —le digo.

—Muy buenos días, caballeros —anuncia y se da la vuelta con las manos cargadas.

Lo vemos irse por la puerta.

—¡Ve! —Se le ocurre a mi padre y me da un leve codazo, así que voy a regañadientes.

—Le ayudo a abrir —le ofrezco cuando salgo de la tienda.

—¡Ah, gracias!

Abro la puerta trasera del lado del conductor y él pone las cosas en el asiento. Puedo ver su calzado, lleva unas botas puntiagudas de cuero negro. Un poco dramáticas para Brimin.

Saca su torso fuera del auto y cierra la puerta.

—Bueno, creo que ya está. Gracias.

—*Pas a vin* —asiento.

—*Pas a vin* —me responde con gracia.

Hago el intento de irme, pero él habla antes.

—Parece que se nos escapó el verano.

Miro al cielo, copiándole, como si eso me fuera a inspirar una respuesta, pero no sé qué decir. Así que nada más asiento. Éveril no dice otra cosa, solo se queda ahí de pie sosteniendo la puerta del conductor.

Y entonces tengo una extraña sensación. No sé cómo, pero es como si su persona me cautivara, como si pudiera sentir...

—Los fuegos, habrá que avivarlos —me dice y se sube al auto—. Están anémicos.

Enciende el motor y yo me quedo donde estoy.

—Sí —digo, pero no sé si me escucha por la bulla.

Me hace una seña de despedida sobre el volante y me guiña un ojo. Luego da reversa y, cuando al fin parte, se va sonando la bocina. El *Parvani* se aleja y se pierde por entre unos edificios.

—Ese es un auto de ciudad, uno caro —dice mi padre de pronto, con los brazos cruzados, recostado en el marco de la puerta.

De pronto, una intensa ráfaga de viento pasa y se siente menos cálida que en días anteriores.

Toco la puerta de la Casa Marlo y espero.

Nadie contesta.

Resoplo. Aquí vamos de nuevo.

Intento tocar una vez más, entonces me percato de que la puerta cambió. Ahora parece vieja y gastada por el tiempo. El llavín se acciona y la puerta se abre con un pequeño empujón. Me quedo quieto por un momento esperando que alguien se asome, aunque, para mi sorpresa, en el interior solo aguarda la oscuridad. Es una negrura aciaga que me aprieta el pecho y me atrae cual imán. Me da la sensación de ser una vastedad cruel y solitaria, y siento que va a consumir todo de mí.

3

El chico de entregas

Despierto mal descansado y me tiro de la cama porque se supone que debo estar en la tienda. Una vez más no puedo conciliar bien el sueño y esto es lo que consigo: retrasarme. Aunque mi padre no está detrás de mí como un despertador, luego me atengo a sus charlas cuando algo así sucede. Me apresuro al baño a darme una ducha y poder quitarme el mal sueño. El espejo de mi baño me recibe con una familiar réplica de mi aspecto, que, no obstante, me cuesta reconocer. La tez trigueña, con un par de pecas, y unos ojos miel, heredado de mamá, y el cabello oscuro ondulado (ahora despeinado por la cama) y gruesas cejas, heredado de papá. La gente suele extrañarse cuando le dicen que se parece mucho a su familia, pero yo veo mucho de mis padres en mí. Quiero creer que heredé el ojo agudo y la dedicación de mi madre, que lleva a la perfección su alfarería. Y para bien o para mal, estoy seguro de que copié la testarudez de mi padre, que es un porfiado. O, a veces, cuando digo algo, me parece escuchar la voz de mi hermano en mí mismo y me pregunto qué más saco de él.

Vuelvo a la realidad y me voy a dar un baño. Después desayuno, me alisto un poco, tomo mi bici y salgo por la ruta regular hacia el centro. Me adentro hacia al corazón del pueblo y manejo por las calles adoquinadas y de piedra, pasando entre los edificios y casas calizas hasta desembocar en la plaza central. Ahuyento con mi paso a un grupo de palomas que se juntan por ahí y de inmediato espero que papá no me haya visto hacerlo por una de las ventanas de la tienda. En Brimin, algunos dicen que correr entre un grupo de palomas y hacerlas volar puede traer buena suerte.

—¡Ja! —diría papá—, se ven muy bien corriendo entre las ratas aéreas.

Acelero, rodeo la fuente en el centro del lugar y continúo mi camino hasta el callejón junto a la tienda. Varias personas rondan dentro del negocio, así que me dirijo de inmediato a la caja para ayudar. Una vez que todos se van, tengo la idea de limpiar el lugar esperando aplacar a mi padre por mi llegada tardía.

—Esta muchacha, hija del difunto Velmar —se acerca y me comenta—, me pidió una botella del perfume marso que le habíamos vendido hace tiempo.

—¿Miriam?

—Ella misma.

—¿La hija de…?

A mi padre se le escapa una mirada de desapruebo.

—Ya lo empaqué para que se lo vayas a dejar. Dile que son quince nada más.

Mi padre ideó un nuevo servicio de encomienda. Tener mi ayuda a tiempo completo en los últimos días le inspiró el plan. Al menos me gusta andar en bici, aunque no me agrada cuando tengo que ir tan lejos, como la última vez que me mandó a Brimin Alto por un paquete que bien podría haber sido comprado de paso. No le hallo mucho sentido a la dinámica en algunas ocasiones, pero de todas maneras hoy no es el día para empezar a cuestionar. Y no significa que vaya a conseguir algo haciéndolo; solo me ganaría una charla de que en el mundo real tendría que apañármelas, madurar, ser más como mi hermano, etc.

Sin esperar mucho, voy a la trastienda. Ahí guardo una canasta que puedo acoplar a mi bicicleta por detrás. Al menos conseguí que papá no se la pusiera fija, como era su plan inicial. Ya sé dónde queda la casa a la que voy; a veces paso por una calle cercana. No la olvido porque tiene un aspecto curioso, como si estuviera ligeramente inclinada hacia un lado. Saliendo del centro, en un extremo solitario del pueblo, está la antigua residencia del difunto y recordado profesor Velmar. O, mejor dicho, la actual casa de su anciana esposa y su hija.

Llego al lugar y me bajo de la bici para entrar por el portillo. Desde afuera percibo un olor a pan horneado. Subo al porche, toco la puerta y espero un rato. Nunca he hablado con la anciana —si no me equivoco se llama Flor—; apenas atendí un par de veces a su hija en la tienda. Aunque en Brimin uno podría decir que conoce a todos, al menos de vista, no creo poder describirla con más que los chismes sobre ella. No por nada le siguen llamando la casa del difunto profesor Velmar, o a Miriam, la hija del mismo. Papá no está del todo mal al decir que la gente de Brimin puede ser supersticiosa, aunque yo diría que más bien parecen asustadizos como erizo.

—Todo buen hombre debe tener su defecto —escuché decir a una mujer entrada en edad que llegó a la tienda hace años—, y el del buen Velmar fue esa extraña mujer.

Hasta he escuchado que le llamen bruja. Parecen saber mucho de una anciana a quien no creo haber visto fuera de su casa desde que puedo recordar. Con todo, nunca pensé que llegaría a tocar la puerta de esta casa y empiezo a pensar que esta idea de las entregas no va como mi padre se la imaginó.

Al fin, el llavín da un sonido y la puerta se abre. A mi encuentro, con su cabello blanco y su cara llena de arrugas, sale Flor.

—Hola —saludo cohibido.

Me da la impresión de que se sorprende cuando me ve.

—Hola —responde desconfiada.

—Su hija Miriam nos encargó este perfume.

—¡Oh, sí! —Su semblante cambia un poco, aunque sigue sin abrir del todo la puerta. De pronto parece querer decir algo, pero no lo hace—. Adelante —dice al fin.

Flor abre la puerta por completo y me invita a pasar. Mis pies no se mueven por unos momentos, pero al final entro, cauteloso, y me quedo de pie en medio de la sala de bienvenida.

—Toma asiento. ¿Cuánto es?

—Son quince —me siento en uno de los sillones con cobertores tejidos.

Entonces me da la impresión de que la mujer analiza mi aspecto, como buscando algo. Luego asiente y sale de la salita con paso jorobado. Alcanzo a ver mejor su vestimenta: lleva un vestido claro con un cinturón ancho y rojo. Los hombros y el pecho van adornados con tejidos de apariencia tribal y colorida. Un atuendo no muy común en Brimin.

Al poco rato regresa con un gesto más a gusto.

—¿Le gusta el pan de especias?

Me gusta su olor cuando lo hornean, pero no me agrada su sabor. En mi opinión los condimentos y el pan no van bien. Sin embargo, estoy seguro de que mi padre me aconsejaría seguirle la corriente.

—Sí.

—Qué bien. ¿Café, té?

—El café está bien. Gracias.

Flor se va y puedo escuchar a lo lejos los trastos sonando. El olor a pan horneado llena la casa y la hace sentir hogareña. Ahora puedo observar con detenimiento la sala. No sabía qué esperar, pero de todas maneras me resulta acogedora y un poco extraña tal vez. La salita está llena de muchos adornos. Algunos no los logro entender muy bien, parecen ser confeccionados con un estilo tribal. Otras, de plano, parecen máscaras de barro o alguna vasija decorada. También hay fotos, capturas que parecen contar viajes y aventuras en distintos lugares. En la mayoría de las fotografías se ve una pareja, si no me equivoco, el profesor Velmar y Flor. En algunas muy jóvenes, en otras no tanto. Unas en montañas o desiertos, otras con personas que sonríen, otras en lo que parecen ser salones de clase y otras, en efecto, con personas que parecen ser de tribus. Parece que las otras habitaciones continúan con algo de la misma decoración.

Momentos después, Flor reaparece con una bandeja que trae panes, una taza de café, una azucarera y una bolsita de malla que trae las monedas.

—Agregué un medio para ti en la bolsita —me informa al poner la bandeja en una mesita en el medio de la sala—. Adelante.

—Gracias.

Ella se sienta en otro sillón y toma la caja que traje con un aire de ilusión. Tomo un bollo de pan y todavía se siente caliente. Cuando lo muerdo, compruebo una vez más que no me gusta, pero lo ignoro. Flor abre la caja y huele el dispensador, dando luego un largo suspiro.

—Los olores me hacen recordar mejor —me dice con un aire nostálgico y sus ojos verdes brillan—. La primera vez que olí este perfume fue hace muchos años; Velmar me lo regaló en un viaje a Marsa, en el verano del 94. Yo tenía 19, no nos habíamos casado.

Intento masticar rápido para hablar.

—Lamento su pérdida —le digo, inexperto, pero con mis mejores intenciones.

—Yo también —suspira—. Pero así es la vida. Cuando uno se percata, solo quedan recuerdos.

Mira pensativa la botella de perfume. Hay algo en ella que me cautiva. Quizá es solo mi idea, pero cuando habla me da la impresión de que llevara una... fuerza, o una especie de... calor.

—Perdón que lo pregunte, pero parece que conocieron muchos lugares juntos, ¿verdad? —Digo dando un vistazo a sus recuerdos.

—Oh, sí —se sale de la melancolía—. A Velmar y a mí siempre nos picaron los pies. Conocimos muchos lugares y muchas personas. Por suerte tengo una excelente memoria y puedo visitar esos recuerdos. Bueno, es una bendición y una maldición a la vez. Pero te digo algo: a mi edad, no se me va un rostro —me dice con mirada amigable y de nuevo creo que me observa con más dedicación.

—Ya veo —replico intentando desviar la mirada en lo que adorna alrededor.

—Siempre amé viajar, documentar culturas. Cuando uno conoce el mundo se percata de que todos somos extraños a nuestra manera. Es bueno aprender a no temerle a lo desconocido.

—¿Cómo... —se me escapa la pregunta antes de que pueda hacer algo al respecto— aprendió a no temerle a lo desconocido?

Flor respira, como pensando.

—Quizá... a veces solo hay que dejarse llevar. En el fondo uno puede sentir una corazonada que lo impulsa.

De pronto la puerta principal se abre y Miriam entra en medio de un ajetreo a la casa con sus manos llenas de bolsas. Luce un atuendo más tradicional de Brimin, un pantalón y una blusa, pero comparte la piel pálida y los ojos verdes de su madre.

—¡Ah, hola! —me saluda muy extrañada cuando se percata de mí—. Yoshaya, ¿verdad?

—Sí, hola —la saludo con una pequeña sonrisa y me pongo en pie.

—Me trajo el perfume —dice su madre.

—Ya veo.

—Bueno, creo que debo seguir —me despido—. Gracias por todo.

—Oh, gracias a ti, corazón —me dice al levantarse con lentitud. Parece volver a querer decir algo, pero al final no lo hace—. *Pas a vin* —dice en cambio.

—*Pas a vin* —le contesto.

Días más tarde, estando tras el mostrador de la tienda, mientras le cobro a un cliente, noto otro paquete. Apenas estoy solo lo reviso. En letra de mi padre dice, como en la antigua ocasión: *"Éveril Gábula, Casa Marlo, Brimin Alto"*.

Le enseño el paquete a mi padre esperando que no sea lo que creo, pero él me confirma que es una entrega.

—¿Qué tanto compra? —no oculto mi molestia.

—Papel y varias cosas —me dice sin importancia mientras acomoda unos estantes—. Es un académico, o algo así. Y no importa lo que compre, es un servicio por el que está pagando.

—Brimin Alto queda muy lejos —me quejo.

—¿Qué vas a hacer a Brimin Alto? —se detiene y me ve confundido.

—¿Dejar el paquete? —se lo enseño—. A la dirección que escribiste.

—Yo no...

Se acerca para mirar, pero la campanilla de la puerta nos alerta que un cliente está entrando. Mi padre se detiene en seco y luego va a atender a la mujer, quien entra sosteniéndose el abrigo y el sombrero con las manos porque una ventisca violenta la empuja hacia adentro.

Quiero salir de esta entrega, tener que subir hasta esa casa una vez más no me alienta mucho. Saco la bici y me voy. Pedaleo varios minutos hasta que comienzo a sentir calor salir de mi cuerpo y agradezco que el día permita que ande en pantalones cortos y una camisa ligera. Aunque no por mucho. Salgo de Brimin hasta que dejo las calles buenas y comienzo a quedar entre terrenos verdes y ventosos, y caminos solitarios que tienden a subir. El viento silba con un aire salvaje en los altos pinos que se amontonan de vez en cuando, y por aquí y por allá aparecen casas y granjas, pero cada vez más dispersas y en su mayoría abandonadas. Continúo subiendo y por fin me topo con la entrada junto al camino que lleva al bosque más denso. Un letrero desgastado de madera anuncia: *Casa Marlo*. Bajo de mi bici y subo por la calzada de piedra. Arriba, llego a un llano antes de la casa. Los pinos intentan cubrir el frente de la propiedad, dejando ver solo parte del techo. Me acerco hasta el muro de piedra y miro la casa, el viento sopla helado y hace susurrar la vegetación alrededor. El lugar aún me hace sentir ese extraño misterio. Recuesto mi bici a la muralla y voy a abrir el portillo, reafirmando que no es tan liviano como para que lo vuele una ventisca. Luego, camino a través del patio hasta el corredor.

Toco la puerta y espero.

Nadie contesta.

Suspiro.

Aquí vamos de nuevo.

Intento tocar una vez más, pero antes, el llavín se acciona y la puerta se abre con un pequeño empujón. Mientras espero que alguien se asome, me percato de una figura peluda y oscura adentro. Apenas alcanzo a verlo, está echado en una de las butacas, vigilando con sus penetrantes ojos grises. Y tengo una sensación de alivio. No de ver al animal, por supuesto, sino de ver que tras la puerta no había nada... extraño.

—¿Hola? —intento, pero reina el silencio.

El gato emite un largo maúllo y se tira de la butaca. Me mira con ojos engreídos y luego se va por un pasillo. Me inclino un poco hacia adentro y alcanzo a ver como su cola desaparece en la entrada de una habitación.

Entonces... Supongo que lo dejaré frente a la puerta igual que la otra vez.

Pongo el paquete abajo y me voy por la calzada en medio del jardín. Estoy a punto de llegar al portillo y...

—Yoshaya.

Me detengo y volteo a ver.

Entonces, él sí es Éveril Gábula.

Está de pie en el corredor y el gato se le restriega en sus pies descalzos. Lleva una camisa de lino blanco holgado que revela su pecho y que, como su cabello, se le ondea por el viento que se arremolina en el lugar. El movimiento de sus mechones meciéndose tienen una extraña familiaridad.

—Perdón, no te había escuchado —me dice con una soltura que me empieza a parecer típica de él.

—No hay problema —aclaro mi garganta—. La puerta se abrió y pensé que debía dejar el pedido ahí.

Éveril se muestra extrañado y vuelve a ver al gato.

—Íldrigo, ¿qué te he dicho de estar abriendo las puertas? —Lo exhorta y luego me mira con gracia—. No te preocupes, a veces me concentro mucho y me pierdo.

—De nuevo, no hay problema. Debo contener, continuar. Me debo ir —me despido.

—¡Oh! No por favor. El otro paquete. Fuiste tú, ¿verdad?

Asiento.

—¿Qué clase de hospitalidad es la nuestra Íldrigo? —Habla otra vez al gato, que lo continúa ignorando.

¿Lo hace en serio?

—¿Te gusta la limonada?

—¿Ah? —Regreso de mi pensamiento.

—También tengo galletas de vainilla. Son de la panadería del pueblo. ¿Quieres?

La verdad solo deseo irme, pero los consejos de mi padre sobre la etiqueta con los clientes me zumban en la mente.

—Está bien —trato de sonar cordial, aunque no estoy seguro de lograrlo.

—¡No se diga más! —Anuncia dichoso y hace un ademán señalando la banca bajo el barbudo eucalipto—. Toma asiento, por favor.

Se desaparece por la puerta y poco después aparece con las mangas enrolladas, sosteniendo una bandeja plateada. Esto de tener que recibir comida empieza a parecer algo recurrente en esta trabajo.

—Listo... Como en tu casa, sírvete —me indica como un niño que comparte sus juguetes.

Trajo un vaso para él también. Yo tomo el mío con timidez y pruebo de las galletas, que son, en efecto, las de la panadería del pueblo. Éveril se muestra confiado, mira el paisaje mientras sorbe y come. El viento mece las ramas y las hojas provocando un susurro carrasposo alrededor. Ninguno dice nada. Miro un momento los pies de Éveril, va descalzo todavía y cruza las piernas. Sus talones van un poco sucios de andar. Algo acerca de sus pies desnudos me pone incómodo.

—Alguna vez había escuchado que Brimin era bonito, pero la verdad es un lugar hermoso —rompe al fin el silencio Éveril mirando aún al horizonte—. Cuando vives en la ciudad, con toda la suciedad y ajetreo, lugares como este son el cielo.

—Sí, es... un lugar muy agradable —intento sonar elocuente.

—¡*Pas a vin*! —Dice con un ademán festivo y me mira buscando mi aprobación.

Se me escapa una risa.

—¿Sabes qué significa? —Me pregunta.

—Amm... no estoy seguro. ¿Un saludo? Es *pas a vin* —asumo—. Es un dicho.

—*País a viin.* —pronuncia la frase un tanto diferente y con otro acento—. Significa 'paz y bien' en somarso —me explica seguro—. Es un saludo formal que hace mucho tiempo se había hecho popular en la ciudad cuando los comerciantes del otro lado comenzaron a llegar después de la guerra. Luego se desvaneció. Fue una sorpresa muy interesante descubrir que aún se usa aquí.

—Es la primera vez que escucho eso —le digo.

—Te sorprendería saber lo que está detrás de lo común y corriente.

Una ráfaga de viento se arremolina en el lugar.

—Solo hay que ver un poco más allá —me dice entretenido—. Desafiar lo que conocemos.

El frío me hiela hasta los huesos; el viento que sopla frente a la Casa Marlo es inclemente. ¿Desde hace cuánto hace tanto frío? Solo puede significar que el verano se marcha. Parece ser de mañana, al alba, y me percato de que traigo una máquina de escribir bajo mi mano.

¿De dónde la saqué?

De repente, un lado de la casa empieza a brillar con la luz anaranjada del amanecer y el portillo frente a mí se abre con un chirrido. Me adelanto hacia este y lo tomo. Lo abro y lo cierro, y llego a la misma conclusión.

Una puerta rechina a lo lejos.

Allá, al otro lado del patio, tras una puerta desgastada y vieja, se asoma un vacío oscuro que parece atraerme. Y ahora lo acompaña el sonido de una débil melodía.

4

Una investigación

¿Qué sucede cuando se puede ver a través de todos los impulsos que una vida humana puede esperar de valerse para surgir? ¿Qué sucede cuando los rastros de humanidad parecieran haber quedado esparcidos cientos de años atrás? Solo puede uno cuestionarse si este regalo más bien es un castigo.

No voy a mentir, el pensamiento de salvaguardar mi humanidad ya lo había descartado hace bastantes décadas atrás. Aferrarme a esa sensación significaba para mí que podría esquivar mis circunstancias y simular vidas, como cualquier otro humano. Una y otra vez despedacé mi ánima con la idea de llenar el gran vacío de mi existencia. De entre mis más ingratos y elementales intentos estuvo, por ejemplo, el de amar. En mi largo deambular por el mundo he podido encontrar ánimas excepcionales. Más bellas que cualquier diamante o cosa valiosa. No sin existir dentro de un encierro de todas maneras, pero eran bellezas. Ver su existencia marchitarse fue algo que nunca aprendí a asimilar, aun sabiendo que su paso era casi tan efímero como el de la vida de las mariposas. Solo me quedaba tomar sus hermosas alas y enterrarlas, después de haberlas visto revolotear y brillar con encanto. Una y otra vez.

Amar siempre conllevaría dolor.

Las primeras décadas me sentí invencible, pero mis miedos humanos no habían sido superados. Mi conciencia no había sido molida por los engranajes del tiempo y, por ende, no sabía lo que me esperaba. Después de ver desvanecer mi generación, comencé a sentirme aterrorizado. Estaba solo. La pesadez y el cansancio de estar consciente sobre este mundo era casi insoportable. Digo casi, porque, aunque hubiera querido que me aplastara hasta la muerte, no lo habría logrado. Era una pena que ardía en vivo, que me hacía gritar desde mis entrañas sin ninguna esperanza. Era mi infierno. Me sentía como una mancha esparcida. Mi ánima, un carbón consumido a punto de hacerse polvo, pero al mismo tiempo con toda la vitalidad para sobrevivir cualquier intemperie del mundo. Me perdí en algún lugar, alguna cueva. Me perdí; en la oscuridad, en el silencio, en la profundidad, en la demencia. Mi mente se rasgaba en mil pedazos y era doloroso.

Pronto descubrí que ahí, en lo escondido, podía simular ser una roca, ser la montaña. Podía sobrevivir siendo una borona del mundo. Mis pensamientos ausentes, yo era una pieza nada más. La naturaleza me abrazó, mi pensar aprendió a serenarse muy poco a poco hasta que olvidé mis miedos y mi desesperación. Ya no era aquel hombre que hace muchos años creía que era. Ese hombre eran sus miedos, sus deseos, sus necesidades, su ignorancia, su dolor. Ya no tenía nada de eso. Ahora solo era una parte del mundo, una migaja. Tal objeto no tiene miedos, deseos, sentimientos. Nada. Llegué a olvidar todo. Desaparecí.

Un día, después de muchos años, algo centelleó en mi cabeza. Fue como un latigazo violento que me hizo despertar, algo así como ser golpeado por un rayo. Fue un pensamiento. Supongo que un ápice de humanidad quedaba en mí. Una de las preguntas más fundamentales surgió: ¿Quién soy? Pero mi cuerpo estaba aprisionado, enterrado entre las profundidades. No recordaba la respuesta.

Tiempo después, un desprendimiento de la tierra me hizo ser parte de unos escombros. Fui capaz de moverme. Había luz. No reconocía mi cuerpo; por muchos años creí ser el mundo, creí solo ser. Mi cuerpo se sentía fuerte y vitalizado, así que divagué. El agua bañó mi cuerpo y lucía fuerte y saludable. Mis ojos agradecieron la nueva luz que alumbraba los horizontes durante el día y la iridiscencia durante las noches. Pero aún había una llama dolorosa que me quemaba constantemente, una espina que no me dejaba respirar en paz...

—Bénez Clement.
Reconozco la voz, alzo la mirada y no puedo evitar dar un pequeño salto. ¿En qué momento entró a la tienda?
Ahí está su aguda y jovial mirada, transmitida por unos iris grises.
Miro mi libro y regreso la mirada a él.
—¿Lo conoce?
—Algo así —me dice sonriente.
—Me ha gustado mucho —confieso, levantando el libro.
—Estupendo, así que te gusta leer.
—Pues, tal vez.
Éveril calla, como meditando algo.
—¿Qué tan bueno eres con la ortografía?
—¿Ortografía? Sé escribir, supongo.
—Y, ¿tienes experiencia con máquinas de escribir?
—No mucha. ¿Por qué?
—¡Hola, señor Gábula! —Interviene mi padre con su tono cordial de vendedor.
—Señor Barno, buenos días —réplica de igual manera Éveril.
—¿Encontró lo que buscaba?
—Curiosamente... tal vez. Estaba por ofrecerle a Yoshaya una pequeña oferta laboral.
—¿Ah sí? —Se interesa mi padre.
Miro a Éveril sorprendido.
—Sí. Verán, estoy trabajando en el manuscrito de una investigación y estoy un poco retrasado con la transcripción. Ocupo a alguien con buena ortografía y agilidad para la máquina

de escribir, o bien, que pueda aprender rápido a teclear. He estado buscando a alguien y creo que Yoshaya podría serlo —explica y ahora se dirige a mí—. ¿Crees que seas un buen candidato?

No alcanzo a decir algo.

—Sería buena práctica para la universidad, ¿no? —Pregunta mi padre.

—Oh, en definitiva —porfía Éveril y me mira de vuelta—. ¿Cuándo crees que puedas empezar?

—Yo... no sé. Es decir...

—Lo más pronto posible, ni hablar —interviene papá.

Éveril me mira y alza sus cejas en expectativa, de manera amigable.

—¿Cómo? ¿Ya? —Pregunto incrédulo.

—Puedo llevarte a casa y darte una pequeña inducción —me explica y también se dirige a mi padre—, si no hay problema.

—¡Oh! No, no. Adelante. Ve, Yoshaya.

No estoy muy seguro de lo que acaba de pasar, pero recojo mi abrigo largo y mi sombrero, y me dispongo a ir.

Salimos de la tienda y ahí está el *Parvani*.

—Adelante, ven —me invita a subir mientras él se dirige hacia su puerta.

—Espere, ¿por qué...? —Me detengo a preguntar, pero no sé cómo terminar la pregunta.

—¿Por qué no? —Me dice resuelto y sube al automóvil.

Miro hacia la tienda y se me escapa un resoplo. Luego subo al auto también.

El interior del *Parvani* está tapizado, en su mayoría, en cuero color beige y los asientos ofrecen una comodidad a la que no estoy acostumbrado a experimentar en un auto. Tras un amplio y delgado volante, que lleva el mismo tono que los interiores, está el panel delantero. Va adornado con varios indicadores circulares, que brillan en sus bordes con acabados cromados, y en el centro se muestra una radio de lujosa apariencia. Al dar llave, el motor ronca y se enciende. Marcha en reversa y a continuación mi padre, ahora recostado al marco de la entrada, comienza a quedarse atrás. Nos vamos con un doble toque de la bocina y tomamos rumbo hacia Brimin Alto.

El *Parvani* hace un trabajo decente disimulando los huecos y piedras en el camino saliendo del centro. Lo que me cuesta trabajo y sudor subir en bici, lo abarcamos en un par de minutos. Éveril no dice nada en el camino, parece ir un poco abstraído conduciendo. Yo me paso secando las manos en mi pantalón y me descubro acomodándome el sombrero en varias ocasiones. Alcanzo a verme en el retrovisor de un lado y me alegra haber escogido esta camisa de botones. Creo que el beige me sienta bien, hace que resalte el color de mis ojos. Después de un rato, nos desviamos del camino hacia el sector boscoso. Subimos por la entrada de la casa, llegamos al llano en lo alto, pasamos bajo los altos pinos, entramos al patio por la entrada grande que está abierta y continuamos hasta que el auto está dentro del garaje.

—Llegamos —dice al fin, complacido.

El motor del *Parvani* se apaga y de nuevo reina aquel ventoso silencio que acompaña la propiedad.

—Vamos —me dice y toma unas grandes bolsas de papel de los asientos traseros.

Bajo del auto y lo sigo afuera del garaje. Luego caminamos frente a la casa, subimos al porche y espero tras él a que meta la llave en el cerrojo de la puerta para que entremos.

Todo parece normal.

Pasamos a la acogedora y callada sala de bienvenida y admiro de nuevo el cuadro que muestra la puerta bañada de sol. Esta vez el gato no se encuentra en una de las butacas y agradezco no tener que enfrentarme a esa extraña mirada. La sala está muy ordenada, pero al pasar mi mirada por unos estantes noto que están empolvados, así como los adornos que están sobre ellos.

—Ven —me invita a pasar más adentro.

Se dirige por aquel pasillo que transitó el gato la otra vez. Camino tras él y entro en la habitación próxima, tal como él lo hace. Es una amplia oficina, o una biblioteca.

—Espera, voy a dejar esto en la cocina —me advierte y va con las bolsas que carga.

Mientras tanto admiro el espacio. Una salita con sillones de tapicería floreada amuebla uno de los extremos, están junto a una amplia ventana que da al porche delantero. En el otro extremo, enmarcado por otra amplia ventana, descansa un escritorio de madera brillante con dos sillas que le hacen juego. Un par de lámparas de mesa también hacen juego con las cortinas y las alfombras, luciendo una gama de colores otoñales y varias estanterías adornan el espacio con los coloridos lomos de muchos libros. También hay ejemplares esparcidos por todo lado. Algunos abiertos, algunos cerrados, algunos con colillas señalando páginas. Y, sobre el escritorio, en medio del desorden, sobresale una máquina de escribir; la que tendré que utilizar, supongo.

Y un detalle me llama la atención sobre todo lo demás: las paredes están adornadas con una serie de cuadros pintados. Y ahora que lo pienso, en el pasillo logré ver al menos dos más y el otro de la recepción. Aquí en la biblioteca se encuentra uno que ilustra un portón de madera cerrando el paso a un patio. Otro, una puerta de cedazo de lo que parece ser un invernadero. Otro, ilustra una puerta azul cerrada, entre unas paredes de yeso blanco. Y, finalmente, otro que muestra una puerta de madera al natural en un edificio con el estilo de mampostería caliza, tradicional de Brimin.

Éveril regresa con su cordial semblante y ahora viene descalzo.

—Listo. Y bien, esta es la biblioteca —explica.

—Tiene muy buen gusto.

—Ah, el crédito no es mío, venía con la casa. Adelante, siéntate.

Me enseña una de las sillas de un lado del escritorio y él se va a sentar en la otra.

—Se lo debemos a los antiguos dueños de la casa —me dice.

—No sabía que en la casa hubiera vivido alguien hace poco.

—Oh, de hecho no.

—Pues, todo parece estar muy conservado. ¿Y ahora esta casa es suya?

—Algo así. Verás, estoy aquí por motivo de una pequeña investigación pertinente a la dueña de la casa. Aquí la conocían como Linda Marlo, pero su nombre era Velina Marbet.

—¿De casualidad ese Marlo es como Carlos Marlo, el alcalde de Brimin?

—En efecto.

—¿Esta casa es del alcalde?

Éveril hace una mueca de indecisión.

—En fin, ella se ganó mala fama en algunos círculos.

—¿En Brimin?

—No, en la ciudad, Valinto. Velina era la hija mayor de un importante empresario y cuando sus padres murieron se convirtió en representante del imperio de su familia.

Éveril hace una leve pausa.

—Velina fue asociada a un grupo ocultista y pudiente. No solo se especulaba que estaban hambrientos de poder, sino que además pretendían hacer una gran contienda en el país; provocar la nueva guerra. Pero más allá de eso, se hablaba de que practicaban artes oscuras, magias negras —me dice con teatralidad—. Ese tipo de cosas misteriosas.

—Y… ¿es cierto? Es decir, que ella… lo del grupo.

—Esa es la parte complicada —me dice al recostarse con más confianza en la silla—. Se dice que Velina lo negó todo y estoy casi seguro de que era sincera si decía no saber nada al respecto. Por otro lado —se inclina hacia adelante y me mira con ojos penetrantes—, sé que ella era, lo que llaman, una bruja.

Escuché lo que acaba de decir, pero estoy a la espera de que se retracte.

—Una bruja —repito.

—Exacto —confirma con ilusión.

—¿Qué... tipo de bruja? —agrego, como si eso le fuera a dar más sentido.

—Buena pregunta —dice al levantarse—. Yo pensaría que una de buenas intenciones.

Se pasea por los estantes admirando los libros.

—Verás, sé que todo fue una conspiración.

—Y... ¿cómo lo sabe?

—Una especie de pista que dejó tras su partida —me explica—. La dejó a plena vista, pero a nadie se le ocurrió interpretarla.

—¿Y por qué dejaría una pista?

Éveril se voltea hacia mí.

—Ella necesitaba que le recordaran algo muy importante —me dice y continúa paseándose por la habitación.

—¿Y usted quería hacerlo?

Éveril exhala desanimado y luego me ve.

—Creo que estoy un par de años tarde.

¿Por qué pregunté eso?

—¿Y qué dejó atrás Velina?

Éveril se sienta en uno de los sillones. La luz de la tarde entra en rayos a través de las cortinas a un costado. Me invita a que lo acompañe en el otro sillón.

—Velina sí pertenecía a un grupo secreto, un aquelarre —me dice mientras me siento—. Los Hijos de la noche. Los conozco.

Lo miro expectante.

—Creo que ella insistió en algo que no debía y bueno... la mala fama quebró su imperio de comidas enlatadas. Los empleados enojados y los fanáticos religiosos la acosaban, así que partieron al otro continente.

—Pero... ¿Vinieron a Brimin?

—Vinieron a Brimin —me secunda—. Eso debe de haber sido hace unos cincuenta y seis años.

—¿Y cómo supo que vinieron aquí?

—Los Marbet vendieron todas sus posesiones en la ciudad. Tras la partida de Velina, su gran casa en la ciudad se convirtió en un hotel. Los nuevos dueños ventilaron que Velina había olvidado varias pertenencias, incluido un diario, que en apariencia no tenía nada relevante.

—Vaya desliz.

—En efecto —aclara—. Aunque algunos pensaron que solo era un engaño para atraer clientes al hotel. Ahora —hace una pausa—, hace años hice un... amigo, que resulta ser hijo de los actuales dueños del hotel. Él me mostró todo lo que tenían acerca de ella. Incluido el diario, que me cautivó desde el principio. Le rogué que me dejara conservarlo y no pude dejar de pensar al respecto por varios años, hasta que un día encontré lo que tanto sospechaba. El diario estaba escrito en un código —me dice emocionado.

—¿Y... qué encontró en el diario? —le pregunto dudoso.

—Es como si ella hubiera dejado un recordatorio. El problema es que el diario quedó rezagado en su casa cuando partió. Lo interesante es que ahí estaba la posible razón que le valió su mala fama. Velina estaba tras algo y al parecer querían detenerla. Estaba investigando un campo metafísico que acuñó como La Paradoja del Alma.

—¿La Paradoja... del Alma?

—Sí. Según Velina tiene que ver sobre la instrucción del alma.

—¿Y por eso la difamaron?

—Eso parece.

—¿Eso es lo que investiga usted?

—Algo así. Escucha, sé que todo esto suena un poco disparatado.

Éveril se levanta decidido, va a su escritorio y comienza a recolectar hojas repletas de escritura a mano.

—No estoy seguro de cuánto tiempo me queda para estudiar este lugar y estos libros. He hecho algunos resúmenes de lo más importante para mi referencia, posibles pistas, y eso es lo que quiero que transcribas para mí. Mientras, yo continuaré abarcando la mayor cantidad de material que pueda.

—¿Cree que va a encontrar algo aquí?

—Velina no fue muy específica en su diario. Supongo que su objetivo no era revelar todos sus secretos, sino hacerse recordar. Pero por la manera en que habla de esta casa, presiento que existe algo importante aquí.

No sé qué decir. Por otro lado, recuerdo el recelo tan ceñido que todo Brimin le tiene a este lugar. Tampoco puedo dejar de pensar en ese sutil misterio que parece tener esta casa. Y esos sueños que he tenido... pero no, es fácil hacerse ideas. Una casa deshabitada en un lugar recóndito como este, solo es leña para un fuego de sugestión, definitivamente. Además, ¿quién es este tipo? ¿Es algún reportero amarillista? O quizá un supersticioso, como lo llamaría mi padre.

—Entonces, ¿te gustaría ayudarme con esto? Puedo pagarte a cuarto cada hoja, si te parece.

Quiero mantener mi compostura, pero mi rostro me traiciona.

—Oh, piensas que todo es una locura.

Mi boca se abre para decir algo y no encuentro cómo explicarme.

—No. Sí —me corrijo—. No, disculpe. No importa lo que yo piense; usted no me necesita para hacer juicios.

—Pero tienes razones para dudar, ¿no? —Me dice sin fastidio mientras encaja varias hojas juntas.

De repente regresa a mí esa extraña sensación, como si algo en Éveril me cautivara.

—Llamar a Velina una bruja no es a la ligera, Yoshaya, ni tampoco una ofensa —me comenta más serio—. ¿Alguna vez has pensado que lo sobrenatural no es solo una leyenda?

Quiero responder, defender mi posición, pero no sé cómo empezar. De pronto, distante, se escucha el cerrojo de la puerta de enfrente. Esta se abre y se cierra de un golpe.

Miro a Éveril. ¿Alguien más viene?

Miro hacia el pasillo, expectante y, después de unos momentos, los profundos ojos de Íldrigo se asoman por el umbral y un escalofrío me recorre la espalda. Hace intento de meterse en la habitación, pero se detiene cuando nos ve. Maúlla y continúa por el pasillo más adentro. Miro de regreso a Éveril más confundido y me parece que se deleita en mi desconcierto.

—¿Te parece a cuarto cada hoja?

Estoy terminando de alistarme en mi habitación. Me voy a poner un saco gris de mi hermano que siempre me ha quedado grande. Desde que me lo dejó, el año pasado, he estado probándomelo a ver cuándo me queda, pero ya no sé si voy a alcanzar su estatura. Voy a mirarme en mi espejo de cuerpo y quedo extrañado. No puedo verme en el reflejo. Me acerco al vidrio y lo toco. Nada.

—Yosh, última oportunidad —dice una voz detrás de mí.

Cuando atiendo, me percato de que estoy al borde de una roca. Abajo se expande un vacío envuelto en sombras y la piedra parece mecerse en un vaivén.

Temo caer, ahogarme.

—Paso —le aseguro.

Tengo la impresión de que el vacío a mis pies se sigue extendiendo y un desconsuelo me aprieta el pecho.

—Si tú lo dices —me contesta, decepcionado.

Me remuerde no saltar, pero estoy seguro de que una vez que lo haga no habrá vuelta atrás.

5
Bienvenido el otoño

—¡Hey! —me sacan de mis pensamientos. Es Clara, mi mejor amiga, que acaba de subir a la gran piedra donde me encuentro. Estamos junto a una poza que es popular en el pueblo durante el verano—. Tu padre me dijo que podrías estar aquí.

—Es Brimin, tampoco hay muchos lugares donde ir —bromeo.

—Eso pensé —se sienta junto a mí con una sonrisa—. ¿Qué haces?

—No estoy seguro.

—Ya veo. ¿Y qué hay de nuevo? ¿Has tenido noticias de Franco?

Niego.

—¿No estás ansioso? —Se le escapa un escalofrío y alcanzó a verle la piel rosada por la temperatura—. Yo lo estaría. No puedo esperar a mudarme a la ciudad.

—Un poco, a decir verdad. Me harás mucha falta —logro decir.

—Descuida —me da un pequeño empujón—, solo un año más.

—Desearía que pudieras venir conmigo.

—Con gusto lo haría, pero mamá insiste en que termine el colegio, dice que así tendré más oportunidad de encontrar trabajo en la ciudad. Y, por más que lo odie, sé que tiene la razón.

—Un año más, entonces.

—Un año más y saldré de este lugar —dice con aborrecimiento.

He estado evadiendo cualquier conversación con papá acerca del trabajo con Éveril. Con mucho costo logré inventar que en realidad no me ocupaba de inmediato, que pronto me avisaría cómo íbamos a avanzar. Eso me comprará un tiempo. Y es que no me da buena espina. ¿Paradoja del Alma? ¿Una bruja? ¿Aquelarres? ¿Grupos ocultistas? ¿Cosas sobrenaturales? Supiera papá con quién me junté, pero intentar explicarle todo sería complicado. No me tomaría en serio; a decir verdad, hasta a mí me cuesta hacerlo. Solo me ganaría su enojo por inventar tonterías y evitar "las oportunidades". El punto es que ahora no puedo prestar atención a ese tipo de vagancias. Prefiero, en cambio, aprovechar el tiempo que me quede con las mías, o pasar con mis amigos. Está pronta La Inauguración del Otoño y siento en el horizonte una cercana separación de nuestro pequeño grupo y, en general, de mi vida como la conozco. Las clases empiezan pronto para Clara y Darla, su mejor amiga. Ellas se seguirán viendo, al menos, por lo que resta del año lectivo, pero mi amigo Ronan partirá a trabajar al viñedo de unos familiares que viven lejos de Brimin, y Anker irá a la ciudad a buscar trabajo también. Por mi parte, yo sigo a la espera del aviso de mi hermano.

Quisiera que papá no me involucrara en este tipo de situaciones. Es como cuando tenía 15 años y la escuela organizó un campeonato de balonmano entre secciones y él insistió en que yo debía unirme al equipo de mi clase. Mis compañeros no estuvieron muy felices cuando anoté un autogol, o cuando marqué a uno de nuestro propio equipo. O en otra ocasión, cuando tenía 16 y papá insistió en que debía unirme, al igual que mi hermano, a la brigada juvenil de primeros auxilios del pueblo. En la segunda semana, me tropecé por accidente, en el edificio de la brigada, el caso de una niña que llevaba el antebrazo en un ángulo bastante antinatural. Desperté en una de las camillas del edificio. O como recientemente, que aceptó por mí un "trabajo" de transcriptor con un tipo de juicio cuestionable. No tuve buena espina en las ocasiones anteriores y no tengo buena espina en esta tampoco. Da igual, papá siempre tiene una razón importante por la cual "debo hacerlo". Por ejemplo, un trabajo de transcriptor me serviría de práctica para la universidad. O, ir a la universidad y estudiar negocios me va a ayudar a ser un "hombre serio y centrado". Y aunque a esa no tengo escapatoria, aún puedo hacer algo con el tiempo que me queda.

Creo que por eso invité a Clara a La Inauguración del Otoño. Se sorprendió mucho de que lo hiciera. Por lo general, invitar a alguien tiene cierta connotación romántica. Ronan y Anker me preguntan a menudo si somos algo, pero la verdad nunca ha sido así. Igual me sudan las manos cuando pienso al respecto. Solo sé que es mi última inauguración, o así se siente, y amerita que sea diferente.

La Inauguración del Otoño es una fiesta del país para recibir el año nuevo de Los Libertadores. Y esto sí merece mi atención. Listo o no, la actividad llega y me encuentro encaminándome hacia el centro junto con Clara. Como recuerdo de años anteriores, la velada es acompañada de los aires frescos del otoño y del tinte melancólico del atardecer. Clara se ve hermosa y me doy cuenta de que ya no es la niña que conocí años atrás. Lleva, como es la costumbre en la inauguración, un vestido de tonos otoñales, que se le ondula desde su cintura, y su cabello negro va en un moño desenfadado. Su piel pálida contrasta con este. Yo llevo un traje gris de mi hermano que me queda un poco grande. La plaza central, en donde se realiza la actividad, está adornada como de costumbre con cuentas de luces por todos lados y arcos de flores de papel maché en tonos naranja que reciben al público en varias de las entradas al lugar. El sitio está repleto de gente y no puedo evitar tener esa sensación de solemnidad y de fiesta que me provoca la actividad todos los años.

Además de ir con Clara, nuestro grupo habitual va unido. Nos colocamos en nuestro palco aéreo (en el balcón del segundo piso sobre la tienda de mi padre) y desde ahí vemos la plaza sin obstáculo; toda la gente, las mesas ataviadas, los puestos de comida y un escenario que se construye todos los años. Desde un buen inicio comenzamos a beber y a comer. Apenas se esconde el sol, delante de la expectación del público, se escucha un aplauso a través de la plaza y acto seguido todos brindamos. El año acabó.

A través de los altavoces suena ahora una voz varonil que se aclara la garganta.

—Bienvenidos sean todos a una inauguración más del otoño —anuncia el alcalde; un hombre alto, canoso y de bigote, vestido de gala.

Carlos Marlo, recuerdo. Linda Marlo. Casa Marlo.

La plaza le corresponde el saludo con un aplauso y algunos gritos esparcidos entre la multitud.

—Hoy celebramos un nuevo año —continúa—. Celebramos como lo hicieron los valientes y nuestro pueblo al final de la guerra por Las Tierras Libres. Una tradición que decidimos mantener, ahora, por casi 150 años. Una herencia que, aunque antigua, nos insta a recordar que la paz vale más que cualquier guerra, que cualquier horror, que cualquier premio. La Inauguración del Otoño es para que no olvidemos que, si bien hay maldad en el mundo y en el hombre, también puede haber benevolencia y nuevos inicios. No se trata de lo que tenemos, sino de cómo vivimos.

Otra ronda de aplausos se propaga.

—Hoy le damos la bienvenida, simbólicamente, al otoño y a un nuevo año. Espero que Dios esté de su lado, así como estuvieron al lado de nuestros libertadores, que celebraron por un porvenir de paz y prosperidad en aquel otoño. Esta noche conmemoramos las bendiciones que tenemos. Por favor —cambia a un tono un poco más imperativo—, conservemos la paz y la seguridad en la actividad. Nadie pierda el control.

Una ola de risas se escucha. En Brimin somos buenos para las bebidas alcohólicas, en especial para el vino.

—Que todos tengan una excelente noche. Nuestra prestigiosa orquesta juvenil nos va a deleitar con su música. Nadie se quede sin bailar, por favor. Un aplauso para Brimin y su gente. *¡Pas a vin!*

—*¡Pas a vin!* —responde la plaza con fuerza, seguido de un aplauso que dura un poco más que los anteriores.

Paz y bien, me cruza por la mente. Me pregunto si ese será su significado verdadero. En el colegio, apenas este año, van a integrar clases de somarso. Marsa es el país del otro lado del charco con el que más comerciamos en la actualidad. Y ya que tanta gente opta por ir a la ciudad a buscar vida, se consideró que sería una herramienta útil para los futuros adultos. Tendré que quedarme con la incógnita por un tiempo. Meses atrás, en la tienda, tuvimos varios ejemplares de diccionarios somarso-español con el motivo de la nueva asignatura, pero están agotados por el momento.

La música empieza poco después de que el alcalde termina su discurso, acompañada por una cantante que colorea con dulzura la noche. Nosotros no vamos a bailar de inmediato, así que continuamos bebiendo vino y alguno hace un viaje ocasional para comprar más comida.

—La inauguración está sobrevalorada —comenta de la nada Ronan con un aire desinteresado, inclinado sobre la baranda.

—¿Verdad? —Lo apoya Clara con una actuación casi creíble.

—¿Tú crees? —Responde sorprendido—. Es decir, sí —se corrige—. ¿Qué motivo tiene?

—¿Celebrar un año nuevo? —Dice Anker, como siempre aprovechando la oportunidad de sonar engreído.

—A mí sí me gusta —comenta Darla con mirada soñadora—. Los vestidos, el baile, la música. Es de los pocos momentos donde una se puede arreglar y que no la critiquen.

—Sí, pero... —intenta refutar Ronan.

—No te quejes mucho —continua Anker, abrazando por detrás a Darla y dejando el cigarro a un lado—. Sin inauguración es muy probable que alguno de nosotros no existiera.

Todos nos reímos.

Recuerdo que mis padres se conocieron en una inauguración, cuando mi padre vino de visita a Brimin por primera vez.

—Está bien, está bien. Gracias por seguirme la corriente —dice Ronan con sarcasmo—. ¿Dónde está el vino?

Le paso una de las botellas que subimos.

—Chicos, ya dejen de esperarme. Vayan a bailar, para eso vinieron —nos ordena.

—Bailar está sobrevalorado —le digo.

Ronan suelta una pequeña risa.

—Vaya, ¿pero quién se volvió comediante? —Me dice. Él suele ser el de los chistes—. ¡Largo, o los iré a perder al Alto!

Desde abajo veo a Ron en el balcón y sigo intentando olvidar lo último que nos dijo. Se sirve más vino y en la mano que sostiene la copa también tiene un cigarro encendido. Clara llama mi atención al tomarme de la mano y me dirige entre la gente hasta llegar a un lugar cerca de la fuente, en el centro de la plaza. La tomo por el torso y ella descansa sus manos sobre mis brazos; ella es más alta que yo. Comenzamos a mecernos al ritmo de la balada.

—Te ves muy lindo —me da un leve puñetazo en el hombro.

Bajo la mirada avergonzado. Un poco ridículo con este traje, diría yo.

—Tú también —le digo y siento que se me enciende la cara.

Con torpeza, tomo un mechón de su cabello y lo pongo detrás de su oreja. No está desacomodado, pero no sé qué hacer en ese momento. Clara parece extrañada, le provoca gracia como si fuera un chiste y se le escapa una risilla. Yo también dejo ir una, tal vez nerviosa. Parece un momento adecuado. Reúno valor, y aunque no sé si es buena idea, lo intento antes de que pierda mi oportunidad. Me dije que esta velada sería diferente. Si encontraba la oportunidad, lo haría. Así que cierro mis manos ligeramente sobre sus brazos e intento acercar mi rostro al suyo. Clara se aparta de mí con una mueca de confusión y siento la cara hervir de pena una vez más. Intento disimular y mirar hacia otro lado. Ella no dice nada, lo cual lo hace aún más incómodo. ¿En qué estaba pensando? Quiero salir de aquí y esconderme en algún lugar entre la gente, pero eso sería más humillante. Entre la muchedumbre, Anker y Darla conversan con una gran sonrisa en sus rostros. Parecen estar riendo acerca de algo. ¿Por qué no puedo ser más natural? Como ellos.

Para mi alivio, la banda termina la pieza y otra de intención más alegre continúa en el repertorio, así que propongo acercarnos a Anker y a Darla para bailar con ellos. Todo el vino que hemos tomado está en su mejor punto y me hace olvidar un poco la pena.

De pronto, alguien se introduce al grupo aclarándose la garganta de manera obvia.

—Muchachos, les presento a Ivi —es Ronan, junto con una chica.

Parece que no perdió el tiempo, pero me alegra que viniera; algo más en qué desviar la atención. La chica tiene una sonrisa fácil y parece extrovertida. Al menos parecen hacer buena pareja en ese sentido. Ronan nos presenta a todos uno por uno.

—Bueno, ya que estamos todos —plantea Anker sonrojado por el vino—, ¿no vamos a ir este año? Tal vez sea el último.

—Aaah… —esboza Ronan con disimulo, señalando con su mirada a Ivi—. No creo que sea buena idea.

—¿Por qué no? —pregunta Darla, ahora incapaz de disimular su desacuerdo.

—¿De qué hablan? —Pregunta interesada Ivi.

—Nada, nada. Qué bien que la estamos pasando AQUÍ, ¿no? —Nos especifica con discreción Ronan.

Ivi parece desplantada.

—Es algo tonto —me dirijo a ella quitándole importancia—. Fuimos a la poza un rato, ebrios.

—Fuimos a estar *sobre* la piedra —específica Clara también sonrojada y un poco desbalanceada.

—Lástima —dice Ivi—, debe de verse estupendo.

—Bueno —interviene con torpeza Ron—, es hermoso.

—Entonces, ¿cuál es el retraso? —Concluye Anker.

Nos vamos entonces a paso torpe, atravesando mesas y gente bailando, en dirección a uno de los arcos que nos lleva fuera de la plaza. Casi saliendo, miro hacia un cúmulo de mesas cercanas que están mejor ataviadas que las demás. Parece un sector más exclusivo. Se ven compartir algunos profesores, gente religiosa y reconozco también a personas que trabajan en cosas de política. De entre las caras, reconozco al alcalde; su bigote me recuerda a algún personaje de un libro y se me hace fácil de reconocer. No me sorprende ver a mi padre a su lado. El alcalde se ríe de algo que le cuenta y comparte el chiste con la siguiente persona. Tengo que mirar dos veces para asegurarme.

¿Él?

Su traje es sobresaliente, con un elaborado patrón dorado bordado en el torso de su saco azul. En comparación, su atuendo hace ordinarios nuestros vestidos de fiesta. Conversa con mi padre y el alcalde, pero su mirada se dirige sin aviso hacia mí. Ve que lo miro y, antes de que pueda quitar la vista, él asiente con una leve sonrisa. Siento un vacío en el estómago: ¿Y si me desmiente con mi padre? Ya puedo escucharlo decir algo como: "Un hombre adulto no debería huir de las responsabilidades". Trato de sonreír, pero solo consigo apretar los labios y luego muevo mi mirada en la actuación de seguir caminando.

Después de andar por unos minutos, abandonamos el centro y nos encontramos atravesando la arboleda que lleva a la poza. Nos encaminamos sobre el trillo, donde la luz de la luna nos deja ver a pocos por dónde ir, y pronto llegamos al lugar. La noche está clara y el frío es agudo. El entorno reluce con una luz azulada; el agua brilla como un espejo oscuro y el sonido de los grillos rodea el lugar. Por un momento, al llegar, nos quedamos admirando el escenario. La vista me sigue pareciendo fascinante.

Subimos por una escalinata tras la gran piedra y estando arriba nos sentamos.

—Hermoso... —Al fin sube Ivi junto con Ronan.

—Vale la pena, ¿no? —añade él.

—A ver —Anker aparece frente a todos—, el que no se lanza es *El Cobarde*.

—Oh, yo soy *La Cobarde* —se escabulle Clara de una.

Me pongo de pie y voy al borde para mirar el agua, y Ronan se acerca también. Tengo la impresión de que la piedra se mece y decido alejarme.

—Yo sí me tiro —dice Ron, asegurándose de que Ivi lo escuche.

—No seas estúpido, Ronan —lo advierte Clara.

Le dedico una mirada apoyando el comentario.

—Aburridos...

—¡Vamos, vamos! —Anker comienza a quitarse los zapatos.

—Solo un salto y salimos de inmediato —me propone Ronan.

—Se dan cuenta de que hemos tomado mucho, ¿verdad? Sería un poco irresponsable —trato de hacerlos entrar en razón y por poco añado: ¿Qué tal si se dan cuenta nuestros padres? —, pero mejor lo omito.

—Yosh, Yosh, ¿cuándo vas a relajarte? —Anker se desviste como si nada y Ron le sigue. El primero es de una contextura robusta y definida; el segundo es un tanto escuálido, parecido a mí.

—¡Ah, mierda! —Se abre paso Ivi—. Yo salto también.

Todos la miramos sorprendidos.

—¿Estás segura? —La detiene Ron.

—¿Qué? ¿Crees que no puedo? —Se saca el vestido con facilidad—. ¡Hagan campo!

Ivi se acerca al borde y, después de dudar unos segundos, se lanza dando un grito. El sonido del chapuzón invade la callada noche. Darla comparte con Clara una mirada de desapruebo.

—Darla, ¿vienes? —Anker se contiene de saltar.

—¿Sabes cuánto duré arreglándome? —Le reprocha de vuelta.

—¿Sabes cuántas veces eres joven? —Anker no duda en sonar porfiado.

Darla pone los ojos en blanco y suspira. Luego se pone en pie, se saca el vestido y los zapatos también. Camina al borde donde está Anker y le acerca el rostro.

—Las que quiera —le responde. Luego salta dando un grito que se corta con la explosión de agua.

—Estas chicas están locas, amigo —Ronan sacude a Anker emocionado.

—Lo estamos. Así que cuídate —lo amenaza Clara pillando su comentario.

—Así que cuídate —la remeda Ronan con una mueca estúpida y Clara se la copia.

—Bueno, ¿juntos? —Anker se alista—. Yosh, última oportunidad —me dice antes de saltar.

Su invitación me detiene en seco.

Esa pregunta...

Tengo la impresión de saber muy bien qué voy a contestar e intento no hacerlo. No le quiero dar gusto. Algo así no puede controlarme. Entonces tengo la intención de ponerme en pie y saltar sin pensarlo, llevarle a la contraria a esa... intuición.

Pero, pensándolo bien... estamos ebrios. Además, tendría que dejar sola a Clara. Y sobre todo, ya comprobé cómo funcionó mi último intento venturoso de la noche.

No, no puedo. No debo.

—¿Qué tanto esperan? —Grita Ivi desde abajo y me saca del pensamiento.

—Paso —le aseguro.

—Si tú lo dices —contesta decepcionado Anker.

Clara se pone en pie y nos acercamos para ver el último chapuzón. Ron y Anker se lanzan con un grito a las tres y hacen una explosión al caer. Nosotros nos sentamos al borde de la roca para acompañarlos.

Estamos en silencio mientras ellos nadan y hacen boberías en el agua.

—Es extraño —le comento a Clara, frotándome los brazos por el frío—. Acabo de tener una sensación de *déjà vu*.

—Oh, odio que me pase —me dice distraída en la oscura y brillante superficie de abajo.

Otro silencio se interpone y me percato que el momento tiene de nuevo ese aire nostálgico de las fotografías viejas. Es como si el ahora no me perteneciera, como si ya esto fuera parte del pasado.

Miro a Clara, sigue entretenida mirando a los otros en el agua, pero se percata de que la observo.

—Gracias por venir conmigo. Hacemos buena pareja, ¿no? —Intento que suene a broma.

Clara levanta sus cejas con un aire cómico, como fingiendo no estar segura al respecto.

—El vino me tiene actuando extraño, perdón por... —me disculpo recordando lo que sucedió.

—Descuida —me dice con una risa—. Yo... no pensé que fuera tu... tipo.

No sé si entiendo del todo su comentario y decido pasarlo por alto.

—Pero en serio, siempre has sido misterioso para mí, Yosh.

La miro sin saber aún qué responder.

—No eres del tipo que dice mucho.

—¿Eso crees? —Mi pregunta es sincera.

—Todos tienen algo que decir siempre —dice con la mirada puesta en el agua. Pareciera estar recordando algo.

Se queda un rato así y luego regresa su mirada a mis ojos.

—Eres un buen amigo, Yosh —me empuja y de pronto el frío la hace estremecerse—. ¡Maldición, están locos por nadar con este frío! —Les grita a los demás, mientras se frota los brazos.

—Están locos —la secundo—. Me pregunto quién se resfriará primero.

—No me extrañaría si todos a la vez. Mierda, ¿está tan frío o soy yo?

Se me ocurre abrazarla, pero no sé si deba. Espero no meter la pata otra vez. Levanto mi brazo del lado de ella en señal de ofrecimiento.

—Soy lo único que te queda en este momento.

Clara gruñe.

—Supongo que tendré que conformarme con eso.

La rodeo con mi brazo, la acerco a mí y noto que está temblando. Me alegra que no se disgustara conmigo. La idea hasta me llega a aterrar un poco. Me viene a la mente todos los años que tenemos de conocernos. Su carácter fue lo que nos unió y temo que lo mismo pueda separarnos si la llego a molestar. Un día en la escuela, durante mi sexto grado, unos compañeros decidieron hacerme una broma. A la salida de clases, dos niños me arrebataron una cartulina que llevé para una presentación. Era para la clase de Historia de ese día y estaba particularmente orgulloso de mi trabajo (hasta recibí una felicitación de parte de la profesora). En perspectiva, no fue la gran cosa. Solo querían lanzársela entre sí y hacer que yo la atrapara. El caso es que uno de ellos no logró atraparla en una ocasión y la cartulina fue a dar a un charco enlodado. Se arruinó casi toda y tuve ganas de llorar (lo cual no hice). Entonces, de la nada, apareció algo así como una leona que le rugió a los dos niños, recriminando por qué lo habían hecho. Se apartaron confundidos de que les gritaran así. Clara tomó la cartulina del suelo y la intentó limpiar, aunque fue inútil. Apenas pude decirle gracias sin que se me quebrara la voz; había trabajado mucho en esa cartulina. Ella se ofreció a acompañarme parte del camino para asegurarse de que no me volvieran a molestar. Una persona de un grado inferior. En un punto, después de caminar un rato, dijo que ahí debía separarse para llegar a su casa. Y, antes de irse, me advirtió que le avisara si se volvían a meter conmigo. Si lo hacían, ella me ayudaría.

De camino a casa se me pasó la tristeza de haber perdido mi trabajo de Historia y la sustituyó un entendimiento más emocionante, casi impactante. ¿Había hecho una amiga? No estaba seguro de qué había hecho para merecer su ayuda, pero nunca se me va a olvidar lo que sentí cuando me dijo que ella me ayudaría. Daba la sensación de haber encontrado un lugar de resguardo, de protección; como haber encontrado un techo en una ventisca fría. Como... como un cálido fuego.

—Vaya —dice Clara sorprendida y me percato de que no tiembla más—. Estás muy caliente.

—¿Sí? —Pregunto extrañado—. No me daba cuenta.

—Hmm, la suerte del tonto.

—Sabes que podría empujarte, ¿verdad?

—Me gustaría que lo intentaras.

Escuchamos la primera explosión de los fuegos pirotécnicos antes de entrar de regreso a la plaza. La vemos estallar en el cielo por encima de los edificios; es la clausura de la velada. Cuando llegamos a la plaza, los músicos están ocupando las mesas especiales. Mi padre y el alcalde ya no están por ahí. Todos están congregados con sus miradas puestas al cielo admirando las luces que destellan en todas direcciones. Uno tras otro suben a lo alto los pequeños destellos que con una fuerte explosión hacen brotar colores luminosos y los "ooh" de la plaza.

Vamos a paso avivado hasta llegar al balcón donde tomamos nuestro lugar para apreciar la escena final. La siguiente explosión llama nuestra atención y volvemos la mirada. Se extiende un gran "ooh" en la multitud. Y, de alguna manera, mi vista se tropieza con alguien. Acompañando a la cantante, que se resalta por su hermoso vestido blanco, está sentado entablando una conversación.

Él.

—Ya sabes lo que creo.
La miro sin comprender.
—¿Acerca de qué?
—Acerca de todo.
Estamos bajo un sol picante y envueltos en un calor húmedo, en medio de la plaza adoquinada, en el centro del pueblo. Los chorros de la fuente borbotean frente a nosotros, pero esta es diferente a la que conozco. Cuatro chorros salen de cuatro caras humanas de piedra, una de cada lado.
—No sé de qué hablas, Clara.
—Que debe de haber algo más allá.
—Quieres dejar Brimin a como haya lugar, ¿no?
—No es solo eso.
—Escucha, cuando salgas del colegio yo estaré en la ciudad. Puedes quedarte conmigo cuanto lo necesites.
Pongo mi mano sobre su brazo. Clara se estremece con dolor y se protege el lugar donde la toqué.
—Yosh, ¿qué me hiciste?
—Yo... no sé.
La palma de la mano me arde, pero no le presto atención. Clara remueve su mano y revela un moretón.
—Clara, no sé cómo. Perdón.
Ahora se me hace imposible ignorar el ardor en mi mano. Intento acercarme a ella, y me esquiva.
—Déjalo así —me dice molesta y se va con paso determinado.
Quiero seguirla y aclarar las cosas, pero ahora el brazo me arde como por venganza y no tengo más opción que acudir a la fuente para calmar el dolor.

6
Recaídas

Grande es mi pena, que nadie puede entender.
A todos el sol color ha dado, más se escondió cuando yo iba a nacer.
Familia ni amigos tengo, cargo vergüenza en mi palidez.
Destinado a vivir marginado por culpa de mi desnudez.

En mi desesperación, al Señor oscuro de los cuervos acudí,
pero en todas sus tinieblas finalmente me perdí.
Volé también tan alto, como un cuervo podría volar,
para que el sol se dignara mis alas blancas quemar.

Por último, mi esperanza se acabó,
todo anhelo de vida en mí se marchitó.
Ni siquiera el Señor oscuro ni el Señor de la iluminación,
se dignaron a darme cara a cara una simple explicación.

Descubrí que estaba solo, que no había nada para mí.

El motivo de mi existencia era solo un desliz.

El día había llegado, el día de mi final.

El día que había decidido por mi propia voluntad.

Volé alto, muy alto, como un cuervo podría volar,

y, al caer, a lo largo del bello horizonte, unas alas blancas me hicieron recapacitar.

Tiro el libro de mala gana a un lado de la cama. La rima que acabo de leer es parte de una de las historias cortas del libro de Bénez Clement; el mismo con el cual Éveril me encontró leyendo la otra vez. El personaje de la historia tiene una obsesión con los cuervos blancos y se inspira en eso para escribir ese pasaje. Menciona en una ocasión que así como el cuervo blanco no entendía el valor de lo que lo hacía diferente, los humanos solemos tachar de maldición la unicidad.

    La lluvia resuena en el techo de mi habitación en un martilleo copioso; ha empezado a llover mucho más seguido en los últimos días. Mamá asegura que esa es la razón por la cual hace días atrapé una gripe y por eso no he estado saliendo de casa a trabajar en la tienda. Me he pasado leyendo y, cuando me canso, dibujando. Además, haciendo oficios de la casa y ayudándole a hornear jarrones y adornos a mamá en su taller. Al principio me pareció estupendo, suficiente, hasta disfruté de ausentarme de la tienda; sin embargo, después de dos días de estar encerrado, me encuentro ansioso por salir.

—¿Estás seguro? Las recaídas pueden ser muy peligrosas, cariño —me advierte mamá preocupada cuando le pido ayuda para encontrar una capa.

—Ya me siento bien, mamá —le digo mientras busco unos abrigos en mi armario.

Yo no creo que las recaídas sean algo real, si soy sincero.

—Tu padre te dijo que mejor te quedaras —me recuerda desde la puerta de mi habitación la recomendación que me hizo papá esta mañana cuando intenté irme con él. Pocas veces quiero seguirle la corriente y en esa ocasión me desanimó a hacerlo.

—Lo sé, mamá, pero estoy bien, de verdad.

Me pongo un abrigo, un abrigo largo, una capa encima y un gorro tejido, y aprovecho un tiempo de tregua que da el aguacero para salir en mi bici. Mi madre me despide preocupada desde el corredor de la casa.

—¡Chao! —Me despido esperanzado de poder despejar mi mente de pensamientos intrusivos.

Las calles en las afueras están bastante enlodadas. De todas maneras, ya se sabe que de ahora en adelante el clima no va a ser tan clemente. Con dificultad dejo el barro atrás y llego a las calles buenas. Brimin luce un poco lavado y vacío. De seguro todos prefieren quedarse adentro en lugar de salir con este clima. Espero ingenuamente que aun así la tienda esté repleta y llena de tareas por hacer. En este punto hasta iría con gusto a hacer una entrega, excepto a cierto lugar.

Mi padre se alegra cuando llego, aunque para mi desilusión se encuentra solo. Conozco el semblante con el que me recibe; debe estar orgulloso de que me "sobrepuse a la enfermedad" para venir a trabajar. Supongo que no está mal ganarme unos puntos a favor. Tal vez los pueda usar en mi defensa en caso de que se entere que le he estado mintiendo acerca del trabajo con Éveril. De todas maneras, por ahora lo que me preocupa es cómo voy a lograr mi objetivo principal: ocupar mi mente, distraerme. Encerrado en casa tuve más tiempo para quedarme con mis pensamientos de lo que ahora agradezco. Clara está en el colegio; no tengo aviso alguno de mi hermano Franco; mamá se pasa ocupada dando sus clases de cerámica y pintura en el taller; y papá, sobra decir. Así que no tengo nada en qué ocupar mi mente por el momento, excepto...

Sacudo la cabeza, intentando botar la idea, y me ocupo en dejar la capa y mi abrigo largo en unos ganchos en la trastienda.

—Empieza la temporada dura —comenta mi padre mientras limpiamos unas estanterías; esta es tarea para cuando no llega clientela.

Algo es algo.

—Con suerte no sea tan escaso este año —le regreso un espejo de medio cuerpo que habíamos quitado para limpiar.

—Por eso se debe aprovechar cada oportunidad, para cuando no existan tan buenas —me dice mientras le saca brillo al espejo, ahora colocado en el estante—. Es como ese trabajo con el señor Gábula. Son puertas que se abren y, de no aprovecharlas, no sabe uno si se volverán a abrir.

Se me tensa el cuerpo. La idea de las puertas, sumada a que papá se llegue a enterar de mis mentiras, me pone ansioso.

—Por supuesto. Igual en cualquier momento tendré que partir a la ciudad cuando Franco avise. No veo la necesidad de un trabajo antes *del trabajo*.

Mi padre se detiene.

—Así no son las cosas, hijo. Estas oportunidades son importantes si quieres llegar a ser alguien. ¿Sabes cuál es uno de los pilares del éxito? Las conexiones, los contactos. Son puntos importantes que no se pueden dejar a un lado. Sin conexiones tendrás que trabajar el doble o el triple para hacerte notar en medio de la competencia. Estás en camino de hacer tu vida en la ciudad, ¿y piensas llegar de cero sin conocidos a tocar puertas?

¿Seguimos con las puertas?

—Éveril parece un citadino adinerado —continúa—, solo mira el auto que conduce. Yo diría que es un buen prospecto para empezar a establecer relaciones.

Recuerdo que también Éveril dice ser amigo de un escritor, que bien puede ser muy famoso, pero no quiero contribuir con un leño a este fuego. En cambio, le paso un trío de espejos de mano que encajan en una base.

—Solo digo que no me caería mal un poco de paz antes de que tenga que empezar un trabajo de verdad y tenga que empezar la universidad. Ya ves que Franco nunca viene a visitarnos —digo con reproche y añado con un poco de sarcasmo—, de seguro está tan ocupado que no tiene tiempo.

Pásame esa caja —me pide—. Franco solo hace lo que tiene que hacer. Algún día lo entenderás.

Suspiro y le paso la caja, que trae estampada la palabra *Rompecabezas*. Extrañamente no tiene ninguna ilustración.

—¿Qué clase de rompecabezas no trae una foto de referencia? —Pregunto.

La puerta de la tienda suena y atrae nuestra atención.

—¡Yosh, estás de vuelta!

Es Clara, con su cabello húmedo por la lluvia.

—Algo así —le respondo.

—Hola, señor Barno —saluda a mi padre con un pequeño abrazo y mi padre lo responde con cariño.

—¿No deberías estar en casa? —Me da otro a mí.

—Mucho tiempo libre —le digo con una mueca de desapruebo.

—Pues yo quisiera poder quedarme en casa. Hoy ha llovido como por venganza. ¿No estabas enfermo?

Le hago una mueca alarmante para que no diga más y mi padre no se inspire. Papá nos deja y pasa al siguiente estante a continuar con la limpieza.

—¿Vas camino a tu casa? —Le pregunto ilusionado—. Podríamos comprar algo en la panadería y luego te encamino. Necesito despejarme un poco.

Clara inspecciona el clima desconfiada.

—¿Estás seguro?

—Seguro. ¿Por favor?

—Si tú lo dices —acepta extrañada.

—Papá, voy a acompañar a Clara a su casa. Ya vuelvo.

Antes de que me refute voy corriendo por mi abrigo largo, el gorro y un paraguas grande que tenemos.

La lluvia no es tan amigable en este momento, pero igual nos la arreglamos para atravesarla y llegar hasta la panadería, que queda cruzando la plaza. Es un edificio angosto, aunque largo hacia atrás. En las paredes del interior se nota la mampostería caliza y el espacio está alumbrado con una luz cálida. El local mantiene una puerta ancha abierta y, aun así, el interior está a una temperatura agradable. Huele a pan recién hecho, así que los hornos deben ser los responsables de la calidez. Una vez ahí, insisto en ordenar repostería y café para los dos, y ocupamos una de las mesas en el interior para esperar.

—Me alegra que pasaras, me salvaste de una de las charlas de papá.

—¿Y eso? ¿De qué era esta vez? —Dice entretenida.

—Algo acerca de cómo las conexiones son importantes para tener éxito. A veces creo que quiere torturarme.

—No le das mérito, Yosh. Estoy segura de que es con las mejores intenciones. Debes ver más allá.

Su comentario me hace recordar una ráfaga de viento. "Solo hay que ver un poco más allá", la voz de Éveril es un eco.

—Más allá… —se me escapa con fastidio.

—Sí. No es para tanto —le quita importancia—. No te ahogues en un vaso de agua, tonto. ¿Y qué tal tu trabajo de transcriptor? —Pregunta con mofa—. ¿Ya tienes artritis de teclear?

—Muy graciosa. No —siento un acecho de ansiedad—. Aún sigue en pie la mentira.

—Te debe de estar carcomiendo, ¿no? ¿Cómo dijiste que se llama el tipo?

—Éveril Gábula —digo reacio.

Decirlo en voz alta se siente como haber cometido una infracción de algún tipo.

Una ráfaga de viento se adentra en el local y empuja unas campanillas colgando sobre el umbral de la entrada.

—¡Sabía que ya había escuchado el nombre en otro lado! Pues, adivina cómo se llama uno de los nuevos profesores de somarso.

—¿Es profesor?

Si es así, su comentario sobre *pas a vin* ahora tiene mucho sentido.

—Sí. Anda en boca de todos. Es muy agradable, pero juro que si escucho un comentario más de lo guapo y misterioso que es voy a vomitar. "¿Ya vieron sus ojos? —remeda dramática—. ¡Son tan intensos!".

Aunque me arda, debo concordar.

—Me pareció que debía tener una profesión por el estilo —digo en cambio.

No sé sí me tranquiliza o me preocupa que sea profesor en el colegio.

—¿Fuiste a su casa, verdad? Nadie sabe dónde vive, solo anda en ese auto lujoso y es bastante reservado sobre su vida personal.

—*Parvani.*

—¿Ah?

—El nombre del auto, es *Parvani* —le explico.

—Por supuesto, tú recordarías eso. Y, ¿dónde vive?

—No lo vas a creer, pero vive en… —una ráfaga de viento más intensa hace revolotear una vez más las campanillas en la entrada y me distrae— Brimin Alto.

—¿Seguro? —Me cuestiona totalmente incrédula— ¿Quién vive ahí?

—Vive en la casa abandonada, la del bosque, la *Casa Marlo*.

—¿Marlo como en…?

—Exacto.

—¿Tiene una casa abandonada? —Pregunta aún más incrédula.

—Sí, la casa abandonada en Brimin Alto, la que nunca ha estado habitada.

Clara parece extrañada.

—Nunca he escuchado al respecto.

—La has visto al menos en varias ocasiones. Fuiste con Ron, Anker y yo al menos dos veces.

—Por supuesto, pero nunca he visto una *Casa Marlo*. ¿Estás seguro?

El encargado del local nos interrumpe para servirnos la repostería caliente y nuestras tazas con café. Además, nos sirve un platito con galletas de vainilla.

—Una pequeña cortesía —nos dice el hombre con amabilidad—. Que les aproveche.

Ambos agradecemos.

Miro las galletas un tanto contrariado y tengo un leve deseo de mirar a mi alrededor.

Pero no, eso sería demasiado. Claramente son una cortesía del lugar, como mencionó el hombre.

Intento sacudir la idea y seguir con la conversación.

—Tal vez un día de estos que haga buen clima podemos subir a Brimin Alto y verla —sugiero.

—¿Ver qué? —Me pregunta y le da un sorbo a su café con leche—. ¡Mm!

—¿La casa? —Repongo, extrañando, revolviendo el azúcar que acabo de echar a mi café negro.

—¿Cuál casa? ¿De qué hablábamos? Qué memoria.

Miro las galletas en el centro de la mesa. No sé cómo unas simples galletas pueden parecer tan... acechantes.

—Qué par —finjo una risa—, lo olvidé por completo también.

—¿Más despejado? —Me pregunta Clara cuando vamos ya de camino a su casa. El agua cesó por completo y solo queda una ventisca helada.
—No del todo.

Llegamos al frente de su casa, en la acera, donde siempre nos despedimos. Nunca más allá.
—¿Vas a estar bien? —Pregunta.
—Por supuesto.
Clara me da una ligera sonrisa.
—Nos vemos entonces.
Mira su casa a lo largo, como examinando, y luego se vuelve y me da un rápido abrazo.
—Gracias por el rato —le digo cuando nos separamos y pongo una mano en su brazo.
Clara da un pequeño respingo y se queja.
—Lo siento, ¿qué hice?
—No, descuida. Me golpeé, no es nada.
—A ver, ¿qué te pasó?
Ella parece incomodarse.
—No es nada. Ya sabes que soy un poco torpe.
La miro incrédulo.
—No es nada, vete —me da un empujón.
—Sabes que si tienes ira podemos salir a botar tensión —bromeo con un tono condescendiente—, no necesitas darte de golpes contra la pared.
Clara me responde con una mueca, pero algo me dice que está resentida.
—Y tú no deberías mojarte o vas a tener una recaída —me sentencia y luego se va.

Me encuentro en mi cama leyendo y me percato de una melodía que llega en forma de eco. No puedo distinguirla muy bien. Intento ignorarla y regresar a mi libro, pero mi mente quiere prestar atención al sonido. Me parece haberla escuchado en algún lugar. Tampoco puedo descifrar el instrumento del cual proviene. ¿Una guitarra? ¿Un piano? El eco es muy confuso.

Mi puerta suena, alguien llama.

Me levanto a atender, abro una rendija y de inmediato la reconozco. Los ojos de Clara se abren sorprendidos al verme.

—Yosh, ¿qué haces aquí?

—¿Que hago aquí? Tú...

—Perdón, pero estoy muy ocupada. Te veo luego.

Clara hace un intento por cerrar la puerta.

—Espera.

—De verdad no puedo, Yosh.

La puerta se cierra de golpe y quedo de nuevo solo en mi habitación, confundido y frustrado. Intento abrirla, pero es como si estuviera clavada.

—Clara, abre.

Sacudo la puerta y esta no cede.

—¿Qué sucede? Suelta la puerta.

De pronto me invade una riada de energía. Es como si mi cuerpo ardiera, como si no tuviera control de mí mismo y fuera a abrir esa puerta a como diera lugar.

Una vez más tomo el llavín y halo con fuerza.

La puerta cede de inmediato.

Al abrirse, me topo con una oscuridad ominosa e insondable. Vuelvo a sentir esa sensación como cuando miré a los ojos a aquel gato. Quiero cerrar mis ojos, mis sentidos, para no tener que percibir tan inquietantes sensaciones. Puedo escuchar el rastro de aquella canción resonar diluidamente en la oscuridad, pero otro detalle me hace estremecerme. Es como si las notas pudieran hablar, articular una palabra. Aunque apenas puedo distinguirla en un susurro, no tengo duda de lo que es.
—Ayuda.

7

Un viaje

Unos mañaneros rayos de sol me despiertan y lo agradezco. No puedo evitar mirar hacia la ventana sorprendido; el cielo está despejado. No parece que en días anteriores el clima haya estado tan turbio y me alegra ver que al fin aparezca el celeste allá arriba. Puedo escuchar en un vago hilo de voz a mis padres charlando y sonando platos en la cocina. Los olores a desayuno y a café llegan hasta mi habitación. Las cobijas se sienten más suaves y calientes que nunca. Es mañana de sábado y mi padre suele abrir la tienda un poco más tarde que entre semana. Casi siempre desayunamos juntos, me extraña que no me hayan llamado a la puerta. O tal vez lo hicieron y yo estaba dormido. Eso explicaría...

En fin, me enfoco en contemplar el retazo de cielo azul que se puede ver desde mi cama. Parece que no hay nubes del todo y casi puedo transportarme a un día de verano, exceptuando el hecho de que hace bastante frío. Solo por un momento considero si ese frío se trata de algún síntoma, una bastante anunciada recaída. No obstante, sacudo el pensamiento. El resfrío ha sido historia. Contrariamente, este frío me reconforta. Solo me dice que estoy más cerca de partir, que el aviso de Franco no puede tardar mucho. Quiero afrontar mi partida lo más antes posible, empezar mi vida. Brimin se siente como la página izquierda usada de un cuaderno y la quiero pasar.

Escucho el sonido de un auto llegando a casa. Cuánto desearía que fuera Franco, que hubiera decidido venir de sorpresa. Pero no, sus visitas son extrañas y no ha avisado nada. Así que lo descarto, no sin guardar un poco de esperanza. Decido levantarme y de inmediato siento la necesidad de vaciar mi vejiga. Me encierro en el baño y, cuando apenas me dispongo a orinar, tocan la puerta de mi habitación.

—¿Yos? —Es mamá.

—Ajá...

—Alguien te busca —me dice con el tono que usa cuando quiere darme una sorpresa.

¿Podría ser?

—Apúrate, ve a recibirlo.

Termino lo más rápido posible, me lavo las manos, me pongo un abrigo, unas zapatillas y salgo. Bajo al primer piso y voy directo hacia la puerta de enfrente con emoción.

No puedo creer que sea Franco.

Abro la puerta sin pensar y me quedo pasmado.

El *Parvani* está estacionado en la entrada de la casa y Éveril espera recostado mirando hacia el paisaje del valle que se ve desde aquí. Lleva el mismo abrigo y sombrero azulado con el que lo vi la primera vez, ahora junto con bufanda y guantes.

—¡Hey, Yoshaya! —Se percata de mi llegada—. Qué bueno verte.

Maldición, ¿qué hace aquí? ¿No sabe entender una señal?

—Buenos días —respondo.

Reparo en que afuera hace aún más frío.

—¿Y qué tal?

—Todo bien, supongo —respondo dudoso—. ¿Y usted?

—Estupendo, gracias. El frío me hace sentir despierto —expresa como si lo hiciera revitalizarse—. Escucha, para sacarlo del camino, no debes preocuparte por lo del otro día.

—Yo...

Aclaro mi voz.

—De verdad no hay problema —me interrumpe con agilidad y se acerca al porche, al pie de las gradas—. Está bien si no quieres aceptar, solo hubiera agradecido que me lo hubieses hecho saber.

La cara me arde.

—Tranquilo, no pasa nada. Créeme, yo sé que suena como una locura. Cuando te ofrecí la tarea, tú preguntaste por qué y la respuesta es porque creo que eres capaz de comprenderlo.

—Lo siento —intento reunir valor para hablar—, creo que no soy la persona que busca.

—¿De verdad lo crees?

Quiero reafirmarlo.

No lo logro.

—Escucha, sé que somos completamente extraños... —vacila—. Creo que hay algo para ti en todo esto. Y, para ser honesto, también creo que necesito de tu ayuda.

Esa palabra... "Ayuda".

Deseo ser tan duro como Clara y pedirle que me deje en paz, así como ella espantó a aquellos niños en la escuela. En cambio, me quedo callado.

"Ayuda".

—Eres libre de hacer lo que quieras. Solo he venido para pedirte que le des una segunda oportunidad a la tarea que te ofrecí.

Las palabras se me amontonan en la cabeza y tengo la sensación de estar al borde de una saliente. "Yosh, última oportunidad", puedo escuchar a Anker invitándome a saltar a la poza.

—No sé... —trago.

¿Ese es mi corazón palpitando?

—Además —hace una pausa antes de seguir—, quiero extenderte una invitación.

—¿Una invitación?

—Sí, quiero expresarte mi buena fe. Debo hacer un viaje a la ciudad y me preguntaba si te gustaría acompañarme. Tu padre me dijo que pronto te mudarás.

Por supuesto.

—Si decidieras tomar la tarea que te ofrecí, me serías de utilidad en el viaje también, pero, más que todo, me gustaría que me acompañaras. Hay algunas cosas que quisiera enseñarte y creo que te agradarían mucho.

—¿Ah, sí? —Pregunto dudoso.

Éveril asiente

—¿Te suena la idea?

—Quiere que vaya con usted a la ciudad —recalco, incrédulo.

—Así es —contesta resuelto.

—Bueno, es que yo le ayudo a mi padre a tiempo completo y, además, estoy esperando a que mi hermano me contacte o que venga. Y Clara... —recuerdo también—. No sé si pueda. Además, ¿no es usted profesor en el colegio?

A Éveril se le escapa una sonrisa.

—Veo que me has investigado.

—¡Yo no...!

—Solo bromeo —me calma—. Todo está arreglado con el colegio. Yoshaya, perdona que insista, de verdad creo que aquí puede haber algo de valor para ti. Llámalo intuición, pero estoy muy seguro de ello. Escucha, solo soy un hombre que busca respuestas y algo me dice que tú puedes estar buscando algunas por tu cuenta.

Éveril me habla con calma, aunque determinado, y percibo que sus ojos me miran sin vacilación. Yo, por mi lado, intento entablar una mirada.

—Yoshaya, entiendo que quieras ignorarlo, pero no hay peor verdad que la que no se quiere ver. ¿No crees?

Esas palabras me paralizan.

La manera en que lo dijo... No cabe duda.

¿Quién es este hombre?

—¿Qué dijo? —Logro hablar.

—Lo sé, no tengo lugar para decir algo así. Perdón, de verdad creo...

—No, por favor repita lo que acaba de decir —le pido con una mezcla de curiosidad y miedo.

Éveril me mira contrariado.

—Dije que... entiendo que quieras ignorarlo, pero no hay peor verdad que la que no se quiere ver.

—¿Cómo es que...? —No puedo terminar la pregunta, no tendría sentido decirlo en voz alta.

La cara me arde de nuevo, esta vez de enojo.

—Lo siento —le digo—, no puedo.

Me vuelvo y tomo la agarradera de la puerta. Solo debo entrar, cerrarla tras de mí y olvidarme de esto. Ser un hombre "serio y centrado".

Pero sigo aquí de pie, sin poder abrir la puerta.

¿Quién es este tipo?

Cierro los ojos y doy un profundo suspiro.

No sé con quién estoy más enojado: si con él por ser tan insistente o conmigo por lo que voy a preguntar.

—¿Cuándo... es el viaje?

—Sé que es un poco repentino, tendríamos que irnos hoy mismo si queremos llegar a tiempo. Recibí una carta de mi padre; vino del otro lado a visitar y no sabe si puede quedarse mucho.

—¿Hoy?

—Lo sé, es muy repentino.

Me quedo callado, analizando la situación.

—Aún... tengo que preguntarle a mis padres —lo condiciono, aún aferrándome al buen sentido—. Supongo que al menos iríamos más de dos días.

—Al menos tres, si te suena bien. Y no te preocupes por nada, todo va por mi cuenta.

Tres días, con él. ¿En qué me estoy metiendo? Pero acepto.

—¿Qué tan pronto tendríamos que partir?

—Tan pronto como puedas —me dice con una sonrisa.

—¡Por supuesto, cariño! Sal de la casa a conocer el mundo. Además, el joven Gábula es un encanto —mamá está claramente más emocionada que yo—. Tu padre se las puede arreglar con la tienda.

—¿Qué te dije de las oportunidades así? Puertas que se abren, hijo. —Añade mi padre, untando una tostado con jalea—. ¡Puertas!

La imagen de una oscuridad profunda y atrayente me acecha.

—¿Qué tal si llegan muchos clientes? —Busco alguna excusa.

—Que sea así hijo, que sea así.

¿Qué debo empacar? ¿De verdad estoy haciendo esto? Si mis padres no hubieran sido tan condescendientes... Ahora Éveril espera en la sala de mi casa a que yo esté listo.

¿Quién aparece así de la nada? Intruso.

Uso una de las maletas de papá para cuando él mismo va a la ciudad. Echo cuanto creo útil y, al menos, la maleta lo sobrelleva. Después de bañarme y tragar algo de comida, estoy listo. Éveril se encuentra aún sentado en uno de los sillones de la sala y está hablando con mis padres. Ellos no pueden estar más encantados. De seguro les parece grandioso que sea amigo de un "académico", muy posiblemente adinerado, de la ciudad. Qué combo.

Aclaro mi garganta para hacerme notar.

—Listo —me anuncio.

Todos me miran.

—Estupendo —corresponde Éveril—. Eres rápido.

—Pues estando en el colegio duraba mil años para estar listo —añade mi madre.

—Gracias, mamá —digo sarcástico.
Éveril suelta una pequeña risa.
—Bueno jóvenes, es mejor que partan y aprovechen el buen clima —nos aconseja papá—. No se sabe cuánto va a durar.
—Cierto —lo apoya Éveril.
Ellos se incorporan y nos dirigimos a otra salita donde está la puerta principal.
—Hasta luego —Éveril le ofrece una pequeña reverencia a mamá poniéndose el sombrero en el pecho y ella asiente encantada. Luego le da un apretón de manos a mi padre.
—Buen viaje. Que no se le pierda el camino —le corresponde.
—Gracias, son muy amables —Éveril asiente con una sonrisa.
Luego, mi madre me toma la cabeza y me planta un beso en la mejilla.
—Que vayan con bien —nos bendice con drama—. Te amo, corazón.
—Mamá... —me repongo un poco apenado.
—Hasta luego, hijo —me dice mi padre y me da un abrazo—. Pásala bien.

Cerramos las puertas del auto y me alegro de que la despedida acabara.
—Son muy buenos tus padres —me dice Éveril—. A veces creo que se me olvida como eran... como era mi madre —se corrige—, luego algo me la recuerda. Tu mamá me recordó a la mía. No lo tomes a mal, pero fue un poco por su intensidad.
—¿O por su habilidad para avergonzarme?
Éveril suelta una risa.
—O eso.
—Su madre... —indago—. ¿Ella...?
—Sí, murió hace tiempo.
—Debe ser lo peor perder a alguien —logro decir.
—Y nunca deja de serlo —me dice con una sonrisa triste.
Éveril pone la llave en el arrancador de borde cromado, la gira y el motor enciende.
Me mira de nuevo.
—Bueno. Nos espera un viaje.

Segunda parte

Despertar

8
Caminos, lugares, conversaciones

Aunque el clima está más frío que en días pasados, el cielo está limpio y celeste. Debo aceptar que el viaje no habría podido caer en mejor fecha. Las vistas verdes que escoltan de vez en cuando el camino son un gusto de ver y ya se ven bastantes árboles desnudos por el otoño. El *Parvani* fluye desenfadado por las calles y Éveril trae puesto el radio, de perillas brillantes y panel de madera barnizada, con una composición de piano. No puedo evitar sentirme de un mejor humor.

—¿Y por qué negocios? —Me pregunta cuando le comento de mis planes a futuro.

—Es algo de la familia, supongo.

—¿Y te gusta?

—Sí —digo poco convencido—. No está mal.

—No está mal, de hecho. En la ciudad el comercio no hace más que crecer. Somos el puerto del país.

Su comentario me alienta.

—¿Y crees que sea la mejor idea? —Pregunta luego.

—Pues, es el plan.

—¿Y qué harías si no tuvieras un plan?

No sé qué responder.

—No lo había pensado.

—Tal vez no lo has necesitado. Ya sabes lo que dicen, de las crisis salen las ideas.

Una hora más tarde alcanzamos Isas, el pueblo con el cual papá suele comparar a Brimin. No es tan grande, pero está sobre una ruta más transitada y tiene pinta de ser más próspero. Siempre la reconozco por sus calles amplias, abundantes flores y edificios vistosos. Algunos de ellos también hechos con piedra caliza. Pasamos a desayunar a una posada y Éveril aprovecha para comprar combustible en un puesto. Desde Isas ya es posible ver las montañas de las que venimos. Mi padre y mi hermano suelen apuntarme a donde se supone que está Brimin. Yo siempre difiero. Sospecho que no tienen idea de dónde está, pero no les contradigo.

—¿Por dónde cree que queda Brimin? —Le pregunto insinuando las montañas, camino de regreso al auto.

—Mmm... —analiza—. Creo que no se podría ver desde aquí.

—Algo así se me ocurría —lo apoyo.

Miramos un rato el horizonte.

—Vamos —resuelve—. Queda mucho por recorrer.

El camino ahora está más salpicado de casas, granjas y pequeñas "pasadas", como le llama mi padre a los pueblos junto a la calle. Tengo casi un año de no ir a la ciudad; papá ha hecho los últimos viajes entre semana y por el colegio me los había perdido todos. No voy a mentir, sí me da cierta emoción el viaje. La ciudad es otro mundo. En el colegio dicen que es casi tan importante como la capital.

—¿Y entonces... es un profesor?

Al fin logro reunir el coraje para preguntar.

—Algo así —confirma con gracia.

—¿Y... reportero, investigador? —Al decirlo siento que suena ridícula mi suposición.

A Éveril parece darle más gracia aún.

—No pecas por suponer esas cosas. No, en la actualidad me dedico a enseñar Música; especialmente piano, y enseño Lenguas de vez en cuando. La investigación es un proyecto aparte.

—Ya veo. ¿Y... Lenguas? ¿Habla otros idiomas?

—Me especializo en somarso; lo llevo muy cerca del corazón. También sé un poco de coreano, algo de francés, un poco de inglés y, por supuesto, español.

—Vaya, increíble. ¿Y cómo aprendió tantos idiomas?

Éveril suelta un resoplo.

—He tenido la suerte de viajar mucho. Rodearse de varias culturas te hace aprender sus idiomas.

—Suena muy interesante —comento asombrado—. Yo ni siquiera he visitado la capital, menos otros países.

—Debes visitar la capital, es requisito. Es una ciudad bastante excéntrica —aclara—, pero debes visitarla. Algún día podríamos ir.

No estoy seguro de querer aceptar esa invitación. Deseo decir algo antes de que sea extraño no contestar, pero se me pasa el tiempo.

—¿Y ahora enseña en Brimin? —Hablo, tarde.

—Sí, algo temporal. El señor Marlo mencionó en la inauguración que aún les hacía falta un profesor de somarso; él es esposo de la directora del colegio. Y, para serte honesto, he tenido algunos obstáculos en mi investigación. Así que lo vi como una buena oportunidad para despejarme un poco y tal vez encontrar alguna... inusitada inspiración.

—¿Obstáculos?

—Sí, es complicado de explicar así de la nada. Lo haré a su tiempo. Ahora tengo tu ayuda y eso me alienta.

—Además de transcribir no sé en qué le puedo ser útil, lo siento.

—No te preocupes. Ya veremos cuando lleguemos ahí.

El tiempo en carretera transcurre y ya comienzo a sentirme cansado. Aun yendo sentado en los refinados y acolchados asientos del *Parvani*, las horas se comienzan a acumular y el cuerpo lo resiente. Para nuestro alivio, nos topamos con la primera vista de la costa. Eso quiere decir que ya falta mucho menos para llegar. Todavía la observamos desde lo alto. En ocasiones, la calle tiene a un lado grandes peñas que son como hermosos miradores al océano. Esas vistas nunca me cesan de sorprender. Éveril estaciona el auto en una orilla muy ancha que nos topamos. Estamos de acuerdo en que es hora de estirarse y agradezco poder bajarme del auto, aunque sea por un momento. El día continúa siendo azul y limpio aquí.

—Hermoso, ¿no? —Se recuesta en una baranda blanca que delimita el mirador.

Me acerco y miro el precipicio abajo, me hace recordar una sensación en el estómago poco placentera.

Éveril me da una sonrisa y por reflejo aprieto los labios. Su mirada se posa en algo atrás mío y vuelvo a ver también. *Bienvenidos a Adán*, dice en un letrero no muy grande.

—Esto me recuerda algo que me gustaría enseñarte —me pasa a un lado—. Vamos, aprovechemos que aún hay buen tiempo.

—Apuesto a que no habías venido a esta playa —presume. El viento helado le vuela el cabello cuando se voltea a decirme.

—No lo creo —lo alcanzo, saliendo del bosque del que venimos. Sin embargo, no tengo duda de que el lugar me resulta familiar.

Un lado de la playa termina en una alta pared rocosa y, en la dirección contraria, la arena blanca se extiende desolada. El viento sopla y la sombra de la montaña hace que el lugar sea aún más frío. El sonido repetitivo de las olas al romper arrulla el pequeño paraíso. Es un paisaje inspirador.

—¡Ven! —Se acerca al oleaje y comienza a quitarse los zapatos y a enrollarse los ruedos.

—¿No está muy...? —Quiero preguntar, preocupado por la temperatura, pero Éveril parece no haberme escuchado de todas maneras.

Después de quedarme de pie en medio de la arena, me acerco a él y comienzo a descalzarme. No me encanta, pero decido obviarlo.

—No hay nada como una caminata helada —me dice mientras termina de enrollarse los ruedos.

—El agua debe de estar fría, muy fría —señalo.

—¿No dicen que hace circular la sangre?

—¿O que te da hipotermia?

—Descuida, no está tan frío. Compruébalo.

Con los ruedos lo más alto posible y nuestros zapatos en la mano, nos metemos a caminar en el borde del oleaje.

El agua está helada, por decir algo.

—Ahh... Me gusta el frío.

Parece no afectarle nada el meterse al agua.

—¿Sí? —Trato de que no se note que ya empiezo a temblar—. ¿Cómo así?

—No sé. Es como comer con picante o golpearte sin querer. Lo miro confundido.

—Sí —me explica—. Me recuerda que estoy vivo o, mejor dicho, que mi cuerpo está vivo. No me hagas caso, es solo un pensar.

—No, creo que lo entiendo. Pero por Dios que esta agua está fría.

—¿Eres creyente? —Me pregunta interesado.

—¿Creyente? —Me toma desapercibido—. No sé, supongo.

A Éveril parece entretenerle el comentario.

—Está bien —me dice sereno—. Cada uno encuentra su fe a su tiempo.

—¿Y usted es creyente?

Me mira y no contesta de inmediato.

—En la religión de aquí no mucho. Creo en la magia, lo que algunos llaman sobrenatural —dice seguro.

Por poco olvidaba ese tema.

Trato de mantener la compostura.

—Pero creo que todo está ligado de alguna manera. Es como si fuera un gran ovillo que se cruza entre sí en muchas partes. Al final, es el mismo hilo.

La imagen de un gran ovillo enjaulado cruza por mi mente.

—Nadie sabe dónde empieza o dónde acaba. —Las palabras se escapan de mi boca.

—Exacto.

Miro atrás de nosotros. El agua retrocedió en un oleaje y nuestras huellas aún están marcadas en la arena. De pronto, una nueva ola viene y las borra.

—¿Por qué cree en la magia? —Me animo a preguntar.

—Es lo que tiene más sentido para mí —me da una pequeña sonrisa—. En principio pensé que me ayudaría a entender el porqué de las cosas. Al parecer ese es un camino más largo de lo que pensaba, aun para mí. Es gran parte del por qué estoy interesado en lo que buscaba Velina.

—Entiendo —aunque no es el caso—. Supongo que todos encontramos nuestra fe, como dice usted.

—Algo así —sus labios dibujan una sonrisa más.

Estoy tratando de contenerme, no decirlo, pero ya ha sido mucho.

—Señor Gábula —le digo tembloroso.

—Antes de que digas otra cosa, ¿te puedo pedir un favor? —Me interrumpe.

—Está bien —le contesto, sorprendido.

—Solo dime Éveril. No te ofendas, pero me siento un poco ridículo cuando me hablas así de formal.

Suspiro de alivio, no sé qué pensé que diría.

—Está bien —acepto.

Me mira expectante.

—Está bien, Éveril.

Se nos sale una risa; a mí temblorosa.

—¿Qué me querías decir?

—Amm, creo que ya no siento los pies.

En el auto, saco el abrigo más grueso que traigo. También me pongo otro par de medias y uno de guantes. No dejo de temblar.

—¿Nada? —Éveril aguarda en el otro asiento.

Yo insistí en que solo ocupaba caminar para calentarme y ponerme más ropa.

—Ya casi —le aseguro entre temblores.

—Creo que fue poco meditado —esconde su mirada por un momento—. Tal vez el agua sí estaba un poco fría, lo siento.

—Solo un poco.

Una repentina sacudida me hace temblar y nos saca un par de risas.

—Escucha, yo... puedo hacer algo al respecto.

—No, de verdad —me esmero por disimular—. En un momento me recupero.

Lo cierto es que ya tengo un dolor agudo en la cabeza.

—Tonterías —Se baja del auto, da la vuelta y abre la puerta de mi lado—. Ven.

Lo miro dudoso. Algo me dice que no se va a mover de ahí hasta que acceda. Me bajo del auto y me pongo frente a él.

—Quítate los guantes, por favor.

Me quedo de pie, estático.

—Tus guantes —repite con gentileza.

Me los quito con escepticismo entre temblores y los pongo en una bolsa del abrigo.

—Tus manos —continúa—, extiéndelas.

Levanto mis manos hacia el frente y Éveril pone sus palmas sobre las mías. Están muy cálidas. Luego continúa recorriendo mi mano hasta que toma mi antebrazo bajo la manga del abrigo.

—Toma mi brazo también.
Dudoso, cierro mis palmas alrededor de su antebrazo. Su pecho parece hincharse más al respirar. Éveril cierra sus ojos y frunce un poco el ceño. Puedo ver su rostro de cerca y con detenimiento. Ahora regresa a mí esa extraña sensación cautivante sobre él, aunque no sé bien cómo explicarla. Y hay algo más, es como una electricidad entre nuestras manos. Segundos más tarde siento calor. Poco a poco percibo como se va disipando el frío en todo mi cuerpo, incluso el dolor de cabeza desaparece. Éveril abre los ojos y me mira, su mirada brillante.
—¿Mejor?
Asiento, aparentemente con la boca sellada.
—Solo es un pequeño truco —me da unas palmadas en el hombro y regresa al auto.

Regresamos a la ruta principal sin decir mucho, devolviéndonos por el camino entre el bosque, el que tomamos para llegar a la playa. Adán es un pueblo opulento, se le nota el dinero y la excentricidad. Papá dice que es hogar de magnates, que a algunos ricos les gusta vivir aquí en lugar de la ciudad porque todo es menos apretado y más limpio. Aprovechamos para almorzar, aunque no nos demoramos mucho. Aun así, tenemos oportunidad de admirar varias casas grandes con elaborados jardines y, por el relieve inclinado del pueblo, nos topamos con fascinantes vistas al océano a cada nada y al sol que va cayendo en esa dirección.

Nuestro camino continúa por la calle que bordea la costa y el viaje vuelve a hacerse un tanto agotador. En un punto, tal como lo recuerdo, perdemos de vista el mar. La carretera nos acerca tierra adentro y eso me dice que estamos a punto de llegar. El camino tiende a subir en varias ocasiones hasta que desembocamos en "la primera vista a La Avaricia", como suele decir mi padre. Al fin, después de todas las horas de viaje, ahí está. Sigue como la recuerdo; la gran ciudad, gris y humeante.

Valinto. Desde donde la vemos se puede apreciar la gran invasión de edificios que significa la ciudad, con un espíritu que parece no dormir. Al fondo del horizonte se puede apreciar como el mar toca un gran borde de la ciudad; el mar intercontinental que nos separa de Marsa, el país más próximo en el otro continente. Nuestro camino empieza a tomar dirección de bajada hacia la civilización.

Estamos a nada de llegar.

9

Asuntos familiares

—¡Éveril, estás aquí! —El hombre que abre la puerta de la casa parece genuinamente feliz de verlo.
—Heme aquí.
Se saludan con un fuerte abrazo.
—Vaya que es rápido el servicio de mensajería en estos días —le dice riendo su padre, quien es de menor estatura que Éveril y no se parece mucho a él—. Y qué sorpresa, traes compañía.
—Ah sí. Él es mi amigo Yoshaya —pone su mano en mi espalda.
—Un gusto —le extiendo un saludo.
—El gusto es mío. Mi nombre es Arlac Gábula. ¿Qué esperan? ¡Pasen! —Nos invita entusiasmado.
—Pasa, Yoshaya —me señala la entrada Éveril—. Enseguida me les uno, voy a guardar el auto en el garaje.
Éveril se devuelve al auto y yo paso adentro, apenado. La casa parece más alta y amplia por dentro que por fuera. Es esquinera, seguida de otras casas angostas similares que van en la cuadra. Pasamos a una sala de bienvenida, dejando a un lado las escaleras que reciben en la entrada, y puedo ver que se trata de una infraestructura distinguida. Cortinas altas, muebles y

paredes tapizados con materiales elegantes y destellantes lámparas colgando del techo.

—¿Así que vienes con Éveril? —Alcanzo a ver sus ojos tras unas gafas redondas, son un poco tristes, pero habla de una manera cálida y hogareña—. ¿Eres su alumno?

—No señor, nos conocimos en Brimin.

—Oh, ya veo. Eres de las montañas del norte —dice ilusionado—. He ido pocas veces, una vez vendí una propiedad de por ahí. El lugar es encantador.

—Pues sí —trato de no sonar engreído—. La verdad lo es.

—Bueno, me alegra que Éveril se hiciera de amigos por allá. Al menos así tendremos una buena excusa para visitar.

—Por supuesto, son bienvenidos cuando gusten.

Arlac se echa una risa.

—Eres simpático, muchacho. Ven, pasa adelante.

Dejo mi abrigo largo en un perchero y lo sigo por un pasillo. Puedo escuchar el motor del auto que va entrando al garaje, a un lado de la casa. Mientras caminamos, puedo ver una sala y un comedor en un salón compartido.

—Toma asiento —acomoda un banco alto del desayunador cuando llegamos a la cocina—. ¿Y cómo estuvo el viaje?

Arlac se pone a buscar algo en uno de los armarios.

—Largo —respondo—, aunque los paisajes lo valen.

—No lo dudo —me sigue la conversación mientras rebusca.

Una puerta de la cocina se abre y Éveril entra del garaje.

—Listo —se anuncia. Luego pasa y saca otro banco alto junto a mí—. ¿Qué tal estuvo ese regreso?

—Para empezar, ya sabes que odio los barcos —le responde desde el otro lado del desayunador, limpiando unas jarras que sacó—. Pero además de eso, lo normal.

—Se pasa enfermo en los barcos —me aclara Éveril.

—Yo nunca he viajado en barco.

—Pues no te pierdes de nada —me dice Arlac y al mismo tiempo pone tres jarras sobre el desayunador—. ¿Café? ¿Té? ¿Chocolate?

—¿Chocolate? —Sugiero apenado.

—Igual —me secunda Éveril.

Tomamos chocolate los tres. Después de que Arlac nos cuenta algunos detalles generales de la situación de Marsa y de su viaje, nos disponemos a bajar las maletas. Mientras él nos comienza a preparar una cena de bienvenida, Éveril me lleva al segundo piso y me muestra un pasillo; de paso me señala una de las puertas en el pasaje, la de su habitación. Luego me lleva a otra puerta un poco más al fondo.

—Este es nuestro cuarto de invitados —me invita a pasar—. Espero que puedas estar cómodo.

En realidad está muy bien, es una recámara alta, espaciosa e igual de elegante que el resto de la casa. Ya desearía que mi cuarto fuese así.

—Está más que bien, gracias.

—Este cuarto no tiene baño, pero puedes usar este —señala otra puerta cercana en el pasillo—. También puedes ducharte cuando quieras.

Cuando Éveril se va, aprovecho para cerrar la puerta y me quito algunas prendas que ahora me resultan de más. Luego, movido por la curiosidad, voy a la ventana de la habitación para espiar lo que esconde detrás. Corro la alta cortina y encuentro que tiene vista a la calle de abajo. Al parecer aquí es un sector residencial porque solo alcanzo a ver más casas. Retrocedo a la habitación y termino por tumbarme en la cama. Se me había olvidado lo que cansan varias horas de viaje. La cama se siente de pronto muy cómoda y me doy cuenta de qué tan rendido estoy. Solo pensar en ello me hace sentir somnoliento. Las luces de la tarde-noche empiezan a teñir las cortinas y los recuerdos del día de hoy empiezan a danzar en mi mente. Qué locura que justo esta mañana estaba pereceando en mi cama y ahora estoy en la casa de nada más que Éveril, el extraño Éveril.

¿Qué rayos hago aquí?

¿Y qué fue eso que hizo con sus manos? Ese calor...

De pronto recuerdo que Franco no debe estar a más de un par de kilómetros de distancia. De haber sabido antes, le hubiera dicho que vendría.

Con suerte me lo podría topar. Aunque debe estar muy ocupado, obvio.

Si tan solo supiera que estoy en la ciudad...

—Intenta encontrarlo dentro de ti. No lo olvides —me dice una mujer con tono amoroso. Las arrugas en su rostro me dicen que es bastante adulta ya.

Es un recuerdo, uno vago. En el fondo está el sonido de las olas. Mis padres nos traían en verano a las playas de Adán cuando éramos niños. Y una vez me alejé de todos mientras jugaba. Cuando me percaté, los había perdido de vista entre la gente y esta mujer se me acercó a hablarme.

—Él quiso olvidarlo —me peina el cabello con cariño; yo soy un niño de unos seis años —, pero yo te enseñaré.

Cuando regresamos a casa corroboré que la mujer se parecía a la de unas fotografías que guardaba papá: a la abuela. Pero nunca le comenté lo sucedido porque ella llevaba muchos años muerta.

Los golpes en la puerta me arrancan del sueño. ¿Cuánto ha pasado?

La habitación se encuentra más oscura y la luz de los faros tiñe por completo las cortinas de un color amarillento.

Llaman a la puerta otra vez.

—La cena está lista, Yoshaya —la voz de Éveril me llega amortiguada.

Me incorporo de inmediato y voy a abrir la puerta.

—Lo siento, me quedé dormido.

—Descuida, ven.

Vamos de vuelta al primer piso y entramos en aquel comedor que vi antes. Las lámparas que alumbran desde el techo crean un ambiente acogedor y nocturno. La mesa no es muy grande, pero solo nuestros platos sobre ella la hacen ver vacía. La cena ya está servida. Arlac nos preparó puré de papa, ensalada verde y pollo en salsa. Muy de ciudad, describiría mamá.

—Insistí en que cenáramos en la cocina —dice Éveril asegurándose de que su padre, sentado ya a la mesa, lo oiga—. Aquí se siente muy... grande.

—Hay que variar, al menos en las ocasiones especiales —lo refuta sin molestia Arlac —¿No lo crees, Yoshaya?

No sé qué opinar.

—Bueno, tomen asiento —nos invita—. Yoshaya, ¿una copa de vino?

Éveril se ríe mientras toma su lugar.

—Empezaste bien.

—¿Ah sí? —Pregunta Arlac.

—En Brimin aman el vino, ¿cierto o no, Yoshaya?

—Solo un poco —digo serio, en chiste.

Arlac se echa una carcajada.

—Este chico me cae bien. A ver, ¡trae tu copa!

Una vez que nos sirve el vino rojizo, alza la suya.

—Por los reencuentros y los nuevos amigos.

También alzamos nuestra copa correspondiéndole.

La cena es sencilla, pero suficiente, y no decimos mucho. Me percato de que ellos tienen un aire solitario, aunque puedo estar imaginando cosas. Se me hace curioso ver a Éveril interactuar con su padre y me pregunto por qué son tan aparte. Es decir, aún me estoy haciendo a la idea de vivir lejos de casa en la ciudad, ¿pero en otro país? Miro a Éveril sin que se dé cuenta y me resulta de lo más interesante conocerle un lado más vulnerable. Por primera vez, desde que lo conozco, no me siento acorralado estando cerca de él.

Sin mucho acabamos la comida. Pronto Éveril y su padre comienzan a levantar los platos.

—Deja así, Yoshaya —me pide Éveril cuando intento levantar el mío.

—Gracias.

—Si quieres ve a la sala mientras nos ocupamos de esto. Llévate la botella, te quiero contar algo.

Ellos levantan tanto como les cabe en las manos y se van para la cocina. Yo me quedo dando unos sorbos a mi copa de vino. Reconozco la botella, a veces papá trae este vino cuando alguien cumple años o en alguna ocasión fuera de la rutina. Es de por las zonas del norte.

Me percato de que el tazón de la ensalada queda en la mesa y, aunque no me lo pidieron, pienso en ser útil y llevarlo. Dejo mi copa, tomo el tazón y me voy por el pasillo.

—¿Te refieres a vender la casa? —Me detengo antes de llegar; es Éveril. Parece un tanto alterado—. Imposible, es casi una institución.

—No lo tomes así. Esta podría ser una oportunidad para empezar de nuevo. Sabes que Marsa es un gran país —lo apacigua su padre.

—¿Quieres olvidarlos? —suena triste, decepcionado—. Siempre es lo mismo.

—¿Cómo puedes decir eso? Jamás. Sabes que jamás.

—¿Entonces?
—No, no es eso.
—¿Entonces?
—¡Ya no están!
Un silencio separa sus voces.
—El tiempo sigue, Éveril. Lo sabes. Por más que los quiera de vuelta, se fueron —sus palabras suenan apesadumbradas—. Tú insistes en quedarte aquí y continuar su legado y lo respeto por ella, pero mi familia está allá y, para serte honesto, quiero seguir adelante.
—Seguir adelante —repite Éveril sin mucha emoción—. Entiendo.
—No, Éveril. ¡Por favor! Regresa.
Me devuelvo con el corazón martillando. Dejo el tazón en la mesa, tomo la botella y las copas, y me escabullo a la sala. Mientras, le doy una ojeada a una estantería con libros para disimular y un par de ellos logran llamar mi atención. *Bénez Clement*, dicen.

Unos pasos se acercan y Éveril aparece por el pasillo. Apenas puedo atrapar un vistazo de sus ojos cuando pasa tras de mí, pero es suficiente para alcanzar a ver que lleva una sombra lúgubre en la mirada. La piel se me eriza. Tal vez estoy perdiendo la cabeza, pero diría que hasta casi puedo percibir una esencia de amargura acompañándolo como un perfume. Pasa sin decir nada y se va al fondo de la habitación, donde un piano de cola negro brilla con las cálidas luces de la noche. Se sienta en el banquillo, levanta la tapa y comienza a interpretar una canción. De inmediato la encuentro familiar, es como si sus melancólicas y sombrías tonadas fueran reapareciendo en mi memoria con cada nota. Lo contemplo mientras toca y no acabo de entender qué se supone que deba hacer. La melodía comienza a ir más lenta hasta que llega a una nota aguda y delicada: el final. La cabeza de Éveril permanece inclinada, el cabello suelto le cubre el perfil del rostro cabizbajo. Sus manos quietas sobre las teclas.

—Mi madre me hizo aprender a tocar piano —dice—. Al principio lo odiaba. Cuando ella no pudo tocar más, yo tocaba para ella. Y claro, siempre me corregía —dice con ironía—. Tocar me recuerda a ella.

—Hizo un buen trabajo —comento, siendo honesto, aunque no sé si debía hablar.

—Casi nunca toco, me limito a enseñar —le quita importancia—. ¿Quieres aprender algo?

Su rostro es visible de nuevo.

Me invita al banquillo y se corre a un lado. Pongo mi copa en una mesita y voy inseguro a sentarme.

—Es una melodía sencilla, es divertido aprenderla. Es a dos personas.

—No tengo la menor idea de cómo tocar.

—Eso es lo de menos —me dice recobrando por poco el semblante optimista que conozco de él—. Pon tus manos aquí, yo te guío.

Pongo las manos sobre las teclas como me lo indica y él va acomodando uno por uno mis dedos en la posición inicial.

—La melodía es simple —me explica—. Primero te la enseño y luego te acompaño con otra.

Accedo.

Éveril se levanta y se pone detrás mío. Luego se inclina sobre mí y pone sus manos sobre las mías. Una vez más percibo la calidez bajo sus palmas. Con delicadeza va presionando, por turnos, mis dedos formando una melodía. Tiene razón, es sencilla y, de hecho, melancólica. Me guía un par de veces y se aparta.

—Inténtalo tú —sugiere cruzado de brazos.

Trato de concentrarme, lo intento y en efecto puedo tocar la melodía sin ningún problema.

—Bueno, no podría decir ya que eres un nato, pero buen trabajo —me dice complacido.

Debe haber sido la melodía más básica de todas; no obstante, me halaga su cumplido.

Éveril se sienta a mi lado.

—Está bien, intentemos esto. Cuento uno, dos y entramos.

Asiento, sin estar seguro.

Éveril cuenta y aunque empiezo atrasado, puedo reponerme. Nunca había experimentado lo que se siente concordar una melodía con alguien más. Es algo impresionante. Tengo que concentrarme en no fallar mis notas. Creo que puedo entender por un momento el gusto de los músicos por tocar.

El eco de las últimas notas queda resonando por unos segundos y nuestros dedos siguen presionando las teclas.

—Nada mal —nos califica.

—Para nada —lo apoyo, aún gratificado.

Él se da vuelta en el asiento hacia mí.

—Me alegra que hayas venido.

—No sé si tenía otra opción —me animo a decir, quizá fue la emoción de lo que acabamos de hacer. Escondo mi mirada en las teclas del piano cuando recapacito.

Éveril se ríe.

—¿Eso piensas? Siempre se puede elegir —me asegura—, esa es la idea.

Asemejo una sonrisa.

Por un momento logro verlo a la cara. Su rostro es sin esfuerzo, natural, instintivo. Quisiera tener su rostro. Y sus ojos; no sé si se trate de su frío color, pero parecen escrutadores, acorralantes y, principalmente, ¿profundos? Clara estaría poniendo los ojos en blanco ahora mismo si pudiera escucharme. De todas maneras, ahora vuelven a tener esa chispa habitual, exceptuando un detalle que no puedo dejar pasar. En el fondo, aún puedo percibir aquella sombra y se traduce en una especie de pesadez, de agobio; uno que tal vez solo se puede ver a esta distancia.

—¿Te gusta el teatro? —Se levanta de la banquilla como si me evadiera.

—Amm, quizá. Solo he ido un par de veces —respondo extraviado en el tema.

—¿Has ido al Teatro Central? —Llega a la mesita donde dejé la botella de vino y las copas. Yo me doy la vuelta sobre el asiento y él me alcanza mi copa.

—Oh, no —digo con certeza—. Eso es muy... de alta clase.

—¿Que te parecería conocerlo? —Llena su copa—. La obra de un amigo se va a estrenar mañana en la noche. Y antes de que digas nada, ya todo está contemplado.

—Pero... no traje nada para ir a un lugar así. Dinero, ropa...

—Descuida —me dice complacido—, tengo una idea para resolver eso último.

Después de charlar un rato, nos quedamos en silencio. Nuestras copas están vacías y nuestras miradas encantadas por el bailar de las llamas en la chimenea.

—¿Qué te parece a ti? —Me pregunta de la nada—. ¿Destino o casualidad?

Lo miro, buscando un poco más de contexto. Él sigue perdido en el fuego.

—¿En general?

Levanta sus hombros.

—Podría ser.

Eso no ayuda mucho.

—Bien —hago una larga pausa y medito mi respuesta—. Creo que en el fondo todos queremos creer que existe un destino, que hay algo esperándonos, pero quizá es... mera casualidad disfrazada de destino.

Éveril no reacciona de inmediato a mi respuesta.

El fuego crepita en la chimenea.

—Entiendo, pienso similar. Es decir, yo ando por ahí diciendo que se puede elegir, aunque por otro lado, a veces me aferro a la esperanza del destino.
Me mira.
—Es como haberte conocido a ti. Puedo creer que solo fue una coincidencia, pero algo me hace creer que tiene que ver con el destino.
—¿Algo como qué?
Éveril se encoge de hombros una vez más con una ligera sonrisa.
Su respuesta solo me provoca más cuestionamientos y frustración.
—¿Cómo es que yo le voy a ayudar en su investigación? —No puedo evitar la pregunta—. Para empezar, no veo que haya traído su máquina de escribir y...
—Yoshaya —me interrumpe con calma, como rescatando la paz que ocupaba hace unos segundos el lugar—. De verdad me alegra mucho que hayas venido. Partiendo de eso, solo quiero decirte que el camino del emprendedor, el camino de quien desea conocerse, no suele ser sencillo. Sin embargo, suele recompensar a quien lo transita. Sé que, a oídos cuerdos, algunas de las cosas que te he dicho suenan descabelladas o enigmáticas. Quiero que sepas que lo sé; aun así, si te sostienes lo suficiente podrías encontrar algo maravilloso del otro lado. Y tengo fe de que ese algo tal vez pueda ayudarme. También sé que a como acabo de poner las cosas, puedo sonar... interesado —me da una mirada que ahora parece sin lugar a duda de agobio—. Pero si logras aguardar, estoy seguro de que puedo darte buenas razones y podría enseñarte por qué es tan importante para mí. No sabes cuánto te agradecería si pudieras ayudarme, estaría en deuda por el resto de mis días.
Siento el estómago apretado.
"Ayuda", recuerdo esa voz en la oscuridad.
—Bueno —trago—, aquí estoy.

Éveril me da una sonrisa y me parece que su semblante, sus hombros, su gesto, su mirada, se apaciguan.
Asiente.
—Gracias.

Después de que nos retiramos a nuestros dormitorios, no escucho a Éveril salir más. Cuando me estoy alistando para dormir, salgo al baño y el pasillo me recibe en penumbra. Por eso no puedo evitar ver que debajo de la puerta suya aún se escapa una luz. Me aseguro de vaciar mi vejiga para que los efectos del vino no me hagan despertarme en la noche. Luego me retiro a mi habitación y me meto bajo el grueso edredón blanco que cubre la cama. La conversación que escuché a escondidas me da vueltas en la cabeza. ¿Por qué Éveril lucía tan diferente después? Solo recordar su mirada me eriza de nuevo la piel.

El efecto del vino perdura aún en mi cuerpo.

¿Qué podría encontrar "del otro lado"?

Mi conciencia divaga con facilidad hasta que me pierdo.

Una puerta se abre frente a mí; no puedo ver quién lo hace.

—¿Yoshaya? —me llaman desde atrás y doy un salto. Reconozco la voz y me vuelvo atemorizado—. ¿Qué haces aquí?

—¿Franco? —Juega con una navajilla en su mano.

—¿Dónde está Éveril? Llámalo para que vayamos con los demás. Tienen muchas ganas de verlo.

10

Espantos

—¿Se tiene que ver así? —Le pregunto a Éveril mientras me veo frente al gran espejo. Me mido un saco de un verde esmeralda oscuro que me queda un poco grande. Me lo pruebo sobre una camisa negra y un chaleco del color del saco.

Éveril me analiza dudoso.

—Podría haber sido a la medida si me hubieras avisado con tiempo, Éveril —le reprocha con severidad Lin, un modista que le hace trajes. Es un hombre adulto en apariencia, de piel cálida y ojos rasgados—. Tuvieron suerte de que el cliente nunca vino por este.

Miro una vez más alrededor del taller, una variedad de maniquíes de costura visten los trajes más elaborados que he visto. Algunas faldas y torsos brillan con piedras preciosas tejidas. Otros, confeccionados con sedas brillantes y lisas, piden ser acariciados. Otros, más pomposos, parecen estar diseñados con telas tan ligeras y delicadas como una niebla. Por otro lado, me topo con trajes parecidos al que vi usar a Éveril el día de la inauguración, con intrincados bordados de hilos dorados y plateados, o confeccionados con telas teñidas con un efecto que luce como la sombra que provoca la superficie del agua.

El saco que llevo puesto lleva un ligero efecto de sombra de agua, además de un borde negro en las solapas del frente y los botones están hechos de unas piedras oscuras; ónix, mencionó Lin al mostrarnos el traje.

—Sabía que tendrías algo —lo endulza Éveril.

—Pero lamento decirles que un traje de Han-Lin no puede ver así la luz —nos sentencia—. No si no está a la medida. Tengo una reputación que cuidar, una que sale del continente de Nueva Europa.

Éveril lo mira preocupado.

—Sé que es desconsiderado pedirte algo así —dice encarecido.

—Lo es.

Éveril duda antes de seguir.

—¿Crees que lo puedas arreglar?

Lin le planta una mirada rígida y luego suelta un suspiro, al parecer, incapaz de negarse.

—Eso es obvio —dice con arrogancia—. Solo por la memoria de Lilian —luego va hacia un escritorio, se pone una muñequera para alfileres y se acerca a mí—. A ver, jovencito, hagamos magia.

—Te lo dije, Lin es asombroso —dice Éveril cuando dejamos el taller y comenzamos a caminar por la acera.

Quedamos en regresar por el traje más tarde, para luego ir al teatro.

—¿Así que él hace tu ropa?

—Solo algunos trajes especiales. Era amigo de mi madre. Tuvimos suerte de que tuviera algo; es muy cotizado.

—¿Coincidencia o destino?

Se le escapa una risa.

Caminamos vario rato por las calles ajetreadas de la ciudad y limpio no es como describiría el lugar. De vez en cuando llega un olor pútrido de basura o del rastro de estiércol que a veces dejan los caballos que halan carruajes. Un medio de transporte arcaico y que entorpece el tráfico, según Éveril, y que a estas alturas Valinto no deja ir del todo. Dice que es un adorno que no logran superar y que solo el turismo no ha dejado que desaparezca.

—¿Ya ves lo que te digo de lo bueno de vivir en Brimin? —Me dice cuando me atrapa arrugando la cara por un olor desagradable.

La vista no deja de ser singular. Los edificios se levantan altos con elaborados detalles estéticos y estructurales, que en definitiva hacen contraste con la imagen uniforme y caliza que tengo de mi pueblo natal, y la gente parece andar en apuros, vestidos para una ocasión formal o para la indigencia. Lo único que parece llevar su ritmo estable y guiado son los vagones de tranvía. Los autos están por todos lados y los carruajes entorpeciéndolos, a pesar de tener una buena longitud de vías dedicadas para que eso no suceda.

—Cada ciudad debe tener algo ridículo —comenta Éveril, de nuevo refiriéndose a los carruajes.

En nuestro camino sigo viendo restaurantes por aquí y allá, tiendas con artículos novedosos y exclusivos. Sin duda, es el corazón de la ciudad y parece tener una gran energía, una interminable. Cada vez que la visito cobra sentido el por qué muchos desean venir aquí a hacer su vida.

Caminamos varias cuadras y pierdo la cuenta. Nunca había estado por estos lugares y la novedad me distrae.

—Mira —se detiene Éveril.

Volteo a ver, se encuentra mirando una propiedad esquinera que tenemos al lado. Es de unos tres pisos y gran parte de las paredes de piedra se encuentran cubiertas por plantas trepadoras.

—Ven.

Atravesamos una tapia que cerca la propiedad y nos acercamos al edificio. Subimos por unas gradas de piedra y al fin estamos adentro. El ambiente amortiguado por alfombras y la iluminación cálida de una recepción nos dan la bienvenida.

Éveril se acerca al mostrador donde se encuentra un hombre mayor. Tras él, se levanta una cuadrícula de madera que alberga llaves.

—Buenos días, señor —saluda Éveril.

—Bienvenidos a El Maristal. ¿Cómo les podemos ayudar? —Corresponde con amabilidad.

—¿Sabe usted si el señor Fredera (hijo) se encuentra?

El hombre parece intrigado.

—¿De parte de quién?

—Éveril Gábula, señor. Soy un amigo.

El hombre no parece del todo convencido.

—¡Chico! —Llama el hombre en dirección a otra habitación contigua.

De ahí sale un joven que puede ser unos años menor que yo.

—Ve donde el señor Fredera (hijo) y dile que el señor Gábula lo busca en el vestíbulo.

El chico asiente sin decir nada y se va deprisa.

—Tomen asiento, caballeros —nos invita el hombre y nos muestra un área de espera.

—Gracias —ambos accedemos.

Tomamos asiento en unas butacas. Recorro con la vista las paredes, cubiertas de un papel tapiz vino gamuzado, y unos afiches llaman mi atención. Uno dice *Testimonios de huéspedes*. Me levanto de la silla y me acerco para leer.

Habitación 7: Sentí que las sábanas estaban pegadas al pie de la cama, pero cuando intenté subirlas me las arrebataron.
Marí Carelín

Habitación 10: Estaba a punto de salir y me di un vistazo en el espejo de cuerpo. Juro que vi a una mujer sentada en la cama. Estaba peinándose unos largos cabellos que le cubrían el rostro. Volteé a ver pensando que se habían metido en mi habitación, pero ahí no había nadie.

Carpo DeFrançoa

Recámara principal: Mi esposo y yo estábamos de viaje en celebración de nuestra boda. Habíamos decidido cenar en la habitación a la luz de la chimenea esa noche. De pronto, una puerta se cerró con violencia. Mi esposo se levantó a investigar, pero no había nadie más. Fue muy emocionante.
Pheoni Britle

Leo otro afiche que está junto a ese.

El Maristal.
Antes de ser un aclamado destino, El Maristal fue la residencia de la infame familia de los Marbet.

Miro a Éveril sorprendido.
—Este es el hotel —le susurro.
Éveril asiente complacido.
Me vuelvo y continúo la lectura.

Estos habían acumulado una gran fortuna a lo largo de generaciones por las Industrias Marbet, que fueron pioneras en el enlatado de alimentos. La innovación en su producto los habría llevado a convertirse en una de las familias más ricas en el área. Como es claro, siendo capaces de tener una de sus residencias en el corazón de la ciudad.
Las prácticas oscuras y conspirativas a las que acostumbraba la familia fueron expuestas, haciendo que perdieran toda buena credibilidad. El imperio de Industrias Marbet quebró ante la competencia y mala fama, y la familia no tuvo otra opción que vender todo y partir. Velina Marbet, hija mayor de Eric Marbet, estaba frente al negocio familiar cuando ocurrieron los escándalos.
De los Marbet no se ha vuelto a saber nada de este lado del agua, aunque su rastro permanece impregnado en lugares como este hotel.

Rastros de sus prácticas ocultistas. Muchos visitantes reportan experiencias inexplicables en la estadía de nuestras instalaciones. No es algo que podamos comprobar; sin embargo, para muchos es una gran atracción.

Esperamos que pueda experimentar algún tipo de experiencia paranormal, si ha venido por eso. Casi un 90% de las personas que nos visitan comentan que, como mínimo, presienten cosas extrañas.

Buena estadía,
La administración.

Miro de vuelta a Éveril y regreso un poco consternado a mi asiento.

—Sí hubo una Velina Marbet entonces —digo, más que todo pensando en voz alta.

—Por supuesto.

Eso no me asegura que sea Linda Marlo de Brimin.

—¿Crees que el alcalde tenga idea de todo esto?

—Estoy seguro de que no.

—Si el alcalde supiera que aquí su familia es un circo... —pienso en alto—. ¿Y en serio la gente viene para ver... espantos? No puede ser cierto todo lo que dicen.

Éveril me exhorta con la mirada.

—¿Qué te dije la última vez? Te sorprendería saber lo que está detrás de lo común y corriente.

—Éveril, ¿qué le estás diciendo a ese muchacho? —Se aproxima un hombre muy bien vestido a nosotros, quien bien debe pasar, por mucho, los treinta. Es de tez morena y barba abundante—. Lo que sea que te haya dicho, te aconsejo que no lo escuches —se dirige a mí.

—¡Ciro! —Se levanta Éveril de su asiento y le da un abrazo amigable. Luego se aparta para mostrarme—. Te presento a mi amigo Yoshaya.

—Ciro —me extiende su mano.

—Un gusto —le digo tratando de ser educado.

—Y dime —regresa a Éveril—. ¿A qué debemos el honor de tu visita? Pensé que te habías marchado de nuevo al otro lado del mar.

—Bueno, he viajado por aquí y por allá. He regresado por unos días —comenta quitándole importancia—. Me preguntaba si habría posibilidad de ver la habitación, ya sabes.

Ciro hace una pequeña mueca.

—Uff, amigo. ¿Sabes? En este momento la tenemos ocupada con huéspedes. De lo contrario, los hubiera invitado a pasar.

—Ya veo —dice Éveril sin enfado—. No hay problema. ¿Y cómo está la familia?

—Ya sabes, trabajando como siempre. No hay tregua.

Ciro no parece tan complacido como cuando nos saludó y de pronto se interpone un silencio incómodo.

—Bueno, ha sido un gusto verlos —nos habla a ambos—. Me apena mucho, me encuentro bastante atareado.

—Ve. Me alegra haberte saludado también —lo envía Éveril—. Salúdame a tus padres por favor.

—Por supuesto. Hasta luego. Bendiciones del Altísimo —se da la vuelta y se va por un pasillo.

Miro a Éveril.

—Eso fue... interesante —me dice.

—¿Pasó algo?

—No, descuida, pero Ciro es un muy mal mentiroso —comenta viendo la cuadrícula donde están las llaves.

De pronto, me parece sentir una leve ráfaga de viento. Momentos después, se escucha el sonido de algo caer al suelo, proveniente de la habitación por donde salió el chico antes.

—Ahg, este hotel —se queja el recepcionista mientras se sale para ir a atender el problema—. ¿Hay algo más en lo que los pueda ayudar?

—Descuide —le asegura Éveril—. Es hora de que nos vayamos, gracias.

—A sus órdenes —se despide.

Nos dirigimos hacia la salida y el hombre se va. Antes de que pueda poner un pie afuera, Éveril me pone una mano en el hombro.

—Espera —me susurra.

Lo miro confundido. Él se acerca al umbral de la puerta por la que se fue el recepcionista y da un vistazo.

—Ven.

—¿De qué hablas?

—Ven, confía en mí —insiste—. Rápido.

Estoy seguro de que no es una buena idea, pero me acerco. Éveril me toma de una muñeca y me lleva con prisa por el pasillo por el que se retiró Ciro.

—¿Qué estamos haciendo? —Susurro mientras me lleva por el pasillo. Éveril me silencia, me hace subir unas gradas de madera y me indica hacer el menor ruido al pisar, lo cual es todo un reto.

¿Qué diablos se propone?

En el segundo piso me lleva a un ancho pasillo con varias puertas y alumbrado por altas ventanas que miran por encima el ajetreo de la ciudad. Casi al final de este, una puerta con dos anchas hojas cierra el paso.

—Henos aquí —presenta Éveril.

Lo miro expectante.

—Esta solía ser la habitación de Velina y su esposo.

Sin esperar, acerca sus manos a las manijas y las hace girar en sentido contrario. Luego, empuja las puertas. Es una gran habitación, casi un salón. Una ancha cama con altos postes descansa de un lado y, en la pared opuesta, se levanta una chimenea enchapada en piedra. Los suelos están alfombrados y, en general, toda la mueblería la adorna como una habitación lujosa. Me pregunto si algo de esto habrá pertenecido a Velina.

—Aquí solía estar una oficina —me señala una entrada al costado externo de la chimenea—; la convirtieron en un comedor.

Paso a la habitación junto con él y compruebo que no está exenta de la delicadeza de la recámara. La luz natural entra a través de unas puertas como ventanales que dan a un balcón. Una brillante y larga mesa corona el centro de la habitación y el cielo se adorna con una ancha lámpara de cristales. Parece un espacio destinado para personas muy adineradas.

¿Qué estamos haciendo aquí?

—Mira esto —me anuncia y abre las puertas que dan al balcón.

Me acerco dudoso, sería muy fácil que alguien nos viera por aquí.

—Vaya —se me escapa.

Allá abajo florece un jardín de patrones coloridos y enrevesados. Esta vista hace un gran contraste con la apretazón y suciedad de la ciudad. Vaya lujo.

—Bello, ¿no?

—No hay duda.

—Una vista hermosa que llegó a ser una de hostigamiento —me explica.

—¿Cómo así?

—Cuando todo sucedió, muchos vinieron a acosar a la familia, en especial por aquí. Claro que contrataron guardias cuando todo se salió de control, pero eso solo significaba que tenían que vivir encarcelados.

—Tan poderosos y tan limitados al mismo tiempo —pienso en voz alta.

A Éveril se le escapa una risilla.

—Exacto —me dice complacido—, tienes buen ojo para los detalles.

—¿A qué te refieres?

Éveril me da unas palmadas en el hombro con una sonrisa en el rostro.

—Vamos, aquí no tenemos nada más que ver —me dice y se va.

—No, espera.

—No querrás estar aquí por mucho tiempo, creo que ya se dieron cuenta.

—¿Qué? ¿Quién?

Me vuelve a silenciar

Lo sigo de vuelta a la habitación principal con el corazón golpeándome el pecho. Salimos de la recámara y Éveril cierra con sigilo las puertas. Nos vamos por el pasillo y yo voy detrás de él, pensando en lo que me acaba de decir. Y un sonido me alerta; alguien está abriendo una de las puertas cercanas. El corazón se me acelera mientras busco cuál de todas es. Cuando la hallo, me percato de algo: el llavín parece estar bloqueado, la persona no puede salir. Éveril va mucho más adelante y termina dejándome atrás. La persona tras la puerta continúa forcejeando el llavín.

Debería irme; yo no estoy aquí.

La puerta se sacude con más intensidad.

Podrían necesitar ayuda; podrían estar encerrados.

De pronto el llavín se desbloquea y la puerta se abre un poco, pero no alcanzo a ver quién lo hace. Solo se abre una pequeña rendija que deja ver oscuridad y un pequeño brillo que se asoma por la rendija. Debe ser la mirada de alguien. Una mirada de sorpresa.

—¿Yoshaya? —Me llaman por detrás y doy un brinco. Reconozco la voz y me vuelvo atemorizado—. ¿Qué haces aquí?

—Ciro —es lo único que puedo decir.

—¿Dónde está Éveril? Llámalo para que vayamos con los demás. Tienen muchas ganas de verlo. Estaban esperando que viniera a husmear de nuevo.

—Yo...

Me parece que Ciro tiene un semblante ominoso, no parece el mismo sujeto cordial que nos recibió antes.

—Y bueno, ¿qué hay de ti? Todo ese calor... —Continúa con un tono codicioso.

Me parece que comienza a acercarse, aunque sus pies siguen pegados al suelo.

Un escalofrío me recorre la espalda.

La puerta detrás de mí se abre por completo y Ciro retrocede con un semblante confuso al ver quién está detrás.

—Lo siento mucho, me tengo que ir —aprovecho el momento para escurrirme y huir sin volver a ver atrás.

Doblo hacia las escaleras y me topo a Éveril con cara de confusión. Lo tomo de una mano y lo hago correr conmigo. Bajamos las escaleras, nos devolvemos por el pasillo inicial y regresamos a la recepción. Algo me pone la piel helada cuando llegamos ahí y me detiene en seco haciendo que Éveril choque contra mí.

Ciro está conversando con el recepcionista y se detiene al vernos. Aunque su mirada es de confusión, no es maliciosa e inhumana como la que acabo de presenciar. No hay manera de que sean la misma persona.

—¿Es en serio? —Le reprocha a Éveril—. Esperaba más de ti.

11
¿Qué hay de más? Más allá

Llevo tiempo pensando en que no mucho me sorprende. No soy del todo negativo con respecto a la vida, no creo ser mucho menos alguien que lo haya visto todo, al contrario, pero llevo una incómoda sensación de que no importa qué tan grande sea el espectáculo, no es más que un espectáculo, una estrella fugaz que se encamina a su fin, el querer alcanzar el cielo saltado. La vida puede estar llena de cosas hermosas, cosas que intento encontrar y rescatar de entre lo aciago, pero continúo llevando un cuestionamiento dentro de mí. Una llama dolorosa que me quema constantemente, una espina que no me deja respirar en paz.

—Ahora sí está a la medida —me dice Éveril complacido cuando le abro la puerta de mi habitación.

—¿Estás seguro? No estoy acostumbrado a vestir así

—Seguro —me conforta con una sonrisa.

Él ya está vestido también. Lleva un traje de un color vino oscuro y una corbata de encaje negro en pliegues. Esta va adornada en el cuello por una piedra negra incrustada en una pieza metálica dorada. Su cabello le cae desenfadado hasta los hombros en unas ondas que, de vez en cuando, revelan unos mechones castaños.

Éveril le da unos toquecitos a la piedra en su cuello.

—Ónix, para que hagamos juego.

En su dedo lleva un anillo coronado de una piedra similar.

Me miro de nuevo en el espejo, yo también llevo una de esas corbatas de encaje negro, una más reservada que la suya. Tal vez me guste como me veo. Es, en definitiva... diferente.

—Solo falta algo —me dice y se desaparece por el pasillo. Al poco rato regresa con un sombrero negro y se posiciona detrás de mí para colocármelo en la cabeza—. Ahora sí está completo el atuendo —me dice mirándome por el reflejo—. Cuídalo, es de mis favoritos —me advierte—. El carruaje va a estar aquí pronto.

—¿Carruaje?

—Sí —me dice y se le escapa una risa—. Es costumbre para ir a galas así o la cola de una.

Los seres humanos somos todos diferentes en algo y tenemos algo de especial. Sin embargo, en esta calidad siempre tenemos cierto tope, cierta limitación. Yo le diría, una venda que es parte de nuestra anatomía del ser. No supongo que sea un aspecto negativo, es solo natural. Por eso, cuando imagino que quiero encontrar a una persona diferente que me deslumbre con su singularidad, llego a la anterior conclusión. Pero qué más da, lo más probable es que todos estemos atados, primero a la ignorancia y, por ende, a una idea errada de la vida.

—¿Estás seguro de que no quieres hablar al respecto? El Maristal tiene sus cosas.

—Ya te dije; creí ver a alguien. Pensé que nos meteríamos en problemas.

—Te creo que viste a alguien, lo que me intriga saber es a quién. Estabas pálido.

Me quedo callado e intento no mirarlo a los ojos.

—Seguro era alguien del personal —digo.

El carruaje se detiene. El conductor se baja, se acerca a la puerta y la abre.

—Caballeros, hemos llegado.

Al bajar del carruaje, me encuentro en una avenida adoquinada, adornada con una fila de faros que ya relucen junto con la débil luz del celaje. Delante de nosotros, en la vía, se estaciona otro carruaje como el nuestro, negro brillante, y de amplias y delgadas llantas, de donde despiden también a una pareja vestida delicadamente para la ocasión. La mujer levanta la sutil y ligeramente abultada seda color turquesa de la falda de su vestido con una mano enguantada de encaje blanco, y con la otra toma el brazo de su pareja, que va vestido en totalidad de negro con un bastón en la mano opuesta. La joven pareja comienza a subir la escalinata de amplias gradas blancas que llevan a un edificio del mismo color, el cual recibe a los demás asistentes por unas anchas y altas columnas.

Tuve además otra conclusión, tal vez uno de los motivos de este deseo que me carcome. Hace tiempo tenía la figura de Dios enmarcada y eso me apaciguaba, me hacía sentir completo, con norte. No había necesidad de sorpresa. Es más, cualquier destello de sabiduría o grandeza era de naturaleza extrínseca. Pero, un día, esa enmarcación se desmoronó de manera inesperada e inevitable. Mi sistema desapareció. ¿Ahora quién iba a sorprenderme? ¿Qué era Dios? ¿Era yo? ¿No era nadie? Fue como si la tierra se hubiera quedado gris, silenciosa y sin rumbo.

—Vaya.

El salón de bienvenida del teatro me roba un suspiro. Tiene un tema celestial lleno de adornos dorados.

—Este debe ser de mis edificios favoritos de la ciudad —me comenta Éveril, mientras que admiramos la bóveda pintada de cielo y nubes—. Este y el Conservatorio de Música de Valinto.

La recepción está llena de personas porque la obra no empieza aún. Éveril saluda de vez en cuando a alguien que lo reconoce o le llama profesor. Yo solo saludo sin tener idea de quiénes son.

—Buenas noches —se escucha la voz amplificada de una mujer un rato después de que llegamos.

Todos miramos en dirección a la voz y se acalla el lugar. Ella está en un balcón del que se despliegan a ambos lados unas escaleras largas y redondeadas que bajan hasta nuestra sala. La mujer, vestida de gala, habla por un micrófono.

—Gracias por acompañarnos esta noche. Dentro de pronto abriremos las puertas. Una vez cerradas solo se abrirán hasta el siguiente acto para mantener el orden. Por favor, tengan sus boletos a la mano para poder asignarlos a sus asientos. Muchas gracias.

La mujer se va por la puerta que está tras ella y las dos anchas hojas vuelven a quedar cerradas. El barullo de las conversaciones regresa como antes.

—Ven —me pide Éveril—, te quiero presentar a alguien.

Lo sigo en medio de la gente, entre vestidos y trajes. Un grupo de personas se congregan para hablarle a un hombre de espaldas a nosotros. El hombre le da un apretón de manos a los que están en el grupo, parece que se despide. Cuando estamos cerca, Éveril me indica que esperemos. El hombre se aparta del grupo y voltea hacia nuestra dirección, reconociendo de inmediato a Éveril.

—¡Por Dios! Miren a quien me vine a encontrar —dice el hombre en un tono jocoso al acercarse.

Se ve mayor, con destellos de gris en el cabello.

—No te daba por creyente —le contesta Éveril.

El hombre se echa una carcajada y se dan un abrazo.

—Vaya sorpresa, muchacho. Me alegra verte aquí.

—No podía perderme la primicia.

—Al menos ahora sé que una persona apreciará mi obra —le dice el hombre aún con un aire chistoso.

—Bueno, no solo uno. Aquí tienes a un buen admirador —dice al presentarme—. Te presento a mi amigo Yoshaya.

—Yoshaya —repite mi nombre entretenido y me extiende la mano.

Yo estoy confundido, pero le correspondo

—Yoshaya —me dice Éveril—, te presento a Bénez Clement.

No obstante, el cuestionamiento prevalece como una luciérnaga que en ocasiones se pierde en la oscuridad y de pronto reaparece; más cerca, o más lejos. Cuando menos espero, la idea choca contra mí como si fuera una misión de gran importancia. ¿Qué hay de más? Más allá. Más allá de existir, del poder, de tener. Me llena de una legendaria esperanza que no tarda en esfumarse. De nuevo llego a la conclusión de que en nuestra condición de humanos, eso es lo que continuaremos siendo. Pero si entiendo eso, ¿por qué no muere la pregunta?

La idea no morirá porque está arraigada a mí como una naturaleza humana y quizá la llevaré hasta el día de mi muerte.

¿Perseguiré estrellas inalcanzables por el resto de mis días? ¿Buscaré entre los escombros del hombre que antes fui?

A lo mejor, en la tierra caminan personas que han hallado luz, pero otros somos muy ciegos para verla.

El actor baja su cabeza con solemnidad y las luces se disminuyen hasta que el escenario queda oscuro. El telón se va cerrando y los aplausos inundan el lugar como un aguacero. Desde los palcos hasta el área central, muchos espectadores se ponen de pie y continúan aplaudiendo. Las luces se encienden y, después de varios segundos de aplausos, el telón se abre de nuevo mostrando poco a poco a todo el elenco de la obra. La ovación se intensifica y el elenco hace una reverencia prolongada tomados de las manos. Luego, la fila se abre en el centro y, detrás de ellos, sale Bénez Clement, a lo cual se intensifica de nuevo la ovación. Bénez saluda a la audiencia en medio de la apreciación y, después, todos juntos en el escenario hacen una reverencia. El telón comienza a cerrarse hasta que uno por uno van quedando ocultos.

—Debes reconocer que te sorprendiste —me dice complacido cuando vamos de regreso en el carruaje.

—Te hubiera agradecido que me avisaras, quedé como un tonto.

Éveril suelta una risa.

—Descuida, estuviste bien. A Bénez le disgusta la gente que lo toma muy en serio.

Lo miro tratando de hacerme el serio. Recuerdo la manera en que balbuceé frente a Bénez y no puedo evitar reírme de mí mismo.

—¡Ves! Es mejor así —me dice—. De seguro te va a recordar por algo.

Suspiro complacido.

De pronto, el carruaje se detiene de manera abrupta. Nos miramos extrañados y Éveril se asoma por una de las ventanillas del carruaje.

—Este no es el camino.

Se escucha como el conductor se baja y se acerca a la puerta. Esta se abre.

—Abajo —nos ordena con autoridad una voz femenina. Lleva una máscara negra sobre el rostro.

—Espera —Éveril suena confundido—. ¿Sig...?

—¡Abajo!

—No hay necesidad de usar máscaras, Sigrid. Sé quién eres.

La mujer saca un arma, la carga y la apunta hacia mí.

—¡Basta! ¡No hay necesidad! —le ordena Éveril y accede a bajarse.

La mujer retrocede, aún apuntando el arma mientras nos bajamos. El lugar parece ser un callejón oscuro y apenas se nota la contextura alta de la mujer que nos amenaza.

—¿Armas? —Le pregunta Éveril cuando salimos y vemos que dos enmascarados más la acompañan. Uno de ellos es alto y musculoso, y la otra de menor estatura y con cabello largo.

—Parece ser que alguien no entiende las amenazas —dice—. Creo que fui muy clara, Éveril.

—No sé de qué hablas.

—Deja de tomarnos por estúpidos.

La mujer hace una seña con la cabeza en mi dirección y alguien se acerca tras de mí. Al instante, presiona un objeto contra mi garganta y alcanzo a sentir como su mano tiembla.

—Basta. Te dije que no es necesario —ordena Éveril molesto.

—Los Hijos de la noche te mandan saludos —le dice la mujer fastidiada—. Última advertencia o les espera el olvido a ti y a tu pequeño lacayo.

Éveril parece querer decir algo y da un paso irritado. Los acompañantes de la mujer se apersonan en respuesta, pero su líder los detiene.

—Abandona tu búsqueda, hemos dicho. Sé que eres lo suficientemente inteligente para hacerlo.

La mujer hace una seña en mi dirección y el objeto se aleja de mi cuello. Alcanzo a ver un destello metálico.

—Arriba, príncipes —nos ordena.

La mujer se va hacia el frente del carruaje y Éveril se me acerca con apuro.

—¿Estás bien?

—Sí, sí —respondo sin estar seguro.

—Vamos —nos ordena la mujer y luego se sube al carruaje.

Éveril se vuelve a regañadientes.

—Vamos —me dice.

Voy a seguirlo, pero antes, algo es puesto en una de mis manos. La persona que estaba tras de mí me rebasa y se va a subir por el frente del carruaje. Miro mi mano con cautela, parece un pequeño papel. Sigo a Éveril dentro del carruaje y cierro la puerta.

—¿Sí estás bien?

Asiento, aunque no logro recapacitar. Éveril suspira con un aire frustrado.

—Perdóname, esto no debió haber sucedido.

Siento el papel que va dentro de mi mano sudorosa. ¿Qué dice? Éveril no deja de mirarme y no puedo abrirlo.

Avanzamos por unos minutos. Pierdo el rastro del recorrido por ir sumido en mis pensamientos. El carruaje se detiene al fin y, poco después, la puerta también se abre. Estamos frente a la casa de Éveril. Espero que él baje de primero y pongo el papel en uno de mis bolsillos del pantalón, luego bajo también. El uniformado corpulento que nos abrió la puerta la cierra y regresa al frente del carruaje sin decirnos nada. Arrean a los caballos y la carroza se va por la calle. Nos quedamos ahí hasta que la perdemos de vista. Yo no acabo de entender qué pasó. Me apuntaron con un arma, me amenazaron en la garganta y ¿luego me dejaron con un papel?

Intento tragar, tengo mi garganta seca.

—¿Podemos pasar? Por favor.

—Por supuesto —reacciona Éveril, quien parece haber estado concentrado en algo—. Me queda una larga noche si quiero que esto funcione.

Entramos a la casa y pasamos hasta la cocina.

—Yoshaya, cuánto lo siento. Siéntate, otra vez estás pálido. ¿Quieres agua?

—Descuida. Es decir, el agua está bien —le digo sin poder concentrarme.

—De inmediato. ¡Oh, vaya! —se detiene cuando se percata de algo en mi cuello.

Me toco y siento un poco mojado. Además, me arde un poco al tacto. Miro mis dedos: están manchados de sangre.

—Le temblaba el pulso —se me sale decir.

—¿Cómo?

—Le temblaba el pulso al que me puso el...

—¿Cómo entró aquí?

Intento pensar en una respuesta.

—Yo... vine de último momento —digo inseguro.

—No nos tomes por idiotas. Alguien sin magia no hubiera podido entrar aquí y, aun así, se requeriría de una gran destreza para lograrlo. Explica por qué no debería asesinarte.

—Solo... solo necesito a mi gato y me iré de aquí.

—¿Tu gato? Estoy perdiendo la paciencia.

Mi garganta se cierra y no puedo respirar más. Intento tomar con mis manos lo que la aprisiona, pero me aferro a la nada. El sentimiento es desesperante.

Al fin puedo respirar y caigo de rodillas. Postrado en el suelo intento recobrar el aire. La tierra se sacude con violencia. Me levanto en el aire; el suelo debajo de mí se aleja y solo espero ser impactado contra este. Y, en efecto, el suelo me recibe sin misericordia. Me quedo paralizado intentando sobrellevar el dolor, intentando respirar con dificultad y no puedo decidir qué me duele más.

Poco a poco me muevo intentando incorporarme. Apenas logro sentarme, me percato de que estoy en la biblioteca de la Casa Marlo.

Despierto exaltado.

Estoy en la cama del cuarto de invitados. La luz de una lámpara en la mesa de noche alumbra con calidez la habitación. Éveril está sentado al pie de la cama. Se le escapa un suspiro de alivio cuando me ve.

—Me alegro de que despertaras.

Toco mi cuello. Tengo algo que cubre la herida.

—Le puse una pequeña venda. No era mucho. ¿Cómo te sientes?

—Bien, supongo. ¿Me desmayé?

—Sí, apenas te atajé.

—Qué vergonzoso.

—Yo soy el que está apenado.

—¿Qué diablos fue todo eso? —Me incorporo en la cama recobrando poco a poco la memoria—. ¿Los Hijos de la noche te mandan saludos?

—Lo sé.

—¿Es porque estás detrás del asunto de Velina?

—Parece. Cuanto intenté hablar con ellos al respecto, me ignoraron y me amenazaron.

—Es claro que no apoyan tu investigación.

Éveril apenas asiente.

—¿Entonces por qué seguir? Algo me dice que no son muy amigables y mira lo que le hicieron a Velina.

Éveril me da una mirada de soslayo y no responde a mi pregunta.

—Lamento decirte que tendremos que regresar lo más antes posible a Brimin.

—¿No sabrán dónde estás?

—Es poco probable.

No sé cómo sentirme al respecto.

—Entonces, ¿regresamos así nada más?

Éveril asiente.

—Descansa —me dice y se levanta.

Toma la puerta y la cierra tras él. Antes de cerrarla por completo, se asoma de vuelta.

—Quiero que sepas que no hubiera dejado que te hicieran daño —me mira con determinación—. Buenas noches.

Me percato de que aún llevo el chaleco, la camisa y el pantalón con el que salí, así que una vez solo, me levanto para cambiarme. Me mudo la ropa de dormir y dejo las que traía sobre una silla. Luego, levanto el edredón y me meto bajo él. Me recuesto de lado, me cobijo y me quedo pensando en nada. Mi mirada divaga en la pared contraria, en los armarios, la silla en la cual dejé mi ropa; el saco, la camisa, el pantalón.

¡El papel!

Me tiro de la cama y voy a rebuscar en las bolsas del pantalón. Ahí está: el papel que me puso en la mano el sujeto. Dudo unos segundos antes de abrirlo, pero no me puedo contener más.

Lo abro.

Lo leo.

Aléjate de él.

Un cielo estrellado se expande sobre mí. El cielo más profundo y brillante que haya visto jamás. Me parece escuchar el sonido de aquella melodía; es mucho más clara. Ahora estoy casi seguro de cuál es, aunque no quiero aceptarlo. Un estridente fragor invade el lugar apagando las notas. Parece que viene de varias direcciones. Me percato de que corre agua entre mis pies. Esta sube rápido de nivel. Más arriba, más arriba. Antes de lo que creo, el agua me cubre el rostro y debo contener la respiración. Intento salir a flote, pero la corriente me revuelve. Trato de aferrarme a algo con desesperación. Es inútil. Tengo la aterradora sensación de que me estoy ahogando. Pierdo el control, comienzo a tragar agua y el miedo me invade por completo.

12

Filo y herida

—¿Por qué es tan importante?
Le paso mi maleta para que la meta en la cajuela.
—Habrá un mejor momento para hablar de esto. Ahora no es tan sencillo de explicar.
—Inténtalo.
Suspira.
—Velina propuso algunas ideas que podrían cambiar mi vida. Mucho. Al menos te puedo decir eso.
—¿Por qué?
Mi pregunta parece hacerle gracia.
Le paso otra maleta y la acomoda.
—Hay cosas de las que me gustaría hablarte lo más pronto posible. Por eso es que te invité y por eso te ofrecí el trabajo en primer lugar. Solo te las podré contar cuando estés totalmente dispuesto a escucharlas.
—¿Qué quieres decir? Podrías contarme; escucho.
—No es el momento —me dice y cierra la puerta de la cajuela.
—¿Así que no quiero escuchar?
—¿Me preguntas a mí?

—Escucha, sé que tienes tus creencias, no por eso quiere decir que yo deba tenerlas.

—¿Creencias?

—Sí, tú crees en... El punto es que el hecho de que yo piense diferente no quiere decir que esté mal. Es más, en mi opinión, creo que sería más cauteloso de tu parte no seguir con esto. Algo me dice que no acaba bien.

—¿Y sí piensas diferente? Digo, acerca de lo sobrenatural, la magia.

Me deja y se va a abrir la puerta que da a la cocina.

—Oh, ya los iba llamar —nos recibe Arlac—. Ya está listo.

Lo sigo adentro y encuentro que la mesa está servida con el desayuno.

—A sentarse ya, antes de que se enfríe —nos ordena.

Tomamos asiento los tres y empezamos a comer de las tostadas, salchichas y los huevos revueltos servidos en la mesa.

—¿Qué te pasó ahí? —Arlac me mira el cuello extrañado.

En la mañana me quité la venda y por suerte solo me quedó una pequeña marca.

—Am... estaba tratando de cortarme la barba —miro a Éveril, quien ve con gracia mi rostro lampiño—. Escuché que si uno se rasura seguido crece más.

—Bueno, no creas todo lo que dicen —se echa una risa—. La próxima trata de no ser tan agresivo con la navajilla.

—A veces uno es testarudo.

Miro de reojo a Éveril.

—Descuida —me dice Arlac—; si te va a crecer, te crecerá. Es inevitable.

Éveril se aclara la garganta.

—Bueno, ¿y por qué se van tan pronto? Apenas y llegan —enfatiza viendo a su hijo.

Tengo curiosidad de qué dirá.

—Yoshaya tiene que regresar.

—¿En serio? —Lo sigue mirando escéptico—. Qué pena, venir desde tan largo para irse tan rápido. Sin mencionar que yo vine desde otro continente.

—Discúlpeme —le digo a Arlac—, pero ya sabe, la realidad llama.

Su padre parece desairado y estoy seguro de que no cree una palabra de lo que decimos.

—En ese caso —nos dice resignado—, debes invitarlo otra vez, Éveril. Tal vez la próxima tengamos más tiempo para que se quede.

—Eso si hay un lugar dónde quedarse —le replica Éveril con reproche y Arlac no logra decir nada más.

—¿Yoshaya se tiene que ir? —Me abrocho el cinturón mientras salimos del garaje en el auto.

—Créeme, era lo mejor. No querías que sacara su lado preguntón.

—¿Y ahora cuál es tu plan?

—Investigar lo más que pueda antes de que intenten impedírmelo.

—¿De verdad no será fácil localizarte si conocían a Velina?

—Al parecer solo ella sabía de la casa.

—¿Pero qué les costaría seguirnos? Pueden estar vigilándonos.

—Por hoy no nos van a seguir; me aseguré de eso.

—¿No nos van a seguir?

Éveril se encoge de hombros.

—Claro. ¿Sí entiendes lo delgado de ese plan, verdad?

—¿Qué puedo decir? De las crisis salen las ideas.

Veo por mi ventana, molesto.

—La Paradoja del Alma, entonces —digo sin verlo—. ¿Cuáles son esas ideas interesantes que propuso Velina?

Éveril calla y presiento que no me contará nada.

—¿Has visto que los tulipanes crecen como tulipanes —lo escucho decir al fin—, las rosas crecen como rosas y las orquídeas como orquídeas?

Lo miro por un momento.

—Todo sigue un orden, una estructura —añade.

—¿Lo que llaman ADN?

—Correcto. Llevan una instrucción que las dirige a convertirse en algo diferente a la otra. Los humanos no estamos exentos de eso; existe una instrucción que nos ordena también.

—ADN.

—Ahora, en nosotros habita la conciencia, el alma. Y surge la pregunta: ¿Existe una instrucción del alma?

Éveril calla.

—¿El ADN del alma?

Asiente.

—¿Pero cómo investigar algo que no es tangible?

—No sé, pero Velina creía tener una idea de cómo hacerlo. Mira, el alma es una forma de energía poderosa y compleja; es la esencia de quienes somos y de lo que nos mueve. Quita el alma de un cuerpo vivo y este decae en segundos. Una instrucción hace que parta y el cuerpo deje de vivir. Pero condena un alma a un cuerpo y...

—¡Espera! —Lo interrumpo.

Es Franco. Reconozco su chaqueta y su peinado desenfadado. ¿Cuáles son las posibilidades de que me lo tope aquí, cerca de la casa de Éveril?

Me apuro a bajar la ventana antes de que lo pasemos. Acerco mi cabeza a la abertura y lo llamo por su nombre. No parece escucharme. En el momento en que pasamos junto a él lo llamo de nuevo. Voltea su rostro en mi dirección con una mueca confusa y sigue caminando.

—¿Puedes detenerte? —Le pido a Éveril.

—¿Quién es?

—Es mi hermano.

Éveril parece sorprendido con mi respuesta, pero acerca el auto a la acera de todas maneras. Me apresuro a abrir la puerta y Éveril me toma de un brazo.

—Espera, ¿estás seguro de que es tu hermano?
—Sin ninguna duda.
—Yoshaya, le gritaste en la cara y te ignoró.
—¿Qué quieres decir?
—¿Recuerdas que te dije que hoy no nos seguirían?
—¿Qué significa eso? —Pregunto molesto.
—Por hoy no reconocerán nuestros rostros.
—¿Pero cómo?

Éveril abre la boca para decir algo y hablo antes que él.

—Oh, espera, ya lo sé.
—Está bien. Ve, corre tras él. Adelante.

Abro la puerta y pongo un pie en la calle. Me detengo. Es cierto, le grité en la cara, fuerte y claro. ¿Cómo podría ignorarme así?

Resoplo con frustración y regreso al asiento.

—Dices que nos pasarían desapercibidos. ¿Estás diciéndome que Franco fue uno de los que nos amenazaron ayer? Eso no tendría sentido; es mi hermano.

De pronto recuerdo el papel y la imagen de Franco jugando con una navajilla.

Se me eriza la piel.

—Solo estoy seguro del rostro de una persona: Sigrid —me dice—. Del resto no podría decirlo con certeza.

Miro hacia atrás y aún puedo verlo alejándose.

—Yoshaya, el artificio era especialmente para ese grupo. Hubieras roto la ilusión con cualquier otra persona de haber llamado la atención así, pero, difícilmente, con uno de ellos. Por eso lo digo.

—No, debe haber una explicación.

—Lamento que nos enteráramos de esto así. En este momento no creo que sea buena idea acudir a él.

¿Mi hermano estaba dispuesto a poner un cuchillo en mi cuello? ¿Qué hubiera pasado si la mujer hubiera dado la orden? ¿Lo habría hecho? Supongo que al menos le temblaba el pulso. ¿Qué diablos hace Franco con ellos? Y ese papel, me advirtió que me alejara de Éveril.

—Yosh, ten calma. Respira lento. Todo va a estar bien.

Sus palabras suenan distorsionadas, como en un eco, y me calman en sobremanera.

¿Cómo hizo eso? ¿Uno de sus "artificios"?

—¿Cómo es que mi hermano puede estar involucrado con ellos? —Espanto el letargo con enojo.

—Eso es algo fuera de mis conocimientos; el secretismo es algo que tienen en alta estima. Escucha Yosh, te prometo que te ayudaré a resolver esto en su momento. No creo que tu hermano estuviera disfrutando lo que hacía, a menos que me digas lo contrario.

—No... Franco... No creo.

—¿Ya ves? Sin embargo, él también debe estar bajo la mira en este momento. Lo mejor que podemos hacer ahora es seguir nuestro camino. Ya resolveremos esto.

Miro de nuevo atrás. Ya no lo veo.

—De acuerdo —digo, entre dientes, resignado.

Mis rodillas no dejan de moverse en el camino de vuelta. No logro decidir si el viaje se me hace lento o rápido. En ocasiones deseo que el *Parvani* vuele a toda velocidad por la interminable carretera y que nos alejemos tan pronto como podamos de la ciudad. En otras, deseo que Éveril se detenga para bajar del auto y postergar cualquier cosa que nos esté esperando en el pueblo. Una serie de imágenes se repiten de manera enfermiza en mi mente. Una cuchilla resplandece con la luz de la luna y se acerca a mi cuello. Luego, un líquido caliente me recorre el pecho. Lo toco con mis manos y cuando las levanto están cubiertas de un oscuro y brillante rojo. El rostro de mi hermano me sonríe de manera sombría.

De pronto irrumpen en mi visión los paisajes que aparecen en el camino. Entonces recuerdo que vamos en el auto.

Se me escapa un suspiro.

Intento enfocarme en las vistas que pasan por mi ventana; sin embargo, me resultan desenfocadas y distantes. No sé si mi mente se está rindiendo de dar vueltas en el mismo lugar, pero mis ojos pesan como una traición y no consigo mantenerlos abiertos.

La luz del día se va y regresa en un sueño viciado.

Despierto y la calle sigue interminable frente a nosotros.

Abro y cierro los ojos; mi cabeza se descuelga sobre mi pecho.

El día me llega de nuevo desenfocado: el mar se ve a lo lejos, al pie de las peñas.

Al fin, me rindo en un sueño profundo.

Estoy buscando entre mis cosas, en mi habitación, no puedo recordar lo que busco. Me doy por vencido y me siento en mi cama. Todo este tiempo y no pensaba que debía buscar algo. Ahora lo busco, pero no sé qué es. En medio de todo el desorden que he dejado encuentro un par de lentes, deben de ser de alguien más. Voy al espejo de cuerpo y me los pongo por curiosidad. El mundo se vuelve distorsionado, borroso, y para mi sorpresa tampoco puedo verme en el reflejo.

—¿Qué haces? Nunca necesitaste usar lentes —me dice Franco, recostado en el marco de la puerta—. Esos ojos atrapan los detalles sin ninguna ayuda.

Me los quito. Franco juega con la navajilla en su mano. De pronto tengo una sensación de rigidez. Franco se acerca hacia mí y saca la cuchilla.

—Contrario a lo que dicen —acerca la punta a mi pecho—, la verdad, como el ser, no es una sola, sino que está fragmentada. Es una paradoja.

Hunde el filo con firmeza y llega a atravesarme la piel. Al mismo tiempo, el espejo cruje junto a mí. Un grito ahogado se me escapa y puedo tomar su mano, pero su fuerza es implacable. Al fin saca la punta del cuchillo y apenas puedo contener un gemido de dolor. Para mi sorpresa, lleva la afilada punta hacia otro lado de mi pecho y lo hunde de nuevo. El espejo vuelve a crujir.

—Destino, casualidad, libre decisión…

Se me escapa el aire entre jadeos.

—Pasado, presente, futuro…

Franco vuelve a sacar la punta del cuchillo y, en este punto, mi camisa está empapada de sangre.

—…son solo pedazos del mismo espejo resquebrajado.

Vuelve a empujar la hoja en otro punto de mi pecho y el dolor es intenso e imparable. El espejo cruje una vez más. Al fin saca la hoja y me la enseña, pero es diferente. Ahora es un fragmento puntiagudo y alargado. Es una esquirla negra que brilla como un cielo estrellado y profundo. Está llena de mi sangre. Mas en cambio, no es Franco quien la sostiene, sino Éveril.

Despierto de un brinco y me toco el pecho asustado.

Estamos estacionando frente a un edificio de aspecto rústico y de ventanales amplios.

—Hey, ¿todo bien?

—Sí —digo desubicado—. Solo fue un sueño.

Siento que he dormido por largo rato y el corazón me palpita con intensidad.

—¿Seguro?

Asiento.

—¿Dónde estamos?

—Hace rato pasamos Adán. Creí que podría conducir hasta Isas, pero pensé que querrías estirarte un poco. Este lugar me gusta, podríamos comer algo.

Bajamos del auto y puedo ver el nombre del lugar. *Posada Destino,* dice en un letrero de madera con forma de estandarte junto a la entrada. La casona está junto al camino con la única compañía de unos altos pinos que se mecen con el aire frío.

—Se ve bien —le digo.

—Espera a probar su chocolate —me dice y se adelanta.

Cuando me da la espalda aprovecho y miro bajo mi camisa. No llevo ningún rastro de heridas.

13

Una bruja

No pego ojo el resto del camino.
Alcanzamos Isas más rápido de lo que espero y no nos detenemos, sino que seguimos directo camino hacia las montañas. Éveril parece tener un aguante excepcional para conducir; yo empiezo a sentir el cuerpo adolorido de estar sentado.

—¿Podríamos detenernos un momento? —sugiero—. Has manejado por horas, debes de estar cansado.

—Está bien, solo porque hace rato me quedé dormido.

Lo miro alarmado.

—Es broma —se ríe.

Empezamos a buscar algún lugar donde detenernos; el terreno es más montañoso por estos lados. Después de un rato, pasamos junto a una colina alfombrada de verde y Éveril estaciona el auto en la orilla. Nos abrigamos extra y subimos el terreno inclinado. No muy arriba, nos recibe un pequeño llano y ahí nos sentamos. Se puede ver un poco de la costa y el valle del que venimos.

Éveril suspira.

—No me caería mal una siesta —se recuesta en el pasto con las manos tras la cabeza.

—Toma, puedes usar esto como almohada —le ofrezco un abrigo adicional que llevé.

Me lo recibe con las gracias.

Éveril dobla el abrigo en el suelo y se acuesta de lado. Se echa el cabello tras la oreja, cierra los ojos y, sin mucho, comienza a respirar con más profundidad. Yo lo sigo mirando cuando de pronto abre sus ojos.

—Huele a ti —me dice y los cierra de nuevo.

Agarro el cuello de mi camisa y lo olfateo con disimulo, pero no distingo un olor en específico.

Éveril abre los ojos de nuevo.

—Sé que debes tener miedo, Yoshaya, pero te aseguro que todo va a estar bien.

Me da una mirada segura antes de volver a cerrar sus ojos.

No puedo evitar mirar su rostro. Una vez más surge algo que me cautiva acerca de él.

¿Será también parte de sus "artilugios"? Y esa manera en que me dormí en el auto...

Sacudo mi cabeza. Es claro que le he prestado demasiada atención a sus ideas. Mi padre tendría algo qué decir al respecto: "sugestionado". Me recuesto en el pasto también con las manos tras la cabeza. Quisiera que nada de esto estuviera pasando. Hasta creo extrañar la tienda de mi padre, cuando esperaba sin mucha gana el aviso de mi hermano. Ahora esa idea suena mil veces menos complicada. No sé cómo voy a hacer para regresar a todo eso después de lo que ha pasado.

Me quedo viendo el cielo; me quedo viendo las pequeñas chispas que se forman en la visión. Miro de reojo a Éveril, quien parece haber conciliado ya el sueño. De seguro está cansado.

No puedo evitar volverme con sigilo en su dirección.

¿Quién es realmente mi hermano?

¿Quién es realmente Éveril?

¿Y qué hago yo en medio de esto?

Aléjate de él.

Ayuda.

Sostengo frente a mí una lámpara de queroseno y apenas puedo verla en medio de la oscuridad. Otra luz me acompaña; no logro ver quién la porta. Hace tiempo no veo una lámpara de estas, aunque en Brimin no es raro tener un par en casa por aquello de los apagones. Igual eso no es lo que me parece más extraño. Tengo la cámara de vidrio levantada y con un dedo estoy tocando la mecha.

No estoy seguro de por qué lo hago.

De pronto siento un cosquilleo en la punta del dedo y percibo un rastro de calor. La mecha se ve envuelta en una débil llama azul que pronto se torna amarilla y brillante. La luz acrecienta de manera intensa hasta que puedo ver el lugar donde nos encontramos. Delante de mí se pierde en la oscuridad un pasillo alargado y tenebroso.

Una gota me cae en la cara y me despierta, luego otra y otra.
—Éveril, está lloviendo.
Abre los ojos, somnoliento.
—Oh, vaya. ¡Al auto!
Nos levantamos y corremos de vuelta en búsqueda de refugio.
—Vaya despertador —se sacude el agua de la ropa una vez adentro.
—Me hubiera servido uno así para el colegio.
El aguacero cierra. Todo está cubierto por la cortina de agua y las gotas revientan como por venganza contra el auto y la calle.
—De la que nos salvamos —digo aliviado.
—Supongo que es nuestra señal para seguir —comenta viendo el aguacero.

El agua nos acompaña en el camino. Éveril enciende el radio y una música instrumental matiza el aguacero con un aire de melancolía. El siguiente trayecto del camino se tiende a alargar porque Éveril conduce más despacio, pero después de un rato logro ver tierras más familiares.

Las afueras de Brimin están sumidas en una niebla pesada. En ocasiones llueve y en ocasiones solo está nublado. Me alegra que el *Parvani* le pueda hacer frente a los segmentos enlodados del camino y siento alivio cuando puedo ver el inicio de los vecindarios del pueblo. Nos adentramos poco a poco, ahora con una ligera lluvia, y al fin estamos en tierras firmes. Cuando pasamos por la intersección que lleva a la casa del difunto Velmar o, mejor dicho, la casa de Flor y Miriam, no puedo evitar mirar en su dirección, como suelo hacerlo. Hay algo que me parece de mal augurio y despierta mi curiosidad.

—¿Podemos devolvernos? —No puedo evitar pedirle.
Me mira extrañado.
—¿A dónde?
—Desviarnos, por la calle que acabamos de pasar. Disculpa, solo quiero ver algo.

Éveril detiene el auto y luego retrocede con cautela. Nos desviamos por esa calle y, conforme nos vamos acercando, mis sospechas parecen irse confirmando. Rodeamos la curva que pasa frente a la casa y puedo ver que la gente vestida de negro que vi entrando hace unos momentos se acomoda en la salita de bienvenida. La compañía es escasa y solo pinta de algo.

Éveril estaciona en una orilla para que pueda ver mejor.

—¿De quién es esta casa?

—De Flor y su hija —digo al fin—. Es una mujer, una anciana.

—¿Es amiga tuya?

—No... no lo creo. Vine a dejarle un pedido un día.

—Ya veo.

Nos quedamos en silencio por un momento. Un hombre vestido de negro se aproxima a la casa y entra por la puerta de enfrente.

—Los viajes —digo despistado.

—¿Ah?

—Le gustan los viajes. Viajaba mucho de joven. No la conozco mucho, pero cuando conversamos me pareció alguien muy... interesante. Es como si no encajara en Brimin.

Una mujer adulta vestida de negro se despide de los visitantes en la salita y deja el lugar con solemnidad.

—Tal vez no has pasado el tiempo suficiente en Brimin para haber escuchado esto, pero algunas personas llaman a Flor de una manera.

—¿Ah, sí? ¿Cómo?

Dudo antes de decirlo.

—Bruja —la palabra suena ridícula en mi boca.

—Ya veo. ¿Y tú qué crees?

Lo miro contrariado.

—Cualquier cosa menos una bruja. Diferente, exótica quizá, pero no bruja. Si tan solo la conocieran... Es decir, yo no la conocía.

"A veces solo hay que dejarse llevar", me viene a la memoria en su voz.

—¿Quieres ir? —Me pregunta.

No logro decidirme de inmediato.

—Creo que sí. Necesito saber.

Abro la puerta del auto y me bajo un tanto ansioso. ¿Habrá sucedido?

—¿Vamos? —Éveril aparece a mi lado con un paraguas para la garúa.

Caminamos hacia la entrada de la casa. Tal vez es mi percepción, pero me parece que reina un silencio rotundo. Entramos con sigilo. La salita de bienvenida está apenas ocupada por un par de caras serias y tristes. Camino más adentro hacia una sala más grande, una chimenea calienta el espacio y, junto a esta, una mesa se adorna con un gran arreglo floral. En medio del arreglo está una fotografía de Flor; una donde se ve mucho más joven. Tiene una gran sonrisa y parece estar equipada para una expedición.

Éveril aprieta mis hombros.

—Claro, les agradezco mucho su compañía.

Reconozco de inmediato la voz de Miriam. Cuando la miro, ella se percata de mí también.

—¿Yoshaya? —Se acerca sorprendida.

—Yo... pasaba y... Mis condolencias.

No sé qué más decir.

Miriam me da una sonrisa cansada con los ojos vidriosos.

—Gracias —me dice y parece dudar—. Mira —habla indecisa—, esto puede parecer un poco extraño, pero ella me pidió que te diera algo si te veía. Espera aquí.

Miriam deja la habitación antes de que pueda preguntarle algo. Me volteo hacia Éveril confundido.

Después de unos momentos, Miriam reaparece y trae un libro consigo.

—Mi madre me dijo que si podía te hiciera llegar esto, que tenía un presentimiento que no podía explicarse ni quitarse de la cabeza. Dijo que nunca se le iba un rostro. En realidad, mamá decía eso a menudo, no era nada raro. Ella tenía una memoria increíble, pero esto...
Miriam me da un delgado libro viejo, no destruido, aunque sí tocado por el tiempo. Sus hojas están amarillas, las esquinas desgastadas y casi puedo imaginar su olor antiguo sin siquiera acercarlo a mi nariz. *Historias del mañana,* dice el título, *Amest Bap.* Se lo recibo, lo miro, pero no entiendo.

—Era de sus libros favoritos. Ella marcó una hoja. Tal vez no sea nada importante, pero ella me lo pidió, así que... es tuyo.

Abro el libro donde está el separador, un par de oraciones están señaladas.

"¿Sabes? Cuando esas aves van al oeste, van a un lugar mejor. Es parte de su naturaleza. Todas aprenden a volar para, en algún momento, dar el gran viaje. De quedarse, solo encontrarían su muerte. Partir está en ellas. Partir es vivir".

Me percato de que en el separador está escrito algo.

"¿Lo llegaste a leer? ¿Qué te pareció?"

Regreso la mirada a Miriam sin terminar de entender la situación y le agradezco de todos modos.

Camino a casa, en el auto, me encuentro abstraído, confundido. Me apena que en efecto Flor haya muerto y me pregunto si tenía más amigos que el par de caras tristes que estaban en su velorio. Tal vez amigos de sus viajes que fueran a entristecerse por su partida.

Llegamos antes de que me pueda percatar. Éveril va por mi maleta y yo me quedo en el asiento. ¿Por qué me entristece que haya muerto?

Éveril abre mi puerta y me repongo.

—Gracias.

—¿Todo bien?

—Sí, no sé... Todo bien.

Bajo del auto.

—No lo tomes a mal, creo que ella sí podría haber sido una bruja.

Balbuceo algo antes de poder articular.

—¿Qué?

—Tendría que explicarme con más profundidad para que tenga sentido —repone—. Creo que ella podría haber sido una bruja, pero no lo fue.

—No entiendo de qué hablas.

De pronto, algo en Éveril me cautiva. El sentimiento es más latente que en ninguna otra ocasión. Es ese... calor. Ese... fuego. Me da la sensación de estar experimentando ese efecto hipnotizante que ejerce una fogata. Solo deseas mirarla.

—Sí puedes percibirlo —su voz me trae de regreso.

—¿Percibir... qué?

—Yoshaya, no lo niegues.

Lo miro. Un deseo dentro de mí me empuja a querer aceptarlo en voz alta, pero también es como si otro peso más grande me lo impidiera.

—De esa manera sé que Flor podría haber sido una bruja. Si puedes captar esto, tal vez tú mismo lo notaste en ella.

—No sé... No sé de qué hablas —mi mente siente un alivio.

—Descuida —me parece ver un destello de decepción en su rostro—, tiempo al tiempo. Por ahora, gracias por haberme acompañado. Lamento lo de Flor.

—Gracias.

—¿Te espero mañana? El tiempo apremia.

Asiento, inseguro de que lo diga en serio.

Despierto.

Poco a poco, y como en un eco distante, reconozco el oscilante sonido de unas notas musicales. Siento la lucidez invadir mi mente y el sonido de un piano se vuelve claro. Me siento en el borde de la cama y dejo que endulce mis oídos. No puedo negarlo, es aquella melodía melancólica que Éveril tocó después de discutir con su padre. Estoy en su casa, en la ciudad. Me levanto de la cama y abro la puerta con moderación. El pasillo está apenas alumbrado y el sonido ahora es más fuerte. Al salir, noto que la luz se escapa bajo la puerta del cuarto de Éveril. Camino hacia ella y me doy cuenta de que el sonido proviene de adentro. En este punto, la melodía es hipnotizante.

Toco la puerta, mas no obtengo respuesta.

Lo intento de nuevo, pero el sonido se sigue perdiendo en la melodía, así que tomo el llavín y lo giro.

La puerta cede.

Apenas abro una rendija la melodía se detiene. Dudo por un momento y luego abro la puerta por completo. El fuego de una chimenea alumbra con un sonrojo la habitación. Éveril se encuentra recostado en la repisa sobre la fogata mirando el bailar de las llamas. El sonido de la puerta hace que note mi presencia y me saluda con una sonrisa.

—Yoshaya, me alegra que vinieras.

Camino hacia él.

—¿Acaso escuchaste un piano?

Éveril regresa su mirada a las llamas.

—Cómo ha crecido el fuego —me dice complacido—, está inquieto. ¿No te parece curioso? Es tan misterioso y seductor. Da calor, pero te puede consumir. Lo puedes invocar, pero no sabes si podrás controlarlo.

—Es... cautivador —acepto que ignorará mi pregunta.

Aprovecho y le doy un vistazo a la habitación. Es un tanto austera, dentro de lo que cabe en esta casa. Eso hace resaltar un detalle que no encaja en el lugar: una puerta. No pertenece al resto de la habitación; es como si el tiempo la hubiera raído bajo una intemperie inclemente.

—Disculpa que entrara así —hablo—. Intenté tocar...

—Descuida, estabas invitado.

Su respuesta me atrapa indefenso.

—Escucha, creo que estoy empezando a perder la cabeza —lo evado—. ¿De verdad no escuchaste nada?

Éveril me mira con bondad.

—¿Qué tal si estás empezando a ganarla?

—¿Ganarla?

Asiente complacido.

Éveril se aparta de la chimenea y se acerca.

—Quizá has querido condenar tu realidad sin darle una oportunidad.

Se coloca cerca de mí y me planta una mirada acorraladora. Luego posa sus manos a ambos lados de mi rostro y siento el calor de sus palmas.

—Mira más allá.

Su rostro comienza a acercarse al mío. Me parece sentir el palpitar en mi pecho. Sus ojos se cierran y no puedo evitar cerrar los míos. Siento en mi frente un cálido beso. Abro mis ojos y me percato de que aquella melodía del piano ha regresado. Proviene de él. Siento arder mi rostro entre sus manos. Su cabello flota ligero en el aire, las cuencas de sus ojos son un cielo nocturno vasto y estrellado, y sus labios esbozan una sonrisa.

Su rostro está iluminado y la luz proviene de mi frente.

14

Reflejos

—Pensé que te hallaría aquí —se anuncia Clara, un poco agitada.

Compongo una media sonrisa. Ella se sienta junto a mí al borde de la piedra.

El sonido continúo de la corriente de agua nos acompaña.

—¿Pensando? —Me pregunta.

—Ordenando un poco los pensamientos.

Escondiéndome.

Hago el pensamiento a un lado.

—Espero no arruinar el momento.

—Descuida, no he tenido mucho éxito.

El agua ondulante que reposa al pie de la roca entretiene nuestras miradas.

—¿Escuchaste que murió esa mujer? La supuesta bruja —quiero corregirla y decirle que no era ninguna bruja, pero no lo hago—. Dicen que casi nadie fue a su funeral.

—Eso oí. Pobre.

Las últimas noches se me ha hecho difícil dormir. Parte de mí teme hacerlo, parte de mí está muy ocupado pensando como para conciliar el sueño. Moví la cama de lugar para que esté junto una de mis ventanas y pueda ver las estrellas por la noche.

Descubrí que es una buena manera para conciliar el sueño y, por suerte, ha habido un par de cielos despejados. Algo de esa imagen me cautiva, es como si ahí arriba hubiera algo escondido. No acabo de decidir si es bueno o malo, pero está ahí. Trato de imaginar que la oscuridad que me rodea es la misma oscuridad que está entre las estrellas. Trato de pensar que soy una de ellas, suspendido en la nada. Me viene a menudo el recuerdo de un cielo muy estrellado, uno como nunca he visto. Me parece verlo a través de unos orificios, las cuencas de un rostro. Y también lo llego a ver reflejado en un fragmento de cristal puntiagudo, una esquirla que chorrea de mi sangre. También me recuerda a una vastedad temible, una que se esconde tras una puerta.

De pronto extraño el calor del verano, cuando nada de esto acechaba mi mente. Cuando mi hermano no era un posible traidor y cuando no estaba enredado en los problemas de un extraño.

Abro la cortina y miro el cielo estrellado. Es una sensación extraña, como de miedo y atracción a la vez.

Estoy frente a mi espejo de cuerpo, en mi habitación. Es tan extraño, no puedo verme reflejado. Pongo mi mano sobre este y el efecto es desorientador.
Siento un ímpetu en el pecho. ¿Enojo? Sí, enojo; de no poder verme a mí mismo. Crece y crece, y me empieza a invadir por completo. Entonces reparo en que es más que enojo, es como una fuerza, un poder. Lo he sentido antes, como cuando Clara no quería abrirme la puerta.
Este nuevo brío me imbuye y, de alguna manera, siento que está a mis órdenes.
Mi mano sigue encima del espejo.
¿Por qué no puedo verme en su reflejo?
Quiero verme en el reflejo.
¡Quiero verme en el reflejo!
La habitación se estremece y tengo la clara sensación de que el espejo vibra bajo mi mano.

—¡Es justo lo que buscaba! Sabía que aquí no fallaría —se alegra la joven cuando mi padre le muestra una peineta dorada que viene en juego con unos pendientes incrustados con cuarzos.

—Y son de muy buena calidad —le asegura mi padre—. Adelante, pruébeselos.

Ella mira al hombre con el que viene como si le pidiera permiso. ¿Su prometido? ¿Su esposo? ¿Su amante? Él asiente.

—Es tu cumpleaños, querida.

Ella mira emocionada a mi padre.

—Me encantaría probármelos.

Mi padre los lleva cerca de un espejo de cuerpo que tenemos y ella se pone los pendientes.

—Hermosa —le dice su compañero mientras la toma por los hombros y la mira en el reflejo—. Hace que tus ojos resalten.

Parece que a la chica le recitan vida en los oídos.

—Estos —le dice a mi padre llena de ilusión.

Si todo fuera como mirarse en el espejo y hallar el par de pendientes perfectos.

No me percato de que estoy sumido en la escena, con mi cabeza hundida en la palma de mi mano. De pronto, la puerta de la tienda se abre de golpe y me toma por sorpresa.

Es solo un cliente.

—¡Vaya frío! —Dice la mujer al cerrar la puerta tras ella.

—Yoshaya— me da una orden implícita mi padre.

Salgo detrás del mostrador y acudo a atenderla.

Las lluvias continúan y eso no deja mucho qué hacer, además de trabajar y estar en casa. Ha pasado casi una semana desde que Flor falleció y, por alguna razón, Clara me ha visitado más de lo normal. A veces pasa después del colegio a la tienda y a veces llega a casa. Sé que es probable que hoy llegue a casa por la tarde y, pensando en algo en lo que podamos pasar el tiempo, decido gastar de mis ahorros comprando el rompecabezas que no trae una foto en la caja, el que tenemos en la tienda. De todas maneras, hace tiempo le tengo el ojo puesto. No tener una imagen le ha ayudado poco para que se venda y en este momento es, sin duda, un buen misterio para ocupar mi mente. Uno que tiene solución.

Lo llevo a casa y más tarde, como espero, Clara llega. Vamos como siempre a mi habitación y hablamos tendido. Saco la idea de armar el rompecabezas, así que lo regamos en el suelo y pongo una mesita en el medio de la habitación. Descubrimos que somos bastante ágiles para armarlo y en menos de hora y media tenemos unida la imagen sobre la mesa. Verla completa me genera una mezcla de emociones: satisfacción de terminar y resolver el misterio, y disgusto por ver de qué se trata. Frente a nosotros está el inspirador paisaje de un atardecer y, como protagonista del cuadro, un ave, quizá un halcón, que parece ir en caída libre.

—Clara, ¿te quedas a cenar? —Mi padre aparece en la puerta de mi habitación.

—¿Cenar? —Pregunta alarmada—. ¿Qué hora es? Se me fue el tiempo. No, le agradezco. Debo irme ya.

—¿Te acompaño? —Me ofrezco.

—No, descuida. Está despejado.

Clara recoge sus cosas, se despide de nosotros y en menos de lo que nos enteramos, se marcha.

—Esa niña sabe lo que quiere —comenta complicado papá—. ¿Todavía planea irse a la ciudad?

Asiento.

—Me alegra. Sería una lástima que se quedara. Como le dije a tu madre, la mala hierba ya va muriendo aquí, pero a Brimin le falta mucho. Ustedes tienen un mejor futuro afuera.

Sospecho a qué va su comentario y a cuál mala hierba se refiere.

—Papá, no deberías hablar así de la gente —se me escapan las palabras llenas de disgusto—. Ni siquiera la conocías.

—No estoy hablando de nadie —le quita importancia—. Pero sí creo que es bueno que las cosas cambien por aquí.

Quiero contradecirlo; decirle que Flor era más que solo un rumor y que las personas pueden ser más de lo que aparentan, que a veces llevamos una máscara en el rostro.

Apenas puedo volverme a guardar el rompecabezas. Es decir, arrastrarlo de la mesa y dejarlo destrozarse al caer en la caja.

—¿Todo bien, Yosh?

—Sí —intento sonar casual, pero no estoy seguro de lograrlo.

—¿Algo que decir?

Me detengo en lo que hago.

—Yo... —intento levantar la mirada—. ¿Alguna vez...? Lo siento, no me hagas caso.

Papá me mira confundido.

—La cena estará lista pronto. No te retrases.

Miro el reflejo y sucede lo mismo que en otras ocasiones: no estoy ahí.

De nuevo siento aquel ímpetu apoderarse de mí. Levanto una mano y la pongo sobre el espejo.

Quiero ver mi reflejo.

El vidrio vibra al instante bajo mi palma; me da la impresión de que se estuviera conteniendo a mi voluntad. Me concentro en mi deseo y una pulsación viaja por mi mano hacia el reflejo. Este vibra de nuevo y ahora la réplica de mi habitación se distorsiona como si fuera una superficie de agua. Una sombra amorfa comienza a formarse en el espacio que debería ser mi reflejo. La silueta se arremolina y se dispersa como intentando encontrar su forma.

Quiero ver mi reflejo.

Me concentro una vez más y otra pulsación recorre mi mano hacia el espejo. Este vibra mucho más fuerte bajo mi palma. El reflejo amorfo se espanta cual tinta negra en todas direcciones. Sin embargo, después de un momento, se reconcilia en una imagen nítida que remeda mi postura. ¿Clara? Unas lágrimas bajan por sus mejillas y puedo percibir que tiene algunos moretones en la piel, no obstante, su mirada es fiera. Es como si estuviera a punto de arremeter contra mí.

Me concentro y lanzo otra pulsación. El reflejo de Clara se esfuma como tinta negra y en su lugar reaparece Éveril, también simulando mi postura, con su mano contra la mía. Su rostro no es el mismo de siempre, sino que es uno de una persona muy vieja y cansada. Y ahí está, en su mirada, aquella sombra tan funesta.

Hago vibrar el espejo de nuevo y la superficie empieza a agrietarse. Una tinta negra se arremolina frente a mí y, poco a poco, un nuevo reflejo se comienza a conformar. Es Flor y puedo sentir *eso* que proviene de ella. Es cierto. Me sonríe y se esfuma dejando el reflejo turbio de un agua revuelta.

Con frustración, mando una nueva pulsación que agrieta más el cristal. Mi hermano aparece del otro lado con mi postura. El enojo se apodera de mí una vez más y pongo mi otra mano sobre el reflejo. Mi hermano copia mi acción. Lanzo una pulsación y su reflejo sucumbe en la tinta negra, siendo reemplazado con la imagen de mis padres.

—¡No! ¡No ustedes! —Le grito al reflejo—. ¡Ninguno de ustedes!

Invoco toda mi concentración.

—¡Quiero verme a mí!

El reflejo comienza a vibrar con intensidad y cada vez se agrieta más. Mis padres se desvanecen y, frente a mí, comienza a formarse una forma más familiar.

Ya casi, ya casi, ya casi.

Al fin mi reflejo llega a ser entendible, aunque la imagen de mi rostro es perturbadora. No sé si se trata de las grietas en el espejo, pero es como si varias caras habitaran en mi cabeza a la vez. Una cara de varios rostros.

La frustración y el enojo me invaden sobremanera.

¡Quiero ver mi reflejo!

Una oleada de poder desea salir de mí, una fuerza de voluntad. Es como un grito que no puedo contener más, que no deseo contener más.

Y, al fin, no lo detengo.

Tercera Parte

La Magia del alma

15

Ganar la cabeza

El estallido de los vidrios me despierta y me percato de que estoy gritando. Es como haber emergido del agua. Estoy en mi habitación con las manos extendidas hacia mi espejo de cuerpo. Al punto, reconozco el estruendo del aguacero que cae y el silbido de la ventisca que ahora entra por las ventanas rotas.

Jadeo intentando suplir mis pulmones y mi corazón palpita con fuerza.

Logré liberarme de uno de esos sueños.

La habitación está a oscuras. Las cortinas se vuelan con el viento; en mi cama y en el suelo destellan pequeños fragmentos de vidrio, y mi espejo de cuerpo está todo resquebrajado. La habitación se mece, es como si hubiera levantado un yunque con la mente.

La puerta se abre de golpe, la luz se enciende y me encuentro las caras perplejas de mis padres.

—¿Qué sucedió? —Mi padre revisa la habitación.

No sé qué responder.

—Yosh —acude mamá preocupada—, ¿estás bien?

Me examina el cuerpo y mi padre va a las ventanas guiado por las cortinas que revolotean.

—¿Quién hizo esto? —Pregunta alarmado, echando un vistazo afuera—. ¿Alguien se metió?

Intento hablar, pero no logro formular una respuesta. Mi padre se acerca y me toma por los hombros.
—¿Yoshaya?
—El auto —logro decir.
—¿Qué?
—Amor, ven recuéstate —me intenta guiar mamá.
—Necesito el auto. Necesito hacer algo.
Mi padre pierde su paciencia.
—¿Me quieres explicar qué está sucediendo, Yoshaya? Estás desvariando.
—Desperté —se me escapa.
Suena extraño decirlo, liberador de todas maneras.
—¿De qué hablas cariño? —Pregunta mamá.
—No estoy seguro, pero quiero averiguarlo. Tomaré el auto.
—¿Pero a dónde vas? ¿Desde cuándo te gusta conducir? —Papá suena alterado—. ¿Has perdido la cabeza?
—No papá, creo que estoy empezando a ganarla.

El aguacero parece impenetrable, pero no me detiene. Justo como él dijo, nunca he sido el mayor aficionado a los autos. Sin embargo, hoy no puedo esperar más. Parece que el sol está empezando a salir escondido por el torrencial aguacero. Atravieso las calles dormidas del centro, tomo el camino hacia Brimin Alto y me adentro en las tierras desoladas hasta que llego a la entrada con el letrero que dice *Casa Marlo*. Tomo la desviación y subo hasta la propiedad. Paso bajo los altos pinos, dejo el auto afuera del portón y entro por el portillo del jardín. El aguacero es tal que solo me toma el trayecto hasta el corredor para quedar empapado. No logro tomarle importancia.

Aquí estoy, consintiendo algo que hace semanas no hubiera imaginado. Se me escapa una risa irónica, es como que otro yo se riera de mí. Otro yo que me ganó y con el cual no voy a contender. Alzo mis nudillos para tocar la puerta, pero esta se abre sola con un ligero rechinido. Tras esta, descubro dos ojos

grises profundos que me miran serios e insondables. Para mi alivio, Íldrigo se da media vuelta y se marcha.
Por supuesto.
Paso y cierro la puerta tras de mí. Íldrigo se mete en la biblioteca.
Por supuesto.

16

Tres pasos de iniciación

—Vaya, ¿querías hacer una entrada dramática? —Me dice, somnoliento, quitándose el libro de la cara, acostado en el sofá de la biblioteca.

Considero mi apariencia: estoy empapado, temblando y chorreando el piso. Me voy a sentar al sillón de enfrente y Éveril se incorpora.

—Oh, adelante —me invita entretenido—. Me preguntaba qué te habías hecho.

Pongo los codos sobre mis rodillas y entrelazo los dedos frente a mi boca.

—¿Y bien? —Me dice después de unos momentos.

Lo miro. Tomo aire.

—¿Cómo...? No. ¿Qué...?

Una ligera sonrisa se dibuja en su rostro.

—¡Esto es en serio!

—Oh, ya lo sé —toma la cobija y se envuelve en ella.

Tomo aire de nuevo.

—Está bien —acepto—. ¿Cómo decirlo? Creo que presiento... cosas. Por ponerlo de algún modo. En esta casa, por ejemplo, en este lugar —miro alrededor— hay algo.

—¿Ah, sí?

—No sé cómo describirlo, es algo... oscuro —decirlo en voz alta me quita un peso de encima, aunque no lo exime de sonar delirante—. Está en esta casa, está en... ese gato —señalo al felino echado cerca de los rescoldos de la chimenea.

"Y está en ti" —no me animo a decir.

—Jmm... —parece cautivado por mi comentario.

—A veces parecen premoniciones o mensajes.

—¿Sí?

Dudo.

—A veces son como... sueños. No recuerdo en qué punto los comencé a tener y tampoco recuerdo cuántos he llegado a olvidar, pero veo cosas que luego suceden. Y a veces solo son mensajes confusos.

—Curioso —dice un tanto irónico.

—¿Qué es?

—El destino o la casualidad, como queramos llamarlo.

—No entiendo.

—Bueno, en vista de que ahora pareces dispuesto a escuchar, intentaré explicarte algunas cosas. Esos sueños que describes suelen ser una señal de que llevas una Lumbre con potencial para la manipulación de la energía del alma.

—Espera, más lento. ¿Cómo?

Éveril vacila antes de hablar.

—*Magia* —dice—, diminutivo para *manipulación* de la *energía*. *Ma-gia*. Más conocido como magia. Tenme paciencia aquí, ¿sí?

Respiro profundo.

—Es mejor que te cambies y te pongas cómodo antes de que empecemos a hablar de todo esto. Nos espera una larga conversación.

—La Lumbre —me dice— es un ducto para conectarse a la fuerza del alma. Es como un portal, una antorcha, un faro. Entre más potente la Lumbre, entre más grande sea "el calibre", mejor será la conexión a ese poder.

Tomo un sorbo del chocolate caliente que Éveril me sirvió. Ahora estoy vestido con ropa suya y hablamos en la cocina mientras él prepara un desayuno. A pesar de la conmoción, todo este rato he tenido en el pensamiento que las prendas huelen a él. ¿Eucalipto?

—¿Todos tienen una Lumbre? —Me concentro en el tema.

—Sí que la tienen, pero casi nadie es consciente de ello. La Lumbre es parte de nuestra anatomía; es un instinto humano que usamos mínimamente porque permanece dormido. Instinto que unos pocos, quienes portamos Lumbres Inquietas, logramos aprender a manipular.

—¿Y dices que... percibiste mi Lumbre?

Éveril asiente.

—Y la de Flor. Ustedes dos son, en este pueblo, los únicos quienes portan una Lumbre Inquieta. Bueno, ahora eres el único —termina de decir con un aire más solemne.

—¿Flor?

Éveril asiente.

—Creo que nunca llegó a manipular la energía del alma de manera consciente o, como otros le llamarían, ser una hechicera, una bruja, una manipuladora.

—¿Cómo sabes eso?

—Una vez que aprendes a usar la Lumbre, esta se apacigua y funciona a tu favor. Solo se hace notar si tú lo deseas.

—¿Pero qué implica que Flor nunca aprendiera a usar su Lumbre?

—Nada negativo necesariamente. Una Lumbre inquieta puede influenciar la vida de una persona, aunque esta no aprenda a controlarla. La Lumbre los puede infundir de carismas especiales y esto los hace sobresalir. El hecho de que no la controles a voluntad no implica que esta no se salga con las suyas de vez en cuando. Y, hablando de eso, no es extraño que estas personas sean incomprendidas o temidas. Tal vez no fue coincidencia que no fuera popular por aquí.

—Ya veo.
—Pero ese no tiene que ser tu caso.
—¿Y por qué no le habló de esto a ella?
—No hubiera servido de nada. A su edad, la mente está más que cimentada y su Lumbre no era lo suficientemente potente para romper con un obstáculo mental así. Tú estás más que a tiempo; la mejor etapa para hacerlo es la juventud. Y, por lo que parece, tienes aptitudes importantes que sería una pena desperdiciar.
—¿Aptitudes?
—Sí, Yosh. La energía del alma se manifiesta en habilidades y nuestra magia tiene tres ejes principales: las Percepciones, los Conjuros y las Protecciones. A una, específicamente, le llamamos Percepciones Vitales, con las cuales se puede percibir Lumbres inquietas. Cuando nos conocimos intenté revelarte mi Lumbre. Llámalo un saludo de brujo a brujo, aunque era uno experimental, en todo caso, porque no sabía si lo captarías.

Recapacito en nuestros encuentros; recuerdo aquella atracción que resultaba cálida y cautivante.

—Por otro lado, existen las Percepciones de Vestigios —continúa—. Una que, particularmente, nunca se me ha dado muy bien. Quienes sean ávidos en ella pueden llegar a interpretar señales, desmentir misterios o recibir impresiones de posibles porvenires. Parece que demuestras aptitudes en ambas: Vitales y Vestigios.

No sé qué decir. Todo mi esfuerzo está invertido en procesar sus palabras.

—Además, el tema de tus *sueños*. En efecto, suelen ser un preludio de las habilidades. Sé que pueden ser abrumadores, pero es tu Lumbre intentando hacerse camino en medio de la mente racional.

—¿A qué te refieres?

—Has dado un salto admirable, pero aún no estás del otro lado. Aún queda camino por recorrer. Es complicado para la

mayoría, más no imposible.
—Entonces... existen más personas así.
Éveril asiente.
—Los suficientes. Por ejemplo, Los Hijos de la noche. Son un aquelarre de entre muchos.
—Franco... —pienso en voz alta y no puedo evitar sentir una mezcla de enojo y confusión.
—Debe ser un practicante. La magia suele ser algo de familia, aunque no es regla.
Su comentario me trae a la mente el recuerdo de mi abuela en la playa.
Éveril me sirve un plato con tostadas, salchichas y huevo picado.
—Provecho.
—Gracias. Entonces —intento mantenerme en el hilo de la conversación—, esa Lumbre, ¿dónde está?
—No es un lugar físico. Está dentro de ti, pero no es tangible. Es una conexión entre un mundo espiritual y el nuestro, por eso los sueños son buen terreno para ayudarnos a establecer una conexión con esta. En los sueños no cuestionamos tanto lo que parece extraño.
Éveril se sienta a la mesa con un plato para él.
—Y eso es solo el inicio.
—¿Inicio? —No puedo dejar de preguntar.
Me mira con una media sonrisa.
—Claro. Para que puedas manipular la energía, hacer magia.
Miro mi jarro ya casi vacío y lo arrastro hacia él.
—¿Más? Por favor.

—Ahora —me dice al pasarnos a la sala frente a la cocina. Nos sentamos en los sillones al calor de la hogareña chimenea enchapada en lajas y que sube hasta un cielo alto—, temprano mencioné que algo me parecía curioso. En realidad, es curioso que, además de las otras coincidencias que me he topado, tengas aptitud para los Vestigios. He chocado con pared aquí, Yosh, y tal vez tú seas quien pueda ayudarme a derribarla.

—¿Otras... casualidades?

—O parte del destino, si quieres llamarle así —me dice jocoso—. Pronto te las explicaré. Sé que estos temas suenan disparatados, así que vamos poco a poco.

—Me alegra que lo digas. Estos sueños me están enloqueciendo y no puedo controlarlos. Bueno, excepto el último que tuve.

—¿Qué dices? ¿Cuándo?

—Esta mañana.

Éveril se echa a reír.

—¡No me dejas de sorprender, Yoshaya! Todo tiene más sentido ahora, por eso la aparición dramática. Ya me suponía que esa llama tan inquieta era por algo —Éveril se ríe otra vez—. Impresionante.

—¿Te gustaría explicarme?

—Lo siento. Verás, como te dije, los sueños son perfectos para establecer una conexión con la Lumbre. Estos brindan vestigios de lo que podrían ser tus habilidades. Te ayudan a practicar en tu mente lo que podrías hacer en esta realidad. ¿Pero qué pasa cuando te han hostigado bastante y tu conexión se fortalece lo suficiente? Dices que no podías controlarlos. ¿Qué cambió?

—No estoy seguro. Creo que logré imponerme, es como si hubiera usado...

—¿Tu voluntad?

Asiento.

—Vamos por buen camino aquí. Mira, si seguimos con la idea del reflejo, también lo es el ejercer la voluntad en estos sueños. Solemos llamarle El Despertar, porque terminas despertando de ellos y es un ejercicio que hacemos para aprender a usar nuestra voluntad en el mundo despierto. Es el segundo paso.

—¿Segundo paso? ¿Qué hay del primero?
—El primero es hacer creer a la persona que existe la magia. Uno difícil.
El sonido de un cerrojo abriéndose llama nuestra atención.
—¡Estás de vuelta! —Lo recibe Éveril.
La pared externa de la sala enmarca unas puertas anchas con estilo de ventanal que dan paso al jardín trasero. Una de esas puertas fue la que se abrió. Íldrigo se adentra en la habitación y nos ignora para ir a hacerse una pelota cerca del fuego.
—Me va a tomar tiempo acostumbrarme a que haga eso —le digo—. ¿Es tu gato?
—Íldrigo es un misterio —me dice pensativo—. Creo que era de Velina.
—No sé si sea terco preguntar, pero ¿de Velina? Son muchos años, ¿no? ¿Acaso es un gato... mágico?
Eso explicaría su extraña mirada.
Éveril se echa unas risas.
—Lo siento, es que gato mágico suena un poco gracioso aun para mí. No sé con certeza de quién es, pero sí, si fuera de Velina debería tener muchos años. Y no, no es algo normal. Velina menciona un gato en su diario, por eso creo que es de ella. Entiendo que la acompañó desde pequeña y, al parecer, podía comunicarse con él, tal vez por telepatía.
—Todo suena cada vez más fantasioso.
—Lo entiendo, por eso el primer paso es el más difícil. No sabemos cuándo ni cómo, pero nuestra mente se acostumbró a cierta manera de vivir; una que no incluye la manipulación de la energía de manera consciente, por esto mismo nos hicimos muy buenos encontrando explicaciones a las cosas *inexplicables*. Somos capaces de hallar razón y lógica a un evento sobrenatural, aunque este sea un acto de magia frente a nuestros ojos.
—Créeme, aún estoy haciendo un gran esfuerzo.
—No lo dudo. Eso nos lleva al tercer paso en la iniciación: el Evento. La lógica del mundo que conocemos está tan incrustada

en nuestra mente que, aun en tu estado actual, podrías retroceder por completo; otro aspecto en el cual el sueño es como un reflejo de la realidad.

—¿En qué sentido?

—¿Has notado cómo un sueño se suele disolver en la memoria?

Asiento.

—El conocimiento de la magia es así, al menos hasta que suceda el Evento. Antes de eso, olvidar acerca de la magia es fácil y, en algunos casos, puede llegar a ser irreversible. Por eso es de suma importancia que en esta etapa mantengamos cierta consistencia en el tema, como si fuera una fogata que debe ser alimentada porque se consume rápido. Nuestro pensamiento de lo que creemos normal la consume. El Evento es algo parecido al Despertar, solo que sucede en el mundo despierto, y con este se cimenta el vínculo con la Lumbre.

—¿Y qué es este Evento del que hablas?

—No te puedo decir mucho al respecto porque debes afrontarlo de la manera más instintiva posible. Con el tiempo se han formalizado algunas técnicas para generarlo, así que te aseguro que todo estará bien. Hasta el momento has demostrado una gran aptitud, así que no dudo de que lo lograrás. No sabes cuánto había esperado contarte todo esto.

—¿Sí?

—Yosh, no sabes lo que llevas ahí dentro. Era una pena que lo apagaras.

17

Un secreto, un gato, una casualidad

—Entonces, practicas... magia —regresamos a la biblioteca porque Éveril desea enseñarme algo—. ¿Qué significa exactamente?

—Puede parecer complicado, pero es muy instintivo. Debes afianzarte en eso y dejarte llevar. El principio más básico de nuestra magia se basa en que logres utilizar la energía de tu alma adiestrándola con tu voluntad.

—Cuando dices nuestra magia...

—Ah, ese es otro tema. Prometo que llegaremos ahí en algún momento.

—Ya veo. Y bueno, de las áreas de *nuestra* magia que mencionaste. ¿Tú...?

—Yo... ¿Qué puedo decir? —Éveril medita un momento—. Se me dan las ilusiones y algunos otros conjuros.

Si no me engañan mis sentidos, una ligera ráfaga de viento pasa por la habitación.

—¿Ilusiones?

—Sí, creo que vino de la crisis y la necesidad. Un sistema de defensa, tal vez. Y descuida, no te estoy engañando de ninguna manera. Además, sospecho que lograrías mirar a través de la ilusión, al parecer eres bueno en eso.

—¿De qué hablas?

Nos sentamos en las sillas del escritorio como la última vez.

—Cuéntame algo, ¿quién sabe de esta casa además de los que estamos aquí?

—No sé, ¿mucha gente? No estoy seguro.

—Déjame rehacer la pregunta. ¿Cuántas veces has escuchado a alguien hablar de esta casa? ¿No te parece extraño un lugar deshabitado por tantos años y que nadie parezca notarlo? Me voy a adelantar a tu respuesta y me voy a atrever a decir que nadie en Brimin sabe de esta casa.

Lo medito, de verdad me llegó a parecer que las personas la ignoraban activamente. Clara, por ejemplo.

—¿Por qué piensas eso?

—Te dije que soy bueno para las ilusiones, también lo soy para reconocerlas. Y debo decir que estuve impresionado con esta, tiene un alcance bastante amplio y complejo. No había visto algo de este alcance. ¿Y quieres saber algo aún más curioso? Parece ser que nuestro amigo peludo es el responsable.

—¿Íldrigo? —Pregunto sorprendido—. ¿Qué te hace creer eso?

—Mira por ti mismo.

Éveril busca entre unos papeles y me pasa una hoja.

—Por aquí —me señala un párrafo—. Estas son algunas de las transcripciones del diario.

Tomo el papel y empiezo a leerlo dudoso.

"Confía en Íldrigo.
Más que un gato.
Amigo, protector, mágico.
Todos olvidaron ubicación, él no.
Me recordó.
Botó protección, puede esconder".

Lo miro con más preguntas que respuestas.

—Sé que puede ser confuso. Te explico —me dice—, hay

quienes tienen la habilidad de aturdir mentes. Por suerte, esos son escasos. Dentro del gremio existe la condena de olvidar la magia, un acto nada agradable y posible a través de un Aturdidor. Un Aturdidor habilidoso te puede hacer olvidar algo en específico. *Todos olvidaron ubicación* —repite el texto de memoria—. Se podría suponer que quienes sabían el secreto lo pudieron haber olvidado por medio de un Aturdidor, lo cual me parece muy extraño; no me suena como la mejor estrategia. Ahora, Velina escribe: *más que gato, él no* y *me recordó*. Se me ocurre la idea de que todos pensaron que Íldrigo solo era un animal común y no lo hicieron olvidar. Íldrigo sabía del secreto y quizá se lo comunicó a Velina por telepatía. Si seguimos con el texto, Velina escribe: *botó protección, puede esconder*. En nuestra magia, se le llama Protección a una especie de barrera avanzada. Quién derribe una del calibre del cual imagino fue hecha esta, debe ser muy poderoso o debe tener mucha paciencia. Además, si no has estado dentro de ella, es muy difícil encontrarla. Por otro lado, esta casa ya no tiene una Protección, sino una ilusión. Y aunque no es tan potente como una Protección, debo decir que es bastante efectiva.

—Espera, ¿por qué querrían olvidar una ubicación?

—Velina no va más allá de decir que existe una fuente de conocimiento y poder, supongo que olvidar fue una medida de seguridad.

—¿No crees que hubiera algo malo detrás de esto? Por algo deseaban protegerlo.

—Yo intenté buscar el aquelarre, pero solo me amenazaron. Creo que la hicieron olvidar completamente por no abandonar su búsqueda, aunque ella ya debía recordar la ubicación para entonces y la protección debía haber sido derribada ya, por eso creo que el diario era como una garantía.

—Parece que no funcionó.

—Para su mala suerte. ¿O destino? No sé. En fin, una teoría es que Íldrigo levantó la ilusión después de la muerte de Velina.

Ni el alcalde tiene idea de la casa.

—Espera, ¿entonces solo has vivido aquí todo este tiempo así nada más? ¿Nadie te dejó entrar?

—¿Íldrigo cuenta? —Me dice chistoso.

—¿Te han dicho que tienes un problema con la propiedad privada? —Le pregunto con ironía—. Supongo que no importa si nadie sabe que estamos aquí. ¿Eso no te parece extraño? ¿Por qué seguiría protegiendo la casa después de todo?

—Hay algo más que no te he dicho. Lee dos oraciones más abajo.

La busco con la mirada y la leo.

"Íldrigo me habló de la Paradoja.
Respuesta en nuestras manos acceso".

—¿Crees... que Íldrigo tenía interés en esto?

Éveril asiente.

—Sospecho que de ahí sacó la idea Velina. Yo nunca había escuchado hablar de La Paradoja del Alma, lo que me hace creer lo que tú mismo concluiste.

—Solo quiero confirmar que seguimos hablando del gato.

—Lo sé, Yosh, pero no dejes que ahora actúe la razón común.

—Íldrigo entonces—. Suspiro.

—Eso respondería por qué siguió protegiendo la casa.

—Pero, si él sabe de la ubicación, ¿por qué no la utilizó?

—Buena pregunta, a la cual no tengo respuesta. Tal vez no podía, tal vez por eso necesitaba de Velina para lograrlo. Y ella era la única que podía escucharlo.

—De alguna manera tiene sentido —me sorprendo diciendo—. Aunque todavía no me quedan dos cosas claras. ¿Cómo supiste que yo encontraría la casa entonces?

—No lo sabía, fue un accidente. Verás, todo empezó por un pequeño experimento. Quería entender mejor cómo funcionaba la ilusión, así que mandé cartas, paquetes y todo lo que se me

ocurriera a la dirección de la casa. Nadie llegó, excepto tú. Lo siento por no recibirte el primer día, pero fue toda una sorpresa y tenía que explorar cómo te comportabas. Tres incógnitas me intrigaron acerca de ti. Primero, ¿cómo un chico había burlado un conjuro tan poderoso? Segundo, la tuya tenía que ser una de las dos Lumbres que había percibido desde que llegué al pueblo.
—Creo que te confundí. Yo no hice nada, desde pequeño conozco esta casa.
—Eso me llevó a la tercera incógnita. Puedes verla como una casualidad, si lo deseas, que podría ser solo eso. Mira la última línea en la hoja.
Leo la última oración.

"Íldrigo escuchar sonido del mar"

—¿Qué... crees que signifique eso? —Me animo a preguntar.
—Al principio pensé que podría ser el significado de Íldrigo. Después empecé a considerar que fuera un mensaje. Pero, al fin de cuentas, todo tomó sentido cuando escuché tu nombre por primera vez. Y de todas las personas, tú.
—Yoshaya —se me escapa ausente.
—Así es. Tu nombre es somarso. ¿Sabes cuál es su traducción?
No puedo decirlo de inmediato, tan solo alcanzo a asentir.
—Sonido del mar, Yoshaya —aclara—. Es una onomatopeya. Puede traducirse como oleaje también.
—¿Pero... qué tendría que ver yo con el diario? No tiene sentido.
—No lo sé, tal vez solo me aferré a la idea de que era una señal. Tal vez sí sea una señal.
—¿Y por esto me ofreciste el trabajo?
Éveril duda antes de hablar.
—Es cierto que me carcomía la curiosidad y necesitaba una excusa para poder acercarme y hablarte, pero, al mismo tiempo,

me recordaste a mí mismo. Alguien me ayudó cuando lo necesité. Sé que llegué a parecer intenso, lo siento. Y... no necesito que transcribas nada, si todavía te lo preguntas. Aun así, te recomiendo que leas mis notas. He dejado apuntes para ti.

Se me escapa un resoplo.

—Supongo que eso responde mi primera pregunta. No sé si esté listo para la siguiente respuesta, pero qué más da. Dime, ¿por qué deseas descubrir todo esto?

Éveril suspira con un semblante que parece cansado.

—Temo que no es el momento para hablarlo. Después del Evento debe estar bien.

Me recuesto en el respaldar; por un lado, estoy feliz de no tener que asimilar más información.

—¿Al menos tienes una idea de lo que puedes encontrar? ¿Qué tal si es algo malo? Es decir, hasta ellos mismos se hicieron olvidar. No me da muy buena espina.

—Malo es una palabra ambigua. No sé si sea algo mortífero, si a eso te refieres, pero si es conocimiento delicado... pues sí, podría ser peligroso en manos equivocadas.

—¿Y... tú eres la persona indicada?

—No lo sé —se encoge de hombros—, considero que mis razones son benignas, eso te aseguro. De todas maneras, estoy en un camino sin salida aquí. He intentado investigar el lugar de pies a cabeza, pero a mis habilidades de Vestigios les gusta rebelarse contra mí. Si tu capacidad fuera mejor que la mía, tal vez tenga una mejor oportunidad. Con todo, no te voy a obligar a nada.

—No, yo... quiero hacerlo, aunque no tengo la menor idea de cómo.

Puedo ver un alivio en su semblante.

—Gracias. Todo paso a paso. Si practicamos, con suerte lograremos el Evento pronto y tendremos más probabilidades de conseguir respuestas. El hecho de que tu hermano nos viera juntos en la ciudad significa que ya Brimin está en la mira.

"Algunas decodificaciones del diario:

Hijos noche desacuerdo
usar fuente conocimiento
Si descubren hacer olvidar
Brimin Alto Casa Marlo protección

Confía en Íldrigo
Más que un gato habla mente
Amigo, protector, mágico
Todos olvidaron ubicación él no
Me recordó
Botó protección, puede esconder

Paradoja del Alma ejes tiempo convergen
Instrucción del alma
Construcción deconstrucción alma
Borrar maldición

Íldrigo me habló de la Paradoja
Respuesta en nuestras manos acceso
Quiero ayudar amigo
Íldrigo escuchar sonido del mar"

Apuntes para Yoshaya: Ejes principales de nuestra magia

Percepciones

Vitales: vida, entidades, Lumbres Inquietas.

De vestigios: augurios, visiones, señales, discernimientos.

Conjuros

No elementales: ilusiones, telepatías, bendiciones, aturdimientos.

Elementales: telequinesis, afinidad, invocación y orden de elementos naturales.

Linimentos: solvencia de aflicciones físicas o emocionales.

Maldiciones: elementales o no elementales dedicados a la aflicción o decadencia continua.

Protecciones

No elementales: resguardo de conjuros no elementales.

Elementales: resguardo físico o de conjuros elementales.

Definitivas: conjunto de las anteriores.

18

Soplón

La oscuridad me rodea. El olor a detergentes y cera para piso me hace creer que es un armario de limpieza. Al darme la vuelta, me topo con un débil rectángulo de luz, la rendija de una puerta.

¿Cómo llegué aquí?

Busco el llavín y lo giro varias veces, pero está cerrado. No puedo evitar sacudir la puerta repetidas veces, aunque sé que no ayudará de mucho. Registro la cerradura con mis manos, encuentro un pestillo y lo desbloqueo. Ahora puedo girar el llavín por completo y la puerta cede. Abro solo una rendija y me asomo con cautela.

No puedo creer lo que veo.

—¿Yoshaya? —Lo llama un hombre tras él.

Da un brinco y voltea a ver.

—¿Qué haces aquí? —Escucho al hombre.

—Ciro.

—¿Dónde está Éveril? Llámalo para que vayamos con los demás. Tienen muchas ganas de verlo. Estaban esperando que viniera a husmear de nuevo.

—Yo...

Abro un poco más la puerta y puedo ver el semblante ominoso de Ciro.

—Y bueno, ¿qué hay de ti? Todo ese calor... —continúa hablando con el tono codicioso.

Ciro parece acercarse a mi otro yo, pero sus pies siguen pegados al suelo. Algo me dice que ese no es el amigo de Éveril y me disgusta ver su semblante ambicioso curvarse sobre mi otro yo. El suelo comienza a vibrar bajo mis pies y una sensación abrumadora invade mi conciencia, una sensación de poder, un ímpetu.

Entonces abro la puerta con firmeza. Ciro me mira y retrocede confundido. Mi otro yo dice algo y se escapa sin verme.

—Vaya, sabes jugar trucos —me dice entretenido.

—¿Quién eres? —Le pregunto y percibo otra vibración bajo mis pies—. ¿Quiénes son los demás?

Ciro cambia de semblante, parece molesto, y una sombra comienza a levantarse tras él. Continúa acercándose, aunque sus pies siguen pegados al suelo. Luego levanta una de sus manos, ahora con aspecto decadente y moribundo. Me percato de que no puedo moverme del lugar y Ciro se acerca cada vez más. Trae su mano a mi rostro y sus dedos alargados y puntiagudos se posan sobre mi cara. Entre sus dedos puedo ver un rostro avaro y sé que debo sentirme asustado, atrapado; pero, al contrario, un brío me recorre el cuerpo.

—¿Quiénes son los demás?

Ciro se ríe con un timbre ronco.

—¿Quiénes —acentúo— son los demás? —Mi pregunta crea un temblor más grande.

Ciro hunde sus garras en mi piel y solo puedo apretar los dientes, pero esto alimenta más mi empeño.

—¿Quiénes son? —Pregunto, de nuevo, agitado.

Ciro se ríe.

—Tal vez no les importe si tomo este manjar —sisea.

Es como si hiriera mis fuerzas con un frío desconsolador, es como si escuchara uñas rasgando una pizarra.

«Yoshaya» —escucho proveniente de algún lugar.
Es... Éveril, pero no lo veo.
«Afuera. Recuerda, el Despertar».
¿Despertar? Estoy despierto.
Ciro ahora tiene un aspecto putrefacto.
¿Cómo llegué aquí en primer lugar?
«Tienes que salir» —lo escucho de nuevo.
—¿Salir? No entiendo.
Ciro no me deja ir y cada vez me debilito más.
«Estás soñando».
El espacio que me rodea es tan real como siempre.
Cierro mis ojos, intento concentrarme y respiro profundo. Aunque es extraño, pienso en despertar. Inmediatamente siento una vibración bajo mis pies.

Tal vez sí esté soñando.

Me concentro una vez más y tengo la sensación de poder recaudar mi voluntad. El edificio en el que estoy tiembla. Poco a poco una fuerza se acumula dentro de mí y se va haciendo incontrolable.

Necesito despertar antes de que la copia moribunda de Ciro acabe conmigo.

Despertar, despertar.

La fuerza está lista para liberarse, pero necesito saber algo antes de dejarla ir.

—¿Quiénes son los demás? —Le pregunto a la aparición que me sostiene.

—Necio —ladra molesto—. Los Hijos; son Los Hijos de la noche. Ahora calla.

El andrajo de ser me empieza a consumir con más entusiasmo.

Y libero la fuerza.

Abro mis párpados.

La lámpara en el techo se mece. Me siento agotado, como si acabara de correr al pueblo y de regreso.
—Eso fue intenso —me dice Éveril.
Muevo mi cuerpo. Todo fue un sueño. Fue como haber estado bajo el agua y al fin emerger.
Pero no, fue demasiado real, más que nunca.
—Temía que fueras a traerte la casa abajo —bromea—. Gran trabajo.
—¿Qué sucedió? —Digo al incorporarme con las extremidades un tanto rígidas, recordando que había ido a dormir a voluntad hace un rato.

Éveril está sentado en otro sillón, algunos adornos colgantes todavía se mecen y compruebo con alivio que los vidrios de las puertas no están rotos. Allá, en el patio trasero, ya no llueve y, aunque debe ser medio día, el semblante de afuera es apagado y húmedo.
—Lograste controlarlo de nuevo. Un sueño. Al principio los ecos de la voluntad logran tocar esta realidad y, pues —levanta un cuadro caído en la mesa junto a su sillón—, algunas cosas se caen. Solo es falta de control.
—¿Por cuánto tiempo tengo que hacer esto? —Me masajeo las sienes.
—Hasta que te sientas cómodo haciéndolo. Ya lo entenderás, es un ensayo. Cuando logres hacerlo en sueños con confianza, podrás empezar a hacerlo despierto.
—Siento que levanté pesas con la mente.
—Buena señal.
Éveril se levanta.
—Voy a traerte agua.
—Éveril.
Se voltea antes de llegar a la cocina.
—No sé por qué siento que fue más que un sueño.

—Es normal. Pasa después del primer Despertar; parece ser un sistema de defensa de la mente para que no despiertes. Los sueños se ponen más complicados de ahora en adelante.
—Lo sé, pero sospecho que algo más sucedió. Creo que ya sé por qué Los Hijos de la noche nos interceptaron en la ciudad.
—¿Sí? —Me pregunta ahora muy interesado.
—Hay algo que no te conté antes. Cuando fuimos al Maristal...
—¿Ajá?
—Creo que alguien nos acusó. Mejor dicho, algo.

"¿Casualidad? Encontré un separador marcando las páginas de una novela donde, curiosamente, una leyenda cuenta sobre una piedra del conocimiento creada y escondida en las profundidades de la tierra. Además, en la habitación principal, en una mesa de noche, encontré otro libro que se titula "Una puerta al otro lado". No debo ilusionarme, pero estas casualidades parecen ser migajas dejadas por Velina. Aunque sospecho que de manera inconsciente".

Los tres pasos de iniciación

1. *Aceptar la magia:* el individuo debe lograr interponerse ante el pensamiento de que lo sobrenatural es imposible.

2. *Despertar:* un candidato apto probablemente lidiará con sueños hostigadores y sugestivos de sus habilidades paranormales; empero, la mente común siempre los depurará. Una vez que el individuo acepte la magia, ganará una ventana limitada de tiempo donde puede interponerse a su mente racional durante los sueños. Este ejercicio provocará un fortalecimiento de la voluntad y cierta familiaridad con las habilidades atisbadas. Es importante mantener la práctica constante después del Despertar.

3. *El Evento:* el individuo pondrá en práctica en el mundo despierto alguna habilidad mágica para superar una determinada situación. Este acontecimiento debe suceder de manera inesperada y, al mismo tiempo, debe ser resuelto de la forma más instintiva con las herramientas que se puedan aprender antes de este. Una vez se supere, el individuo suele entablar una conexión con su Lumbre de manera permanente.

Nota:

Olvidar la magia después de este último paso es muy difícil, pero antes de esto, la mente común intentará retroceder al individuo a un pensamiento racional a toda costa. Lo que es más, entre el paso dos y tres, si el individuo no es consistente en la práctica y llega a olvidar la magia, las posibilidades del olvido permanente suelen ser muy altas. En esos casos parece que la mente se equipara con nuevas y más fuertes barreras para no creer de nuevo. Por otro lado, si el olvido de la magia sucede después del Evento, su efecto es prácticamente implacable.

19

Recuerdos persistentes

Regreso a casa antes del anochecer y mis padres me reciben preocupados.
—¿Esta mañana? —Dudo cuando me preguntan—. ¿No escucharon la tormenta? Seguro que algo voló contra las ventanas.
Éveril me aconsejó inventar algo.
—Qué susto —dice mamá al pie de las escaleras—. Y luego te vas así nada más con el auto.
—Nunca te ha hecho gracia conducir —dice papá junto a ella—. Con costos quisiste aprender.
—Lo siento —les digo intentando escabullirme a mi habitación—. Éveril me iba a necesitar desde muy temprano y olvidé por completo mencionarlo. Como estaba lloviendo tanto, pensé en el auto.
Logro escapar. Mis padres no preguntaron más. Supongo que fue bastante conveniente que hubiera una buena tormenta y que Éveril me hubiera ofrecido trabajo antes. Me doy un baño largo y después de robar un poco de comida, regreso a mi habitación. Papá cambió los vidrios, así que ya no entra un viento huracanado por las ventanas y las sábanas de mi cama también fueron cambiadas. Después de cenar, me recuesto, aún

sorprendido por todo lo que ha pasado. Aunque me siento exhausto, no sé si vaya a poder pegar ojo esta noche.

Despierto al fin, temprano, y para variar no recuerdo haber soñado. En cierta manera me alegra, es un pequeño descanso. El clima es más indulgente, así que logro emprender el camino hacia Brimin Alto en mi bicicleta. Éveril recalcó lo importante de volver lo más antes posible para seguir practicando.

—Es como levantar una piedra y descubrir un ecosistema bajo ella. Es como encontrar una puerta que ha sido cubierta con papel tapiz. Es... como encontrar un sendero que ha sido tapado por la maleza. Así se me hace la magia —Éveril me sirve café mientras habla—. Lástima que solo algunos la hallen.

—¿Sabes por qué es así? —Pregunto.

—Creo que nadie lo sabe. Algunos dicen que en algún momento cambió nuestra naturaleza y dormimos la cualidad de conectarnos con la energía del alma de manera consciente. Aprendimos a vivir con lo mínimo de esta conexión. Y, por accidente, algunos nos salimos de esa norma.

—¿Hace cuánto que lo descubriste? Que podías... ¿Quién te ayudó a ti?

—Hace muchos años ya, parece otra vida —me parece atrapar una nota de melancolía en su expresión cuando me sirve la comida—. Por dicha caí en buenas manos. Val, se llamaba. Fue como una hermana para mí, quizá como una madre también. Lamentablemente falleció hace mucho. Aún conservo sus enseñanzas.

Después de desayunar vamos a la biblioteca. Íldrigo está con nosotros esta mañana y nos sigue con actitud despectiva. Nos sentamos en las sillas del escritorio. Íldrigo se va a uno de los sillones cerca de la chimenea.

—Así que... Velina —me dice—. No sé si he pasado mucho tiempo encerrado aquí y estoy empezando a ver cosas, pero me parece que hay... señales, mensajes. Habrás leído algo en mis notas.

—Pero si no recordaba, ¿cómo...?

—Tampoco estoy del todo seguro. Quizá fueron sin intención. El olvido de la magia después del Evento es rotundo, pero se dice que en casos extraños algunos rastros de la memoria pueden manifestarse. He leído que pueden actuar como un *déjà-vu* o como inspiración.

—¿Inspiración?

—Como una idea que no sabes de donde vino o una acción de la cual no entiendes su motivación. Por ejemplo, no sé si has notado algo que abunda en esta casa.

Miro el lugar, analizando, y se me ocurren varias opciones.

—¿Madera?

Éveril se ríe.

—De carácter más decorativo, artístico.

Ahora no tengo duda de lo que habla.

—Cuadros. Hay varios aquí y en toda la casa.

—Exacto.

—¿Y qué hay con ellos?

—Bueno, esto solo es una teoría; ni siquiera sé si fueron comprados por Velina. Míralos y dime si encuentras un patrón. Solo hace falta que veas los de esta habitación, todos los demás lo tienen.

Me levanto y me acerco para revisarlos uno a uno. Está el que ilustra el portón de madera cerrando el paso a un patio, otro que ilustra una puerta de cedazo en un invernadero y otro que tiene una puerta cerrada en la fachada de yeso blanco.

—¿Son entradas?

Éveril asiente complacido.

—Alguien estaba un poco obsesionado con la idea de las entradas, *accesos* —recalca lo último—. Todos los cuadros de la casa ilustran uno.
—Interesante.
—*Respuesta en nuestras manos acceso* —recita de memoria—. Quizá la idea del acceso resonaba aun en la mente de Velina y lo reflejaba de esta manera, con cuadros de entradas a algún lugar.
—Acceso... —pienso en voz alta.
—Claro está, esta teoría solo funciona en caso de que estos cuadros hayan sido obra suya. Y si lo son, nos recalcan algo importante. Esta casa bien puede contener información de cómo encontrar el acceso o...
—Podría tener la entrada. ¿La has buscado?
—En efecto, pero no he encontrado nada hasta el momento. De todas maneras, si existe una pista así a plena vista, puede haber otras también. Solo necesitamos encontrarlas.

"Mientras revisaba una novela llamada "Hitos del pasado" tropecé con una hoja un poco arrugada. Por curiosidad la leí y me topé con lo que parece ser una referencia al tema de las maldiciones. Uno de los personajes dice que solo el corazón más oscuro puede desear el mal con la suficiente fuerza para que este no le rebote. Como se sabe, las maldiciones son un tema muy avanzado, siendo su ingrediente esencial la ira y el odio. Si no hay suficiente de estos componentes, la maldición puede ser fatal para quien la lanza. ¿Acaso Velina e Ildrigo tenían interés en el tema de las maldiciones?"

Para Yoshaya (no pases esta nota por alto):

Las maldiciones son los conjuros más peligrosos. A diferencia de los demás, estos tienen una altísima probabilidad de rebote. La voluntad debe estar tan concentrada en ser perversa y malintencionada que cualquier desliz provoca un fallo. Las maldiciones suelen ser un mal difícil de deshacer y que demandan precios altos. Comúnmente, lo único que las anula es que el perpetrador olvide la magia.

20

No dónde, cuándo

—Respira profundo —su voz es un sedante.
Éveril pulsa una nota en la guitarra, la cual encontró en la casa, y con la que me ayuda a dormir en estos ejercicios.
—Bota el aire.
Sigo su indicación.
El sonido de la leña quemándose en la chimenea acompaña la guitarra y me ayuda a concentrarme.
—Recuerda mentalizarte en que vas a soñar. Imagina un lugar a donde quieras ir.
Las notas largas propiciadas por las cuerdas resuenan y no es difícil empezar a divagar.
—Respira.
Obedezco.
—Voy a empezar a contar hasta diez y vas a visualizar con detalle cada número. Suelta el aire.
Lo hago.
—Cuando llegue a diez vas a dormir y vas a ir al lugar que visualizaste. Ten presente que va a parecer muy real y vas a olvidar cómo y por qué llegaste ahí. Te iré guiando para que recuerdes que estoy aquí afuera.
Intento visualizar un lugar y recuerdo el patio frente a esta casa, el día que hablamos y comimos galletas bajo el eucalipto.

Los últimos vientos del verano empezaban a enfriarse, arremolinándose en el lugar. Las barbas del árbol sobre nosotros se mecían con fluidez. Recuerdo el pasto verde bajo los pies descalzos de Éveril y, por alguna razón, visualizo algo que no estaba en el lugar ese día. Un recuerdo que me vino a la memoria al ver a Éveril traer la bandeja con la merienda en esa ocasión.

—Uno, dos, tres... —deambula en cada número.

Una cama extensa de flores frente a nosotros cubre gran parte del patio que visualizo y unos pájaros cruzan el cielo.

—...cuatro, cinco, seis...

Uno de los pájaros se deja caer en caída libre.

Entonces comienzo a percibir una extraña sensación. Es como si mi cuerpo fuera una superficie ondulante. Se me hace como cuando uno se acuesta después de haber tomado mucho alcohol. Aun con los ojos cerrados, casi puedo sentir la habitación girando a mi alrededor. Si no estuviera recostado, no estoy seguro de que mis pies podrían sostenerme bien.

—...siete, ocho, nueve...

Es como si descendiera por un... vacío.

Su voz es un eco.

Un olor inconfundible perfuma el espacio. Libros. Estoy en una librería.

¿Cómo es que...?

—Disculpe, no lo había visto —un muchacho uniformado aparece a un lado mío—. ¿Busca algo en específico?

—Yo... Estoy viendo, gracias.

Me da una sonrisa fingida que me recuerda a mí mismo.

—Por supuesto, si necesita algo no dude en decirnos. Si no encuentra lo que busca, podríamos conseguirlo en la otra sucursal; somos la librería más surtida de Valinto, después de la Biblioteca Pública —termina de decir en un discurso forzado.

—¿Valinto?

—Sí —responde extrañado—, tenemos planes de

expandirnos, pero por el momento solo estamos en la ciudad.
—Ya veo —digo avergonzado—. Gracias, le diré si necesito algo.

El muchacho asiente y se va con cara seria, acomodando, de paso, unos libros en un estante que, de seguro, un cliente dejó mal puestos.

No reconozco el lugar, aunque no tengo duda de que estoy en una librería. El espacio es un salón extenso, con estantes pegados a sus muros, mesas cubiertas con libros y, de un lado, un ancho ventanal que deja ver una ajetreada calle. Las personas visten de una manera extraña. Cómo decir... ¿vieja? Estoy seguro de que la ciudad tiene sus excentricidades, pero no había visto algo así antes. Sus atuendos se asemejan a algo que hubiera visto en una foto vieja de mis padres o de mis abuelos.

Dejo de mirar a las personas para que no crean que estoy loco. Estoy en la sección etiquetada *Misterio*. Comienzo a echar un vistazo a los títulos para disimular mi confusión. ¿Qué hago aquí?

Paso a otra sección, luego a otra. *Drama*, dice el letrero que etiqueta a una columna a la que llego. Paso la mirada por los títulos y uno llama mi atención. Sin pensarlo, extiendo la mano y lo saco de entre los otros libros. *Historias del mañana*, dice en la portada. Parece ser la misma edición que me heredó Flor. Busco entre sus páginas y doy con la sección que ella marcó para mí.

"¿Sabes? Cuando esas aves van al oeste, van a un lugar mejor. Es parte de su naturaleza. Todas aprenden a volar para, en algún momento, dar el gran viaje. De quedarse, solo encontrarían su muerte. Partir está en ellas. Partir es vivir".

—Oh, me ganaste.
Presto atención a la triste voz femenina que se anuncia agitada.
—¿Perdón?

Una mujer, tal vez en sus tardíos veintes, me da una mirada resignada y parece tener las mejillas sonrojadas.

—El libro. Me dijeron que tenían la última copia en esta sucursal. Creo que me ganaste. ¿Eres seguidor de Amest Bap? Es un poco difícil conseguir traducciones de sus trabajos. Quién sabe cuándo volveré a encontrar otro.

—Oh, no. No te preocupes. Puedes tomar este. Yo ya tengo uno.

—¿En serio? —Sus ojos se abren más—. Oh, no sabes cuánto lo he buscado. ¿Ya lo leíste? ¿Es bueno? No, espera, no me digas.

—No, de hecho no lo he leído. Tan solo esta frase —se la enseño y la chica le da un vistazo—. Aunque no sé si leerla arruina la historia, así que tal vez no deberías hacerlo.

Cierro el libro y se lo entrego.

—Todo tuyo.

La mujer lo toma con ilusión.

—No sabes cuánto te lo agradezco.

En ese momento tengo una sensación conocida, algo que me para en seco. Algo en ella me cautiva. Es como... el aleteo de una mariposa, como un sol mañanero que calienta los huesos, como un abrazo cálido, como un... fuego. ¿Acaso es una... Lumbre? El sentimiento me dibuja una sonrisa en el rostro.

—Descuida. Que lo disfrutes.

—Bueno, tú también. Si algún día te llegara a ver de nuevo, te preguntaré qué te pareció. A mí no se me va un rostro, así que estaré al tanto.

La chica abraza el libro y se va camino a la caja de pago.

Una imagen me viene a la mente y me quedo atónito.

"¿Lo llegaste a leer? ¿Qué te pareció?", rezaba el separador marcando el libro que me regaló...

Intento reaccionar, pero no puedo moverme de donde estoy o articular palabra.

¿Acaso...?

Imposible.

La chica termina de pagar y se va con una gran sonrisa. Luego sale por la puerta y camina del otro lado del ventanal hasta que desaparece.

Yo sigo de pie ahí, asombrado, incapaz de aceptar lo que podría ser.

Una lágrima me sale de un ojo. ¿Una lágrima? Me percato de que tengo la piel erizada.

—¿Flor? —Se me escapa en un hilo de voz—. ¿Flor? —Susurro inútilmente.

Mis pies logran moverse. Tengo que hablarle, conversar. Tal vez tenga tiempo de decirle que... ¿Decirle qué? ¿Que es mágica? Es estúpido, ¿cómo creería algo así? A mí me tomó semanas empezar a aceptar que algo así pudiese existir.

Pero mis pies siguen avanzando. Cruzo la librería y tomo la salida que ella tomó. Afuera caminan muchas personas, ¿cómo voy a encontrarla? No importa, camino en la dirección por la que se fue. El corazón me late pensando en qué podría decirle, cómo podría convencerla.

«Yoshaya».

Esa voz.

«Yoshaya, tranquilízate. Respira».

Éveril. ¿Cómo es que...?

«Recuerda, el Despertar. Estás soñando».

—No, Flor. Ella... tengo que alcanzarla.

«Despierta, Yoshaya. Concéntrate».

—No puedo, tengo que...

«Es un ejercicio, sé fuerte. Domina la situación».

Quiero apagar su voz, seguirla a ella.

«No te olvides de lo que debes hacer. Tú puedes».

Se me escapa un gemido entre los dientes. De pronto tengo las manos en la cabeza y dejo de caminar.

«Así, respira más lento. Invoca tu voluntad».

Agitado, con un nudo en la garganta, lo intento. Es tan difícil hacerlo. Ella debe ir muy adelante ahora; la voy a perder. Me aparto en un angosto callejón que encuentro próximo y me escondo detrás de unos cajones de basura para poder componerme.

Profundo, respirar profundo. Lo intento.

Siento el muro en mi espalda, miro el suelo debajo mío, el muro de ladrillos del otro edificio frente a mí, huelo el hedor de la basura. Todo es tan real. Es completamente real. ¿Cómo es posible?

Pero hago mi mejor esfuerzo. Se siente tan extraño intentar despertar cuando al parecer ya lo estás. Cierro mis ojos.

Despertar, despertar.

Recuerdo aquella sensación cuando en el otro sueño sentía ordenar el espejo bajo mis manos. Era como imponer mi voluntad.

Despertar, despertar.

Una fuerza se acumula dentro de mí y, para mi sorpresa, surge una vibración en el suelo y en la pared. Abro mis ojos. Todo sigue tan real como siempre. Los cierro de nuevo e intento lo anterior con mayor dedicación.

Despertar, despertar.

Recuerdo el espejo bajo mis manos, el ímpetu que sentí. También me aferro al enojo que tenía cuando la aparición, que se parecía a Ciro, apretaba mi cara con codicia.

El suelo se sacude.

Despertar, despertar.

La fuerza que reuní está lista para ser liberada, para expandirse.

Y la dejo ir.

Despierto de un golpe y me percato de que estoy sentado.

Éveril se encuentra en el mismo sofá, contrario a mí, y me sostiene por los hombros.

—Ya. Estás bien. Estamos en casa. Aquí estoy.

El asombro del sueño permanece como un eco y no puedo

evitar taparme la cara. Me doy cuenta de que varias lágrimas me han estado recorriendo el rostro. Éveril masajea mis hombros de manera reconfortante.

Después de unos momentos puedo estabilizarme y me limpio las lágrimas.

—¿Mejor?

Asiento, para nada convencido.

—¿A dónde fuiste? —Me pregunta intrigado.

Intento aclarar mi garganta para responder y busco cómo explicarlo.

—No dónde, cuándo.

—Sé que me has repetido que solo son sueños, pero esto... no sé.

—¿Estás seguro?

—Esta conversación se siente tan real como la que acabo de tener con... Flor.

La idea me aterroriza. ¿Podría estar soñando aún?

—Ten calma.

Se acerca y se hinca junto a mí en una rodilla. Ahora estoy sentado en una silla, lo más cerca de la chimenea, y no dejo de temblar. Tengo una cobija sobre mí y estoy tomando un chocolate caliente que Éveril me preparó.

—¿Por qué no se me quita el frío?

—No creo que sea frío, Yosh.

—¿A qué te refieres? —Tomo más chocolate.

—Creo que estás en un estado de conmoción.

Lo miro confundido.

—Acabas de presenciar algo muy extraño.

Me agito de nuevo.

—Pero —pone una mano sobre mi rodilla—, estás bien. Estás a salvo. Repítelo.

—Estoy bien, estoy a salvo —repito escabrosamente e intento respirar profundo—. Si esto es verdad, quiere decir que también me vi a mí mismo en el Maristal. Yo me vi a mí mismo, ¡en el pasado! ¿Cómo es eso posible? ¿Y qué era eso que se parecía a Ciro?

—Si esto es lo que sospechas, debo confesar que en mis años de vida no he visto algo parecido. Además, nos pone más preguntas que respuestas. Pero Yosh, en el mundo de la magia a veces se debe abrir trecho. Estás descubriendo algo impresionante, intenta ser fuerte y paciente para lograr entenderlo.

Me da unas palmadas en la rodilla.

—Vas a estar bien —me reconforta y se levanta.

—Éveril —llamo su atención—. ¿Crees que puedas hacer de nuevo ese... truco con tus manos? Como en la playa.

Logro atisbar cierta compasión en su mirada.

—Por supuesto.

Va a la cocina a tomar otra silla y, cuando regresa, la pone frente a mí.

—Bueno, ya sabes qué hacer —me indica extendiendo sus manos hacia mí.

Con todo, esta vez no dudo y accedo a tomar sus manos. Tomo su cálido antebrazo y él toma el mío. Solo de sacar los brazos de la cobija tiemblo más.

—Respira profundo —me pide—. Ten calma.

Intento hacerlo.

Éveril cierra sus ojos, justo como la otra vez, su respiración se profundiza y su rostro muestra un gran temple. Siento aquella electricidad entre nuestras manos y pronto un calor reconfortante me recorre los brazos. Sin embargo, esta vez es diferente. Es como si viniera acompañado de un calmante. Justo como cuando en la ciudad me habló y me sentí apaciguado. La sensación alcanza con rapidez todo mi cuerpo y comienza a volverse abrumadora, pero lo acepto. Mi temblor se disipa y ahora más bien me invade un estado de equilibrio. Éveril suelta mis antebrazos y el calor abrumador permanece por unos segundos, para luego dejarme en una temperatura confortante. El temblor desapareció.

Abro mis ojos. No había notado que los había cerrado en algún momento.

—Gracias.

—No es nada —se echa una risa—. Creo que es suficiente de sueños por hoy, ¿no?

—Creo que sí.

Dudo un momento antes de preguntar lo siguiente.

—No sé si me adelanto, pero ¿cómo lo haces?

Parece emocionarle mi duda.

—Me alegra que tengas curiosidad. Es básico en teoría, pero no por eso sencillo. Lo llamamos Conjuro de Linimento. Se proyecta bienestar físico o emocional a otra persona. Solo ten en cuenta un detalle, aunque ya esto es un extremo —piensa un momento antes de continuar—. Si das, quitas. ¿Verdad? Es un principio básico en el cual pensar cuando se hacen conjuros. Solo recuerda que no debes drenarte.

—Anotado.

—Para empezar a entender este conjuro, ten en cuenta que es más común de lo que crees. Por ejemplo, la gente suele irradiar bien o mal en su vida. Los buenos deseos, las bendiciones, las malas intenciones. Solo que sin una conexión a la Lumbre su alcance es poco significativo. Curiosamente, puede probar ser una práctica consumidora aun a ese nivel. Tal vez habrás escuchado hablar, por ejemplo, de lo que roba un amor que no es recíproco. O cómo el odio solo envenena al que lo siente.

—Comprendo.

—Entonces, en esencia, lo que tienes que hacer es invocar la sensación de bienestar que desees compartir con esa persona. Si deseas atribuirle algo elemental, como el calor, este proviene de tu energía del alma transformada. Si deseas compartir algo no elemental, como el estado de calma, provendrá de tu voluntad.

De pronto recuerdo el día de La Inauguración del Otoño,

cuando abrazaba a Clara.

—Pero, ¿qué pasa si alguien quiere hacer... daño?

—Buen punto. Como lo sospechas, se puede herir a los demás de muchas maneras. Las peores de ellas son las maldiciones. Con ellas se busca imponer en otra persona una condición dañina a largo plazo o permanente. Pero hay un punto clave: si la energía y la voluntad del perpetrador no son rotundas, se producen rebotes.

Me mira con seriedad

—Es algo delicado, Yosh —concluye—. No es nada nuevo escuchar que alguien lleno de rencor o despecho intentara herir a otra persona solo para dudar en el proceso y quedarse con el mal que quería sembrar. Además, es casi seguro que la única solución a una maldición permanente es que el perpetrador olvide la magia. Es un fuego con el que no quieres quemarte.

—Entiendo. No acercarme a las maldiciones.

"Me alegró encontrar un ejemplar de poemas de Mar Clara. Estoy seguro de que ella es hechicera y se le dan los viajes astrales. Encontré un helecho aplastado en una de las páginas. No leí nada sospechoso ahí, aunque el poema hablaba de visitar a alguien en los sueños. Una posibilidad de los viajes astrales que llegué a aprender con alguien muy querido. Me pregunto si esto tiene que ver con la comunicación entre Íldrigo y Velina".

21

Una pista

—Pensé que hoy podríamos empezar con algo un poco diferente —me dice Éveril.
Es el siguiente día y vamos de nuevo a la biblioteca después de desayunar.
—¿Sí?
—Sé que lo de ayer fue un poco traumático y entiendo si no estás listo, pero cada momento cuenta. No sabemos si van a aparecer Los Hijos de la noche.
—¿Entonces crees que puedan encontrar la casa?
—Debo confesar que aunque la ilusión es poderosa, existen manipuladores muy hábiles que, con las pistas indicadas, podrían hacerlo.
—¿Y qué piensas intentar?
—Me gustaría que practiquemos más con tu Percepción de Vestigios. Quiero hacer un pequeño experimento y confirmar por mi cuenta lo que ves en tus sueños.
—¿Eso... se puede hacer?
Asiente.
—Conozco una manera que podría funcionar.
Suelto el aire.
—Bien.
—Quiero mencionarte otro detalle. Me habrás escuchado hablar de *nuestra* magia.

Asiento.

—Verás, en el mundo existen varias maneras de hacerse de poder sobrenatural. A nuestra magia se le conoce como Magia del Alma, porque nos abastecemos de la energía de nuestra propia esencia. Existe otro tipo de práctica en específico, una oscura y peligrosa que se le conoce como Magia de Intercambio. Algunos consideran que nuestra magia tiene muchas limitaciones y buscan estas prácticas alternas. En fin, ya tienes suficiente en tu plato como para que ahondemos en esto, pero, en resumen: se obtiene poder a cambio de algo. Las posibilidades son muchas como para explicarlas. Lo importante aquí es que entiendas que Los Hijos de la noche son grandes opositores de este estilo. Siempre lo han sido, es prácticamente una cuestión de religión. Para ellos es como una herejía, un crimen.

—¿Y... con quién se hace? Digo, el intercambio —pregunto intrigado.

—Esa es la otra parte que nos importa. Déjame retroceder un poco aquí. En el Maristal te topaste con algo que se parecía a mi amigo Ciro, que claramente no lo era. ¿Verdad?

Asiento.

—Por lo que me contaste, sospecho que se trata de un ente que no es de este mundo.

—¿Pero el edificio no estaba... embrujado o algo así?

—También lo pensé. Es decir, pensé que se trataba de un par de conjuros de feria como parte del complot contra Velina. Incluso pensé que fueran rastros de conjuros de la misma Velina. Pero eso cambió cuando describiste tu experiencia, Yosh. No lo quise ver al principio, pero eso que viste podría ser un demonio.

—¿Demonio? En la Magia de Intercambio...

—Se hacen intercambios con demonios, principalmente. Y, a lo que entiendo, no suelen pedir cosas agradables en lugar de poder. Es un camino traicionero. Tú mismo experimentaste de su avaricia.

No sé qué decir al respecto.

—En fin. Si ese ser está de lado del aquelarre, lo cual sería escandaloso, tendría que significar que alguien ahí está practicando Magia de Intercambio. No sé si es Sigrid y el grupo de matones que nos amenazaron o alguien más elevado en su esquema. Si tus regresiones son en efecto el pasado, Los Hijos de la noche esconden más de un secreto.

—Entonces, ¿cómo vas a comprobarlo?

—¿Has oído hablar de los viajes astrales? Bueno, alguien me enseñó un truco con ellos.

Me recuesto boca arriba en el sofá de la biblioteca y respiro profundo.

—Voy a visitarte en tu sueño —me dice—. Si respondes a mi llamado, voy a poder experimentar el mundo que estás creando ahí. Es algo así como soñar en conjunto.

—¿Haces esto a menudo?

—No, solo si me dejan entrar.

Lo miro por un momento y me abstengo de preguntar. De todas maneras, casi puedo ver un rastro de sonrisa formarse en su rostro. ¿Ya soñamos juntos?

—A ver —me dice—. Una vez que duermas, intentaré llamarte de manera astral.

—¿Podemos repetir lo que debo hacer?

—Es un ejercicio sencillo. Solo vas a empezar por visualizar esta casa y pensar en lo que esconde. Intenta visualizarte revelando su secreto y vamos a ver a dónde nos lleva eso.

—Entendido —digo, suelto el aire y sacudo las manos—. Vamos a ver con qué locura nos topamos.

—Recuerda: hasta donde sabemos, son sueños nada más. Haz un esfuerzo por recordar que la voluntad es la clave.

Asiento con el corazón martillando en el pecho. Doy otro suspiro para prepararme y cierro los ojos.

Apenas empiezo a sentir la particular sensación de que estoy cayendo en un vacío, dudo sobre el plan y regreso.

—Espera —volteo a verle—, ¿cómo voy a saber que me estás... llamando?
Éveril no está.
Me incorporo de inmediato.
—¿Éveril?
Reina el silencio.
—¿Íldrigo? —Intento.
Me levanto confundido.
—¿Esto es... —me muevo por la biblioteca— parte del ejercicio?
Choco contra una mesa, la cual no recuerdo que estuviese ahí. Un jarrón encima se tambalea y, antes de que pueda atajarlo, cae al suelo rompiéndose en un escándalo.
—¡Agh, maldición!
Me agacho a juntar los pedazos. Estoy seguro de que no he visto este jarrón antes.
—¿Amor, eres tú? —Una voz femenina se aproxima desde la cocina.
Me quedo pasmado. ¿Quién es?
—¡Ese gato travieso de nuevo! —Se acerca más—. ¡Íldrigo, espero que no haya sido otro jarrón!
Los pasos se acercan por el pasillo y estoy seguro de que ella va a aparecer por el umbral de la habitación en cualquier momento.
—No, no, no —susurro.
Esto tiene que ser... ¿Un sueño?
Y creo que nada bueno va a pasar si me llega a ver. Tengo que escapar.
Cierro los ojos con fuerza buscando concentrarme. Intento invocar mi voluntad.
Salir, salir. ¿Pero a dónde? ¿Dónde puedo ocultarme?
La imagen de mi casa me cruza por la mente, un lugar seguro.
La habitación se estremece, puedo sentirlo bajo mis pies. Y una fuerza busca salir de mí.

Escapar, escapar.

Los pasos están a punto de asomarse por la entrada.

Al punto, una pulsación se expande en mi interior. Cuando abro mis ojos, ya no estoy en la biblioteca; estoy viendo la fachada de mi casa. No se ve como siempre, se ve más... nueva. Un auto aparece en la entrada y se anuncia con un toque de bocina. Recuerdo que papá siempre la toca cuando llega a casa, pero no suena como siempre. Me escondo tras un arbusto de romero que nunca he visto y lo atisbo entre las ramas. Es un auto viejo de papá, apenas lo recordaba. Lo vendió cuando yo tenía nueve años. Antes de que el auto llegue al frente de la casa, la puerta de esta se abre y un niño sale corriendo.

—¡Franco, espera! —Tras él, sale una mujer embarazada—. ¡Espera!

¡Es mi madre! Muchísimo más joven, pero sin duda es mi madre.

El auto se estaciona y, en efecto, mi padre, en una versión más joven, sale del auto y alza al niño, quien debo asumir que es... Franco. Mi padre le da un beso y luego avanza hacia mi madre, quien lo recibe con otro beso. Luego, mi padre acaricia la barriga de mi madre.

El lugar se sacude en un pequeño temblor que ellos no parecen percibir.

—¿Cómo está? —Pregunta mi padre.

—Bien, pateando mucho —mi madre acaricia su barriga—. Pero está seguro.

Seguro...

—Ya lo tengo —dice papá—. Su nombre.

Percibo algo fuera del lugar, de algún punto invisible emana una canción. Si no me equivoco, debe ser la melodía de un piano. Y esa melodía, sé cuál es.

—¿Éveril, eres tú? —Susurro—. Puedes entrar.

Intento concentrarme una vez más y el lugar se estremece. Me enfoco en alcanzar esa melodía que suena de ningún lugar.

Debo llegar a ella. Debo llegar a ella.

Una pulsación se aproxima y, en tanto, la vibración bajo mis pies se acrecienta. Parece que aquí voy. La melodía se intensifica, pero entonces una frase se interpone en mi mente.

"Ya lo tengo. Su nombre".

La melodía se debilita.

—¡No, no, no, por favor!

De inmediato me arrepiento de hablar. Qué estúpido soy. Mi padre se acerca a donde estoy. Me va a ver. Retrocedo sin pensarlo. La fuerza de voluntad que había recolectado dentro de mí está lista para ser expulsada. Algo me hace tropezar y caigo hacia atrás. Sin querer dejo que la pulsación se libere.

El lodoso suelo de una calle me recibe y un intenso bullicio me abruma. La bocina de un auto me toma por sorpresa. Se acerca hacia mí, pero no logro moverme. Alguien me quita del camino de un jalón y el auto pasa apenas esquivándome. El copiloto grita por la ventana algunas palabras que no logro entender, aunque estoy seguro de que no son muy amigables.

—Opa, muchacho, ¿estás bien? ¿Cómo llegaste ahí?

Es la voz de mi padre, de nuevo. Lo miro y quedo más perplejo; es su versión más joven hablándome.

—Ven, arriba —me extiende su mano.

Acepto su ayuda y me pongo en pie.

—Gracias, pa... Gracias —me corrijo.

—De nada —hace un gesto quitándole importancia—. Aquí es de locos.

—Yo...

—Qué suerte la tuya. Mira cómo quedaste. De todas las calles fuiste a caer en esta trocha. ¿Tienes dónde limpiarte?

Niego inseguro.

—Mmm... Vamos. Donde me quedo está cerca. Ahí te puedes limpiar al menos.

Mi padre continúa caminando y, después de examinar el lugar en donde estamos, lo sigo. Estamos en una ciudad, si no me equivoco, Valinto. ¿Acaso lo estoy viendo en uno de sus viajes?

Después de seguirlo por un par de cuadras, llegamos a una modesta posada de dos pisos sobreviviendo entre un par de edificios más grandes. Me lleva adentro y me enseña un baño en el primer piso. El lugar parece ser una casa muy grande adaptada para servir a huéspedes. Saca un paño de un armario y me lo entrega.

—Puedes usar agua de aquí y con esto puedes limpiarte.

—Gracias.

Se lo recibo.

—De nada. ¿No eres de por aquí verdad?

Solo logro negar.

—No pareces ser de la calle. ¿Cómo te llamas?

—Yoshaya —digo por costumbre y luego se me hunde el pecho—. Es... somarso, soy de Marsa —espeto abrumado, las palabras atropelladas, pensando que lo va a hacer sonar menos sospechoso—. Significa oleaje o sonido del mar.

¡Cierra la boca ya!

El pecho me retumba y me obliga a sellar mis labios.

—Oh, ya veo —dice entre interesado y extrañado. —Me gusta ese nombre. Pero hablas muy bien español, tienes un acento muy familiar.

—Yo... aprendí antes de venir —miento—. Vine a probar suerte. Ya sabe, la gran ciudad.

—Muy valiente de tu parte, dejar tu país tan joven y venir hasta aquí. ¿De verdad no tienes dónde quedarte?

—Sí, disculpe —miento otra vez—. Hoy ha sido un día muy extraño, le agradezco su ayuda.

—Estamos para ayudarnos.

—Gracias de todas maneras —le digo intentando ocultar el temblor en mi voz.

—Asegúrate de poner el paño en el cesto de ropa sucia, no querrás lidiar con el señor que limpia. Yo me despido. Un gusto —me extiende su mano—, Fran Barno.

Tomo su mano y se desata un temblor en el lugar que solo yo percibo. Mi padre se da la vuelta y se va. Para mi alivio, la canción vuelve a alcanzar mis oídos, así que intento concentrarme en ella cuanto antes. Todo se estremece con fuerza y me intento esconder en el baño. Ahí está la sensación de poder queriendo surgir de mí.

Apenas logro cerrar la puerta.

Estoy en la biblioteca de nuevo, mirándome las manos que hace un segundo sostenían la puerta del baño.

—¡Ahí estás! —Éveril susurrar tras de mí—. ¿Dónde fuiste? No, ¿cuándo?

—Yo... no estoy seguro —susurro también—. Fueron varios... ¿tiempos?

—Me alegra que al fin nos encontráramos.

—¿Dónde...? —Me corrijo—. ¿Cuándo... estamos?

—No sé con exactitud, pero de otra cosa sí estoy seguro: esto no parece un sueño. Es muy...

—¿Real?

Éveril asiente.

—No sé de qué otra manera describirlo. Con cada momento que pasa, es más difícil contradecir la mente —añade—. Me temo que si permanecemos mucho tiempo aquí sin nadie que nos ancle al presente, podríamos olvidarnos por completo de dónde venimos.

—Secundo tu opinión. ¿Hace cuánto estás aquí?

—No hace mucho. ¿Sabes qué sucedió?

Muevo la cabeza negando.

—Yo estaba contigo y luego ya no estabas ahí.

—Hicimos el conteo normal —me dice—. Hicimos la meditación, visualizamos aparecer aquí mismo. Esperé a que empezaras a soñar e intenté unirme a tu sueño. Me dejaste entrar, pero no estabas ahí. Los sueños no suelen ser exactamente predecibles, así que tal vez sea normal. Luego llegué aquí.

—¿Y hallaste algo?

—Míralo por ti mismo. Con cautela, o nos puede oír.

Éveril me guía con sigilo afuera de la biblioteca, por el pasillo, hasta el salón que contiene la cocina y la sala, y me detiene antes de que lleguemos al umbral. Éveril da un ágil vistazo y regresa a mí. Luego me hace una seña para que me asome. Con cuidado, atisbo por la esquina. Las puertas de ventanal que están en la sala se encuentran abiertas a un verde y luminoso día. Allá afuera, bajo una pérgola blanca, está una mujer sentada en un banco, frente a un lienzo. Está pintando.

Regreso a Éveril.

—¿Velina? —Susurro.

Asiente.

—¿Ya viste lo que está pintando? —Me sugiere.

Regreso a hurtadillas para mirar. Velina se encuentra pintando la ilustración de una puerta azul. Ahora la reconozco como la que está en la entrada de la casa.

Éveril me guía de regreso a la biblioteca.

—Si ella pintó todas las puertas, creo que eso dice mucho —susurra.

—Entonces, de alguna manera sigue recordando.

—Las historias deben de ser ciertas —concluye—. Quizá no sepa por qué las pinta, solo debe estar inspirada a hacerlo.

Esa idea me consterna.

—Pobre —se me escapa.

Un sonido comienza a llegarnos desde el patio de enfrente. Un motor. Éveril va hacia la ventana que mira hacia el frente y se asoma con disimulo.

—Parece un auto de principios de siglo —comenta.

Me acerco para verlo y, en efecto, luce bastante diferente a los autos en la actualidad. Tiene cierta semejanza a un carruaje, uno elegante y tecnológico, con amplias ruedas, brillantes aros y techo descapotable. Un hombre y un niño vienen en el auto y se estacionan en el patio. Se escucha un doble toque de la bocina. El niño apenas espera a que el auto se detenga para bajarse y salir corriendo.

—¡Mamá!

Pronto la puerta de enfrente es abierta y los pasos apresurados del niño pasan por el pasillo. Éveril y yo nos escondemos tras la pared. Otros pasos más pesados le siguen a los del niño.

—No podemos estar aquí —le susurro a Éveril, quien concuerda.

—Debemos despertar.

Ahora que Éveril está aquí conmigo hace que desmentir mi mente sea menos complicado, como si fuera un ancla al presente.

Hago un esfuerzo por concentrarme y la casa se estremece.

—Dime que puedes sentirlo.

Éveril lo confirma.

Algo me hace tomarlo por los hombros, no sea que quedemos separados.

—¿Nos vamos? —Inquiere.

—Creo que sí.

Cierro los ojos, preparándome. Y no puedo quitarme una duda de la mente.

—Espera —le digo—. ¿Y si hay más?

—¿Qué dices?

—Ya estamos aquí. ¿No sería más fácil intentar averiguar más? Tal vez sea mejor intentarlo ahora que tener que pasar por todo de nuevo. ¿No crees?

Éveril parece dudar.

—¿Estás seguro? Presiento que nuestra mente nos podría engañar si nos quedamos mucho tiempo.

—Estoy seguro.

—Está bien, inténtalo. Recuerda: solo trata de pensar en revelar lo oculto. Nada más.

Así lo hago. Cierro los ojos y me concentro tratando de emular la emoción de las ocasiones anteriores mientras ordeno revelar lo oculto.

Revelar lo oculto. Revelar lo oculto.

La habitación se estremece y la pulsación emana de mí.

Abro mis ojos, aún sostengo a Éveril por los hombros y el ambiente está mucho menos alumbrado.

—Muy interesante —susurra—. ¿Sabes a cuándo nos trajiste?

Niego y lo suelto.

—Parece ser mucho más *atrás* —dice intentando absorber la habitación con su vista.

Miramos alrededor y la biblioteca se ve bastante cambiada; los sillones, el papel tapiz, la decoración. Además, la habitación está apenas alumbrada por la luz de un par de lámparas que parecen ser de queroseno.

Las voces de dos hombres se aproximan por el pasillo y nos volvemos a resguardar en la oscuridad de una esquina.

—Eric, querido, aunque conozco tu firmeza y compromiso, lamento que esto haya caído en las manos de tu familia. Y bueno, en la de las otras familias del equipo también. Lo que hacen aquí es de admirar.

—Es un honor ser guardianes, señor Aldos.

—Y espero que ese solo llegue a ser un título sin uso hasta que el plan se cumpla —parece sonar más maduro de entre los dos.

—Haremos lo que sea necesario.

—Con suerte lograremos sepultarla y olvidarla en esta casa por siempre, querido, y puedan regresar a su vida normal —se detienen en la entrada de la casa—. Desearía solo poder destruirla nada más. El corazón del hombre no está hecho para lo que se esconde ahí.

—Descuide —dice Eric—, todo va a salir bien. Este equipo es ávido; los Hijos somos fuertes. Y no se preocupe, tengo en la ciudad gente de confianza que me ayudará a mantener el negocio durante los años previstos. Haré lo posible por resguardar este lugar.

—Confiemos que, a su tiempo, la Protección y el sello incandescente lo hagan por ustedes. *Pas a vin*, amigo.

—Es todo lo que queremos —le responde Eric—. *Pas a vin*.

La puerta se abre y se vuelve a cerrar.

—¿Sello incandescente? —Susurro a Éveril, quien parece tener muchos pensamientos.

—Eso es con certeza algo en qué pensar —masculla.

Los pasos parecen subir la escalera.

—Tiene que ser Eric Marbet —dice abstraído.

—¿Y ahora qué? —Intento hacerlo entrar en razón.

—No estoy seguro —me dice—. Tal vez ahora sí debamos despertar, no creo poder permanecer más tiempo. Tenemos suficiente en qué pensar y no quiero tentar más a la suerte.

Una figura familiar entra en la habitación y capta nuestras miradas. Hace una entrada delicada, aunque segura. Cuando nos ubica, va a sentarse frente a nosotros y da un largo maullido.

—¡Hola, tú! —Saluda Éveril—. Oh, es cierto, aún no nos conoces.

—¿Íldrigo? —Pregunto—. Eso lo haría tener...

—Muuuchos años —concluye entretenido mientras se pone de cuclillas—. Qué secretos te guardas, amigo.

El gato da otro largo maullido y Éveril me da una mirada cómica.

—Me pregunto si nos recordarás en el futuro—le habla al gato otra vez.

—Tienes razón. ¿No deberíamos decir nuestros nombres?

—Jmm... Una cosa bastante curiosa de hacer. Bien —le dice al gato—. Soy Éveril, recuerda mi rostro.

Me mira con una expresión cómica.

Al parecer ya no hay gato encerrado —bromea—. Lo siento, tenía que decirlo.

Unos pasos vuelven a hacer rechinar las escaleras y recuerdo que debemos partir.

—Creo que es hora de regresar —me indica—. ¿Crees que puedes hacerlo sin problema?

—Creo que sí.

—Iré primero, por si necesitas ayuda. Te dejo el honor de revelarle tu nombre.

Antes de que pueda decir otra cosa, Éveril se desaparece dejando una silueta traslúcida que se disipa como humo. El gato continúa sentado en el mismo lugar viendo hacia la esquina donde estoy y los pasos de quien se esté acercando son más audibles cada vez.

¿Decir mi nombre al gato? Si tengo suerte, voy a poder despertar en los siguientes segundos.

Cierro fuerte los ojos, invocando mi concentración, pero no percibo ningún efecto en la habitación. Cuando Éveril se fue, se llevó la sensación de anclaje. Los pasos parecen irse en dirección a la cocina y tengo un alivio, unos momentos de gracia. Entonces Íldrigo da un largo y escandaloso maullido.

—¿Íldrigo? —Es Eric—. ¿Dónde estás?

El gato maúlla otra vez.

—No —susurro.

Los pasos se acercan de nuevo. Si Íldrigo maúlla otra vez, estoy perdido.

El gato me da una mirada penetrante y desorientadora, y deja ir un largo maullido.

—¿Íldrigo? —Escucho la voz en la entrada de la habitación—. ¿Qué haces ahí?

Íldrigo ve al hombre y luego pone su mirada en mí. Mi corazón intenta escaparse de mi pecho.

—¿Hay alguien ahí? ¿Eres tú de nuevo? —Pregunta con severidad—. No sé cómo haces para entrar, pero tienes tres segundos para salir de ahí.

Intento pensar en cómo me pueda escabullir, pero no sé si sea posible. Estoy atrapado, paralizado.

—Uno...

Cierro mis ojos de nuevo e intento concentrarme.

—Dos...

Para mi alivio, la habitación se sacude con fuerza. Por fin tengo un agarre a mi voluntad y siento cómo algo va a surgir dentro de mí.

—¡Tres!

Me encuentro en el pasillo de los cuartos, en casa de Éveril. Es de noche y todo está oscuro. Más allá, puedo ver la familiar rendija de luz que se escapa debajo de la puerta de su recámara. Un sonido musical amortiguado brota desde ahí. Mis pies me llevan en esa dirección hasta que al fin alcanzo la entrada. La melodía proviene de ahí dentro. Me tomo la libertad de entrar, pero esta vez Éveril no está. Solo me recibe la luz cálida de la chimenea.

—¿Éveril?

La melodía continúa y ahora sé su procedencia. Viene de esa puerta raída y misteriosa, tan fuera del lugar. La que vi la última vez que estuve aquí. Al fin, me armo de valor y me acerco. Tomo el llavín, giro el oxidado mecanismo y, poco a poco, da vuelta, haciendo desmoronar escamas de metal corroído. Ahora solo tengo que empujar. Pero es inútil: o debe de estar totalmente atascada, o pesa demasiado. Después de varios intentos fallidos, le echo el peso del cuerpo y entonces logro abrir una rendija.

El brillo del sol me deslumbra. Una cálida brisa me roza el rostro y consigo trae un olor salado. Con esfuerzo logro abrir un poco más la puerta y alcanzo a ver una extensión cubierta de pasto. Se extiende con un verde vivo hasta acabar en lo que parece ser una alta peña que cae al mar. De un lado se levanta un árbol que balancea sus ramas parsimoniosamente con el viento. Bajo este descansan dos personas sobre una manta blanca. Uno de ellos se levanta en un codo, es de piel morena y unos rizos le cuelgan en la frente.

—*Deren Iv* —le dice mientras lleva su dedo índice con delicadeza sobre los labios del otro. Los labios de Éveril. Se me escapa un suspiro de asombro.

El ancho cielo empieza a nublarse a una velocidad incomprensible hasta que no puedo ver a pocos metros de distancia. Me aferro al llavín de la puerta mientras sigo en el umbral. La oscuridad se asienta y entonces me percato de que es la noche. Un oscuro y hediondo pasillo, resultado de dos altos edificios, se aclara hacia el frente. Siento una pesadez sin precedente en el pecho. Es como una amargura que asfixia los sentidos. De pronto algo se mueve entre un puño de cosas y por poco dejo ir un grito. A pesar de la oscuridad alcanzo a divisar un vestigio que me eriza la piel. Un pequeño par de chispas que desafían la oscuridad. Unos ojos.

La penumbra se desvanece y da paso a un montón de colores que llegan a convertirse en otra imagen. Un joven, que me da la espalda, toca un piano en una lujosa habitación de estar y una mujer de aspecto enfermizo descansa en un diván. Sus ropas son extrañas, como de otro tiempo. La escena colapsa y, para mi sorpresa, puedo ver la tienda de mi padre. Allá, tras el mostrador, parece que... estoy leyendo el libro de Bénez Clement. El lugar se desintegra y puedo ver la sala de la casa de Éveril, dónde me enseñó aquella melodía en el piano negro de cola. Éveril está solo, de pie, en medio del lugar y lee un tipo de cuaderno. Sus ojos se ven irritados, como quien ha llorado demasiado.

Entonces una mano aparece junto a mí y toma el llavín de la puerta, de la que me sigo aferrando. Esta se empieza a cerrar.

—Despierta, Yoshaya.

Abro mis ojos y tomo una bocanada de aire. Es como surgir del agua, de otra vida incluso. Puedo sentir en mis extremidades un cosquilleo acompañado del recurrente cansancio después de estas prácticas y algo me dice que no debo ponerme en pie justo ahora. Por otro lado, tengo un nudo en la garganta. Es como si me hubiera acabado de tomar un trago concentrado de emociones.

—Éveril —intento sonar normal. Él está sentado en uno de los sillones. Parece que también está despertando y tiene un semblante agobiado.

—No hagas eso de nuevo —dice serio.

Asiento empezando a sentirme culpable por lo que creo que acabo de ver.

—Lo siento. Yo... no era mi intención...

—Está bien. Solo olvídalo —logra sonar más amable y toma un momento antes de continuar—. Parece que estábamos en el umbral de mi mente.

Mi expresión lo motiva a continuar explicando.

—Para soñar en conjunto de manera astral se necesita algo así como un punto de reunión. Usamos el umbral de la mente. Yo te invité a mi umbral para poder soñar contigo.

Dudo antes de decir lo siguiente.

—Y esa... puerta.

Éveril se levanta de su asiento. Aunque quiera disimularlo, sigue disgustado.

—Solo... olvídalo, por favor.

—No quise...

—Déjalo así. No fue tu culpa —intenta recobrar su temple—. Parece que tu habilidad con los sueños puede darle vida a un lugar como el umbral de la mente. Cuando soñamos, la tela que compone los sueños no es literal. La mente suele darnos lo necesario para que compremos la idea de la realidad que nos rodea. Cuando sueñas astralmente puedes ver las costuras del sueño, por eso supe de inmediato que no estabas solo soñando

—se detiene un momento—. Algo así pasa con los recuerdos y el umbral de la mente. Nunca llegan a ser del todo reales. Parece que antes de despertar por completo de tu regresión, ambos debíamos pasar por mi umbral. Es como si tu habilidad le hubiera conferido vida a todo ahí. Nunca había visto algo así.

—Éveril, esta no es la primera vez que visito tu umbral, ¿verdad?

Mueve un poco su cabeza, negando.

—No, pero en la otra ocasión apenas pude intercambiar unas palabras contigo. Nuestros sueños estaban combinados y tu imaginario resultaba ser muy críptico. No estabas en condiciones para influenciar así mi umbral.

—De verdad lo lamento.

Suspira.

—No pasa nada —me da una cara más animosa—. Además, tenemos peces más grandes que destazar.

Le sigo la corriente y no insisto.

—¿Y sabes qué es un sello incandescente? —Recuerdo la conversación que escuchamos tras la pared.

—No del todo, aunque sospecho que se trata de algún Conjuro Elemental, tal vez sirve de cerradura. Es un gran avance, eso confirma que esta casa esconde el acceso.

—Solo nos falta saber dónde está.

—Gran punto —concuerda—. Con suerte Velina nos habrá dejado otras migajas qué seguir.

Éveril cree que debemos darle un respiro al ejercicio del sueño y, en lugar de eso, nos dedicamos a rebuscar en la casa algo que pueda relacionarse con un sello incandescente. Investigamos desde las habitaciones de la casa hasta el patio trasero y delantero sin éxito. Terminamos cerca del mirador que está a un lado de la casa, el que tiene vista a la lejana costa y que está resguardado por dos altos y delgados pinos. El lugar consiste en una calzada de piedra en forma circular y una banca incrustada en el terreno inclinado. Decidimos retar el frío y sentarnos un momento.

—Escucha —me dice—, sé que nos estamos ayudando mutuamente, pero quiero agradecerte por tu ayuda de todas maneras. Tal vez es difícil de explicar qué tan importante es esto para mí. De verdad lo es. Y también sé que has tenido que ser valiente para afrontar todo esto.

—De nada. Aunque no voy a mentir: estoy a punto de volverme loco.

—Es difícil prepararse para esto. Has hecho un gran trabajo. Uno excepcional, diría yo.

Se me escapa una media sonrisa.

—Mira, Yosh, si todo sale bien aquí, quisiera hacer un par de viajes. Visitar algunos lugares otra vez. Tal vez quieras venir conmigo, te podría enseñar muchas cosas.

—¿En serio?

Éveril asiente.

—Vaya, es una decisión un poco complicada. Es decir, la universidad y mi familia...

—No tienes que decidirlo ya. Solo piénsalo.

—¿Sabes? Por primera vez creo que sé algo de mí y quiero saber más. Lo pensaré, de verdad.

—Con eso me basta.

—Y bien, creo que hoy puedo irme un poco más temprano —al fin encuentro el momento para decirle—. Estoy un poco cansado.

—Por supuesto, te puedo llevar.

—No, creo que ocupo aclarar un poco la mente.

—¿Seguro? El clima no pinta muy bien.

—Seguro.

Aunque el frío de la tarde se acentúa con los vientos del camino, en breve, mi propio calor me hace no prestarles mucha atención. Además, mis pensamientos me ocupan más. No le conté a Éveril sobre los otros lugares que visité en mis saltos temporales. Por un lado, saltar en el tiempo ahora me parece extrañamente más normal, en cambio, el episodio con mi padre me tiene perturbado. El asunto de mi nombre me hace sentir náuseas y debilidad en las piernas mientras camino. Además, están esas visiones que encontré tras esa puerta vieja. Ahora las imágenes son casi un eco en mi mente, pero las emociones que experimenté siguen conmigo. Es como cuando un sueño te rompe el corazón y no puedes recordarlo, pero aun así logra permear las emociones del día como si hubiera pasado realmente.

De pronto me doy cuenta de que llevo parado en el ventoso camino un rato, perplejo. El frío que me comienza a invadir es lo que me alerta de nuevo a la vida. Sacudo mi cabeza y sigo caminando. Lágrimas comienzan a correr por mis mejillas. Me sobrecoge el miedo, supongo, o el asombro de sentirme como un insecto ante la vastedad de los misterios de la vida. Siento una necesidad de empezar a correr tan rápido como pueda. Corro a todo lo que me dan los pies. Creo que voy a desvanecer, al mismo tiempo que siento una energía imparable. Después de unos momentos tengo que parar, tratando de recobrar el aliento. Luego corro una vez más, descanso y corro otra vez. Al fin, mis energías se drenan y no puedo hacer más que continuar caminando a paso normal, exhausto. Al menos el cansancio ahoga mis pensamientos y puedo estar más tranquilo.

Antes de que me dé cuenta, estoy llegando a mi casa, estoy abriendo el portillo, estoy atravesando el patio, estoy subiendo al porche de la casa, estoy tocando la puerta, estoy mirando a lo lejos.

La puerta se abre tras de mí y escucho decir mi nombre.
La voz es imperdible.
La voz es de mi hermano.

Cuarta Parte

Una espiral a la oscuridad

22

Medidas desesperadas

Respiro profundo y boto el aire.
Le digo a papá que necesito salir más temprano de trabajar porque Clara me espera. Volví a la tienda, le dije en secreto que Éveril no me necesitaría más.
—Disfruta mientras tengas a tu padre de jefe —me sermonea cuando estoy a punto de salir—. ¡Y saludos a Clara!
Manejo mi bicicleta hacia el colegio esperando alcanzar la salida de clases. Escogí un día donde creo que Éveril no estará por ahí. Llego al edificio, el cual es un gran bloque rectangular de dos plantas rodeado de espacios verdes y muchos arbustos, y me siento a esperar un tanto ansioso en las gradas de la entrada. Una vez que empiezan a salir todos, la logro interceptar.
—Yosh, qué sorpresa —me saluda extrañada.
—Pensé que hace días no nos veíamos.
—Alguien por aquí ha estado muy ocupado con su nuevo amigo —bromea.
—De hecho me dijo que anda buscando una reportera que sea buena metiéndose en los asuntos de todos. ¿No sabes de alguien?
Se me escapa una risa, tal vez nerviosa.
—Ja, ja —me da un golpe en el hombro.
Darla aparece detrás de ella.
—Ahí estabas. Hola, Yosh, ¿todo bien?

—Todo bien.
—¿Lista? —Le pregunta a Clara.
—Sí —asiente y luego me habla—. ¿Vienes con nosotras?
—Seguro. Estaba pensando que tal vez querrías salir a manejar.
—Suena bien —me dice mientras nos encaminamos—, no tengo ganas de quedarme en casa de todas maneras.

Nos vamos conversando de camino a sus casas. Pronto, Darla desvía su camino hacia la suya y nosotros continuamos por el nuestro. Cuando llegamos a la casa de Clara, me pide como de costumbre que me quede en la acera. Al principio se sentía extraño que lo hiciera, pero con el tiempo me fui acostumbrando. No deja de darme una mala espina.

Después de unos minutos aparece con su bicicleta por un lado de la casa.

—¡Listo! —Se sube—. ¿A dónde?
—¿A la poza?
—Tú y tu poza —me reprocha sin más.
—¡El último se tira al agua! —Me subo y doy pedal.

Sé que no se va a resistir.

—¡Hey!

Manejamos por el frío y vespertino Brimin. El cielo parece estar muy tentado a desgajarse en un aguacero, pero se contiene. Pronto dejamos de competir y solo navegamos por las calles. Tomamos la ruta que nos lleva por la casa de Flor y no puedo evitar estremecerme al recordarlo todo. Para mi sorpresa, Miriam se encuentra recogiendo ropa de los tendederos en el patio. Cuando paso al frente, alcanzo a darle un pequeño saludo con mi mano. Miriam me corresponde con falta de costumbre.

Minutos más tarde, nos encontramos atravesando el bosque que esconde la poza. El frío se acentúa bajo la sombra de los árboles. Por fin llegamos al lugar y, como es de esperar, no ronda ni un alma. En esta época es raro ver a gente por aquí. Subimos a la piedra como de costumbre y podemos ver que la tarde está despejada y apacible. El viento sopla frío y todos los alrededores parecen callados. En apariencia todo pinta normal.

—Bueno, al parecer tenemos el lugar para nosotros.

—¿Quién va a querer venir? —Me dice mientras toma asiento en la piedra.

—No sé, pensé que habría alguien más —digo en un volumen más alto.

Clara me mira confundida.

—¿Y qué has hecho estos días? —Me siento.

—Nada interesante; ir al colegio, contar los días para irme de aquí.

—Cierto. Odias Brimin.

Clara se encoge de hombros.

—No sé si lo odio, solo sé que quiero irme tan lejos como pueda.

—Eso no suena a aprecio exactamente. ¿No crees que vayas a extrañar a todos?

—Tal vez.

—Quizá algún día puedas llevarte a tu familia.

Clara se echa una risa irónica.

—No seas incrédula, tú logras lo que te propones. Te envidio en ese sentido.

—No es eso. Además, lo único que sé es que quiero irme.

—¿Y eso no es suficiente?

—No lo sé. Supongo que lo averiguaré cuando lo logre —me dice sin mucha motivación.

—El tiempo vuela, en menos de... —un sonido proveniente de un matorral llama mi atención— lo que esperas terminarás el colegio.

—Lo quiera Dios.

Respiro profundo, pensando en si debo proseguir con mi estúpido plan. No estoy pensando claro, es obvio, pero en este punto no sé si existe otra opción. Temo que de no hacer algo pronto, todo se vaya a desvanecer. Voy a olvidar y seré como antes. Siento algo cercano al miedo. No sé qué tan rápido puede pasar, qué tan pronto la mente me pueda hacer creer que lo imposible es... imposible.

Antes de que pueda arrepentirme, me levanto.

—Bueno, no me queda más que aceptar la derrota —le digo intentando sonar gracioso.

Me quito la camisa, los zapatos y las medias. Ando pantalones cortos, así que esos me los dejo. El cuerpo me empieza temblar de inmediato, aunque no sé si se debe al frío exactamente.

—¿Qué te sucede? —Me pregunta desconcertada—. Está para congelarse el...

—No. No me quieras convencer —le digo porfiado—. Soy un hombre de palabra y perdí la carrera.

Me acerco al borde de la piedra por donde siempre nos lanzamos. Ya de por sí está helado y solo puedo imaginar lo que me espera.

—Bueno, aquí voy —anuncio.

—¡Ya basta! —Se levanta para detenerme—. No seas idiota.

Antes de que logre impedirlo, tomo tanto aire como puedo y doy un paso hacia el vacío.

¿Qué estoy haciendo?

Se me contrae el estómago por la caída libre. La sensación es corta, pronto me recibe el agudo aviso del agua y, a pesar de saber a lo que voy, el frío me impacta. Una vez bajo el agua me armo de voluntad para mantenerme sumergido. Tengo que esperar el tiempo suficiente, si no, quizá no de resultado. Me había hecho a la idea de que aquí abajo el tiempo transcurría lento, pero no sabía lo que me esperaba. El agua fría comienza a sentirse como espinas en el cuerpo y siento la mente aturdida.

Tengo que hacer un esfuerzo para mantenerme.

No sé si esto vaya a funcionar.

Una punzada de miedo me invade; no sé si pueda soportar más.

¿Podré salir antes de ahogarme? Intento escalar el agua con pánico, pero no logro avanzar. El miedo me estruja el pecho y me hundo más. Entonces alguien más entra en el agua. ¿Clara? Imposible saberlo. La persona me atrapa en medio de mi inútil aleteo. Sus manos se clavan en mis costillas, se sacude intentando impulsarme y, a duras penas, logramos surgir. Cuando intento respirar, trago agua y comienzo a toser, lo que lo hace sentir mucho más dramático. Clara comienza a bajar de la gran piedra, acudiendo hacia nosotros. Entonces ella no fue. Logro alcanzar las piedras de la orilla y me comienzo a arrastrar hacia tierra firme. Cuando puedo sentarme en un lugar más estable, intento respirar más profundo. Mi hermano llega a la orilla un poco después que yo, intentando recobrar su aliento también. Escondo mi cabeza entre mis piernas intentando reponerme, cuando siento un golpe.

—¡Auch!

—¿Eres estúpido o te haces? —Es Clara, enfadada—. ¿En qué malditos diablos estabas pensando? ¡Por Dios, Yosh!

—Yo... Lo siento. No estaba pensando.

—Claramente —me regaña mi hermano tosiendo.

—¿Por qué no salías? —Me pregunta Clara airada y luego mira a mi hermano—. Franco, ¿cómo es que...? ¿Dónde estabas? Saliste de la nada.

Miro con escrúpulo a mi hermano.

—De puro milagro andaba por aquí —dice un tanto molesto—. ¿En qué estabas pensando?

—No me esperaba que estuviera tan... frío —digo inseguro, temblando—. Fue estúpido, perdón.

—No me lo digas —se levanta.

Yo me quedo sentado, temblando sin control.

—Gracias —agradece Clara.

—Manténganse lejos del agua, ¿sí? —Nos exhorta.

Luego de que nos deja, vuelvo a mirarlo. Va sin camisa, sin pantalón y sin zapatos, los cuales rejunta cerca de un matorral.

—Voy por tus cosas —me avisa Clara—. No hagas nada estúpido.

—No llegues tarde a casa —me sugiere Franco y se va por el trillo entre el bosque luego de mudarse.

Mientras estoy solo, intento frotarme las extremidades para ganar un poco de calor. Decepcionado, hago un último intento, aunque no siento nada diferente acerca de mí. Recuerdo la sensación que tengo en los sueños de recaudar mi voluntad, aquel ímpetu, y recuerdo lo que me dijo Éveril acerca de proyectar un sentimiento, de cómo la energía del alma se puede manifestar en diferentes maneras, como el calor. Hago un gran esfuerzo para alinear mis pensamientos en este sentido. Intento respirar, aquietarme en medio de los temblores, y estrujo mis párpados al cerrar mis ojos.

Voluntad, energía, calor. Voluntad, energía, calor.

Sigo temblando.

Se siente estúpido conjurar este pensamiento.

Voluntad, energía, calor; intento.

Aprieto mis ojos y mis puños intentando aferrarme a la idea de que aún puede ser posible.

—¿Estás bien? —Escucho a Clara a mi lado.

Abro mis ojos de inmediato, ella me examina con sospecha y me invade la vergüenza.

—Sí —digo apenado—. Es... hace mucho frío. Gracias.

Me levanto de una vez y tomo la ropa que me trajo.

—¿De verdad estás bien, Yosh?

Asiento y me pongo las prendas.

—Vamos a casa —le pido.

Entonces Franco me estaba siguiendo el paso así de cerca. Él y los otros. Tenía mis sospechas, aunque no había logrado exponerlo. Desde que llegó, hace un par de días, se ha portado normal frente a nosotros, salvo por su nueva y sutil práctica de sacar información. No puedo evitar pensar que tiene cierta rigidez cuando lo hace de todas maneras. Me preguntó qué hice en el verano, qué pasó con mis amigos, cómo me fue ayudando a papá y, en la que pareció más desinteresado respecto a las demás: ¿Conociste a alguien nuevo? Intenté mantener la cara sin expresión con esa última, a la cual respondí de manera negativa. No sé si mis padres han mencionado a Éveril, pero al menos tenía que intentar desconocerlo. Desde el momento en que me abrió la puerta, esperé que me atacara con un listado de preguntas, pero no lo hizo.

Más tarde empecé a sospechar que me estaban espiando, que me seguían a escondidas, él y los otros. No sabría decir cuántos en total y sé que no estoy paranoico. Si bien es cierto, sería difícil asegurar conocer a todos en Brimin, pero tantas caras nuevas hacen la diferencia. Sé que he visto rostros desconocidos mirarme con disimulo cuando voy a la tienda de papá, cuando manejo por algún lado en bici; los he visto pasar o estar junto a mí cuando compro pan en la panadería y situaciones por el estilo. Mis cosas, en mi habitación, en ocasiones me ha dado la impresión de que están diferentes de como las dejé.

—¿Qué le pasó al espejo? —Me preguntó Franco un día extrañado cuando entró a mi cuarto. Impedí que papá lo desechara, necesitaba un recordatorio constante de lo sobrenatural y, en cierta manera, aprendí a tomarle cariño. Es casi como un trofeo.

—Lo dejé caer un día. Ya sabes que soy torpe —le contesté.

Su vigilancia ha sido sutil, pero lo sutil aún puede dejar un rastro. Pensé entonces que lo mejor sería detener mis visitas a la Casa Marlo, sin ningún aviso a Éveril. Él dijo que la ilusión era potente, pero que con la información correcta podrían desafiarla. Temí arriesgarme, aunque fuera un poco, así que me limité a hacer una rutina normal y aburrida.

Al principio temí que a Éveril se le ocurriera venir a buscarme en una de sus visitas esporádicas y arruinara mi teatro. Esperé con fe que pudiera percibir la Lumbre de alguno de los acosadores y se enterara que algo no andaba bien. Si todos esos rostros sospechosos eran hechiceros, quizá cabría la posibilidad, aunque fuera una pequeña. Luego me llené de otro temor: ¿Por qué no aparecía? ¿Y qué sucedería si no lo hacía? Estaba dispuesto a hacer mi mejor esfuerzo por no olvidar la magia, pero no sabía qué tan pronto empezaría a buscarle la lógica y razón a lo que había aprendido. Sabía que la investigación era importante para Éveril y una voz me decía que de seguro no la arriesgaría por mí. Entonces entendía el que no se apareciera, pero me enfadaba también. Él sabía lo que podía pasar.

También me enfadaba la actitud de mi hermano. Pensé en hablar con él acerca de la magia, que tal vez así no olvidaría. Sin embargo, el recuerdo del cuchillo tembloroso en mi cuello solo me llenaba de enojo y me hacía descartar la idea. Con todo, no estaba dispuesto a olvidar, no ahora. Necesitaba hacer algo para asegurar que la magia se quedara conmigo. Si mi hermano me estaba siguiendo de cerca e intervenía, al menos lo delataría. También incluí a Clara en esto porque ella me da valor. Se que fue muy cretino de mi parte, pero necesitaba un recordatorio de su determinación para lograrlo. Y… temía morir en el intento, debo aceptarlo. De acuerdo con Éveril, necesitaba un evento significativo, algo que me hiciera actuar con algún tipo de instinto, algo que me ayudara a encontrar la conexión con mi Lumbre y tenía que intentarlo antes de que la idea de hacerlo me pareciera una completa locura.

Tengo miedo de que sean los efectos de la razón contra la magia, pero justo ahora, de camino a casa, luego de intentar mi plan, solo puedo pensar que acabo de cometer algo realmente estúpido, delirante.

No, en efecto lo fue. Es claro que no estaba pensando con un juicio claro.

¿Pero qué sucede con todo lo que pasó? ¿Pudo haber sido mi imaginación? ¿Acaso estoy "sugestionado"?

Franco estaba ahí. Eso significa algo, ¿no?

¿Pero qué?

Yoshaya, piensa en frío.

En frío, qué irónico.

Solo piensa. Piensa una vez más si todo esto tiene sentido.

No fui capaz de hacer… magia.

Me abruma la vergüenza, ¿en qué estaba pensando?

El frío que me hace temblar mientras manejo camino a casa me recalca que ningún calor fue extinguido por arte de magia.

23

Se llama crecer

Quiero pensar que aún recuerdo, entonces la duda me ataca otra vez. Me mentalizo en soñar y practicar mi voluntad, pero al despertar apenas puedo recordar lo que soñé.

¿Alguna vez pude controlarlos? Los sueños se sienten ahora distantes y sin importancia. Además, todo lo que pasó me parece cuestionable, hasta el hecho de haber conocido a Éveril. En ocasiones quiero preguntarles a mis padres o a Clara, si había imaginado conocerlo, pero tengo miedo de las respuestas. Tal vez papá me sermoneó acerca de Éveril. Es cierto, los vi hablando en la Inauguración. Probablemente le contó de su vida en esa ocasión y luego papá no dejó de llenarme el oído con el tema. Es bueno haciendo eso. Y Clara, ella me dijo que era profesor de somarso en el colegio. Estoy seguro de que ella me tuvo que haber hablado de él en varias ocasiones. Aquella vez en la panadería parecía molesta de los chismes en el colegio por el nuevo profesor, no me extrañaría que ocupara ventilar conmigo al respecto. Tiene sentido, tal vez por eso me parece conocerlo.

¿Qué digo? Yo conozco a Éveril. Sé que sí.

Mis dudas me hacen temer de todas maneras. Hace un tiempo me parecía ver las cosas a través de un filtro avejentado, como cuando las fotografías envejecen. Quizá daba por sentado mi vida en ese momento. Quizá pensaba que era una historia ya contada. Si me llego a enterar de que todo fue una farsa, de seguro veré mi vida a través de ese filtro otra vez. Temo perder cual pequeña oportunidad tenga de tomar mi destino en mis manos y acabar retrocediendo a quien era antes. Me repito una y otra vez lo que Éveril me dijo que sucedería, que la razón buscaría encontrar el motivo más obvio de los acontecimientos para hacerme olvidar. Trato de no creerle a la razón. Trato de aferrarme a los recuerdos.

Cuánto quisiera ver a Éveril y que me endulzara el oído con todos sus disparates fantasiosos y mágicos.

Disparates.

Fantasiosos.

Mágicos.

Me incorporo en la cama y me froto la cara. Sin pensarlo, sacudo la cabeza intentando aclarar mis pensamientos.

—Magia, magia, magia —recuerdo, pero cada repetición suena más irreal, más ficticia, más extraña.

Vuelvo a recostarme en la cama frustrado y alguien toca la puerta de mi habitación.

—Adelante.

—Yosh —Franco asoma su rostro por la puerta.

—Sí —le digo sin quitar la mirada del techo.

Entra en la habitación y usa la silla de mi escritorio para sentarse.

—Escucha —duda un momento—, solo quería hablarte un rato.

Le doy una mueca de sospecha.

—¿Cómo decirte? —medita—. Yo sé que los cambios a veces son difíciles. Yo pasé por ahí y te entiendo —vuelve a detenerse—, pero el cambio no siempre es malo. Si le das una oportunidad, te podría sorprender. Créeme. Podría haber una gran oportunidad delante tuyo. Tal vez ahora no la puedas ver, pero yo sí y vale la pena.

Lo miro.

—¿Acaso quieres quedarte aquí? —Me pregunta.

—¿Qué intentas decir?

—La manera en que has estado actuando. Mira, sabes que siempre voy a estar ahí para ti... —la imagen de una cuchilla cruza por mi mente, ¿o era tan solo una mano? Tuvo que haber sido una mano—, pero la ciudad requiere que seas fuerte. Si no, te comerá vivo. Si no estás seguro de que quieres partir, si lo que quieres es quedarte...

—No —se me escapa—. No sé, la verdad ya no sé lo que quiero.

Franco suspira con seriedad.

—Créeme, la ciudad es más de lo que parece, Yosh. Si quieres saber qué es lo que quieres y quién eres en verdad, no existe mejor prueba. La ciudad te reta. La gente te contagia con su ambición. Tú lees muchos libros, ¿crees que el héroe llega a descubrir quién es quedándose en la granja?

—¿Cuál granja?

—Es una metáfora. Escucha, las oportunidades no son para siempre, es la realidad. Puertas que se cierran, puertas que se abren.

¿Puertas...?

—A veces no es lo que queremos, te entiendo, pero se necesita ser maduro y enfrentarlo. Se llama crecer. Te lo digo porque te quiero; quedarte no te servirá de mucho. Allá afuera es donde está tu vida.

Vuelvo a mirar el techo lleno de frustración.

—Pero, ¿y si no... me gusta?

—Bienvenido a ser adulto —me dice con un aire de frustración—. Yosh, te ahogas en un vaso de agua. No es tan malo como parece. Algún día lo entenderás mejor.

Suelto el aire.

—Franco... —quiero aprovechar y decirle todo. Esta podría ser de mis últimas oportunidades. Lo puedo sentir dentro de mí, es como si mi mente se fuera durmiendo poco a poco, es como olvidar un sueño tras despertar. ¿Pero cómo lo digo? Justo ahora, hablando con él, pensar en articularlo en voz alta suena tan... ridículo. Tan poco probable. "Hermano, creo que soy un hechicero. ¿Sabes? Creo que tengo visiones del futuro y de cosas misteriosas. Ah, ¿y sabes qué más? Puedo viajar al pasado y estoy casi seguro de que yo mismo le dije a papá mi nombre". No, no puedo. No puede ser cierto.

—Hey, mírame —me ordena determinado—. Todo va a estar bien, pero tienes que confiar en mí. Basta de tonterías, eso no te llevará a ningún lado. ¿Está bien?

Hago un pequeño murmullo.

—Yosh.

—¡Sí, bien!

—Me alegra. Escucha, quería decírtelo hasta que supiera que te ibas a comprometer.

Lo miro expectante.

—Tienes un puesto como asistente en la administración de la universidad. Es de medio tiempo, obvio. Tuve que poner muy buenas recomendaciones y rogar mucho para que te aceptaran sin conocerte, así que tienes que dar la talla. No es complicado; yo tuve ese trabajo en mi primer año también. Será suficiente para que te aclimates.

—¿Y qué haré ahí?

—Descuida, te pondrán al día. Eso me lleva al siguiente detalle. Lara, tu futura jefa, desea que estés antes del invierno. La última etapa en admisiones, antes de que empiece el semestre, es muy ajetreada y quiere tenerte en forma para entonces.

—Pero...

—Sí, eso es pronto. De hecho muy pronto. Hay que partir a más tardar mañana.

—¡Mañana! —Me incorporo.

—Lo sé, Yosh, pero es ahora o nunca.

24

El peligro de las maldiciones

Anoche no pude dormir muy bien, no podía dejar de pensar en mi partida. También el cielo nublado no me dejó concentrarme en las estrellas, por lo que moví mi cama lejos de la ventana. Luego me acosté y me volteé de un lado al otro hasta que caí en un sueño turbio. Me parece haber soñado que todos a quienes quiero se habían ido de Brimin. Estaba solo yo. Papá me decía que me había quedado atascado aquí por no saber lo que quería, por no tomar las oportunidades, por no haberme convertido en alguien serio y centrado.

Quiero alargar el momento después de despertar lo más que pueda, pero, después de un rato, acepto que no puedo evitarlo. Ya es hora. Y no puedo irme sin hablar con Clara. Eso me hace salir de la cama antes de que se haga más tarde.

Me levanto con la sensación de un mal descanso y voy al baño. Todo tiene un aire familiar, aunque al mismo tiempo me parece tener algo ajeno, como si ya no me perteneciera. Camino al baño y de paso me miro en mi espejo roto. ¿Por qué insisto en conservar algo así? Tendré que decirle a papá que lo deseche por mí. Es hora de seguir adelante. Me iré. Y, por alguna razón que no entiendo del todo, me siento más decepcionado de lo que esperaba.

Bajo a desayunar intentando sobrellevar el frío mañanero. Antes de llegar, puedo escuchar bulla en la cocina. El reloj de pared dice que son pasadas las siete de la mañana. Mi madre y mi hermano están en la cocina preparando algo, quizá una merienda para nuestro viaje. Pican, mezclan, cocinan...

—Buenos días —me anuncio sin mucha energía.

—Buenas tardes —reprocha Franco.

—Buenos días, amor —me recibe mamá con un tono cariñoso—. Aún quedan tostadas en el horno y queso en el refrigerador.

—Gracias mamá.

—Franco —suspira un tanto apenada—. ¿De verdad es necesario que se vayan tan pronto? No creo que haga tanto daño al menos un día más, así podremos despedirlos como se debe.

Saco las tostadas y el queso, me sirvo una taza de café y me siento a la mesa de la cocina.

—Lo es, mamá. Lo siento —le responde—. No quise decirlo antes porque no quería que pasara esto mismo, pero si no partimos hoy, podría quedarle mal a Lara. Te acordarás de ella, no le gustan los retrasos. Toma nota —me sugiere señalándome con el cuchillo que está usando para picar unas zanahorias. Eso me provoca una sensación de incomodidad, pero la dejo pasar.

—Igual —repone mamá—. Podrían demorarse, aunque sea un poco. Hubiéramos podido organizar una cena de despedida como se debe. Hubieras invitado a Clara —me sugiere— y a los otros muchachos, si estuvieran. Incluso al joven Gábula. Hubiera sido estupendo tenerlo acá una vez más.

Me parece que Franco se tensa y la tabla de picar tiende a sonar más duro cuando corta.

—Está bien, ma —le digo—. Ya esperé casi todo el otoño. Si esperamos un día más siento que no nos iremos. Clara va a entender, Ronan y Anker ya están lejos, y Éveril... no entiendo por qué lo mencionas.

—Como dije, a Lara no le gustan los retrasos. Tenemos que partir hoy —advierte Franco—. Hablando de, ¿ya tienes listo tu equipaje? —Me pregunta.

—Ya casi —respondo con la boca llena.

—Yosh —mamá me llama la atención.

—Pues no tardes en eso. Debemos partir, máximo, a las nueve.

—¿Qué? ¡Tengo que despedirme de Clara!

Franco señala con el cuchillo el reloj redondo de la cocina.

—Tenemos poco más de hora y media. No desperdicies el tiempo.

Me dispongo a ordenar lo último que me queda por empacar. Papá me regaló dos de sus maletas para sus viajes; aun así, tengo que dejar mucho por fuera. Decido llevarme un par de mis libros favoritos y mi vista cae en el que me heredó Flor. No lo he leído aún, al parecer no he tenido tiempo. No puedo evitar tomarlo y admirarlo. Lo abro donde el separador lo marca y leo las oraciones señaladas.

"¿Sabes? Cuando esas aves van al oeste, van a un lugar mejor. Es parte de su naturaleza. Todas aprenden a volar para, en algún momento, dar el gran viaje. Partir está en ellas. Partir es vivir".

Tal vez tenga razón. Tengo que partir. En Brimin no queda nada provechoso.

Leo de nuevo lo que está escrito en el separador.

"¿Lo llegaste a leer? ¿Qué te pareció?".

Pobre Flor, quizá sí era un poco extraña. Igual me alegró llegar a conocerla. Tomaré el libro conmigo.

Me apresuro a terminar con los detalles y luego voy por mi bicicleta. En mi reloj de pulsera dice que son casi las ocho.

Espero que Clara no me mate por despertarla de mañana un sábado. Espero no me mate por aparecerme en su casa de la nada, punto. Siempre he notado un tono de disgusto cuando lo he hecho, pero hoy no tengo opción.

Salgo de casa manejado e intento absorber mis alrededores tanto como puedo. Trato de respirar profundo el aire frío una y otra vez, como intentando guardarlo. Pronto estoy de camino a casa de Clara y, en menos de lo que pienso, me encuentro parando en la acera de enfrente. Su residencia no se apiña entre más casas como en el centro, sino que se rodea de espacio verde, parecido a donde vivo. Pongo mi bicicleta en la baranda y me cuestiono si debo llamarla con un grito o si debo ir a tocar su puerta. La primera opción es la recomendada por ella. Siempre sale casi de inmediato cuando lo hago, así que lo intento.

No tengo señal de Clara cuando lo hago.

Vuelvo a intentarlo, pero tampoco tengo éxito.

Podría estar dormida o quizá está en casa de Darla, como lo hace a veces. Sea como sea, necesito asegurarme. Si no la alcanzo a ver hoy, quién sabe hasta cuándo la podré ver.

Tomo la complicada decisión de entrar a la propiedad. Clara siempre ha sido muy reservada con respecto a su familia y nunca la he cuestionado. Como mucho, he estado en su casa unas tres veces desde que la conozco. Subo al porche y toco la puerta con reserva.

Parece que hoy no tengo suerte con ella. Nada.

No puedo evitar intentarlo una vez más y al fin escucho bulla adentro.

—¡Clara! ¡Esa puerta! —Desde adentro surge el grito amortiguado de un hombre.

Me parece escuchar unos pasos acelerados y, a continuación, la puerta se abre apenas una rendija.

Los ojos de Clara se abren sorprendidos al verme.

—Yosh, ¿qué haces aquí?

—Lo siento. Te llamé, pero...

—Perdón, pero estoy muy ocupada. Te veo luego.
Clara hace un intento por cerrar la puerta.
—Espera.
—De verdad no puedo, Yosh.
—Hoy parto a la ciudad.
Esto la detiene y su cara entristece.
—¿Cómo? ¿Hoy? ¿A qué hora?
—A las nueve. Franco insiste en que debemos irnos lo más pronto posible.
—Yosh... Yo... ¿Te puedo ver en tu casa en un rato?
—Por supuesto.
—Tan pronto pueda, iré —resuelve un tanto abrumada.
Intenta cerrar la puerta una vez más.
—Clara —la detengo—. ¿Estás bien?
Asiente y me da una sonrisa carente.
—Te veo luego.
—Clara —detengo la puerta una vez más.
—Yosh. Te veo luego.
La puerta se cierra despacio sin hacer mucho ruido. Suelto el aire con frustración y me doy la vuelta. Supongo que la veré en un rato. Me dispongo a partir, pero vuelvo a escuchar aquella voz gritando desde adentro. Debe ser el padrastro de Clara. No entiendo qué dice, parece estar de mal humor. Aunque parece siempre estarlo. No me da buena espina. Clara es otra persona cuando está frente a él, como si tuviera miedo. Esa no es ella.
La llama una vez más y no puedo contenerme.
Perdóname, Clara.
Le doy la vuelta a la casa buscando por dónde les pueda ver. Tengo que husmear por un par de ventanas antes de dar con ellos.
—¡Si te llamo es para que vengas! —Grita el hombre con enojo, acostado en el sofá de la sala y con un aspecto desfachatado.

El padrastro de Clara es un hombre alto, de apariencia fuerte y robusta. Loid, se llama. Es fácil sentirse intimidado por su presencia, eso sin sumarle lo brusco en su voz. Clara me contó que era marinero, que había cosechado una pequeña fortuna y se había retirado a la vida de la montaña, donde conoció a su madre, quien era viuda.

Tiene una cobija mal puesta y en la mesa del centro descansan un par de botellas vacías.

—Aquí estoy —apenas la escucho, parece molesta, aunque intenta disimularlo.

—¿Por qué no venías? —Loid habla un tanto arrastrado, ebrio.

—Alguien llamó a la puerta.

—Sí, los malditos me despertaron —le dice el tipo incorporándose. Luego, busca entre el desorden de la mesa una caja de cigarros y una de cerillas. Saca un cigarro y lo enciende expulsando una nube de humo de sus comisuras—. ¿Quién era? Los voy a mandar al Alto si vuelven a aparecer a esta hora un sábado.

Duda por un momento insegura.

—Nadie importante, se equivocaron de casa.

El hombre da un jalón al cigarro y luego suelta el humo absorto. Después, toma una botella que tiene un asiento y se acaba lo que queda.

—¿Qué te he dicho de MENTIRME? —Estrella la botella contra la chimenea de piedra.

A Clara se le escapa un pequeño grito y el hombre se levanta del sofá.

—Mira el maldito desorden que hiciste —escupe hacia los pedazos de vidrio en el suelo—. ¿Quién era?

De pronto, un enojo me invade. Me percato de que estoy apretando los puños y los dientes.

Él se acerca a Clara.

—Loid, estás ebrio —vuelve su cara con un profundo disgusto—. No era nadie.

El tipo golpea la pared tras ella.

—Yoshaya —admite a regañadientes—. Yoshaya. Solo quería salir, pero le dije que se fuera, ¿ya?

Loid la toma del cuello y la empuja hasta que la pega contra la pared. Un fuego se apodera de mí, una pira de enojo.

—¿Qué te dije de andar de zorra por ahí con ese? —Masculla mientras ciñe su empuñe—. Parece que no aprendes, ¿eh?

La mirada de Clara arde mientras intenta zafarse del implacable agarre de la bestia, pero es inútil.

—Ya basta, Loid —le ordena con dificultad.

El enojo que me está consumiendo pasa a ser ira y mi cuerpo se comienza a mover sin permiso. Por un momento, me imagino como Clara el día que apareció en medio de aquellos niños que estaban haciéndome aquella broma. A diferencia de ese día, estoy seguro que Loid me podría destrozar de un golpe, pero eso no me detiene.

Le doy la vuelta a la casa, ardiendo como un diablo, y llego al porche.

—¡Hey! —Golpeo la puerta con los puños—. ¡Maldito cobarde! ¡Hey!

Continúo golpeando y gritando hasta que la puerta se abre.

El tipo que se planta frente a mí me pasa por mucho en estatura.

—¿Qué mierdas quieres? —Intenta hablar claro, pero se le nota el arrastre.

—Cobarde —le digo con voz temblorosa, aunque sintiendo un fuego que me envuelve la piel—. No vuelvas a tocarla. ¿Me oíste?

Siento la cara arder y me tiembla la mano con la cual lo señalo.

—Mira, jovencito, te lo advierto: vete de mi propiedad o yo mismo te mandaré al Alto de una patada —me advierte casi bufando.

—Yosh —me pide Clara detrás de Loid, suena muy molesta—, por favor no te metas en esto.

—Tú, adentro —le ladra el hombre a Clara.

No tengo razón ni control de mí mismo.

—Parece que no me entendió.

Loid se voltea, iracundo, y me proporciona un empujón que me hace rodar por las gradas del corredor hacia la acera.

—Última advertencia —me señala y se da la vuelta.

Para mí eso solo es combustible. Intento ponerme de pie tan rápido como puedo.

—¿O qué? —Lo reto. No sé qué me pasa—. ¿Me va a pegar como me imagino que le pega a Clara?

Los moretones tienen sentido ahora.

—Tienes una boca muy grande —masculla con saña.

Baja las gradas y me asesta un puñetazo en la quijada antes de que pueda percatarme. El golpe me hace trastabillar y caigo de nuevo.

—¡No! —Escucho a Clara—. ¡Basta, Loid! Yosh, por favor, vete —me ordena determinada—. No lo compliques más.

El hombre no se detiene y se acerca hasta donde me caí. Luego, me toma por la camisa y me pone en pie sin mucho esfuerzo.

—¿Entendiste? —Me dice y siento su aliento a tabaco y alcohol vivo.

Luego me atina otro puñetazo por el estómago y no puedo recobrar el aire.

—No sé qué crees que viste —me levanta por la camisa con las dos manos—, pero te conviene callarte.

Mi cara está rígida, imponente, a pesar del dolor que siento. Clara se acerca hacia donde estamos.

—¡Dije basta! —Grita entre los dientes y le descarga un florero de cerámica en la cabeza. Logro reconocerlo, salió del taller de mi madre. Clara y yo lo pintamos juntos el año pasado.

Loid me tira al suelo, se vuelve, la toma por la blusa y la arremete con violencia contra el piso.

—¡No! —No alcanzo a evitarlo.

—Mira lo que hiciste —me dice agitado.

Clara se queja entre los dientes y no se levanta de inmediato. Yo soy preso de más enojo, de ira. En este punto es incontrolable.

—Nunca la vuelvas a tocar —lo amenazo entre jadeos y mis palabras me queman la boca, pero el furor es más intenso y lo ignoro.

Loid me levanta de nuevo por la camisa.

—Nunca la vuelvas a tocar —le repito con odio y quiero que el fuego de mis palabras lo consuman.

De pronto, la mirada iracunda de Loid se convierte en una de asombro. Él mira su brazo, ahí no hay nada, pero yo sé que arde.

Loid comienza a gritar.

—¡Qué sucede! ¡Qué sucede!

Loid me baja, entonces aprisiono su mano con las mías. Sé que un fuego lo está invadiendo por completo, aunque no lo pueda ver.

—¡Me estoy quemando! ¡Ayuda!

—¡Yoshaya!

Estoy cegado por la ira.

—¡Júralo! —Le grito—. ¡No la volverás a tocar o a hacerle daño, o arderás!

Las palabras arden en mi boca.

—¡Lo juro, lo juro! —Me implora.

—¡Yoshaya! —Escucho de nuevo mi nombre y ahora reconozco la voz. Es Franco—. ¡Yoshaya! Tienes que detenerte.

Loid grita como desquiciado, parece estar anclado de manera irrevocable a mí.

En un fugaz momento me doy cuenta del dolor que le estoy infligiendo y me asusto.

¿Qué estoy haciendo?

De inmediato, Loid logra escaparse y una fiera ola de calor me abraza por completo. Es un dolor agudo, lacerante y sin misericordia. Se me escapa un grito desgarrador, no lo puedo soportar. Es como si pasaran minutos, horas, una eternidad y el dolor solo se intensificara. No puedo contener los gritos. Es como si la furia del calor me fuera a consumir por completo mientras que mi ser permaneciera intacto.

—Concéntrate. Apacigua la llama.

Me toman de los brazos y de inmediato siento una corriente que apacigua un poco el calor.

—¡Doma la llama!

Me transmite otra ola que apacigua el calor y siento que es un poco más tolerable. Muerdo con fuerza, adolorido, y busco la voluntad para concentrarme, pero es muy difícil hacerlo en medio del dolor.

—¡Tú puedes, Yosh! ¡Está en ti!

Sus palabras ayudan a aclarar mis recuerdos.

Justo como en mis sueños, hago un esfuerzo para apaciguarme. En medio de la conmoción, intento invocar mi voluntad.

Que el fuego se disipe, que el fuego se disipe.

A pesar del tormento, logro conseguir un momento de temple; puedo percibir aquel ímpetu como en mis sueños. De pronto, como nunca antes, presiento una fuerza que busca expandirse desde mi interior.

—Doma la llama —lo escucho de nuevo.

No lo pienso más, dejo que se libere con todo su brío y el fuego se extingue de inmediato.

25

Una lección por las malas

—Tenías qué. Tenías qué, ¿verdad?
Apenas voy recobrando el sentido. Puedo reconocer el tono de disgusto en su voz. Estoy acostado en mi cama y puedo empezar a verlo, un poco borroso, sentado en mi silla.

—Era sencillo, solo teníamos que habernos ido a la ciudad. Todo hubiera sido mucho más fácil, Yosh.

No está contento.

Trago. Tengo la garganta seca. Tengo el cuerpo adolorido como si hubieran caminado sobre mí, como si tuviera la peor gripe. Franco me pasa un vaso con agua y yo intento incorporarme para poder tomar.

—Gracias —le digo y me duele la garganta. El agua me es tan saciadora como nunca.

—Despacio, con cuidado —me aconseja—. Deshidratación, posible efecto secundario del Evento.

Un poco de agua se me va por mal camino y toso.

—Te dije, despacio.

—¿El Evento? —Le pregunto una vez que logro recuperarme.

Franco asiente con desapruebo.

—¿Por qué presiento que no te hace muy feliz?

Resopla.

—Estaría muy contento si no fuera en estas condiciones. Ahora todo se complica más. Yosh, ¿en qué te metiste?

—Yo... —mi mente comienza a tener un recuento sobre los acontecimientos de los últimos tiempos. Es cierto, por poco los olvido. Es una sensación extraña recobrar acceso a un salón extraviado de la memoria. Uno nuevo, que a la vez es familiar y vívido.

—Tienes algunas explicaciones que dar, Yosh. Sospecho que no entiendes la gravedad del asunto. De todas maneras, primero tengo que contarte algo acerca de mí.

Franco parece prepararse para hablar y lo interrumpo antes.

—Sé que eres parte de un aquelarre.

Me mira confundido.

—Y que probablemente eres un hechicero.

Parece que quiere decir algo, pero no sale de su boca.

—¿Cómo...?

—No es como que pueda explicarlo muy bien. Éveril utilizó algún tipo de ilusión contra quienes nos amenazaron aquella noche en la ciudad. El siguiente día, cuando partimos, debías haber estado haciendo algún tipo de ronda en los alrededores de la casa de Éveril. Te llamé a gritos y no me reconociste.

Tomo un trago de agua porque la garganta se me seca con facilidad.

—Éveril dijo que su ilusión era más fuerte para quienes nos habían amenazado, que de haber sido alguien más la ilusión se habría roto fácilmente. Así dedujimos que eras uno de ellos.

Franco parece aún más sorprendido.

—Entonces los rumores tienen algo de cierto.

—¿Rumores?

—No estoy seguro de cómo llegaste a estar involucrado con Éveril Gábula, pero no pudiste escoger peor manera para empezar en el mundo de la magia. Yosh, ese tipo parece ser un brujo poderoso. Se dice que es más de lo que parece. He escuchado que es un maestro de las ilusiones y, al parecer, ahora soy testigo de ello. Estuve bien al pensar que no habías sido el responsable de lo que sucedió en el Maristal —termina diciendo para sí.

—¿El Maristal?

—Sí. Ese hotel es propiedad del aquelarre. Los dueños son solo administradores que no tienen una idea. Verás, dentro del hotel tenemos un contacto confidencial.

—¿Entonces sabes lo que está ahí?

No parece entenderme.

—¿Te refieres a los espantos? Eso solo es parte de un espectáculo. En fin, el punto es que el contacto nos informó que Éveril estaba husmeando de nuevo y que un hechicero estaba acompañándolo. Se nos dijo que podría tratarse de un ilusionista también, ya que intentó escabullirse con un doble de sí mismo.

Me sorprende escucharlo de sus palabras. Sí fue real entonces.

—Solo cabía pensar que Éveril estaba haciendo honor a su fama o que tenía algún aprendiz con habilidades parecidas a las suyas. ¿Sabes? Siempre me había sentido feliz de ser parte de este equipo, hasta que tropezamos con este caso y me vine a enterar que el cómplice de Éveril...

—Era yo.

—Eras tú —me dice desairado.

—¿Lo habrías hecho? —Se me escapa con reproche, ahora sintiendo el peso del recuerdo.

Me mira confundido por un instante.

—¿Qué? ¡No, jamás! —Me responde alarmado—. Era solo una amenaza. ¿Cómo puedes creer que...?

Un calor empieza a borbotear dentro mí.

—Yosh, ten calma. No debes emocionarte mucho en estos momentos, no estás estable. Escucha, amenazar es todo lo que nos ordenaron. Créeme, aun yo me sorprendí cuando nos pidieron hacerlo. Pero te juro que solo era una amenaza y, para que me creas, por la manera en que nos advirtieron, un enfrentamiento con Éveril nunca fue opción.

Intento creerle.

—Es la verdad. Jamás te hubiera hecho daño. En ese punto... —lo piensa—, preferiría traicionar el aquelarre, Yosh.

Mi ímpetu se empieza a apaciguar.

—Lo siento. Lo siento, de verdad. Al momento hice lo que pude para advertirte.

—Está bien —logro decir.

—¿Cómo fue que te involucraste con él? —Me cuestiona intrigado.

Intento buscar una manera de resumirlo. La imagen de un ovillo de hilo aparece en mi visión. "Es como si fuera un gran ovillo de hilo que se cruza entre sí...".

—Es... complicado. Si sirve de algo, creo que Éveril no tiene malas intenciones.

—¿Crees?

—De nuevo, es complicado. Franco, algo me dice que tengo que ayudarlo. Es algo más grande que yo. Por más que lo intenté, no pude ignorarlo.

—¿A qué te refieres?

—No estoy seguro de que sea buena idea contarte. Si de verdad es tan grave para el aquelarre como dices, tal vez sea peor que lo sepas.

Franco parece contrariado y no presenta objeción.

—Yosh —me dice—, de todas maneras, lamento decirte que tendrás que dar explicaciones una vez que mi superiora venga. No sé qué cosas te haya dicho o enseñado Éveril; no sé de qué manera te pueda estar utilizando y no puedo asegurar la naturaleza de sus intenciones. Lo que puedo asegurarte es que Éveril, de alguna manera, logró meter sus narices en uno de los secretos mejor guardados del aquelarre. Tanto así que ni nosotros tenemos toda la información al respecto. Esta es una asignación aun extraña para algunos veteranos. Según lo que entiendo, está en juego un asunto muy delicado y es altamente confidencial. Yosh, no sé si habrás escuchado el término, pero mandaron una aturdidora con nosotros. Además, mandaron a un par de hechiceros bastante habilidosos para manejar el caso. Nunca había visto un despliegue de ese tipo. Y no sabes lo que tuve que rogar para que me permitieran venir.

—¿Qué pasa si no hablo?

Me mira alarmado.

—Yosh, tienes que hablar. Los aturdidores, ellos pueden hacerle muchas cosas a la mente; cosas nada placenteras. Y el aquelarre ya no está jugando con este asunto. Vendrán pronto y si no hablas por tu cuenta, ellos... —su mirada se torna preocupada—. Tienes que hablar. Prométeme que vas a hablar.

No sé si quiera hacer esa promesa. No digo nada de inmediato.

—Yosh, es en serio. Prométeme que lo harás.

—No sé si pueda.

Franco se levanta de la silla frustrado.

—¿En qué momento fuiste a cruzarte con ese tipo? —Me dice y se pasea por la habitación—. Yosh, no sabes de qué manera he puesto el pellejo por ti para que no solo te capturaran y te escarbaran la mente. Imploré, casi de rodillas, para que te dieran tiempo. Alegué por la idea de que no podías ser un cómplice de Éveril, sino una víctima suya y que ya nos habías dado bastante información solo con aparecer con él. Únicamente aceptaron porque, en efecto, eres mi hermano. Cuando intentaste provocar el Evento todo iba por muy buen camino. Ellos vieron que no eras más que un novato y aceptaron, por primera vez, la idea de que solo fuiste un peón en el juego de Éveril. Me permitieron sacarte de aquí y llevarte a la ciudad solo si llegabas a olvidar todo. El aquelarre nos daría su apoyo para que pudieras tener los pasos de iniciación desde un borrón y cuenta nueva con la mejor ayuda. Pero ahora, el Evento sucedió. Cualquier recuerdo que tengas de Éveril y lo que esté haciendo se debe haber cimentado en tu mente.

Doy un suspiro.

—Yosh, te lo suplico. Solo debes cooperar. Diles lo que quieren saber.

—No respondiste mi pregunta, ¿qué pasa si no lo hago?

Franco vuelve a tomar asiento y pone la mirada en el suelo.

—Borrarán tus recuerdos, hasta los de la magia. Pero si cooperas con ellos, haré todo lo que esté en mi poder para que solo eliminen esos recuerdos. Si no das el brazo a torcer, te considerarán como amenaza y serás manejado como tal. Yosh, si olvidas la magia después del Evento…

Intento asimilar lo que me dice, con todo, una palabra logra abrirse paso entre las suyas, una voz que viene desde una oscuridad profunda.

"Ayuda".

—Parece que no tengo muchas opciones —digo abstraído.

—Yosh, estamos hablando de la magia. No puedo dejar que algo así le suceda a mi hermano. No podría vivir en paz sabiendo lo que te arrebataron por alguien que quiso aprovecharse de ti. Olvidar la magia puede dejar un vacío muy grande o actuar de maneras extrañas. Es más, tenemos un ejemplo de eso más cerca de lo que crees. Nuestro padre.

—¿Papá?

—Así es. Yosh, la magia está en nuestra familia. Papá fue un hechicero, hace muchísimos años.

—Pero él…

—Sí, detesta todo lo que pueda ser sobrenatural. Es uno de esos efectos extraños, pero creo que tiene una razón. Durante su Evento, lamentablemente asesinó por accidente a nuestro abuelo. Un evento no supervisado puede ser muy volátil y peligroso. Intentó seguir adelante, pero la pena le ganó. Al final, solo llegó a odiar la magia y con el tiempo pidió que un aturdidor le hiciera olvidar todo.

—¿Cómo sabes todo esto?

—La abuela, su madre.

—¿Nuestra abuela… muerta?

—No está muerta. La decisión de papá fue un gran desacuerdo entre ellos dos; ella también es hechicera. Cuando papá olvidó todo, su mente hizo una historia de que ambos padres habían muerto en un accidente automovilístico. Cuando llegué a la ciudad, la abuela me encontró. Nos había estado observando. No la reconocí al principio, fue hasta que logré atravesar el Evento que me contó la verdad. Tuve mi iniciación con su aquelarre, aunque luego me presentó a Los Hijos de la noche y, tiempo después, terminé por integrarme a ellos.

Entonces papá es como Velina, que se obsesionaba con las entradas.

—Es una lástima que decidiera olvidar todo —le digo—. Las cosas hubieran sido muy diferentes.

—Tal vez. La magia puede ser un camino complicado, Yosh. Solo mira lo que sucedió contigo y Loid.

Siento un vacío en el estómago cuando recapacito.

—¿Yo lo...? —Pregunto aterrorizado, recordando sus gritos.

—No —me calma—. Va a estar bien, aunque te puedo asegurar que no le va a poner una mano encima a Clara nunca más.

Suelto el aire aliviado.

—Solo se me escapa un detalle, uno no muy positivo. Yosh, parece ser que hiciste algo muy parecido a lanzar una maldición. Esos conjuros son delicados y peligrosos.

—Yo...

—Te pusiste muy alterado y luego todo fue de bajada.

—¿Estuviste ahí todo el tiempo? ¡Pudiste haberme ayudado!

—Tu memoria estaba en juego, no podía arriesgarla por una discusión.

—¡Eso fue más que una discusión!

—Intenta no exaltarte. Ahora lo sé y me pesa tanto como a ti, créeme.

—¿Entonces qué pasa ahora? —Se me hace difícil concentrarme.

Franco duda antes de hablar.

—Yosh, ¿qué le dijiste exactamente?

Intento recordar con temor y mis propias palabras me llegan desquiciadas.

¡Júralo! ¡No la volverás a tocar o a hacerle daño, o arderás!

Solo alcanzo a negar con mi cabeza.

—Parece que rebotó —me dice decaído—. Y, con la potencia del Evento, podríamos estar hablando de algo permanente.

—No, no puede ser. Franco, tienes que ayudarme a arreglar esto —me levanto de la cama y todo me da vueltas—. No puede ser. Tienes que... tienes que...

26

Sello incandescente

La débil luz que antecede al alba entra por la ventana de mi habitación, que está abierta de par en par. El frío me saca del sueño; sin embargo, lo que me despierta es la silueta contraluz que se dibuja en la abertura.

Parpadeo varias veces porque me cuesta ver.

—¿Quién es? —Me animo a preguntar, dudoso.

La cabeza ensombrerada del individuo apenas se vuelve cuando hablo y el viento le vuela el cabello.

—¿Éveril?

Voltea a ver con una tenue sonrisa. Está en mi habitación.

—Así que sucedió —me dice—. Tenías razón.

Me levanto aún atontado, tomo un abrigo y me acerco. Me queda una rigidez muscular, como si me hubiera ejercitado con mucha intensidad.

—Viniste —logro decir.

Siento un impulso de abrazarle, pero me contengo.

—¿Cómo te sientes?

No sé cómo responder.

—Un tanto adolorido —digo.

Éveril asiente.

—Pude percibirlo fuerte y claro —me dice—, el Evento.

Trato de recapacitar y las imágenes de los acontecimientos siguen llegando.

—Cuéntame qué sucedió.

Intento ignorar el frío, sin éxito.

—Primero cerremos la ventana. Este frío hiela como por venganza.

—Oh, claro. Perdona —me dice y me ayuda a cerrar las compuertas de la ventana.

—¿Entraste por aquí?

—Sí, era mejor prevenir. Tienes toda una guardia. Hablaremos de eso luego.

—¡Es cierto! Te podrían encontrar.

—Descuida, aún tenemos tiempo. No mucho, pero lo suficiente.

Me froto los brazos intentando recuperar el calor perdido.

—Un momento —me advierte y parece concentrarse como en otras ocasiones cuando va a conjurar su magia. Luego, coloca las manos en una posición de cáliz. Segundos después, una tenue luz resplandece y es como un fuego cálido. No dudo en acercarme.

—Gracias.

—De nada. Ahora sí, cuéntame por favor.

Asiento.

—Fui a despedirme de Clara. Franco y yo estábamos a punto de partir a la ciudad. Entonces me enteré de que su padrastro la estaba agrediendo. Tenía ciertas sospechas de que algo podría haber andado mal desde hace tiempo; debí haber escuchado mi intuición, pero fui muy ingenuo. Debí haber hecho un mejor esfuerzo para que me contara si algo estaba mal.

—Tranquilo, respira. No debes exaltarte.

Asiento e intento seguir su consejo.

—Cuéntame más.

—Su padrastro la estaba agrediendo —retomo—. No sé cómo, pero algo... sentí que algo se apoderó de mí. Nunca había sentido tanto enojo.

—Ya veo.

—Reté a Loid y, como era de esperar, me molió. Entonces... el fuego —recuerdo y se me eriza la piel; la agonía, el dolor.

—¿Fuego?

—Sentía que las palabras me quemaban la boca cuando lo amenazaba, estaba muy enojado. Supongo que usé lo único que sabía, un conjuro de Linimento. Y... le envié todo ese fuego.

—Oh —dice con semblante preocupado.

—Loid, yo lo estaba hiriendo. Luego Franco apareció, yo me asusté y entonces...

—Maldición —Éveril baja su mirada agobiado—. El Evento puede ser algo delicado, Yosh, así como las... maldiciones. Este puede ser un camino...

—Complicado, ya lo sé —digo molesto, recordando el comentario de Franco.

—Yo, de verdad, lo siento mucho.

Su disculpa me molesta. Me siento volátil.

—¿Lo sientes?

Mi respiración se profundiza.

—Lo sientes. ¿Dónde estuviste todo este tiempo, para empezar? ¡Estuve a punto de olvidarlo todo! Me estás escondiendo algo, ¿verdad? ¿Acaso soy un peón para ti?

—Yosh, baja la voz por favor. No retemos la ilusión que nos esconde, son muchas mentes allá afuera. Y no debes exaltarte, no es seguro después del Evento. De verdad lo lamento y lo digo con total honestidad. Solo estaba siguiendo... No lo entenderías en este momento, pero...

—Oh, claro, Yoshaya no puede entender. ¡Por poco muero incinerado! —Un calor vuelve a borbotear dentro de mí—. Y ahora estoy amenazado. O digo todo, o me van a lavar el cerebro. Me van a dejar como jarrón recién horneado, en blanco.

La madera del piso cruje afuera de la habitación. Pasos.

—Lo siento, ¿sí? ¡De verdad lo siento! —Exclama discretamente—. Te aseguro que no hubiera dejado que esto pasara si no...

Me invade aquella fuerza, aquel furor.

—¿Si no qué? ¡Dilo! Tú apareciste y todo se volvió de cabeza. ¡Y ahora esto! —Estoy perdiendo el control, como si un caudal dentro de mí estuviera a punto de desbordarse—. Si no hubieras sido tan inoportuno. Si hubieras mantenido la distancia. ¡Solo eres un interesado! ¡Solo me estás usando! Todo por tu estúpida Paradoja del Alma.

—¡No me recrimines lo que te he enseñado! —Por poco habla en alto—. Tuviste toda la oportunidad para escaparte y no lo hiciste. No te engañes, Yoshaya; tú necesitabas tanto de mí como yo necesitaba de ti. Tal vez debes dejar de culpar a otros por las decisiones que no te animas a tomar.

Siento la cara arder, los ojos inundarse, la boca llamear.

—Tú.

—Ni lo pienses —su voz resuena grave.

Tengo que mirar dos veces para comprobar que las cuencas de sus ojos se convirtieron en un vacío ancho y profundo; una oscuridad insondable y ominosa que pareciera tener gravedad por sí misma. Por un momento siento que caigo dentro del abismo eterno y me sobrecoge el miedo. Éveril cierra sus ojos y respira hondo, intentando recobrar su temple, escondiendo la oscuridad. Siento un alivio indescriptible, como si el peso del mundo se me hubiera quitado del pecho. Cuando abre los ojos de nuevo, son del mismo color gris de antes.

Levanta una mano con delicadeza cerca de mi mejilla.

—¿Me dejas?

Asiento perplejo. Éveril posa su mano y siento aquella electricidad. Luego, una corriente fresca se esparce por mi mente y siento mi enojo y mi conmoción apaciguarse.

—Discúlpame por enseñarte eso. La Lumbre puede ser caudalosa y difícil de controlar al principio, por eso no es bueno exaltarse. Yosh, las maldiciones son difíciles de levantar, como te lo dije antes, pero podría haber una nueva esperanza. Escucha, este camino puede ser en efecto peligroso y no es para los débiles de corazón. No sé si exista el destino o si una simple coincidencia te trajo hasta aquí, pero ya llegaste.

Recobro cada vez más mi calma, al mismo tiempo que las palabras de Éveril me abruman.

—Mírame. Lograste encontrar el camino escondido, lograste establecer un vínculo con la idea de algo inexistente para el mundo real. Lo lograste hacer aun cuando estuviste a punto de olvidarlo todo. Lograste lo imposible.

—¿Lo hice?

Éveril asiente.

—Lo hiciste. Para muestra, acabas de experimentar qué tan propenso estás a la Lumbre.

Éveril quita su mano de mi rostro.

—Yosh, tengo culpa en este asunto y prometo que te ayudaré a revocar esta maldición con todos mis recursos.

—¿Entonces crees que existe una manera de hacerlo sin olvidar la magia? Éveril, no puedo simplemente sacar a Clara de mi vida, ella es mi mejor amiga, pero tampoco puedo olvidar la magia, no ahora. Por favor, dime que tengo más opciones que esas.

—Eso creo. ¿Recuerdas que en algún momento te contaría por qué quiero aprender sobre la Paradoja del Alma?

Asiento confundido.

—Pues... —se le escapa una risa irónica—. Creo que ahora compartimos un motivo.

Percibo los primeros indicios del sol en el horizonte y me percato del sonido de unos pajarillos que cantan afuera. Vuelvo a escuchar un rechinido afuera de mi habitación. Si la cantidad de rostros extraños que llegué a toparme en los días pasados es correcta, Éveril tiene razón en decir que tengo una guardia numerosa. Al menos unas seis personas.

—Presiento que la ilusión se falseó —da un vistazo por la ventana y adopta un semblante preocupado—. Son muchas mentes que engañar y no son del tipo ordinario.

Entiendo que la situación puede ser grave, pero después de lo que me dijo no puede cambiar el tema así nada más.

—¿Tienes una maldición?

—Tal vez —atiende, aún con un aire de preocupación.

—¿A qué te refieres?

Éveril suspira.

—No hay duda de que muchas veces se siente como una maldición, pero no sé a ciencia cierta si lo es.

—Deja los rodeos y dime.

—Está bien, seré rápido. Temo que se nos agota el tiempo.

Me siento en el borde de mi cama destendida. El frío regresó, aunque no comparado con tener la ventana abierta.

—Me dije que no lo contaría de nuevo hasta asegurarme de que valiera la pena.

Prestó atención con oído agudo. Éveril toma asiento en la silla de mi escritorio.

—La Paradoja del Alma es lo más cercano que he llegado a una esperanza —me da una mirada fija—. Solo tengo una última condición.

—Anda, dime.

—Yosh, estamos entre la espada y la pared —un sonido de voces nos llega desde afuera, abajo—. Se acabó el tiempo. Seguir la investigación en la casa es muy riesgoso por el momento. Si no desvío la atención a otro lugar, lo más antes posible, podría echarse a perder todo. Además, he venido por ti. No es nada seguro que te quedes. Al final, es tu decisión, pero no creo que vayan a eximirte del olvido.

—¿Eso crees?

Éveril asiente.

—Sería ingenuo de su parte si no lo hicieran, lamento aceptarlo. Yosh, tenemos una oportunidad para escapar de Brimin. Tal vez tengamos que pasar desapercibidos por un tiempo, pero puedo hacer que eso funcione. Cuando se calmen las aguas podríamos volver a intentarlo. Debes elegir ya.

—¿Estás seguro? —Me percato de que me sudan las manos.

—Lamento decir que sí. Yosh, solo puedo contarte mi verdad si aceptas venir conmigo.

La luz del alba empieza a alumbrar la habitación con más intensidad. Aquí está Éveril dándome otra salida a este asunto y yo solo siento que tengo menos opciones. ¿Desaparecer así nada más?

Pero, si no, podría perderlo todo otra vez.

—Supongo... —suelto el aire— que está bien. Franco dijo que él haría lo posible por... pero tienes razón.

—Encontraremos la manera de arreglar todo esto, Yosh. Te prometo que no te voy a volver a dejar solo. Vamos a resolverlo.

—Eso estaría muy bien.

—Andando, entonces, no perdamos el tiempo.

Deseo moverme, pero estoy rígido. No sé si es del frío o de la idea de huir. Éveril se pone en pie. Está esperando que yo reaccione.

—Yosh, ahora o nunca. Siento como se estremece la ilusión.

Necesito saber. Necesito ese último pequeño empujón para poder levantarme y huir de lo que conozco.

—No me has dicho aún —logro salir de la tiesura—, tu verdad.

Éveril asiente y luego respira profundo, como si estuviera tomando valor.

—Es lo justo —acepta.

El pecho se me encoge, la puerta del cuarto de Franco se abre y unos pasos se acercan. No podría confundir ese sonido. Nuestros cuartos quedan seguidos en la segunda planta de la casa. Le dirijo una mirada aguda a Éveril, quien de inmediato se abalanza con delicadeza y aprisiona el llavín en sus manos. Yo me levanto con pies ligeros y también me dirijo a la puerta para cerrar un pestillo que yo mismo instalé hace tiempo. Los pasos se acercan a nosotros y surge un cuchicheo. El llavín empieza moverse y doy un brinco, pero la puerta no se llega a abrir. Éveril aún la sostiene.

—¿Yosh? —Toca la puerta—. ¿Estás despierto?

Miro a Éveril. Mi corazón marca un ritmo acelerado. Él me hace una señal de que espere para responder y me toma de un brazo para alejarme de la puerta. De momento, el pestillo va a impedir que la abran.

Nos movemos con pasos silenciosos al otro extremo, cerca de la ventana.

—Salgamos —me susurra.

Miro la ventana. Éveril asiente.

Con una destreza inusitada me pongo unos zapatos y un abrigo mucho más protector.

—Yosh, si estás despierto ábreme la puerta, por favor —Franco toca cada vez con más intensidad.

—Distráelo —me susurra Éveril.

Deseo con todo el corazón que la voz no me falle.

—¿Franco? —Intento sonar confundido—. ¿Qué sucede?

—Nada, solo abre la puerta, por favor. Quiero ver como sigues.

Éveril ya tiene la ventana abierta y está pasándose del otro lado. Ahí se inclina un techo por el que podemos rodear la casa hasta llegar atrás y escabullirnos.

—Ah, claro. Solo... déjame levantarme. Vaya, estoy muy mareado —me escucho patético.

Me parece escucharlo cuchichear del otro lado.

—Yosh —me susurra Éveril con una mano extendida.

La tomo y subo al alféizar. El sol aún no se asoma en el claro horizonte, aun así, el paisaje se empieza a sonrojar.

—Vamos —me llama Éveril una vez más.

Me estiro hacia adentro y tomo las hojas de la ventana para cerrarlas. Franco toca la puerta con más esmero.

—Yosh, ¿qué esperas? —Casi exige.

—Adiós —susurro.

—Yosh —es Éveril.

Cierro la ventana y miro mi habitación por lo que puede ser la última vez en mucho tiempo. La luz del amanecer entra casi vertical y replica la silueta de la ventana sobre la pared contraria y una parte de la puerta. Afuera, el sol solo espera para asomarse deslumbrante.

Y un entendimiento choca contra mi mente como si me hubiera puesto en el camino del *Parvani*.

—¡Maldición, maldición, maldición!

Comienzo a temblar y sé que no es necesariamente por el frío.

Entonces Éveril me toma de un brazo y me lleva con él. Franco sigue tocando la puerta y ahora parece que la va a botar. Mientras tanto, rodeamos la casa sobre el techo hasta llegar a la parte de atrás.

—Por aquí —susurro.

Me agacho y, con dificultad, me voy descolgando por el borde hasta que logro hacer que mi torso quede suspendido. Me parece escuchar que una puerta se abre de golpe y eso me motiva a dejarme caer. El aterrizaje es un poco escabroso, pero me repongo. Éveril cae junto a mi grácilmente.

—¿Todo bien? —Revisa.

Asiento.

Éveril me toma de una muñeca y me guía con sigilo alrededor de la casa. Tomamos salida por un costado de la propiedad y cruzamos entre un par de escasos árboles que se esparcen en el pequeño terreno que intermedia nuestra casa y la siguiente. Cuando estamos a una mayor distancia, Éveril me guía de nuevo a la calle principal.

—Mi auto no está lejos —dice—. Igual, el motor nos va a delatar cuando lo encienda. Falseamos demasiado la ilusión.

—Lo siento.

—Descuida, debí ser más precavido.

Después de caminar un poco más, nos topamos con un auto que no reconozco.

—Aquí —me indica.

—¿Es tuyo? —Pregunto extrañado.

—¡Oh! Por supuesto. Solo es el *Parvani*. Creo que estás siendo afectado por esta ilusión. Anda, pon tu mano encima. Eso ayuda a romper el espejismo.

Lo hago y el efecto de la imagen que tengo frente a mí parece distorsionarse. Casi puedo ver el color vino del *Parvani* mezclarse con el color café verduzco del auto que tengo enfrente.

—Debemos irnos ya —me dice señalando con la mirada mi casa.

A lo largo puedo ver a dos personas rondar el jardín de manera activa. Me deben de estar buscando y aquí estamos prácticamente a plena vista.

Nos subimos con prisa al auto.

—Solo tendremos una oportunidad de escapar tan lejos como podamos —me mira con ojos determinados—. Va a ser un viaje intenso.

—Éveril —el corazón me golpea el pecho—, creo que debemos ir a la Casa Marlo mientras podamos.

27

Cerca, más cerca

—¿Puedes decirme qué es? —Pregunta mientras conduce temerariamente.

Vuelvo a ver hacia atrás. El *Parvani* fue capaz de llevarnos lejos en unos cuantos segundos, sin embargo, alcancé a ver como un par de ellos corrían hacía unos autos estacionados cerca de mi casa. Deben de estar tras nosotros ahora mismo.

—Solo conduce, no quiero distraerte. Si no llegamos, no podremos comprobarlo.

El viaje es agitado. Éveril parece muy concentrado, como absorbiendo todo el espacio que nos rodea con su mirada. Da giros bruscos en el camino y cambia las marchas una y otra vez para aprovechar la potencia del motor. Pronto siento una sensación de mareo con cada giro inesperado y, en algunas ocasiones, cierro los ojos cuando atravesamos una intersección sin detenernos. Quiero decirle que tenga cuidado, pero no tiene caso. Solo espero que sepa lo que está haciendo. Sigo mirando atrás y no alcanzo a verlos.

—No hay caso, nos van a rastrear —dice.

—¿Qué?

—Será cuestión de minutos. No es nada complicado, nuestro rastro es prácticamente de fuego.

—Pero...

—Espero que valga la pena Yosh, esta podría ser nuestra última oportunidad.

Miro de nuevo atrás tratando de ignorar la sensación de mareo que ahora es más obvia, producto de estar volteándome.

—Cuando lleguemos haré una Protección provisional, eso solo nos comprará minutos como mucho.

El corazón se me quiere salir del pecho, ¿y qué si no funciona? Esto puede haber sido un error.

Pronto nos encontramos en los caminos desolados de Brimin Alto. Si existe un campo abierto donde nos pueden ver, es por aquí. Aun así, no surge señal de acecho. En menos de lo que pienso, nos topamos con la entrada junto al camino que nos lleva a la casa. Éveril gira a la derecha sin detenerse y subimos de manera escabrosa por el trecho de piedras. Una vez arriba, pasamos bajo los altos pinos y atravesamos el portón, que se abre violento por sí solo a nuestro paso. Bajo del auto deprisa y Éveril me sigue el paso. Puedo ver que el sol apenas empieza a asomar un minúsculo gajo deslumbrante. La casa se empieza a bañar de luz, tal y como lo vi en mi sueño.

—Espera, debo hacer algo —me indica Éveril—; me tomará unos segundos, pero debo concentrarme.

Miro el sol.

—No tardes.

Éveril se posiciona en dirección a la salida y se yergue con firmeza. Sus manos a los costados, abre y cierra sus palmas. Luego las deja abiertas. No puedo ver su rostro por completo, pero alcanzo a ver que cierra los ojos y frunce un tanto el ceño. Segundos después, algo me confunde, aunque decido que después de todo no podría ser imposible. Y ya lo había visto antes también: el cabello ondulado de Éveril empieza a levitar. Después de unos momentos, levanta el mentón con denuedo y abre sus ojos. Aunque no lo vea de frente, puedo captar determinación en su mirada. Entonces, enuncia unas palabras que nunca he escuchado, pero que de alguna manera me parece entender su esencia.

Encierro, escondite, protección.

De inmediato siento un cambio en el ambiente, como si mis oídos trataran de ajustarse. También me percato de otro cambio que llega segundos después. La corriente de aire, que caracteriza el lugar, se apacigua. Aún se percibe el viento, mas no con la misma intensidad de siempre.

Éveril regresa su atención a mí.

—Vamos, esto solo nos dará tiempo suficiente para que escapemos cuando nos encuentren.

La puerta de enfrente de la casa se abre tras de mí y no dudo en subir al porche y entrar.

—¿Puedes decirme ya? —Me dice sin ocultar su apuro.

—Mira —le señalo el cuadro que cuelga en la sala de bienvenida.

—¿El cuadro de Velina? ¿Justo como todos los demás? —Me cuestiona confundido.

—No, ¿qué tiene de diferente? Piensa rápido, tal vez no nos quede mucho tiempo.

—¡Entonces, dilo!

—¡Es sencillo!

Éveril parece concentrarse.

—No sé... tiene luz de atardecer. ¿O amanecer?

—¡Exacto! No sé cómo no lo vimos antes: hay una gran diferencia entre este y los demás cuadros.

—¡Yoshaya, solo dilo!

—Míralo por ti mismo.

Me dirijo por el pasillo enseñándole los cuadros. Luego voy a la biblioteca y le enseño los demás.

—Puedes ver los del resto de la casa también. Mira, puertas cerradas, un camino nublado, un pasadizo bloqueado. Pero la pintura en la que el sol le da a la puerta es la única que está abierta.

—Está bien, está bien. Eso tiene sentido —concluye para sí—. ¿Cómo no lo vimos antes? Yoshaya, ¡un sello incandescente! ¡La luz del sol!

—¡La luz del sol! ¡Sí!

—¿Pero cuál puerta?

—No sé si vaya a funcionar. Cuando estábamos escapando de mi habitación, algo me inspiró esta idea.

En la biblioteca, me dirijo hacia la ventana que da al amanecer y corro las cortinas. Siento una corriente de emoción cuando me vuelvo y puedo apreciar que en la pared contraria se dibuja la silueta de la ventana.

Miro a Éveril.

—¿Y si el sello se ve más o menos así?

—Yosh —se me acerca y me planta un beso en la frente con emoción—, si esto llega a funcionar, te llevo al fin del mundo.

No logro hablar de inmediato.

—El... único problema es que ahí no hay ninguna puerta —me reivindico.

—La ausencia de puerta no debe ser un impedimento. El obstáculo aquí es cómo abrir el sello.

Analizamos la situación por un momento.

—No quiero sonar ingenuo, pero ¿no existen... hechizos, encantamientos que ayuden a abrir cosas?

Éveril se ríe, parece nervioso.

—Quizá. Aunque algo me dice que en este caso una contraseña puede ser nuestra mejor opción.

—¿Una contraseña?

—Si el sello es una cerradura, la contraseña es la llave.

—¿Y tienes alguna idea? —Le cuestiono.

—No lo sé. Puede tomarme días pensar en algo.

—Mis sueños —sugiero—; eso funcionó en el pasado.

—En efecto, pero no hay tiempo para soñar. Piensa bien, Yoshaya, necesito que exprimas tu Percepción de Vestigios ahora mismo. ¿Hay algún detalle del último viaje que te parezca importante?

Hago mi mejor esfuerzo por recordar.

—Quizá debamos pensar en quién puso el sello —propongo—. Tal vez eso nos de ideas.

—Me parece.

—Sabemos que aquel hombre, Eric, era el guardián —recuento.

—Y era parte del aquelarre.

—Exacto —lo secundo—. Un aquelarre, una organización, un grupo —pienso en alto mientras me paseo por la habitación—. De acuerdo, podría ser posible que tuvieran palabras secretas, ¿no? O una frase, un principio, un dogma.

La silueta de luz rectangular brilla con intensidad. Solo es cuestión de tiempo para que empiece a decaer.

—Maldición —dice Éveril por lo bajo—. Tiene sentido, pero estamos muy a destiempo para averiguar algo así. Tendríamos que investigarlos a fondo.

Un sonido ensordecido nos llega desde el exterior, como un golpe que resonara de manera grave. Miro a Éveril confundido.

—Eso no es bueno —confirma mis sospechas—. Puede significar que tienen una buena idea de donde estamos. Debe de haber sido un método de rastreo y deben estar cerca para que resonara de esa manera. Yosh, lo que acabas de descubrir es un indicio increíblemente bueno, de todas maneras debemos huir antes de que sea muy tarde para poder descubrirlo.

—Pero... —la emoción objeta por mí— no nos podemos ir. Debemos intentarlo.

—Yosh, lo que más quiero es descifrar esto, pero estamos ante un mar de posibilidades y ya se acaba el tiempo. La protección no soportará por mucho una vez que den con ella.

Se sienta en una silla mirando la silueta que, poco a poco, cambia de posición y se torna menos intensa.

—Podríamos estar tan cerca, ¡maldición! —Me frustro de ver la silueta cambiar—. ¿No hay manera de ganar tiempo? ¿Solo nos queda huir? Le hemos dado tantas vueltas a este asunto. Éveril, esto es lo que queremos, no podemos solo dejar que nos echen.

No me responde nada.

—¿Éveril?

—Es lo que queremos —repite sin verme.

—¿Qué dices?

De nuevo se escucha un retumbo ensordecido proveniente del exterior. Esta vez suena con más intensidad.

—Es lo que queremos. ¿Dónde escuchamos algo así?

Intento recordar, pero Éveril habla de primero.

—Por Dios, Yosh —me dice con una risa sarcástica—. ¿Me harías el honor de intentar algo? No hay nada que perder.

—No sé de qué hablas.

Un nuevo retumbo más intenso nos rodea.

—Espero que esto funcione —dice mirando alrededor—. ¿Cómo te despedirías comúnmente?

Por un momento estoy confundido y luego entiendo perfectamente a lo que se refiere. Un nuevo retumbo invade el lugar, esta vez viene acompañado de un temblor.

—Es todo lo que queremos —recito en voz alta lo que escuchamos tras el pasillo aquella vez y siento un cosquilleo en el estómago—. *Pas a vin.*

El rastro de la silueta de luz de pronto se enmarca en un hilo rusiente. El hilo parece viajar por los bordes de la silueta y los abandona. Este corre por la pared y baja hasta el suelo donde forma un gran cuadrado. Después de unos segundos, el brillo se apaga y en su lugar queda una rendija apenas visible. La nueva puerta da un empujoncito hacia afuera y queda apenas abierta.

—No puedo creerlo —dice Éveril anonadado—. ¡Lo hicimos!
—¡Lo hicimos!
Éveril me levanta en un abrazo y da vueltas en el lugar.
—Yosh, gracias —me baja y me toma el rostro—. No lo habría logrado sin ti. No sabes lo que significa.

Nunca lo había visto tan emocionado. Por un momento no me quita la mirada de encima.
—No fue nada —logro decir—. En su mayoría fue por accidente.
—Nada de eso.

Un retumbo más violento nos llega acompañado de un temblor y percibo algo en los oídos que me preocupa. La presión extraña que sentía se fue.
—Están adentro —dice Éveril sin ocultar su preocupación.
—¿Y ahora?
—Bueno —regresa su mirada a la nueva entrada—, el camino va hacia adelante.

Asiento.
—Déjame ir primero —dice.

Éveril se acerca a la puerta con cautela y la abre poco a poco. Una vez abierta, logramos admirar unas escaleras en espiral que conducen a la oscuridad.

—Ya regreso —me indica con energía—; voy por algo.

Mientras Éveril se ausenta, me acerco a la ventana que da al patio y siento un arranque de preocupación. A lo lejos se acerca un grupo de unas ocho personas, incluido mi hermano. No les tomará nada llegar a nosotros.

—Éveril, están aquí —mi voz quiere flaquear.

Éveril reaparece en la biblioteca con dos lámparas de queroseno y me entrega una. Abre la de él y apunta con el dedo índice la mecha. Esta se enciende. Quiero sorprenderme, pero no hay tiempo. Éveril se deja caer al descanso y empieza a bajar las escaleras. Yo lo sigo con apuro. La oscura espiral me hace perder el sentido de ubicación mientras bajamos y antes de lo que espero estamos en el fondo. Calculo que debemos de haber descendido más de cinco metros. Abajo nos recibe un pasillo con horcones y paredes de ladrillo. La puerta, en la superficie, se cierra de un golpe y me hace brincar del susto. Momentos después empiezan a golpear la puerta, alguien llama del otro lado. Quiere detenernos, pero no entiendo qué dice. Miro a Éveril sobre la luz de su lámpara y se me sale una risa. Luego se convierte en una carcajada y Éveril comienza a reírse conmigo. El eco de nuestras risas resuena en el tenebroso pasillo que nos aguarda.

28
Omni-Ómnimun

—Vamos, inténtalo —me alienta—. Usa el mismo principio de transferir calor.

Abro mi lámpara de queroseno e introduzco mi dedo bajo el espacio encapsulado. Cierro mis ojos y hago un esfuerzo por concentrarme en la idea de transmitir. De una manera inesperada, pero instintiva, logro percibir el calor de un fuego, de mi Lumbre, en algún lugar dentro de mí. Puedo acercarme más y más a esta hasta que, de alguna manera, estoy frente a ella, y su presencia me sobrecoge. Una esfera brillante levita frente a mí, es como si esta misma fuera un río caudaloso que se deforma en tempestades de luz.

—Solo toma un poco —me indica Éveril—. Nunca debes drenarte.

—¿Drenarme?

—Recuerda: si das, tomas.

Trato de apropiarme con prudencia de un poco de esa energía y hacerlo resulta endulzante a los sentidos, casi adictivo. Debo hacer un esfuerzo para no excederme.

La energía que tomé revolotea inquieta en mi interior.

—Tienes que domar la energía con tu voluntad —me instruye—. Una vez que lo hagas puedes impregnarle una dirección.

—No recuerdo hacer esto las otras veces.

—Es porque fueron muy instintivas. Ahora lo harás de manera consciente.

Es como un pajarillo que revolotea. Entonces me concentro y lo atrapo. Me parece sentir un cosquilleo en el pecho, como si quisiera escapar. Antes de que la sensación se vuelva abrumadora, me concentro en la instrucción y la impregno con mi voluntad. Calor. Una sensación conocida regresa a mí, la de una fuerza que espera salir. Abro mis ojos y me mentalizo en transmitirla a mi dedo índice. Cuando estoy listo, dejo que la fuerza se desate en una minúscula pulsación de energía. Siento un cosquilleo en la punta de mi dedo y percibo un rastro de calor. La mecha se ve envuelta en una débil llama azul que pronto se torna amarilla y brillante.

Miro a Éveril sin disimular mi emoción.

—Increíble.

—Con el tiempo, el proceso se vuelve más natural.

Asiento.

—Bueno —me indica—, es hora.

Por un rato solo escuchamos el eco de nuestros pasos al avanzar, acompañados por el olor a humedad.

—La salida no está lejos —afirma Éveril, pero delante la oscuridad solo continúa.

El pasillo sigue recto por un rato hasta que al fin Éveril vuelve a hablar.

—¿Ves eso? —Me pregunta—. Baja tu lámpara.

En el fondo de nuestro camino se ve una pequeña columna de brillo.

—¿El exterior?

—Parece. Avancemos.

Caminamos con cuidado hasta llegar a la fuente de luz y damos con otras escaleras en espiral. Sigo a Éveril con ansias de saber hacia dónde llevan. Al fin logramos emerger del agujero del que procedemos y me encuentro sorprendido. El aire se siente más espeso y una calidez abrumadora me abraza.

—¿Un bosque? —Pienso en voz alta.

—¿Sientes eso?

—¿El calor?

Éveril asiente.

—Parece que no estamos en Brimin.

—Pero eso es imp...

Éveril me da una mirada reprensiva.

—Lo siento, es la costumbre. Es sorprendente.

—Lo es.

—¿Y ahora?

—A seguir el sendero —me señala una senda apenas visible que parece haber sido reclamada por la naturaleza hace tiempo.

—Con esta temperatura debemos de estar muy lejos. ¿No crees? —Sugiero.

—Muy lejos.

La vegetación parece ser muy diferente a la de Brimin, que es menos saturada de color. Aquí el verde parece ser más intenso y, en general, el escenario está sorteado de colores vivos.

—Parece un bosque tropical —me dice.

—Espero que no haya ningún animal salvaje merodeando.

—Lo consideré también, pero no puedo percibir nada. Es como si el mundo estuviera callado.

—¿Podríamos estar en otro tiempo?

—No lo creo, es decir, ahora sabemos que es posible, pero, hasta donde sé, un portal solo conecta dos lugares. Es magia muy avanzada, pero hasta ahí.

Caminamos un buen rato en medio del bosque. En ocasiones tenemos que discernir por dónde avanzar, ya que la maleza ha cubierto el rastro de la senda. El sudor corre por nuestras caras y siento la ropa pegada a la piel. Desde un buen principio nos quitamos los abrigos y los amarramos a nuestras cinturas.

—¿Qué crees que encontremos? —Pregunto.
—Para ser honesto no sé, aunque esperaba encontrar algo diferente a esto.
—¿Como qué?
—Una biblioteca, quizá.
—Tiene sentido.
—Aún puede ser. Con suerte habrá un lugar al final de este camino.

No puedo dejar de pensar en agua.
—Muero de sed.
—Lo siento, Yosh. Tal vez estemos cerca.
Éveril luce sonrojado y sudoroso, sin embargo lleva el mismo ánimo con el que empezamos. Por primera vez, lo veo con el cabello recogido. Alcanzo a admirar su vigorosa y afilada quijada, que sube hasta toparse con unas puntiagudas orejas medio cubiertas por algunos mechones rebeldes.
Por poco me encuentra admirándolo.
—¿Hay manera de... hacer agua o algo así? —Es lo primero que puedo pensar—. Tengo mucha sed.
—Se podría invocar con un Conjuro Elemental —me dice Éveril con gracia—, pero no soy muy bueno con el agua.
—¿Puedo intentarlo? —No pierdo nada.
—Bueno, ya me has sorprendido antes.
—¿Qué debo hacer?
—Empieza por concentrarte.
Hago lo que me ha funcionado y cierro los ojos, pero el calor y la ropa mojada no me ayudan mucho.
—Creo que ya entiendes mejor el principio de encontrar tu Lumbre y atraer poder. Intenta repetirlo.
Hago un esfuerzo para revivir lo que sucedió cuando encendí la lámpara y, para mi sorpresa, me llega un sonido muy peculiar. Imperdible.
—No es tu imaginación, yo también lo escucho.

Abro mis ojos.

—¿Agua? ¿Dónde?

—Parece que está adelante en el camino. Nos hizo falta detenernos para escucharla.

—Ya era hora.

Avanzamos un poco más por una pequeña elevación y, una vez estando arriba, logramos divisar un claro en el bosque. Bajamos motivados y pronto podemos divisar la fuente del sonido.

Es literalmente una fuente.

Nos adentramos en el espacio circular, que se asemeja a un pequeño cráter que puede ser de unos veinte metros de diámetro y que contrasta con todo el escenario que hemos visto hasta el momento. Desde nuestra perspectiva parece un círculo perfecto y es como si la naturaleza se hubiera retraído de conquistar esta planicie. Los árboles se yerguen altos en una barrera imponente en toda la circunferencia y en el centro del lugar está la fuente.

—Ya la había visto en mis sueños —comento.

—Claro que ya la habías visto —se le escapa una risa—. ¿Algo más que sea importante saber?

—No estoy seguro, nunca le presté mucha importancia.

—Al menos podemos descansar un momento.

Me acerco a la fuente y extiendo mi mano a uno de los cuatro chorros.

—No creo que sea buena idea; podría estar contaminada.

Bufo y me tiro el agua en la cara. Luego me siento en el muro de piedra que rodea la piscina.

—Haré mi mayor esfuerzo por conjurar agua, descansa un poco.

—¿Qué hace una fuente en medio de la nada? —Pienso en voz alta.

—Tal vez estemos cerca de una propiedad.

—¿Crees que estemos en algún patio?

—Es una idea.

—Deben de tener una mentalidad excéntrica para decorar. Traer agua hasta aquí no debe haber sido fácil.
—O les gusta divertirse con metáforas —alega.
—¿Cómo así?
—Una fuente de conocimiento.
—Oh, solo espero que signifique que ya estamos cerca.
Éveril mira con detenimiento la fuente.
—¿Qué tal si ya llegamos?
Me levanto y la admiro dando unos pasos atrás.
—En este punto no me sorprendería. ¿Qué hacemos con una fuente?
—¿Qué harías ante una fuente de conocimiento? —Me dice con una chispa en la mirada.
Lo miro. No necesito responder.
—Pero no creo que sea buena idea que ambos lo hagamos. Sé lo que vas a decir —me anticipa—; piénsalo. No sabemos qué puede suceder si tomamos de esa agua. Al menos debemos dar un tiempo prudencial después de que uno de los dos la pruebe.
Quiero oponerme, pero es sensato hacerlo de esa manera.
—Imagino que querrás tomar tú primero.
Éveril asiente y, después de dudarlo, se acerca a la fuente. Estira su brazo para alcanzar uno de los chorros, recauda en su palma un poco de agua y regresa a donde estoy. Sus ojos expresan algo que puede ser temor y sus manos tiemblan disimuladamente.
Y, en un arranque, da un sorbo al agua
Ambos quedamos a la expectativa. Después de unos segundos, Éveril inspecciona su cuerpo y los alrededores.
—¿Sientes algo?
—Nada en especial.
—¿Cuánto crees que debamos esperar?
—No estoy seguro.
—Estupendo —digo acalorado.

Me doy la vuelta para ir a la fuente. Quiero recostarme, descansar por un momento, pero Éveril me detiene.

—Espera, ¿escuchas eso?

No escucho nada, pero de inmediato percibo una vibración bajo los pies. Miro a Éveril, quien tiene una mirada bravía hacia nuestro alrededor. Entonces unos crujidos rompen al fin el silencio. Estoy seguro de que es el sonido de madera partiéndose y ahora no hay duda del creciente sonido de un estruendo.

—Éveril, ¿qué está sucediendo?

—No lo sé, pero no te alejes.

El sonido imperdible de una corriente de agua emana de varias direcciones a la redonda. Varios ríos tempestuosos se estrellan contra los árboles y empiezan a inundar la planicie.

—Tenemos que salir de aquí —le pido a Éveril—. Con esa fuerza, la corriente nos ahogará.

Miramos el espacio por donde entramos, pero está convertido en un río.

—¡No sabemos si hay una salida segura, podemos caminar hacia una trampa! —Me indica.

—¿Entonces solo nos quedamos aquí?

Los árboles rompen el agua y, aun así, esta entra de manera violenta. En poco tiempo, la corriente moja nuestros pies y empiezo a sentir su fuerza. Si el nivel se eleva, no estoy seguro de poder sostenerme. Mientras tanto, a Éveril parece no afectarle.

—Éveril, ¿qué hacemos?

—Tengo una idea.

Una oleada de agua irrumpe de pronto y viene hacia nosotros con fuerza.

—¡Ven! —Me extiende sus brazos y logro ver que su cabello empieza a flotar—. ¡Respira profundo!

Lo abrazo con fuerza y Éveril hace lo mismo. Tomo tanto aire como puedo y lo mantengo. Éveril pronuncia aquellas palabras inciertas y vuelvo a sentir los oídos tapados. Cierro los ojos y aprieto los dientes esperando el impacto. Apenas siento un empujón. Intento mirar; todo está borroso frente a mí. Pronto, la fuerza del agua se disipa y logro ver que ya no nos cubre. La sensación en los oídos desaparece y logro tomar una bocanada de aire.

—¡Otra ola! —Reparo un poco tarde.

Éveril reafirma su abrazo y siento los oídos tapados una vez más. El impacto es más notable y trago del agua salada que penetra la Protección. No puedo respirar bien, entonces la presión que nos encierra se extingue y mis pulmones se liberan. El nivel del agua baja de nuevo, aunque ahora nos cubre hasta la cadera.

—¡Respira! —Éveril grita y no dudo en tomar una gran bocanada de aire.

Apenas lo hago y siento el golpe de la ola. Me estoy soltando de Éveril. Cuando baja el agua, tengo un instante para tomar otra bocanada de aire y logro ver que el nivel nos sube arriba de la cintura.

Siento un golpe más fuerte, una ola que no vi venir. El aire se me corta sin aviso. Me resbalo del abrazo de Éveril y apenas logro sostenerme de su mano. La corriente me empuja y mi fuerza no es suficiente. Por suerte, el agua cede y logro tener un descanso. Empiezo a toser, he tragado mucha agua. No puedo recobrar el aliento y entonces me suelto de Éveril.

—¡Yosh, no!

Una montaña de agua nos golpea y soy arrastrado con violencia. Intento aferrarme a algo con desesperación, es inútil. Tengo la aterradora sensación de que me estoy ahogando. Pierdo el control, los espasmos me hacen tragar agua y el miedo me invade por completo.

El silencio y la oscuridad imperan. Son unas fuerzas primarias y naturales que parecen haber existido antes de todo. Es como si yo mismo no existiera más y me sintiera parte de ellas. De la nada, una pequeña luz titilante brilla a la distancia. Otra le sigue, y otra, y otra. Pronto la oscuridad frente a mí se ve plagada de incontables luces a la distancia en medida de una gran expansión. También me siento parte de ellas, como cuando miraba el cielo desde mi cama. De alguna manera recobro la conciencia y me encuentro viendo al cielo más estrellado que he visto. Respiro frenético, agitado. Es como haberme liberado de uno de mis sueños, tan solo uno más aterrador. Me percato de que Éveril está junto a mí e intento despertarlo. Él recobra la conciencia con la misma impresión que yo.

—Estás bien. Tranquilo. Respira.

—Yoshaya, estás bien.

—Eso fue espantoso.

—Yo... no podía creer que...

—¿Que íbamos a morir?

—Supongo que sí —me dice sorprendido.

Es de noche, mas la planicie sigue siendo clara para mis ojos. Las altas copas de los árboles enmarcan el brillante cielo nocturno como si nada hubiera sucedido. Estamos secos y no queda rastro de agua por ningún lado. Cuando nos ponemos en pie, me percato que de la fuente no emana más agua, sino que ahora una temible figura se alza en lugar de la piedra de cuatro rostros. Tiene similitud a una figura humanoide y parece estar cubierta con una manta oscura y brillante. Es como si su vestidura fluyera líquida y en esta se viera reflejado el cielo estrellado. Intento divisar un rostro bajo la capucha, pero apenas se distingue una oscuridad que resulta atrayente y ominosa. No puedo dejar de pensar en el vacío oscuro tras la puerta.

Una risa grácil y maliciosa emana del ser frente a nosotros.

—Mmm... —borbotea—. ¿Qué ha traído el caudal? —Dice la presencia con una voz que parece intercalarse con el sonido de la corriente de un río.

Miro a Éveril y tiene una mirada severa, instintiva, al punto del ataque.

—Los humanos... son seres interesantes —recita como dando un paseo en cada palabra.

—¿Quién eres? —Pregunta Éveril con autoridad serena.

—Mi condena me obliga a confesarlo —habla el ser con la voz de caudal—. Para los humanos soy Omni-Ómnimun, arquitecto caído, príncipe de las corrientes, estirpe no heredado, varado en este plano intermedio.

Miro a Éveril esperando que él le halle sentido a lo que acabamos de escuchar. Tampoco parece entender.

—Estamos en búsqueda de la instrucción del alma, le han llamado La Paradoja del Alma —enuncia Éveril—. Queremos conocer cómo levantar una maldición. ¿Sabes de lo que hablo?

El ser vuelve a desprender una risa modesta, casi burlona.

—¿Es lo que buscas de verdad? Alguien, en lo que llamas pasado, pagó por ti —indica el ser—. Mi don fue inherente para su estirpe. ¿De verdad quieres pagar un nuevo precio por saber esto? Tengo una mejor oferta —le ofrece con malicia.

—No sé de qué estás hablando. Explícate por favor.

El ser gruñe en un gorgoteo.

—Mi promesa me obliga responder esta pregunta. Nícolas Bremen, tu padre, en medida humana de un siglo y medio atrás, me invocó con el deseo de que su gobierno se extendiera por mucho tiempo. Estaba dispuesto a pagar un precio cobarde y sangriento por la supremacía —se ríe con malicia—. Mi ofrenda requerida fue una masacre. La escoria provocó lo que se conoce como la Guerra por las Tierras Libres. Sin embargo, el cobarde no pagó el precio establecido. Tuvo miedo, se arrepintió y detuvo la guerra. Así que traje enfermedad terminal sobre él y, para burlarme, otorgué inmortalidad a su único hijo en la edad que deseó dejar de ser perecedero.

—¿A qué se refiere? —Se me escapa la pregunta.

Omni-Ómnimun emana otra risa.

—Pregúntale a tu amigo cuántos años ha caminado por la tierra —me responde.

Miro a Éveril, quien solo puede dar un suspiro de frustración. Al momento no logro recapacitar la magnitud de lo que algo así puede significar.

—Pero no entiendo —le digo a Éveril—. Tu padre, en la ciudad...

Éveril niega con un semblante apesadumbrado.

De pronto me percato de que Omni-Ómnimun desapareció. En lugar del ser, se encuentra ahora una radiante mujer con cabellos largos y ondulados, vestida con una ligera seda. No puedo dejar de pensar de inmediato que tiene una gran reminiscencia a Éveril. Él se acerca hacia el círculo y cae en sus rodillas.

—¿Mamá? —Dice en un hilo de voz.

—Mírate, no has cambiado en nada —responde ella con ilusión

—Pero, ¿cómo? —Logra decir Éveril con voz quebrada.

—Te he extrañado tanto —le dice dolida.

—Mamá yo... ha pasado tanto tiempo.

—¡Hay una manera! —Habla con premura la mujer—. Hay un sacrificio para que encuentres lo que deseas: envejecer como los demás.

—¿Sí? —Pregunta Éveril con ilusión y dolor mezclados en su voz.

Me conmueve escucharlo así.

—¿Pero cómo? —Pregunta limpiándose las lágrimas.

—Veo cuánto lo empiezas a querer —su madre se le acerca con dulzura, caminando sobre el agua y atravesando el círculo sin mutarlo—. Has encontrado luz en su compañía. Te has refugiado en su ignorancia —se rebaja hasta la altura de Éveril—. Aunque no lo aceptes, has caído de nuevo en las garras afiladas del amor.

Termina de decir esto viéndose cara a cara y Éveril se muestra confundido. Ella le acaricia el rostro mientras le ofrece una sonrisa. Éveril toma la mano de su madre y cierra sus ojos, como aferrándose.

—¿Qué es lo que estás pidiendo? —Pregunta Éveril.

La mujer dirige su mirada hacia mí. Es una mirada maliciosa, oscura, infinita, como un vacío en el que uno se siente pronto a caer.

Sigue siendo Omni-Ómnimun.

Éveril me mira también, confuso.

—¿Mamá?

La mujer le extiende una de sus manos a Éveril; en ella va un fragmento de algo brillante y puntiagudo. Es como una esquirla de un cielo estrellado, un fragmento de cristal. Ella toma una de las manos de Éveril y lo deposita ahí.

—El tesoro de una vida efímera —lo endulza.

La mujer toma el rostro de Éveril y lo voltea con sutileza hacia mí. Sus ojos me miran perplejos, llenándose de lágrimas.

—No —dice en un hilo de voz.

—¿No me extrañas amor mío? ¿Te has olvidado de mí? —Alega con tristeza la mujer—. Hazlo por mí, ninguna madre quiere ver sufrir así a su hijo.

Éveril cierra sus ojos y las lágrimas bajan por sus mejillas.

—¿Qué quieres de mí? —Pregunta tembloroso sin ver.

—Un simple acto, de mucho valor, de mucha cobardía.

La mujer lo motiva a que se levante de sus rodillas. Al estar en pie, lo abraza; y al separarse, le frota los hombros.

—Esta es la oportunidad, no te puedo dar otra más —lo aconseja y lo voltea hacia mí.

Éveril me mira vacilante y luego baja la mirada.

—¿Qué quieres de mí? —Pregunta de nuevo, haciendo un esfuerzo para componer las palabras.

—¿Cuánto has añorado quitarte la carga de varias vidas, haber envejecido conmigo?

Éveril parece tratar de contenerse, mantener su temple. Parece tensar su quijada, sus puños, el arma que lleva en uno de ellos. Gruñe por lo bajo, como conteniendo la rabia.

—¿Por qué?

—¿Por qué no? ¿Qué es la vida de otro humano? ¿A cuántos has dejado en el pasado ya?

Éveril gruñe de nuevo.

—¿Cuánto tiempo me has llevado en tu pensamiento? ¿Cuánto has querido dejar de preguntarte por qué has de vivir sin muerte segura? Ya lo sabes y tienes la solución enfrente.

Éveril clava su mirada en mí; enojo, tristeza, desesperación.

—No buscas ninguna Paradoja, amor mío. Eso es algo que inventarás de no escucharme. Tú preferirías la ignorancia, dulce e indolora ignorancia.

¿Sería capaz Éveril?

Miro a mi alrededor de reojo. ¿Podría huir?

Intento mover un pie, pero para mi sorpresa estoy plantado en el suelo, atrapado.

¿Otra vez?

Forcejeo con un nudo en la garganta. El semblante de Éveril no es nada alentador. Sus cuencas se convirtieron una vez más en aquel vacío que me mostró antes, es el mismo que llevaba el… ¿demonio? Omni-Ómnimun, bajo su capucha. Después de todo, el ser parecía un espejo al principio.

Una vez más es como mirar hacia un gran precipicio o hacia la vastedad del cielo.

¿Tomó una decisión?

—¿Éveril? —Me tiembla la voz

Su mirada, o su vacío, está fijo en mí.

—Éveril —intento—. No lo hagas.

Comienza a acercarse, despacio, como convenciéndose a cada paso que da. No estamos muy lejos, así que le tomará poco estar frente a mí.

—Yoshaya —su voz se quiebra—, lo siento, lo siento, lo siento.

Su pecho se hincha con amplitud al respirar y en su puño tembloroso lleva el cuchillo que gotea un líquido rojo. Mi corazón golpea mi pecho y siento las manos dormidas.

Recuerdo un dolor punzante atravesar mi pecho, mi sueño.

—Éveril —mi voz falla—. No me harías daño, lo sé.

Éveril se detiene y baja su rostro. Luego se reincorpora, da tres pasos con determinación y termina frente a mí. Ahora solo espero la aguda confirmación de que solo soy una vida más entre las vidas humanas. La filosa señal que me convierte en un sacrificio, en el intercambio.

—Dime, Yoshaya —su voz flaquea—; dime que no soy capaz.

Éveril levanta la afilada pieza. Las lágrimas emanan como quebradas de los vacíos que son sus ojos. Si no fuera por la fuerza que me aprisiona, mis piernas habrían cedido ya. La misma esquirla de mi sueño es la que sostiene su mano temblorosa.

—Por favor —digo apresado por la nada.

Éveril acerca la punta del cuchillo a mi pecho y lo posa, como eligiendo el lugar, mientras respira frenético entre los dientes.

—Recuerda —alego—, tú me lo dijiste, la respuesta es la voluntad. Puedes cambiar esto.

—¡Por qué! —Grita al aire.

La mujer aparece sobre su hombro izquierdo.

—¿No lo vale? Recuerda la pena, la soledad.

Éveril grita y la punta del arma punza mi pecho.

—¡Hazlo! —La voz de la mujer suena como una ola al romper en las rocas.

Éveril parece armarse de valor, toma el cuchillo con las dos manos y las levanta sobre su cabeza. Da un grito, que también resuena, aunque esta vez como un estruendo huracanado. No puedo evitar gritar también; es mi fin. Éveril deja caer sus manos y, al momento, cierro los ojos. Oigo un golpe sordo, pero no siento nada. Abro los ojos y, para mi sorpresa, el empuñe de Éveril descansa sobre su pecho. Espero ver sangre o una herida, pero no logró apuñalarse. De entre sus puños sube un polvo oscuro que brilla: el arma pulverizada.

Un estruendo y un temblor invaden el lugar. Miro el rostro de Éveril; sus ojos vuelven a ser los suyos, solo que ahora tiene una mirada perpleja.

—¡Humanos! —Ruge la mujer tras Éveril con la ferocidad de una avalancha y luego hace resonar unas palabras ininteligibles—. Osas tomar de la fuente y actuar como tu padre. Te regalo otra maldición.

—¡No! —Grito.

El estado de conmoción de Éveril parece impedirle que se entere.

La mujer irrumpe en grandes corrientes de agua que comienzan a inundar el lugar en cuestión de segundos. La fuerza que aprisionaba mi cuerpo desaparece y me encuentro luchando para que la corriente no me lleve.

—Yoshaya —me dice Éveril, su voz sin esperanza—. Lo siento tanto.

Su rostro muda a uno de impresión y yo intento sostenerlo antes de que caiga al agua. Y… parece que Éveril se estuviera encogiendo en mis brazos. Apenas puedo ver que su rostro comienza a poblarse de un vello oscuro y brillante. Éveril se pierde dentro de su ropa y solo queda un bulto irreconocible. Con desesperación, descubro el cuerpo que se revuelca entre la ropa y quedo atónito.

Un gato. Tengo un gato en mis manos.

Intento sostenerme tan fuerte como puedo, pero la corriente es cada vez más intensa. Una ola que no vi venir nos cae encima y por poco nos lleva del todo. Termino tosiendo y buscando aire. Mientras tanto, me aseguro de que Éveril esté bien. El pobre maúlla una y otra vez.

Siento un nudo en la garganta. ¿Cómo vamos a salir de esta?

—Éveril, ¿qué hago? —Le hablo al gato, pero como es de esperar, no me responde.

Otra ola nos golpea y la logro sobrellevar. Éveril maúlla de nuevo. Miro a nuestro alrededor. El agua parece haber conquistado con fiereza todo. Estoy seguro de que lágrimas salen de mis ojos, aunque esté todo empapado.

—Éveril, ¿qué hemos hecho?

Me doy cuenta de que una ola inmensa viene con fuerza hacia nosotros. No creo poder hacerle frente, nos llevará sin ningún problema.

¿Debería dejarme llevar?

La ola se aproxima e intento no verla. Imágenes de la casa, las puertas, Éveril, lo que nos trajo aquí, aparecen como relámpagos en mi visión y no puedo mantener los ojos cerrados. Necesito verla, enfrentarla.

Mi respiración es rápida y siento la cabeza ligera.

Éveril no deja de maullar.

Y busco dentro de mí.

Mi lumbre. Puedo sentir su calor. Llego a ver la tempestad en la esfera.

Deseo regresar, deseo que nunca nos hubiéramos metido en esto.

—No —mascullo—. ¡No! —Grito a la ola que se acerca—. ¡NO!

Me apropio de la energía de mi alma y no escatimo. Una riada de poder se desprende de mi Lumbre y revolotea en mi interior como un ave gigante y salvaje. Antes de que nos golpee la ola, uso toda mi voluntad para atrapar la bestia. Apenas tengo segundos. La lleno de la instrucción: volver, escapar. Y, sin pensarlo, dejo que la pulsación salga de mí con toda su fuerza. De inmediato me encuentro en un campo abierto que me resulta familiar.

29

Fallar antes de empezar

Mis piernas no me sostienen y caigo sobre mis rodillas.

El escenario de la costa a lo lejos, a los pies de Brimin, es imperdible. Parece ser la tarde, nuestro alrededor está más poblado de árboles y se ve diferente de como lo conozco. Con todo, no tengo duda de que estoy en la propiedad de la Casa Marlo. El edificio no está aquí.

Intento recuperar mi aliento, siento como si hubiera corrido una maratón o como si un ejército me hubiera pisoteado. Me tiemblan las extremidades, mis brazos hacen un esfuerzo por seguir alzando a Éveril y siento que podría tomar una siesta ahora mismo. Una muy larga.

—¿Estás bien? —Le pregunto.

No entiendo del todo qué acabo de hacer.

—¿En qué nos hemos metido? —Le hablo—. ¿Qué voy a hacer contigo?

Éveril maúlla, aunque no estoy seguro de que sea una respuesta.

Examino el espacio que me rodea, la flora predomina y ahora me percato de algo que está tras nosotros. Un círculo de piedra de aspecto familiar, uno como el que rodeaba la salida de las escaleras en espiral en el bosque tropical. Me levanto, débil, y me acerco con cautela y temor, sintiendo los pies como espaguetis cocinados. Como espero, ahí está el descenso en espiral que conduce a la oscuridad. Siento una oleada de remordimiento y de vergüenza. Siento pena por Éveril.

—Creo que metimos la pata —le digo acariciándolo.

Éveril maúlla.

—No sé cómo, pero debemos intentar regresar.

Ahora no parece tan mala idea acudir a Los Hijos de la noche por ayuda. Aunque si alguien tan viejo como Éveril no pudo hallar una solución a su maldición, qué podrán hacer unos simples mortales. Y no solo está su maldición, sino también la mía.

Al menos tengo que intentarlo.

—Éveril —lo levanto frente a mí, sus ojos salvajes son penetrantes e inocentes a la misma vez—, ¿estás ahí?

Su mirada se fija en algo más allá de mí.

—Hey, mírame. Intentemos volver a casa. Tal vez el aquelarre pueda ayudarnos. Lo siento, pero no sé qué más pueda hacer.

Éveril forcejea para salirse de mis manos que siguen torpes.

—Espera, tranquilo.

Intento contenerlo, pero me clava sus uñas sin misericordia. Se me suelta de las manos y apenas toca el suelo se escapa en la dirección en la que vio antes.

—¡Espera!

Es inútil. Éveril desaparece entre los árboles persiguiendo quién sabe qué.

—¡Éveril, regresa! ¡Estupendo!

Quiero patear algo, quiero romper algo. La escalera en espiral, por ejemplo, si pudiera. Sin otra opción, me adentro entre la maleza. Después de abrirme paso por donde desapareció, camino por el bosque sin señal de él por ningún lado. Si tan solo supiera algún truco para encontrarlo.

¿Seguirá siendo Éveril? Me aterra pensar que ya no lo sea. De pronto me siento muy solo.

—Éveril, ¿dónde estás?

Unos pasos más adentro llego a escuchar un barullo de gente. Parece haber movimiento, se escucha un sonido metálico, unas risas de niño y me parece ver una columna de humo que emana desde la misma dirección. Avanzo con cautela hacia el sonido hasta que puedo ver con más claridad de qué se trata. Una especie de campamento con al menos cuatro tiendas se levanta en lo que parece ser un área de árboles talados. Hay mucha madera cortada en tablillas, reglas y postes, apilada en varios lugares. Parece que ya nadie merodea, solo está el rastro de una fogata que sigue humeando en el centro del campamento.

El crujir de un matorral cerca de una de las tiendas llama mi atención y Éveril aparece por ahí.

—Gato escurridizo.

Sin pensarlo, salgo de mi escondite y hago un intento por recuperarlo. Antes de lograrlo algo me detiene: una niña pequeña está de cuclillas mirando a Éveril. No me percato de ella hasta que estoy al descubierto, estaba tras una de las tiendas. La pequeña criatura no dice ni hace nada, solo nos contempla en silencio. Aprovecho e intento acercarme a Éveril, quien está sentado a escasos cuatro metros de ella. En ese momento puedo escuchar a lo lejos el claro sonido de madera reventando, ramas rompiéndose y el grito de un hombre, quizá alertando que un árbol está cayendo.

—¿Velina? ¿Dónde estás? —Es una mujer, llama desde la tienda más cercana.

Intento tomar a Éveril, pero sigo lento y se me escapa hacia donde está la niña.

—No, ven acá —susurro.

La niña lo recibe con alegría y Éveril se restriega en sus piernas. Entonces la mujer aparece, por un lado de la tienda, tras la niña.

—Velina, ¿de dónde sacaste ese...? ¿Quién es usted? —Me interroga con fiereza y alza de inmediato a la niña—. ¡Eric! ¡ERIC!

Otra persona sale tras la tienda. Al momento, adopta un semblante severo.

—¿Cómo entró aquí?

Reconozco la voz, debe de ser el mismo Eric de la otra vez.

Intento pensar en una respuesta.

—Yo... vine de último momento.

—No nos tomes por idiotas. Alguien sin magia no hubiera podido entrar aquí y, aun así, se requeriría de una gran destreza para lograrlo. Explica por qué no debería asesinarte.

—Solo... solo necesito a mi gato y me iré de aquí.

—¿Tu gato? —El hombre nota a Éveril—. Estoy perdiendo la paciencia.

Mi garganta se cierra y no puedo respirar. Intento tomar con mis manos lo que me aprisiona, liberarme de la nada. Es desesperante.

Al fin puedo respirar y caigo de rodillas. Postrado en el suelo intento recobrar el aire.

—Pudiste entrar aquí, pero no puedes defenderte. ¿Con quién estás? Esto no es un juego.

Siento una vibración en el suelo.

—Év... —apenas puedo hablar—. Ven, por favor.

Una fuerza me empuja en el aire y un impacto me detiene en seco. Caigo al pie del árbol y no puedo recobrar el aliento. El suelo se sacude bajo mis manos y mis rodillas, aunque parece que solo yo lo noto.

—Creo que no entendiste la parte en que esto no es un juego —dice a lo lejos—. Llévate a Velina, no necesita ver esto.

—Éveril —digo en un hilo de voz—, ven.

—Habla claro —me ordena el hombre.

Sigo el maullido de Éveril y puedo ver que la niña lo alza y se lo lleva.

—No —intento decir.

Algo me eleva de nuevo en el aire y esta vez caigo frente al hombre.

—No disfruto esto. Dime con quién estás y por qué viniste, y quizá podamos arreglarlo con un aturdidor.

—Por favor, solo quiero a mi gato.

El hombre suspira.

La tierra vibra con violencia bajo mi cuerpo, estoy casi seguro que tiene que ver con el instintivo deseo de regresar al presente que quiere salir de mí, escapar. Y estoy haciendo lo posible por contenerme, tengo que recuperar a Éveril, pero no sé cuánto más soporte los golpes.

Me levanta en el aire de nuevo, el suelo debajo de mí se aleja y solo espero ser impactado contra este.

—Es tu decisión —me amenaza.

Yo no digo nada.

Siento un vacío, voy de regreso abajo. Antes de que choque, siento la reconocible sensación de una pulsación emanar de mí. El impacto es doloroso, caigo sobre una puerta de madera y la cierro con un golpe certero.

Me quedo paralizado intentando sobrellevar el dolor, intentando respirar con dificultad y no puedo decidir qué me duele más. Poco a poco me muevo, intentando incorporarme. Siento como si me hubieran exprimido la energía. Apenas logro sentarme, me percato de que estoy en la biblioteca de la casa, sobre la puerta secreta.

¿Acaso… fui yo quien cerró la puerta tras nosotros?

La desesperación me invade. ¡Debo evitar que vayamos!

—¡Alto! ¡No vayan! —Golpeo el suelo con lo que me queda de fuerza—. ¡Alto!

Mi voz sale quebrada.

—*Pas a vin.* ¡*Pas a vin*! ¡Ábrete! Regresen, ¡maldición!

Termino postrado. Ahora ya no hay ninguna rendija que indique que ahí existe una puerta.

Es inútil.

Al momento, un sonido particular me sorprende y vuelvo a ver a dos ojos grises que se asoman por la puerta de la biblioteca.

—¡Éveril, sí regresaste conmigo! ¡Al fin, algo bueno! —Suspiro con alivio—. Pensé que te había dejado, estaba a punto de perder la cabeza.

Quiero ir a su encuentro y entonces me sobreviene una fatal conclusión. Siento un nudo en la garganta y me quedo paralizado.

—No, no, no...

No puede ser cierto.

—¿Éveril?

Mis ojos se inundan.

—Íldrigo.

Quinta Parte

El Inmarcesible

30

Saltar al vacío

Los golpes en la puerta me sacan del estupor. Es cierto, mi hermano y los otros estaban a unos cuantos pasos de la casa. Quizá mi deseo de encontrar una solución me trajo a este momento, a su encuentro. Éveril se escapa de mis regazos y se va en dirección a la sala de bienvenida. Se escucha como la puerta principal se abre.

—Salgan sin intentar ningún conjuro. Tenemos una aturdidora con nosotros y actuará si no cooperan —parece la voz de aquella mujer, Sigrid.

Quiero moverme, salir a su encuentro, pedirles ayuda. Mi cuerpo no quiere responder.

—Yosh, por favor —la voz de mi hermano llega desde afuera—. Sé que estás ahí.

Hago un gran esfuerzo para moverme y me siento como una muñeca de trapo.

Pongo todo mi empeño y lo que me queda de voluntad para levantarme. Estoy cansado. Aún tengo un nudo en la garganta, pero lo ignoro. Empiezo a caminar con dificultad. Cuando salgo de la biblioteca encuentro a Éveril al pie de la puerta, como si me esperara. A paso lento hago mi camino hasta la salida y lo recojo para salir.

Los ojos de mi hermano se expanden al verme.

—Yosh, ¿qué...? ¿Fue Éveril? —Corre hacia mí.

Apenas niego con la cabeza.

—¿Dónde está Éveril, muchacho? —Me pregunta con autoridad una mujer rubia de aspecto inflexible, debe de ser Sigrid.

No sé cómo empezar a explicarlo. Solo puedo tragar para contener las lágrimas. Miro a Éveril entre mis brazos.

—Yosh, por favor —escucho a Franco de un lado mío. Me percato de que me lleva a la banca que está en el porche.

Sigrid sube y se acerca a mí.

—Muchacho, tienes que decirnos a dónde fue Éveril. Mi rastreador más talentoso dice que, además de nosotros, aquí solo estás tú y el gato. ¿Te abandonó?

Niego.

—¿Entonces? —Inquiere—. Escucha, no es mi intención usar métodos extremos, pero si no hablas vamos a tener que...

—Descubrimos el secreto, el poder —logro decir.

Me miran a la expectativa. La mujer tiene una expresión que muta entre asombro y enojo.

—Pero no era lo que esperábamos.

Me miran confundidos.

—¿A qué te refieres? —Me interroga la mujer—. Dinos, ¿qué sucedió con Éveril?

Solo pensar en decirlo me parece ridículo, así que nada más miro al gato en mis regazos. Luego la miro a los ojos.

—Yosh —interviene Franco—, eso es...

—¿Imposible? —Me adelanto.

—Pero... —le cuestiona a Sigrid.

—Hay posibilidades —acepta la mujer—; sin embargo, una transmutación de ese tipo requiere de un poder astronómico —termina dirigiéndose a mí casi como en una pregunta.

Solo puedo asentir.

—¿Usted tampoco tiene idea de lo que está ahí dentro verdad? —Le pregunto.

Sigrid parece incómoda.

—Hay un motivo por el cual usamos este método, muchacho. Es una estrategia de doble filo, pero es por un bien mayor. No estoy segura de cómo Éveril y tú averiguaron la manera de descubrirlo. Sea como sea, esto tiene que acabar ahora. Considérate afortunado de haber terminado completo. No puedo decir lo mismo de Éveril.

La mujer hace intento de irse.

—Espere, por favor. Debe haber una manera de regresarlo, ¿no? No podemos simplemente dejarlo así.

Ella me mira con reprensión.

—Es lo mejor que pudo pasar. Además, no creo que camine sobre la tierra alguien con el poder de revertir tal transmutación. Y si la hubiera, no te ayudaría a encontrarla —recalca con severidad—. Éveril es un peligro para todos. Yo misma lo exhorté de manera terminante que no siguiera con esto y no me escuchó. Al menos el destino actuó en nuestro favor.

—¡Éveril no estaba tratando de hacerle daño a nadie! —Me sorprendo ahora de pie—. Él solo quería... no tenía malas intenciones.

—De seguro te engañó para obtener lo que quería. Puede ser difícil aceptar que te han defraudado, muchacho, pero tienes que hacerlo en algún momento.

—No, Éveril no...

—Tendrás que olvidarlo —la mujer se da la vuelta y se va—. Como todo esto.

—Franco, tienes que escucharme —acudo a él—. Debemos intentar regresarlo o si no él va a...

—Yosh, por favor. No hagas esto más complicado —no oculta su enojo—. Si cooperas, con suerte consideren no hacerte olvidar la magia. No desperdicies esta oportunidad.

—Pero es que no entiendes —insisto—. Esto equivaldrá a una prisión eter...

—Lo que no entiendo es cómo no quieres confiar en mí, Yosh. Lo único que he hecho todo este tiempo es salvarte del agua una y otra vez, y lo único que haces tú es saltar de nuevo.

—Pero...

—¡Escúchame, por favor! —Intenta calmarse antes de seguir—. Entiende que esto no es tu responsabilidad. Éveril se lo buscó por su cuenta. Así es la magia, con sus consecuencias. Mira a papá con el abuelo, mira en lo que terminó convertido Éveril, mírate a ti con Clara.

Los ojos se me inundan y me parece que me tiembla la quijada.

—Lo que está hecho, hecho está. Tú decides: tomas esta oportunidad o dejas que esto defina el resto de tu vida con la magia.

Quiero hablar, pero temo que la voz me falle.

—¿Qué hizo para merecer tu lealtad? —Me pregunta airado.

La imagen de unas cuencas que dan a una vacuidad ominosa aparece en mi mente.

—Él...

—Franco —llama Sigrid desde el patio—, es hora.

Franco atiende asintiendo con la cabeza y regresa su mirada a mí.

—Yosh —me toma fuerte por los hombros y me mira con determinación—. No lo desperdicies.

Los llevo de manera voluntaria adentro, porque necesitan que me recueste en algún lugar. Éveril nos sigue. Opto por la biblioteca, después de todo ahí fue donde pasamos la mayor parte del tiempo.

—Recuéstate ahí —Sigrid me indica el sofá.

Lo hago, un tanto dudoso, y ella se sienta en uno de los sillones.

—Muchacho, Yoshaya —se corrige intentando sonar amigable, pero su forma metódica de ser no le ayuda—. Necesito que sepas que no soy tu enemiga. Esto es por un bien mayor. Si todo esto funciona, espero poder conocerte mejor. Tú hermano no para de hablar de ti todo el tiempo.

Miro a Franco, recostado en el marco de la puerta, y me da un asemejo de sonrisa.

—Esto es mucho más fácil si cooperas. Creemos que te mereces una oportunidad para empezar de nuevo, pero tienes que ayudarme. ¿Lo harás?

—¿De verdad tengo que olvidarlo? —Me martilla el pecho.

Sigrid resopla y por poco deja su personaje amigable a un lado. Acomoda su flequillo tras una oreja y puedo ver mejor sus ojos de un celeste frío.

—Esta es una enfermedad que necesitamos arrancar de raíz tanto como podamos. Dejarte recordar la magia, al menos lo suficiente para que puedas empezar de nuevo es ya un riesgo. Yoshaya, así debe ser. Puede parecer drástico o inhumano, pero un equilibrio importante está en juego.

Miro a Franco de nuevo, quien asiente invitándome a cooperar.

Trago. Siento la garganta seca.

Miro a Éveril, acurrucado en una pelota cerca de la chimenea sin vida. Además de sus esporádicos trucos para abrir las puertas, es un gato común y corriente. Es casi risible creer que ese negro y peludo animal es, de hecho, Éveril y que lo ha sido por varias décadas ya. ¿Habrá algo de Éveril dentro de él? ¿Quedará atrapado por siempre así?

Miro a Sigrid y mi mirada es clara en mi deseo.

—No, Yoshaya. O lo olvidas a él o lo olvidas todo. Míralo de esta manera, al menos puedes conservar la magia. Escúchame cuando te digo que no hay vuelta atrás para él. No tiene caso sacrificarte así.

Miro a Éveril de nuevo.

—Solo quiero despedirme.

Sigrid lo permite reticente.

Me levanto y voy a tomar a Éveril. Luego regreso a sentarme en el sofá con él en los regazos. Intento con todas mis fuerzas que no se me empañen los ojos, pero no tengo éxito. No tengo fuerzas para fingir. Le acaricio la cabeza al gato y para mi sorpresa empieza a ronronear.

—Lo siento amigo —mi voz se quiebra—. Creo que te fallé.

Levanto a Éveril para mirarlo a los ojos y me sobrecoge una sensación familiar, inconfundible. De pronto siento un vacío en el estómago, como si estuviera al borde de un precipicio. Me provoca una particular sensación, como si mi cuerpo fuera una superficie ondulante y la habitación girara alrededor de sus ojos.

Con dificultad logro salir del extraño trance. El grupo entero me mira confundido y alarmado.

—Yosh, ¿estás bien? —Acude Franco.

—¿Qué intentas? —Sigrid se levanta a la defensiva.

—Nada, nada —los detengo—. Estoy bien.

Me toco la frente, me percato de unas gotas de sudor frío, y siento el cuerpo aún más ligero.

—Es algo que hace —les digo—. Creo que tiene una explicación.

—No hace falta —ordena Sigrid—. Vamos a terminar con esto de una vez por todas. Yoshaya, por favor recuéstate.

Dudo por un momento.

—Yosh —me insta Franco.

Asiento al fin, y voy a recostarme, pero una frase resuena en mi mente.

"*Lo único que he hecho todo este tiempo es salvarte del agua una y otra vez y lo único que haces tú es saltar de nuevo*".

—Saltar... —se me escapa de la boca y me quedo paralizado—. Dejarme llevar.

—¿Yoshaya? —Me interroga Sigrid con autoridad.

—Saltar —repito.

—Yosh, ya basta de juegos —me exhorta Franco.

—Sigrid —la miro esperando con todas mis fuerzas conseguir su favor—. Hay algo que puedo hacer. Creo que podría hallar la manera de regresar a Éveril a su forma humana.

—Ya hablamos de esto. Es un rotundo no.

—Si da resultado, puede hacernos olvidar la magia a ambos, desde la raíz. Así se puede asegurar de que no quedará ningún cabo suelto.

—¿Y si no funciona?

Trago, dudoso.

—Al menos déjeme intentarlo. Le aseguro que Éveril no merece quedarse así. No tendré que moverme de aquí, de este mismo sillón —lo señalo—. Pueden supervisarme todo el tiempo. Solo le pido que me deje intentar lo último. También necesitaré de su ayuda.

—¿Qué es lo que tienes en mente? —Masculla la pregunta, reacia.

Parece una locura.

—Saltar al vacío —les digo.

31

Un mar de recuerdos

—Si no regresas en una hora, te despertaremos a como dé lugar. ¿Entendido? —Me advierte Sigrid.

Asiento, inseguro de que eso sea tiempo suficiente. No estoy seguro de cómo funciona el tiempo ahí ni de lo que veré, pero es mi mejor oportunidad.

—Éveril nunca me despertó de manera forzada. Bastará con que me llamen desde aquí cuando sea el tiempo. No dejen de hacerlo y yo escucharé.

—Yosh, ¿de verdad quieres hacer esto? —Me cuestiona Franco, preocupado—. Si lo que nos cuentas es cierto, podrías perderte allá adentro. Su mente podría ser un mar de recuerdos. ¿Qué pasa si llegas a olvidar que esta es tu realidad?

—Háblenme de vez en cuando —les instruyo esperando que, en efecto, sea suficiente. Esta será la ocasión en la cual me sumergiré por más tiempo y no sé cuáles efectos tendrá en mi mente—. Me será como una cuerda salvavidas —explico tan confiado como pueda, pero, en realidad, no estoy completamente seguro—. De preferencia que sea Franco, una voz familiar me ayudará. Es crucial que algo me ancle al presente.

Franco asiente.

—Está bien —retoma Sigrid—. ¿Cómo lo harás?

—Creo que Éveril me está invitando al umbral de su mente.
Me miran esperando una explicación.

—Ya hicimos algo parecido antes —continúo—, mi habilidad le da vida a los recuerdos. Desde el primer día que vi al gato me ha dado esa mirada aterradora. Por supuesto que no tenía la menor idea de lo que significaba —miro a Franco y a Sigrid—. Creo que me quiere enseñar algo en sus recuerdos y estoy casi seguro de a dónde debo buscar.

Sigrid se restriega la cara y resopla.

—Veamos si da resultado —ordena—. Una hora. Es mi último permiso.

Tomo a Éveril y me siento de nuevo en el sofá. Todos me miran con gran expectativa.

Respiro profundo, boto el aire. Repito.

—Bueno, aquí voy.

Levanto a Éveril y lo miro directo a los ojos. La sensación de vértigo es casi inmediata, no obstante, esta vez hago el mejor esfuerzo para no quitar la mirada. Tengo la sensación de que la biblioteca empieza a tiritar como gelatina, luego empieza a ondularse y luego empieza a girar en un movimiento enfermizo. Estoy a punto de soltar a Éveril y vomitar, pero soporto con todas mis fuerzas.

—¿Yosh? —Escucho a mi hermano a lo lejos.

—Estoy bien —logro decir.

La visión se me comienza a oscurecer en los extremos y me sorprendo al ver que las pupilas de Éveril comienzan a ensancharse en espacios oscuros que se sobreponen cada vez más a sus ojos. Pronto, los círculos negros se unifican en un vacío más grande que se expande con rapidez. Da la impresión de que su oscuridad estuviera succionando la realidad donde estamos. La fuerza que me atrae hacia este es cada vez más fuerte.

Espero que esto funcione.

Finalmente, aterrado, dejo de oponerme a su hipnosis, a la fuerza que me atrae, y salto al vacío.

I

El estómago se me encoge por la caída libre y no puedo ver hacia dónde me dirijo. Todo es oscuridad. Un cuerpo de agua me recibe de pronto, es tan fría que me congela los sentidos. Lucho por resurgir tan pronto como pueda. Entonces alcanzo a respirar, probar el salado líquido que me rodea, pero la oscuridad es rotunda. Con todo, puedo sentir la vastedad que me rodea. La soledad me abraza y me llena de desesperanza.

Cuando las fuerzas me empiezan a fallar, una luz aparece en el horizonte. Apenas logra titilar. Empiezo a nadar hacia ella sin pensarlo. Y es difícil, solo deseo dejarme consumir por el mar oscuro que me rodea.

Con gran esfuerzo me empiezo a acercar y logro ver una silueta que se apuña bajo la débil luz. Me parece ver a una persona sentada abrazándose las rodillas.

—Éveril —mi voz suena débil, apagada—. ¿Eres tú?

La silueta levanta la cabeza.

—¡Éveril, soy yo, Yoshaya!

Se pone de pie, inseguro.

Continúo nadando con lo que me queda de energía y dentro de poco encallo en la arena. El peso de la gravedad me quiere doblegar cuando me pongo de pie. Entre jadeos intento buscar el contorno de quien podría ser Éveril. Estoy casi debajo de la anémica luz y apenas logro ver que más adelante la persona me da la espalda. Su rostro está de lado, como supervisando, y es casi una sombra.

—Éveril —intento recobrar el aliento—. ¿Eres tú?

La persona regresa su mirada al frente y empieza a caminar. La luz le sigue.

Antes de que pueda preguntar otra cosa el agua me invade los pies y la arena debajo mío se empieza a deshacer. La tierra firme parece estar solo bajo el escaso alcance de la luz.

—¡Espera! —Lo sigo.

Caminamos un rato en medio de la oscuridad, la arena secándose a nuestro paso y volviendo a ser un mar tras nosotros. Mientras caminamos, dejamos de lado escombros encallados, edificios derrumbados o mueblería flotante. La luz apenas me deja ver, pero tengo la idea de que el mar se encuentra lleno de desechos. En varias ocasiones intento adelantarme para llegar a Éveril, pero no puedo alterar la distancia entre nosotros. Y, por más que intento hacerle preguntas, no obtengo respuestas.

Por fin nos detenemos. La luz alcanza a vislumbrar una puerta, plantada en la arena, inclinada de un lado. La reconozco de inmediato, es aquella puerta extraña, mascullada por el tiempo. La silueta se acerca a esta e intenta abrirla. No sin un gran esfuerzo lo logra y el resplandor que se escapa por la rendija encandila la visión. No es de sorprenderse con la oscuridad asentada en este espacio.

La persona termina de abrir la puerta y vuelve su rostro a mí, el cabello y el efecto contraluz le sigue manteniendo en incógnito. Me hace una señal de que vaya adelante.

—¿Tú vienes? —Le pregunto.

Asiente y se pone a un lado para darme paso. Solo aquí logro acortar nuestra distancia y entonces dirigirme hacia la puerta. Apenas tengo una imagen distorsionada de lo que se avista del otro lado, a mis ojos les cuesta interpretar la luz que se desborda del agujero.

II

Finalmente atravieso el umbral y me recibe un día de colores saturados y alegres. Unos extensos patios con pigmentados jardines se extienden a mi alrededor. La puerta por la que vine desapareció.

—¿Éveril? —Pregunto al aire, pero estoy solo.

Los patios rodean una distinguida casa blanca de dos plantas. Nunca antes la he visto.

La risa de un niño surge de algún lugar. Parece andar correteando. Me acerco al sonido e intento ocultarme tras unos arbustos de pingo de oro cortados en ángulos rectos. Un pequeño corretea en otro jardín cercano, alrededor de una fuente. Debe tener unos cinco años.

—¡Iv-vril, basta de correr! —Llama una voz femenina. Y, para mi sorpresa, reconozco a su dueña. Si mis ojos no me engañan, es la mujer que apareció en la fuente de Omni-Ómnimun, la madre de… —Ven y camina con tu padre. Aprovecha que hoy tiene fuerzas para acompañarte.

—¡Por eso estoy feliz, mamá! ¡Papá está mejor! —Grita el niño mientras corretea y los rodea.

La mujer acompaña a un hombre de apariencia raquítica. No parece ser viejo, aunque sí consumido. Ambos llevan una vestimenta que no parece nada contemporánea, es muy pomposa y complicada.

—Papi, ¿ya te vas a curar verdad? —Pregunta el niño mientras le toma una mano a su padre.

El hombre mira al niño y le regresa un asemejo de sonrisa. El pequeño se desprende y vuelve a corretear.

—Si hay un Dios —dice la mujer mientras observan a su hijo—, no entiendo cómo deja caer tal plaga sobre un hombre como tú. Diste todo y más por este país. Fuiste el que acabó con la guerra horrorosa y la vida solo te puede recompensar con esto: enfermedad.

El hombre tiene una mirada perdida, sin fuerza.

—No eres quién para juzgarlo —logra decir, amargo.

—¿A qué te refieres? Debiste ser el mejor gobernador que haya tenido este país. No te das mérito. Nunca debiste haber cedido el poder.

El hombre no responde por un rato.

—Prepáralo para que sea mejor que yo, le queda mucho por delante —le pide a la mujer, quien le regresa una mirada desconcertada.

El lugar empieza a tener un semblante borroso hasta que todos los colores son solo una acuarela, para luego ser un resplandor de matices.

III

El brillo llega a encandilar hasta que empieza a desvanecerse en muchos parchones que, poco a poco, empiezan a cobrar nitidez. Una habitación se levanta con paredes altas y decorada con delicados tapices, alfombras y cortinas de colores otoñales. Unos rayos de luz turbia entran inclinados por las ventanas. Unos de estos le dan al rostro enfermizo de una mujer entrada en años que descansa en un diván. Parece ser la madre de Éveril, no obstante, el tiempo ha pasado por ella.

—¿Qué haces? Toca más —le ordena a alguien.

Miro al otro lado y encuentro a un muchacho, parece mayor que yo, sentado en un piano. Es Éveril, su rostro luce más jovial y, en definitiva, tiene un semblante más… inocente. Sus ojos son definitivamente otros, carecen de aquella profundidad que los caracteriza.

—¿Qué tal si tocas tú? —Dice Éveril—. Siempre dices que te hace sentir mejor. No me vas a decir que hoy te sientes muy débil. ¿Para qué quieres que siga aprendiendo?

—Iv-vril, no seas irreverente —dice con voz cansada—. Soy tu madre.

Éveril parece querer decir algo más, pero calla.

—Vamos, toca de nuevo ese pasaje que no te sale bien aún.

Así lo hace.

El sonido del instrumento comienza a convertirse en un eco, más y más, hasta que este, como la imagen de la habitación, se disuelve en un humo.

IV

Espanto la fumarada de cigarro frente a mí, el lugar debe ser un bar. El bullicio de muchas voces me rodea. La melodía desenfadada e irreverente de un piano llega desde el fondo del espacio apenas iluminado por lámparas. Me acerco entre las mesas y la gente, que tampoco parece notarme. Ahí está Éveril de nuevo, tocando en un piano corto que no suena muy bien. Su cara parece acompañar de manera irónica la melodía desabierta que interpreta.

Llego a un lado del instrumento y pongo una mano sobre este. Casi puedo percibir cierta amargura a través de la vibración. Su rostro ya no parece tan inocente como hace unos instantes en la otra habitación. Porta un matiz de seriedad con él ahora.

—¿Éveril? —Se me escapa decir y doy un respingo cuando alza su mirada hacia donde estoy.

—Ahí estás —dice.

—¿Puedes verme?

Éveril mueve su mirada a un lado mío y un muchacho muy apuesto de tez pálida y ojos bondadosos aparece a un lado trayendo una jarra llena de lo que parece ser cerveza.

—Déjala ahí —Éveril señala encima del piano con la mirada.

—¿Cómo vas, hermano? —Le dice el muchacho, cauteloso.

—Todo bien —le responde apenas dándole una ojeada.

—Iv, sabes que no tienes que estar aquí tocando —duda un poco antes de seguir—. Hoy es el aniversario de...

—De la muerte de mi madre, lo sé. Estoy en medio de una pieza.

El muchacho permanece, frustrado.

—Sabes dónde estoy si me necesitas, amigo —dice y se va. Éveril parece ignorarlo.

—Iván —lo llama antes de que se vaya del todo, mientras que sigue tocando, y el otro vuelve a ver—. Gracias.

El lugar se convierte en una mezcla de colores aparchonados hasta que no logro distinguir lo que me rodea.

V

Un pasillo cobra nitidez hacia mi derecha, está alumbrado de manera acogedora con varias lámparas en las paredes. Parece un segundo piso. A mi izquierda desembocan unas amplias escaleras que surgen de una sala de recepción piso abajo.

Una puerta se abre allá.

—Buenas noches —la voz de la mujer es cordial con una pizca de desconfianza—. Sí, está arriba, en su habitación.

Unos pasos se acercan, alguien empieza a subir las escaleras. Intento disimular mi presencia, pero el sujeto parece no percatarse de mí. Pasa por el codo de las escaleras y se acerca más a la segunda planta. Parece ser el mismo tipo del bar. Iván, le dijo Éveril, pero viste más formal que la última vez. Usa un traje entero que parece de gala, lleva una flor blanca en su bolsillo y su cabello rojizo va peinado limpiamente hacia atrás. La oscuridad no me permite ver bien, igual podría decir que parece más maduro, aunque tal vez solo sea la barba.

El hombre se encamina al descanso donde estoy y compruebo que, en efecto, no puede verme. La sensación es enervante.

Va a una de las puertas en el pasadizo y toca de manera confiada.

—Iv, soy yo.

Me acerco mientras él espera.

—Iv, solo...

La puerta se abre.

Un despeinado Éveril se asoma con una sonrisa estúpida y el cuerpo medio desnudo. Su cabello va más corto y las sombras acentúan los relieves definidos en su torso.

—El apuesto Iván. Me alegra verte —suena ebrio.

Iván parece alarmado y mira a los lados.

—No había escuchado de ti —le dice reponiéndose—. Quería saber cómo estabas.

Éveril esboza una media sonrisa, como complacido.

—Tú y tu hermosa carita, siempre tan atento.

Iván suspira.

Dentro de la habitación se escucha una risita. Luego, detrás de Éveril, aparece una muchacha bastante guapa con unos cabellos negros desenfadados que intentan cubrir sus pechos. Luce ebria también.

—Parece que estás bien —le dice Iván con clara desilusión e intentando esquivar con la mirada la desnudez de la chica—. Me alegro por ti. Yo... debería seguir con mi camino.

—Iván —lo llama con una voz que, de pronto, logra sonar más sobria. El hombre se detiene y le presta atención—. Lo siento. Sabes cómo me pongo por estas fechas.

Iván lo mira indeciso.

—¿Por qué no te unes? —Ofrece Éveril—. Nos estábamos divirtiendo mucho. Y... la verdad no es lo mismo si no estás.

Una luz parece alumbrarle el rostro a Iván.

—¿De qué hablas? —Se repone preocupado y susurra—: la dueña de la posada puede sospechar. Ella misma me abrió.

Éveril pone los ojos en blanco, luego se acerca y le toma la barbilla con dulzura y sensualidad.

—¿Te quedarías?

Iván parece no poder articular palabra.

—¿Por favor? —Ruega Éveril.

Iván asiente al fin, con una sonrisa asomándosele en el rostro.

El lugar colapsa en una lóbrega y húmeda neblina que se alumbra con lo que parece ser una luz vespertina.

VI

Parece que acaba de llover, la calzada del bulevar está empapada, así como la poca vegetación que adorna el lugar.

Varios edificios se alzan alrededor, el lugar tiene pinta de citadino. De en medio de un cúmulo de neblina, sale una figura. Pronto reconozco la cara angulosa y los ojos grises: es Éveril. Lleva un semblante abstraído, pero camina con paso resuelto. Detrás de él, aparece otra silueta. También viene con paso decidido; su mirada puesta en Éveril. El sujeto acorta la distancia entre los dos y lo oigo hablar.

—¿Iv? —Llama inseguro. Ahora lo reconozco, aunque no hay duda de que los años han pasado por él. Se aclara la voz—. ¿Iv? Iv-vril, soy yo.

Éveril lo escucha y se detiene en seco. Su rostro dice que es una sorpresa escucharlo, pero no parece ser una buena. No se da la vuelta.

—Yo… entiendo que han pasado muchos años —habla Iván—. Sé que me dijiste que no te buscara, pero… —duda—. No pude. Solo dime por qué.

—Iván, es mejor que te vayas.

Iván parece molesto, intentando contener las lágrimas.

—No —el pecho se le ensancha de más cuando respira.

Éveril mira al cielo, cierra los ojos y suspira.

—Por favor, vete y sigue tu vida. Olvida que estuve en ella.

—No —reitera y se adelanta. Luego toma a Éveril del hombro y lo voltea—. Merezco…

Su cara es de confusión.

—¿Cómo…? —Está boquiabierto.

Ahora que están de cerca, sobresalta la diferencia de edades. Éveril sigue pareciendo de unos 25 años, mientras que Iván se ve en los cuarentas.

—Iv. Es decir, siempre bromeamos de que eras excepcionalmente conservado, pero esto es impresionante.

Éveril se encoge de hombros.

—¿Y por esto desapareciste?

Éveril no habla de inmediato.

—No estoy seguro. Tal vez. Desde que cumplí 26 supe bien que algo había cambiado. Intenté ignorarlo durante los años que estuvimos juntos, pero luego no pude más. Tuve que alejarme, pensé que estaba perdiendo la cabeza.

—Y... todo este tiempo —Iván parece estar dejando de luchar contra las lágrimas—. Hubiera querido que me lo contaras. ¡Eres un maldito imbécil, Iv! ¿Sabes lo que sufrí todos estos años? ¡Una década! Uno pensaría que se puede sacar a alguien del corazón en una década.

Éveril recibe el escarmiento, pero no le quita la mirada. Una lágrima también corre por su mejilla ahora.

—Lo siento —dice en un hilo de voz.

Iván parece estar decidiendo entre golpearlo o abrazarle, pero hace lo último.

—Todo este tiempo...

VII

Un parpadeo me lleva a una habitación modestamente decorada. La húmeda neblina es ahora una mañana soleada que se puede ver por las ventanas del lugar. Allá abajo se alcanza a ver una ciudad ajetreada. De entre todos los locales resalta un letrero que dice *Barbería Valinto*.

—Pudiste utilizar una ilusión, eludirlo —dice una voz con acento extranjero.

Volteo a ver y doy con su dueña. Es una mujer de ojos rasgados, delicada en apariencia, pero con un temple imperante. Parece solo apenas mayor que Éveril, al menos en apariencia.

—Sí —le contesta Éveril, sentado en otro de los sillones de la sala donde estamos.

—Y no lo hiciste, porque...

Éveril duda.

—No pude. Es decir, sabes que puedo, pero...

—No quisiste.

Éveril la mira culpable.

—Todo este tiempo... Creo que recordé lo solo que me siento.

—Auch.

—No, Val. Perdón. Quiero decir, sabes lo que él significó para mí en algún momento. Iván estuvo ahí para mí cuando nadie más lo estuvo. Y yo lo abandoné.

—Solo bromeaba. Escucha, tú mismo fuiste quien decidió dejarlo por fuera. Y, aunque me duela aceptarlo, no fue mala idea. Sabes que no entenderá la mitad de las cosas; él no es un hechicero.

—Lo sé, pero no creo que sea capaz de alejarlo una vez más. No creo tener la fuerza. Necesito a otro conocido.

Éveril se frota el frente frustrado.

—Quisiera entender por qué la gente que no practica magia puede percatarse de mi...

Vacila con cierta amargura.

—¿Longevidad? —Val termina su oración.

Éveril mira hacia afuera disgustado y luego cierra sus ojos.

—Si esto no tiene una raíz mágica —regresa su mirada a Val— ¿entonces de qué se trata? Sé que nos hemos hecho esta pregunta muchas veces, pero por qué no actúa como la magia. Nadie se conserva de esta manera.

Val vacila antes de hablar.

—Siempre existe la posibilidad de que seas una anormalidad de la especie humana.

—Sabes que no. Una vez me sentí humano, pero ahora... —se mira las palmas con desprecio y tristeza.

—Lo que decidas, sabes que te voy a acompañar.

Éveril esboza una media sonrisa sin mucho aliento.

—Tal vez sea bueno —dice Val—. Ya sabes, un nuevo inicio.

—Un nuevo inicio —repite Éveril mirándola a los ojos.

La habitación se desvanece en una penumbra.

VIII

Apenas distingo el callejón que me rodea. El olfato se me satura de un olor a basura y podredumbre, y me percato de que el suelo está encharcado. Doy un salto cuando algo se mueve cerca de mí entre un puño de cosas. El instinto me hace retroceder unos pasos. Es un vagabundo. Vaya desdichado, revuelto entre la basura. No puedo distinguir su rostro; además de la oscuridad, su cabello es una maraña larga que le esconde. Algo me perturba, algo que brilla. Son sus ojos, la poca luz que da en ellos forma un pequeño par de chispas que desafían la oscuridad. Pero su mirada parece inerte, perdida. Y tengo una sensación en el pecho que no podría ignorar si quisiera. No solo se trata de la oscuridad o del olor a podredumbre, sino de una pesadez, de una amargura que se proyecta como un faro y que encandila los sentidos. Es como el licor más amargo que hubiera probado y que no pudiese dejar de tomar, es como una trampa que no dejara una posibilidad de escape, como un peso que estuviera a punto de aplastarte.

De pronto una sombra aparece en un extremo del pasadizo y el corazón me da un salto. La silueta es de una persona encapuchada que lleva un abrigo largo. Esta se empieza a acercar con paso seguro hasta alcanzarnos.

Observa el escenario con detenimiento.

—Si sigues así vas a inundar de amargura toda la ciudad —le dice con un acento extranjero marcado. ¡Es la voz de Val!—. ¿Qué puede angustiar tanto a una persona?

El sujeto en el suelo permanece estático.

—Estoy seguro de que hasta alguien poco sensible podría percibir lo que irradias —continúa—. Pero ellos no percibirían algo más, algo que solo algunos podemos percibir.

Ninguna respuesta.

—No soy muy fanática del tema del destino, pero quiero creer que aquí no es donde deberías estar. Llevas algo dentro de ti muy valioso.

Es como si hablara con una estatua.

—¿Iv-vril? Ese es tu nombre, ¿no?

¿Éveril? ¿Esa persona...?

—Escucha. Lo que voy a decir a continuación va a ser difícil de entender, pero vale la pena que prestes atención. No sé mucho acerca de ti. Sé lo suficiente para decirte que llevas contigo un poder increíble. Mejor dicho, llevas un potencial esperando ser explotado. No sé cómo nadie lo había notado antes. Te salvaste de que llegué a esta ciudad. Debajo de toda esa amargura que proyectas, puedo sentirlo con claridad: una Llama Inquieta que desea ser despertada. Dime algo, ¿acaso te has topado con cosas extrañas en tu vida? Muy extrañas. ¿Sueños, sucesos, habilidades? Debe haber algo que no logres explicar. Yo podría ayudarte a encontrarle una explicación.

Los ojos de Éveril por fin dejan de ser de piedra y la miran con intensidad.

—Ah, eso es un avance. A ver, es hora de salir de esta oscuridad y alimentar los fuegos —dice Val mirando alrededor—. También de darse un baño. Te ofrezco un nuevo inicio. ¿Qué dices? —Le ofrece una mano.

La oscuridad que nos rodea se estremece y comienza a agrietarse en espacios de luz.

IX

El frío de una tarde lúgubre me eriza la piel. El viento mece las ramas de los árboles que nos rodean y vuela una que otra hoja del motón que yacen en el pastoso suelo. Estamos en un cementerio. La gente está partiendo, se alejan poco a poco. Solo dos personas permanecen cerca de la lápida que luce más nueva que las demás. Todavía la intemperie no le ha puesto su marca.

Me acerco a mirar el nombre en la piedra y me arrepiento de hacerlo.

Unos sollozos discretos llaman mi atención. Éveril hace un intento por contenerse. Val lo acompaña con una mano en el hombro. Ella se ve mucho más madura que cuando la vi por primera vez hace unos momentos.

Éveril parece querer articular algo mientras que lucha contra el llanto.

—Ni siquiera 50 años —logra decir.

Val aprieta su hombro. Ella también parece haber estado llorando.

—No pude salvarlo.

El llanto le gana.

Val lo abraza.

—No es tu culpa, Iv.

Éveril se desprende.

—No entiendes, ¿verdad? Mírame.

El rostro de Éveril, aunque irritado por el llanto, disfruta de una agraciada jovialidad. Ahora hace contraste con el semblante un poco más sazonado de Val. Ella frota sus hombros.

—Tengo miedo, Val —las lágrimas escurren por sus mejillas—. ¿Qué tal si esto no para? ¿Qué tal si tú…?

—Shhh —lo apacigua—. Iv, un día a la vez. Vamos a resolver esto. Intenta respirar. Un día a la vez.

Éveril asiente.

—Por ahora lamentemos la partida de nuestro amigo. Se merece nuestros respetos.

Éveril vuelve su mirada hacia la lápida y con una mueca intenta contener su llanto.

Otra lágrima corre por su mejilla.

X

El sol me calienta la piel con un cálido abrazo. Parece un hermoso día primaveral, extendido en espacios verdes, salpicados de flores campestres. No se ven montañas en el horizonte y provoca que el cielo parezca más extenso. A un lado me encuentro con una casa modesta que apenas está acompañada por varios árboles de cerezo. A la redonda se levanta una que otra vivienda; sin embargo, el espacio parece desentendido de las tribulaciones de lo urbano. Un aire de tranquilidad se respira en el lugar.

Un ligero murmullo de cascos parece acercarse. Es una carroza que se aproxima a la entrada de la casa, halada por un par de caballos. Vienen por un camino escoltado por árboles de pino.

La carroza entra en la propiedad donde estoy y se acerca hasta la casa. El conductor se estaciona cerca del frente y yo me acerco para mirar mejor. La puerta de la carroza se abre y Éveril sale de esta con una sonrisa plena. Lleva una chaqueta café y un sombrero del mismo color. Su cabello está corto, lo que lo hace ver mucho más joven. Al bajar, mira a su alrededor con afecto, luego se vuelve al interior de la carroza y pronuncia unas palabras que no entiendo. Parece estar llamando a alguien. Por la puerta se asoma un muchacho moreno de rasgos suaves, un rizo desenfadado le cae en la frente. Éveril le da una mano para que baje, aunque él, claramente, no necesita de su ayuda. El muchacho la toma, no sin antes mirar a su alrededor. Éveril parece apaciguarlo con una palabra que no entiendo.

Una vez abajo, Éveril va hacia el frente de la carroza y le habla al conductor.

—Espere un momento, por favor —le indica.

Luego va hacia la casa y sube de una zancada las gradas hacia el porche. Una vez frente a la puerta, toca con energía.

—¿Mamá?

Toca de nuevo.

Unos momentos después la puerta se abre y una Val entrada en años asoma su rostro. Debe andar en unos tardíos cuarentas.

La emoción de ver a Éveril logra iluminarle el rostro.

—¡Iv!

Éveril la abraza.

—Te extrañé mucho.

Una vez que se separan me percato de que Val no solo se ve más adulta, sino que su semblante no pinta muy saludable.

—¿Cómo estás? No hubiera querido decir esto de primero, pero te ves un poco... afectada —confiesa preocupado.

Val se ríe.

—Y tú te ves más joven que nunca. Cada vez que cortas tu cabello, te quitas cinco años.

Éveril hace un murmullo.

—¿Te estás cuidando? —Inquiere represivo.

—Tanto como puedo —responde Val desinteresada—. ¿Vas a presentarme a Varip o me vas a sermonear más?

—Por supuesto —acepta con gusto y se dirige al muchacho aún en el patio—. ¡Varip, ven acá! Varip todavía no habla mucho español, pero ya entiende bastante —le explica a Val.

El muchacho llega hasta donde están ellos.

—Varip, ella es mi madre, Val —dice y luego habla unas palabras que ni yo ni, al parecer, Val entendemos. También acerca su rostro al lado del de ella como demostrando algo.

Varip suelta una risilla modesta.

—Le dije que si puede ver nuestro parecido —le aclara.

—Por eso lo adoptamos —le explica Val a Varip—, por la obvia semejanza.

Varip se ríe de nuevo.

—Mamá, quiero mostrarte la sorpresa de la que tanto te hablé. Bueno, en realidad Varip es quien lo va a hacer.

—¿Ah sí?

Éveril le dice algo a Varip y este asiente. Luego Varip le dirige una mirada fija y afable a Val. De pronto, ella suelta un grito ahogado y Varip esboza una sonrisa.

—¡Éveril! —Dice asombrada.

—Sorpresa.

—Lo es. También estoy encantada de conocerte —le responde Val—. No todos los días se topa uno con practicantes de magia.

Varip hace una ligera reverencia.

—Me ha estado enseñando algunos trucos interesantes —añade Éveril—. ¿Recuerdas cuando leímos que se puede visitar a alguien en sueños?

Val los mira con interés.

—Quiero escuchar sobre eso. Pero vamos, traigan sus maletas. Hyo-ri se va a emocionar cuando se entere de que están aquí. Y ni hablar de tus hermanas, Iv-vril.

XI

Las sombras regresan en un remolino y se transforman en una sala de estar alumbrada con varias lámparas. Una reconfortante chimenea crepita en un silencio amortiguado. La luz cálida le da una apariencia acogedora al espacio, sin embargo, casi me parece percibir una pesadez familiar en el lugar; una que ya había percibido antes, como en aquel callejón oscuro. Éveril descansa con la mirada perdida, sentado en una butaca a un lado de la chimenea.

Una puerta se abre y Varip entra con un semblante atribulado, lo cual le añade cierta madurez ganada en su rostro ya. A juzgar por eso, debe haber pasado un buen par de años desde la última vez que lo vi. Trae consigo una bandeja con un emparedado y una jarra con algo que humea. Pasa adelante y lo coloca en una mesa de centro frente a Éveril. Luego se agacha de cuclillas junto a él.

—*Matub* —le dice con cariño poniendo una mano sobre su muslo—. Amor, debes comer algo.

Éveril está ido en las llamas que arden en la chimenea.

Varip acaricia su muslo y lo mira a los ojos, pero Éveril no cede.

—*Matub, Deren.*

Nada.

Varip da un resoplo con una pizca de resentimiento y se levanta.

—Iv, aún quedamos aquí en la tierra personas que te amamos —habla con un acento—. No necesitas apartarnos así. Y tampoco que descuides tu salud.

A Éveril se le escapa una risa irónica.

—¿Qué? —Reprocha Varip.

Éveril voltea su rostro al fin.

—Tienes razón, debo cuidar mi salud.

Varip lo mira con frustración y enojo, y sus ojos empiezan a brillar.

—No hay necesidad de ser un imbécil —logra decir, su acento es aún más notable. Luego hace un intento por reponerse—. Hyo-ri está aquí, vino a verte. Sé lo que Val significaba para ti, pero intenta no hacer un número —le informa y se va sin mirar atrás.

Éveril cierra sus ojos con un remordimiento inmediato y luego se restriega el rostro con las manos. Luego de botar el aire, como si lo hubiera estado conteniendo todo el rato, mira con arrepentimiento la merienda que le trajo Varip; toma el jarro con lo que puede ser chocolate y le da un sorbo con culpa.

La puerta se vuelve a abrir con cautela y se asoma un señor de ojos rasgados que podría tener más de sesenta años. Tiene una apariencia benevolente, aunque también luce un tanto atribulado. Éveril se percata de su llegada y se pone en pie para recibirlo. Los dos parecen estar atónitos, de pie en el lugar.

Finalmente, Éveril rompe el momento y se adelanta a darle un abrazo. Parece empezar a llorar, pero es como si su llanto no pudiera salir del todo, como si estuviera cansado. Éveril se aparta.

—Lo siento, Hyo-ri —le dice con voz quebradiza—. Lo siento por no ir a... —solloza—. No podía verla partir, no...

—Está bien, Iv —le consuela con mirada amable frotándole los hombros—. Está bien. Quería venir a comprobar que estuvieras bien. Sabes que eras muy importante para Val. Eras como su hermano, como su hijo. Para mí también, Iv. No ha sido fácil para nosotros tampoco. Alma y Hana te quieren como a un hermano. Eres su hermano. No tienes que pasar esto solo; nos tienes a nosotros, tienes a Varip. Somos tu familia.

Las lágrimas corren discretamente por el jovial rostro de Éveril. Triste, agobiado; no obstante, vitalizado y terso como el rostro de un muchacho que despierta regenerado de una espléndida noche.

—Tengo miedo, Hyo-ri —confiesa—. Cada vez más. ¿Qué va a pasar?

—Ni el mejor hechicero sabe con exactitud el futuro, Iv —su voz adulta le da aún más peso a la oración—. Solo nos queda vivir el presente. Si dejas que el miedo te aterre, te perderás de lo que está sucediendo ahora.

—Pero...

—Solo nos queda el presente.

La habitación se disuelve en un humo con olor a tabaco y tengo que empezar a despejar el ambiente con mis manos para no sofocarme.

XII

La música en vivo invade el lugar. Poco después, el humo se disipa dejando solo su esencia detrás. Es un bar. Éveril está sentado en una butaca en la barra, encorvado, con su mano en la agarradera de una jarra llena de un líquido espumoso, pero no toma de esta. El ambiente de luz tenue y cálida acompañado de algarabía y música lo envuelven, pero él parece estar exento.

Un hombre adulto aparece y se sienta junto a él sin decir nada. Se me hace bastante conocido, aunque no logro ponerle un nombre al rostro. El que atiende la barra se acerca para tomar su orden. Es un individuo joven, moreno y va en camiseta exponiendo unos brazos robustos y definidos.

—¿Qué te sirvo, cariño? —Le dice con una voz varonil al recién llegado. No se lo dice en mofa o en confianza, más parece como un discurso de venta.

El hombre parece reaccionar un tanto incómodo, pero simplemente sigue la corriente.

—Una jarra de cerveza local, por favor.

Esa voz...

El tipo mira a Éveril y parece sorprenderse.

—La cerveza local de aquí tiene muy buen sabor. A veces me pregunto si le ponen un ingrediente adicional —comenta con gracia el hombre—. En ningún otro lado me sabe así.

Éveril no dice nada.

—¿Y qué hace un muchacho como tú aquí?

—Escuche, no quiero ofenderlo —habla al fin—. Hoy no ando con ese humor.

—¡Oh! —El sujeto se sobresalta—. No, disculpe. No le hablaba con esa intención. Yo no... es decir, yo vengo a acompañar a mi esposa. Ella viene a salir con sus amigos. ¿Ve?

—Le demuestra señalando en una dirección.

Allá, a donde apunta, una mujer está riendo y bailando con tres hombres adultos. Si los viera en la calle pensaría que son ciudadanos recatados, yendo a lugares de gente "seria y centrada". Justo en ese momento, dos de ellos se besan. La mujer se ríe a carcajadas y con la mano libre, la otra sostiene una bebida espumeante, le toma el rostro al otro hombre y le planta un beso.

Nada pasado, solo un simple beso. Los cuatro se echan a reír y chocan sus bebidas para luego dar un buen sorbo.

—Pensé que era su esposa —comenta Éveril.

El hombre inclina su cabeza con una expresión cómica.

—Lo es. Somos un poco... diferentes.

—¿Qué significa eso? ¿No le pone celoso?

—No, ellos son solo amigos. Em, es decir, no es como que andemos besando a todos nuestros amigos. Con ellos es... diferente.

—Ya veo. Supongo que no es como que se la vayan a robar.

—Algo así —dice con una risilla culposa.

—¿Y usted...? ¿Es un matrimonio de fachada? —Éveril parece arrepentirse de preguntar eso—. Perdone, no debe contestar.

—No, no. Descuide. No, no es de fachada. Estoy realmente enamorado de ella. Sin embargo, es cierto que nos gusta experimentar de vez en cuando. Aunque no es el tema...

—Interesante —aprueba Éveril—. Vaya, no vengo a Valinto en un par de años y cuando regreso me encuentro la gente cambiada. Y pensar que yo me sentí valiente por andar a escondidas en mis épocas.

—¿Sus épocas? —Pregunta extrañado.

—Ah, solo es un decir —le quita importancia, casi molesto.

—No, pero las cosas sí cambian, muchacho. En mi época de adolescente un lugar así, incluso en la ciudad, era imposible.

—Pues, no es como que estemos en el bar más prestigioso de la ciudad.

—En efecto —acepta con gracia—. Pero algo es algo. Cada generación ejerce un cambio, aunque sea poco.

Éveril asiente abstraído.

—Bueno, me gustan sus ideas —le comenta al fin.

—Gracias. Si le interesa, puede leerme en una columna que escribo para una revista local. Así al menos tendría un lector. Bueno, dos con mi esposa.

—¿Es escritor?

—Eso intento. Espero algún día escribir más que una columna. Eh, es lo que hay por el momento.

El hombre que tomó la orden antes se aparece con la jarra de cerveza.

—Mis disculpas, tuve que ayudar a sacar a un borracho del baño —dice molesto.

—Descuide —le agradece—. Bueno —mira a Éveril alzando la jarra—. Por el cambio y las nuevas generaciones, supongo.

Le insinúa el brindis a Éveril y este levanta su jarra, no sin antes mostrarse reacio.

—Salud —brinda sin mucha emoción.

—Salud —replica el hombre más resuelto—. Oh, y por los nuevos encuentros, por supuesto. Mucho gusto, me llamo Bénez. Bénez Clement.

La agrupación musical termina su canción y es felicitada con un aplauso y unos cuantos vítores.

—Iv-vril. Un gusto, igual —se presenta Éveril, pero la bulla ahoga su voz.

—¿Cómo dijo? —Pregunta Bénez alzando la voz para dejarse escuchar.

La bulla decrece y Bénez lo intenta de nuevo.

—Perdone, ¿dijo… Íveril, Éveril?

Éveril parece perdido un momento, como si no tuviera la respuesta en su mente.

—Éveril… —saborea el nombre en su boca y Bénez lo mira un poco extrañado—. Éveril, sí —regresa en sí—. Éveril.

—Éveril —repite—. Bonito nombre. Suena capitalino, ¿es de allá?

—Oriundo, sí.

—Ya veo. Y bueno, al final de cuentas, si no le importa responder, ¿qué hace entonces un muchacho tan joven, capitalino como usted, en un lugar de Valinto así? Un bar de

viejos homosexuales. Estoy seguro de que existen otros sitios más ajustados a su edad, sin ofender los gustos —aclara.
Éveril esboza una ligera sonrisa.
—Supongo que es como dice usted: nueva generación, nuevo cambio. Quizá solo estoy buscando empezar de nuevo.
—Suena bien. Por empezar de nuevo —alza su jarra una vez más.
Éveril le brinda una media sonrisa y secunda el brindis.

El espacio colapsa en una acuarela escurrida que pronto es imposible de interpretar. Y de pronto tengo una extraña sensación: es como si yo mismo fuera tan difuso como los colores borrosos que me rodean; es como si me estuviera diluyendo entre las sombras y las luces que se transforman con rapidez. Por más que intente contenerme es inevitable, tan solo puedo sentir como me hago parte de todo.

32

En sus zapatos

I

Los colores revolotean hasta que terminan por transformarse en siluetas y formas. Poco a poco, todo empieza a cobrar nitidez, como el papel que tengo frente a mí. Parece una carta. Pero mis manos... ¿Por qué tengo la extraña sensación de que no son mías? En un momento no puedo quitarme la idea de la cabeza; al siguiente, se empieza a disipar en tanto la nitidez se asienta a mi alrededor. Me encuentro en una pequeña recámara, sentado al borde de una cama individual. El techo va inclinado de un lado de la habitación y una ventana forma una pequeña entrada en este. Solo puedo ver terrazas de edificios desde aquí.

Regreso la mirada a la carta.

Deren Iv,

Gracias por romper el silencio y escribir, no dejé de pensar en ti en todo este tiempo. Me trae mucha alegría saber que has encontrado un poco de estabilidad. La vida en Marsa se siente muy extraña ahora que no estás, pero, poco a poco, voy aceptando que fue por un bien común. Por favor, no dejes de escribir. Tampoco dejes de escribirle a Alma y a Hana. A ellas les tienes más cerca, al menos no necesitas cruzar un mar, solo una provincia. Alguna vez podrías visitarlas. No debes cargar con esto solo. A pesar de que tomaras este camino, seguimos siendo tu familia. Yo seré tu familia hasta el día en que muera y espero que vengas a visitarme aun cuando sea una pasa. Lo siento, sé que odias esos chistes. Solo espero que encuentres la paz que buscas. Intenta dejar de pensar en mí como alguien muerto. No te olvides de mí para siempre.

Varip.

El pecho se me estruja y los ojos se me humedecen.
Los extraño.
¿Los extraño?
Alguien toca la puerta de la habitación y doy un salto.
—¿Éveril, estás ahí?
—Sí —mi voz me resulta extraña, como si fuera de alguien más.
Me limpio los ojos para borrar algún rastro de emociones y me levanto a abrir la puerta.
Bénez está del otro lado cuando abro.
—Adelante.
—Descuida —me dice de manera amigable—. Solo quería decirte que tuve aviso de mi conocida. Dice que tiene espacio para que vayas hoy.
—Estupendo. Justo tengo el día disponible.
A Bénez se le escapa un resoplo gracioso.
—Tú y muchos otros artistas. Será mejor que te vistas bien; son excelentes personas, pero tienen cierto estatus social —dice palmeando un bolsillo—. Querrás dar una buena impresión.
Asiento.
—Gracias por el contacto.
—De nada, somos hermandad. Escucha, no se supone que te dijera esto, pero es posible que también te ofrezca una habitación. Sé que tienen un apartamento en desuso que desean

ocupar. El punto es que no tienes que irte si no quieres. Puedes quedarte aquí cuanto desees. Puedes ayudarnos con algunas cosas y con eso basta, nos gusta tenerte aquí.

—Te lo agradezco, Bénez, pero no quiero abusar de tu amabilidad. Sin mencionar que estoy tomando la habitación de uno de tus hijos.

—Uno que ya hizo su vida. Bueno, las puertas están abiertas. Tú sabrás. No llegues tarde —me dice resuelto y se va con una media sonrisa.

—Espera, ¿cómo dijiste que se llama?

—Lilian —se vuelve mientras sigue caminando—. Lilian Gábula.

II

El espacio se revuelve en un rastro borroso de colores y entonces me encuentro sentado frente a un piano. Mis dedos presionan un juego de teclas y un sonido envolvente y sostenido sale del instrumento frente a mí.

—Bénez me había dicho que eras bueno, pero la verdad estaba siendo modesto. Todo estuvo maravilloso. Y tienes una técnica bastante clásica.

Vuelvo la mirada. Es una mujer de tez pálida y con una cabellera larga, ondulada y rojiza. Debe pasar los cincuenta y tiene una jovialidad y soltura en la manera de expresarse que invita a sonreír.

—¿Así que nada menos que el Conservatorio Nacional de Música? No me extraña que seas un portento. ¡Qué darían muchos por estudiar ahí!

Eran falsas mis credenciales y cartas de recomendación, pero sabía lo suficiente al respecto de la institución como para fabricar las suficientes ilusiones que respaldaran mi mentira. El tiempo libre que tuve me sirvió para cocinar estos conjuros.

—Por supuesto —concuerdo—. Aunque debo decir que mi madre fue la profesora más estricta que pude tener, ella estudió ahí también —percibo el latido de mi corazón al decir lo último. Es verdad.

—Muy afortunado. Pues me alegro de hacerle caso a las señales, Éveril. En buena hora. Ven, toma asiento para que conversemos. El agua para el té ya debe estar lista.

Lilian me indica unos sillones de la misma sala donde estamos y se va ligera a traer el té. Unas sedas holgadas le flotan detrás al caminar.

Momentos después, regresa con el refrigerio y lo coloca en una mesa del centro. Luego, toma asiento con una sonrisa y pone sus manos sobre los regazos, decidida.

—Verás, tal vez Bénez te comentó un poco, tengo muchos estudiantes al momento. Y aunque quiero enseñarles a todos, se me parte el corazón, pero simplemente no me alcanza el tiempo y la energía. En el conservatorio de Valinto nadie más tiene tiempo y aunque pensé en intentar con alguno de mis mejores estudiantes, decidí seguir la intuición y darte la oportunidad de probar por el puesto.

—Gracias —le doy un sorbo al té que me preparé—. Y gracias por el té.

—Con gusto. Después de tan magistral demostración, solo puedo hacerte una oferta: si te parece, me gustaría que entrenes a los novatos para las pruebas del conservatorio. Verás, muchos desean audicionar para conseguir un espacio y yo suelo aceptar dar clases privadas si son prometedores. Me puedes relevar con esos. Además, me gustaría que des tutorías a mis estudiantes. Los detalles técnicos los podemos concretar luego. Empezando con esta carga lectiva, ya tendrías bastante en tus manos. Si todo esto sale bien, existe la posibilidad de ofrecerte un puesto en el mismo Conservatorio de Música de Valinto. ¿Cómo suena eso?
—Concluye motivada.

—A mí me parece estupendo —le digo y por alguna razón no puedo evitar sentirme de mejor humor.

—¿Sí? ¡Maravilloso! Un detalle más fuera de la música: Bénez me dijo que tal vez podrías estar interesado en hospedaje. Tenemos varias habitaciones disponibles. Si estás interesado, podemos negociar con una renta. Incluso tenemos una habitación afuera, por si quieres más privacidad, y aún serías libre de utilizar la casa. Mi esposo tiene que viajar mucho por sus negocios y mi hijo Arlac no se queda atrás. Además, acaba de casarse. Esta casa siempre ha recibido muchos invitados y ahora parece que está extrañada de estar tan vacía.

—Yo... estaría encantado —le digo contagiado de su vitalidad. Me descubro pensando que lo que sea que ella tenga, quiero ser parte de eso.

—Ma-ra-villoso. ¿Qué esperamos? Ven a conocer la casa.

No hemos terminado la merienda, pero supongo que puede esperar.

Lilian empieza a darme un recorrido guiado. No sé si se trate de su actitud o si la casa tiene muy buena iluminación, pero parece un día encantador.

Y andando tras ella conociendo el lugar, algo me sorprende. No sé si me emociona o me aterra. No sé si sea el destino riéndose de mí o extendiéndome una mano.

Ahora puedo percibir en ella una Lumbre, un saludo de bruja a brujo.

III

Es de día, pero los colores carecen de vida. Comparto una conversación en la mesa de la cocina con Bénez y Lilian. Tomamos un té que me resulta amargo. Hace juego con el peso que siento en el pecho.

—Es difícil hablar al respecto, no voy a mentir —giro mi taza ansioso—. A veces es aterrador.

—¿Cómo sobrellevas… tantos años? —Pregunta Bénez. Sé que está tratando de mesurar su curiosidad con dificultad. No lo culpo. Lilian me sugirió que sería buena idea contarle, que algo bueno podría salir de hacerlo, y lo consentí porque Bénez tiene una afinidad especial con su prosa cuando habla de los sentimientos y la existencia humana. Su Lumbre es inquieta, esa debe ser la razón. Empero, a su edad es muy tarde para que la controle a voluntad. Lástima. Y bueno, le tomó vario tiempo creerme. Con Lilian fue más fácil. Uno, es practicante de magia, y dos, ella presiente *cosas*. Su Percepción de Vestigios es excepcional. Prácticamente me invitó a contarle de ese *algo* que me atribulaba y no pude negarme a hacerlo. Siempre pienso que puedo llevar esto solo; no obstante, el tiempo me sigue contradiciendo.

—Nunca he dejado de tener veintiséis —intento explicarle—. A esa edad todo cambió. Fue tan claro como el día de la noche y no me he sentido un día más viejo desde entonces. Mi mente, sobre todo, sigue siendo la de alguien en sus veintes. Aunque hayan pasado más décadas de las que me atrevo a contar, es como si no lograra madurar más allá de esa edad. No ha habido enfermedad ni mal que me hagan marchitar. El tiempo no pasa por mí, pero…

—…tú si pasas por él —Bénez termina la frase con una expresión absorta. Casi puedo ver en sus ojos como contienden las decenas de conjeturas que deben estar inundando su mente—. Un ser inmarcesible —ahora me dedica una mirada con discreta fascinación.

Asiento, con un peso en el pecho, recordando cuántas veces esa idea ha ardido en mi mente.

—Ni el daño autoinfligido me ha conseguido que deje de… vivir —confieso esperando que no sea mucho para sus oídos—. Por más joven que me sienta, otra parte de mí está llena de recuerdos y emociones. A veces es casi insoportable, y digo casi porque aunque quisiera que me consumiera y me exterminara, nada lo hace. En ocasiones, creo que choqué contra una pared temporal invisible que no me deja avanzar, mientras que todos los demás lo hacen. Verlos envejecer y luego... partir es complicado, por decirlo de alguna manera.

Casi puedo sentir la amargura abrazarme y hago el mejor intento de hacerla a un lado. Es como una sombra oscura que tiene una fuerza atrayente por sí misma. Se ha convertido en una horrible compañera que me hostiga constantemente. A veces más, a veces menos. Y no es placentero cuando me gana. Justo ahora me susurra al oído, me eriza la piel y me abruma con su esencia de desesperación.

—Increíble, y aterrador, por supuesto —repara—. Si no te molesta contestar, ¿cuántos años hace ya que tienes veintiséis?

Intento no mirar la oscuridad, que parece estar contaminando más la habitación. Me concentro en la taza, le doy vueltas entre mis dedos. Usualmente no pienso en el número exacto, no es una cantidad que me emocione.

Intento contestar, pero Lilian me toma de la mano y habla primero.

—Tal vez es suficiente por hoy. Me alegra que puedas contarnos esto, Éveril —su voz resulta refrescante y tranquilizadora. Ella puede hacer eso—. Con suerte ayude a aliviar tu carga. Además, Arlac está por venir.

Al fondo se puede escuchar el sonido de una puerta al abrirse. Debe ser la principal. La puerta se cierra y es seguida por un par de pasos que se acercan cada vez más. Por el umbral que conecta al comedor aparece Arlac. Cuando lo conocí parecía llevarme unos cuantos años. Ahora no hay duda de que me lleva más de una década. He tenido que ir implementando algunas ilusiones con él y con su padre para que no sea tan obvia mi situación.

—¡Hola! —Nos saluda a todos al entrar y se va directo hacia Lilian para darle un beso en la mejilla—. Mamá.

—Amor... —le acaricia el cabello.

Arlac le da la mano a Bénez y luego me saluda con un abrazo.

—Ev, ¿sí vienes conmigo, verdad?

—Por supuesto —respondo aliviado de poder salir y poner la mente en otra cosa.

—¿A dónde, amor? —Pregunta su madre.

—No quería decirte antes de estar seguro. Tal vez esté por hacer una de mis ventas más grandes. Sabes que los dueños del Maristal nos contactaron a papá y a mí hace tiempo para ponerlo en el mercado y ha sido una venta difícil, pero encontré unos muy buenos prospectos que están interesados. Son del otro lado del charco, es una familia adinerada que quiere invertir aquí en Valinto. Hablan español, pero me pidieron tener un traductor de somarso, por si acaso, por eso necesito la ayuda de este notable caballero —pone su mano en mi hombro.

—Ya veo —aprueba Lilian—. En ese caso, no se demoren —nos dice y me mira a mí con una sonrisa dibujándosele en el rostro—. Ve.

IV

Estoy recostado en un sofá, leyendo el diario de Velina. No sé por qué, pero hay algo acerca del siguiente registro que no me deja en paz:

"*23 de noviembre*

*Soy.
Miento, entiendo, niego.
Sin amar, juzgar, envejecer, obedecer.
Curo un lamento, tomo otro*".

Velina parece intercalar una especie de poesía bastante abstracta en medio de sus recuentos. Escribe, hasta cierto punto, de una manera desasociada. Y aunque no logro captar un mensaje literal la mayoría del tiempo, creo hallar una conexión inexplicable con sus palabras. Sé que es egocéntrico de mi parte, pero siento que me conocía.

El texto continúa:

> *"Es cierto que los días parecen confusos y grises si uno ha perdido a quien ama. Aunque debo confesar que no es tan difícil como en otros tiempos. *Pude amar, reír, aspirar, dar. Olvidé, juré, amé, di el alma.* Pero ahora solo pienso, que *ganar requiere amor, no poder*. Una lección que NO debo olvidar".*

—Pensé que te habías olvidado de esa baratija. Hace tiempo no te veía leyéndolo.

Levanto la mirada y me encuentro a Lilian al otro lado de la habitación. Estamos en la sala donde habita el piano largo.

—Agradécele a tus lecciones de Percepción —la embromo y me incorporo—. Al principio me pareció una fruslería. Curioso, pero fruslería de todas maneras. Y le perdí el interés. Después de intentar lo que me has estado enseñando, siento una extraña atracción hacia él. Es esta fecha en específico. ¿Cómo sé que no solo es mi imaginación?

—Solo el tiempo y la práctica te pueden otorgar la confianza.

—Si tú lo dices. Si soy honesto, presiento que lo estoy imaginando. Ya te he dicho que nunca he tenido afinidad en este tipo de Percepciones. No sé, Lilian.

—Eres muy precipitado. Y sí, aun alguien de tu edad puede ser precipitado. No me hagas esa cara.

Una punzada oscura me cruza en el pecho.

—Este tipo de Percepción es un arte bastante sublime —continúa—. Es como querer averiguar la dirección del viento con tu tacto cuando las corrientes no son fuertes. Necesitas detenerte e intentar percibir la sutileza de la ventisca susurrarte en la piel.

—De todas maneras, ¿quieres intentarlo tú? —Le ofrezco el diario.

Me mira con ligera represión.

—No creo que sirva de mucho —lo recibe—. Si te llama a ti, será porque tiene un asunto contigo.

Lilian revisa el objeto en sus manos y parece poner sus pensamientos en la página abierta que le di.

—Nada —me lo devuelve resuelta—. ¿No has hablado con Ciro? Tal vez sepa algo más.

Se me escapa una mueca.

—Las cosas no terminaron muy bien, sabes que no estoy para nada serio. Técnicamente somos amigos, pero... no sé.

—Si tú lo dices —concluye entretenida—. Sigue intentando. Buenas noches.

—Lilian —dudo un momento.

—¿Sí?

—No sé cuántas veces lo tenga que preguntar... ¿de verdad crees que hubo una razón por la que llegué a Valinto? Aprecio que quieras enseñarme de tus habilidades, sé que quieres ayudarme, pero... no sé cuántas decepciones pueda soportar más. Por eso, justamente, hui la última vez. Por eso vine a la ciudad.

Se le escapa una ligera sonrisa, una que parece llena de compasión.

—Es que ahí está el punto. Huir solo te ha hecho regresar, corazón. A donde vayas, ahí te llevas. Así que la razón la llevas también contigo —se acerca y me toma un brazo con cariño—. Solo necesitas detenerte y escuchar el viento. Cuando logres hacerlo, podrías percibir cosas sorprendentes. Y, ¿quién sabe? Tal vez se convierta en tu amigo.

—¿Mi amigo?

Se encoge de hombros y hace un intento de irse.

—Lilian —vacilo de nuevo. Esto me avergüenza y, en cierta manera, me asusta que me esté convirtiendo en una especie de adicto. Lo ignoro de todas maneras y hablo—. Podrías... lo siento, de verdad, pero, ¿podrías hacerlo?

Ella me mira con un destello de preocupación, como de costumbre nunca con rigidez o molestia, y no contesta de inmediato.

Se le escapa un resoplo.

—Está bien. Solo si prometes trabajar más duro en perfeccionarlo tú mismo. Sé que no te gusta escucharlo, pero ¿qué pasará cuando yo falte? Y dada mi salud, no me extrañaría si secundo a mi difunto marido.

Siento aquella punzada en el pecho, una herida oscura, amarga y profunda que me llama y que a menudo me quiere revolcar. La sombra atrayente que me acosa. Solo pensar en ella me hace flaquear y es peor con el tiempo. Últimamente di con un remedio, es un parche que me alivia temporalmente.

—Por favor no hables así.

—Corazón, si deseas lograr conjurarlo por tu cuenta, necesitarás ser capaz de escuchar esa clase de comentarios y no perder la calma. Y confío en que podrás hacerlo. Lo haré esta noche, pero quiero escuchar que lo intentaremos de verdad.

Me dedica una mirada que en su lenguaje es estricta, aunque solo veo a una madre cariñosa y preocupada del otro lado. A pesar de que soy mucho mayor que ella por bastantes años, mi mente veinteañera no puede evitar sentirse acogido por su carácter maternal.

—Está bien —acepto y un escalofrío me recorre el cuerpo.

—Ven acá —me guía cerca suyo una vez más.

Me acerco y tomo sus manos extendidas, ligeras y decididas como siempre. El contacto físico hace que el conjuro sea más poderoso. Aunque las simples palabras bien proyectadas podrían surtir un buen efecto, yo necesito la dosis fuerte.

Lilian cierra sus ojos para concentrarse y entonces siento un cosquilleo entre nuestras manos. Es una sensación electrificante que indica que estamos teniendo una especie de conexión. Ella pronuncia un par de palabras que no he aprendido aún, pero me dan la sensación de significar paz, armonía y control. Al momento, siento como si una corriente de aire fresco se adentrara en mi mente y me trajera una claridad asombrosa. No puedo evitar soltar un resoplo de alivio. Es como si las tempestades en mi cabeza se domaran lo suficiente para existir en ella sin tener que luchar por mi cordura. Por lo que resta de la noche, me sentiré un tanto normal. Tal vez hasta pueda tener un buen sueño.

—¿Mejor?

Asiento, sintiéndome ligero como una hoja que el viento haría revolotear.

—Gracias.

—No me agradezcas aún. Dijiste que lo harías.

V

Mis pies me llevan acera arriba como si tuvieran voluntad propia. Voy en dirección a casa. Un presentimiento me constriñe el pecho y solo tengo deseos de regresar. Me trato de convencer de que solo es otra absurda corazonada y que no me llevará a nada, como todas las demás. Sin embargo, mis pies van lo más rápido que está dentro del margen de caminar y no correr. Si bien me he esforzado estos años atrás por ser al menos eficiente en la Percepción de Vestigios, hasta el momento solo he probado que el área no es mi fuerte. Por otro lado, terminé despertando estas incertidumbres que no me dejan en paz y que nunca aprendí a interpretar. En general soy bueno ignorándolas, parece que es lo único que me queda, pero hoy es diferente. Hoy mis pies se mandan solos y me llevan de vuelta a casa.

Y, al doblar en la última esquina, antes de llegar, encuentro una escena que retuerce más mi pecho. No me importa empezar a correr. Una ambulancia está estacionada frente a la casa y un par de personas se congregan en los alrededores. Cuando logro acercarme no reconozco a nadie más que a un par de vecinos y no espero para recibir alguna explicación, solo corro hacia adentro. No tardo en adentrarme mucho en la casa cuando me topo a Arlac con los ojos hinchados y hablando con un paramédico. Cuando me ve se abalanza a hacia mí.

—¡Éveril! —Me abraza entre sollozos—. ¡Es mamá, es mamá!

Puedo ver la mirada del paramédico y no es nada alentadora.

—¡Éveril! —Continúa Arlac entre el llanto.

Es como si el tiempo se detuviera, como si fuera eterno, más eterno de lo normal en todo caso. Ya he pasado por esto antes, una cantidad de veces más de lo que puedo costear. Una tempestad quiere irrumpir dentro de mí, una tormenta desgarradora y estridente. Hago mi mayor esfuerzo por aferrarme a las enseñanzas de Lilian, justamente, y no sucumbir del todo. Al menos por Arlac.

Una vez que logra calmar su llanto, se separa de mí y el paramédico se acerca. Me percato de que tengo el rostro lleno de lágrimas y me limpio.

—Lamento mucho su pérdida. Creemos que fue un paro cardíaco, aunque no tenemos nada seguro. Parece que logró tomar asiento o estaba tomando una siesta cuando sucedió. El caballero la encontró en la sala de adentro.

Sentada, como si anticipara lo que le devendría. Por supuesto, Lilian.

—Ya está lista en la camilla. Debemos llevarla al hospital para una autopsia y algunos otros pasos de rutina. Necesitamos que un familiar nos acompañe, solo puede ir uno.

—Está bien —logra decir Arlac.

—¿Estás seguro? —Pregunto preocupado—. Estás muy alterado.

—Está bien, yo puedo hacerlo. Necesito hacerlo —me dice, reuniendo valor y soltando el aire. Ahora es un hombre mayor, entrando en sus cincuentas. En este momento solo veo el treintañero que conocí hace tiempo.

—Debemos partir —nos indica el paramédico.

Arlac asiente.

—Entonces yo los alcanzo por mi cuenta —le digo y acepta.

De inmediato se movilizan y el paramédico acude hacia la sala donde sucedió. Pronto regresa guiando una camilla cubierta, con la ayuda de otro paramédico. Una punzada aguda me traspasa el pecho y quito la mirada. No puedo soportar la imagen. No me siento capaz; la sombra, el agujero, la oscuridad me susurra en la nuca, me eriza la piel, podría resbalar al precipicio sin fondo. El cuerpo entero me tiembla, como si estuviera a punto de derrumbarme ahí mismo.

Arlac se despide de mí y logro reconfortarlo una vez más en un abrazo. Lilian podría haberlo hecho con su especialidad en ese tipo de conjuros, pero yo no soy ella. Después de todo este tiempo, apenas he tenido un avance en ese arte.

—Te veo pronto —se me quiebra la voz.

La puerta se cierra y quedo en un silencio rotundo. Hago mi mejor esfuerzo por sostenerme, pero al fin no puedo hacer más que desplomarme en el suelo. El dolor es simplemente desgarrador y el llanto no me da abasto; son muchos los recuerdos que empiezan a resurgir sin control. Una vez más me siento preso de la oscuridad. Me quiere atrapar en un lodo cenagoso, dispuesto a hundirme y asfixiarme. Es difícil no aceptarla y dejarla que me consuma. La oscuridad tiene una gravedad por sí misma que atrae implacable. Y siento que esta vez me va a llevar consigo sin piedad y me va a convertir en su esclavo.

Con todo, la imagen de Lilian me extiende una mano. Es como un faro en medio de la profunda oscuridad.

No puedo dejarme hundir.

Por su recuerdo.

Sus lecciones, sus conjuros, me llegan como un salvavidas en medio de la tempestad. Como si dependiera mi vida, me logro asir de este y lentamente empiezo a ser arrastrado a tierra segura. Intento enfocarme con toda mi voluntad en sus enseñanzas y las trato de fusionar con la energía de mi Lumbre. Aquellas palabras, inentendibles para mí en otro momento, empiezan a cobrar sentido: paz, armonía, control. Es como si mi boca las reencontrara en un lenguaje oculto y poderoso.

Y las repito una y otra vez.

Poco a poco recobro la conciencia, el temple.

Logro incorporarme. Mis pies aun quieren fallar, el vacío aún me llama dulce y mortífero como un sueño eterno, pero me logro sostener por mi cuenta.

Una risa se me escapa.

Es la primera vez que puedo aclarar la oscuridad de esa manera por mí mismo.

Mis pulmones se ensanchan vastos y libero un resoplo liberador.

Entonces advierto algo más. Es casi un susurro, como cuando el viento apenas roza la piel. Si la última corazonada no hubiera resultado en algo certero, ignoraría esta adrede. Algo me dice que si no atiendo a ella, no podré hacerlo más adelante. Tal vez huya como en otras ocasiones. Necesito este valor. Debo ir al salón donde la hallaron, enfrentarlo.

Empiezo a andar al paso más decidido que puedo accionar, poco a poco. Y logro llegar a la habitación. Está vacía, tranquila. Es como si nada hubiera sucedido. Podría ser cualquier otro día. Un estudiante podría haber partido hace poco dejando atrás ecos de piano o quizá esperaríamos a Bénez por la tarde para charlar hasta la noche. O, aún más, podría haber sido aquel día luminoso y refrescante cuando Lilian me mostraba la casa por primera vez, hace casi veinte años.

Unas lágrimas se me escapan, pero siento algo diferente: apenas percibo el acecho de la sombra.

Por ahora puedo llorar por el presente.

—Gracias, Lilian.

Me siento al piano y toco un par de sus melodías favoritas para recordarla una vez más y no puedo evitar acompañarla con mis sollozos. Una vez que doy las notas finales, le doy un último vistazo a la habitación antes de partir al hospital.

Y un objeto que no había notado llama mi atención. Es el diario de Velina, medio escondido entre un par de almohadones en uno de los sillones.

¿Qué hace aquí? Debería estar recolectando polvo en mi habitación. No tiene sentido. Además, solo Lilian habría sabido de dónde estaba.

Me acerco a tomarlo. Casualmente está marcado en esa página, 23 de noviembre.

No fui yo. Hace años me di por vencido.

¿Por qué lo tendría aquí Lilian? Ella se aseguró de repetirme que si me llamaba a mí era porque tenía un asunto conmigo. Quizá quería recordarme que lo intentara de nuevo.

¡Maldición!

Deseo estrellar el maldito diario contra la pared. Deseo despedazar sus hojas, aparecer una llama y hacer que el fuego lo consuma. Pero decido usar esa emoción a mi favor. Empiezo a domarla y a serenarme como lo habíamos practicado. Poco a poco, me siento en control de ella y voy encontrando claridad mental. Una ligera corriente de aire se arremolina en el lugar y mi cabello se levanta como si flotara producto de este. Si algo me enseñó este ejercicio fue a ser amigo del viento. En eso tampoco se equivocó Lilian.

—¿Qué pasa con el 23 de noviembre? —Invoco—. Dime de una vez por todas. ¡Habla!

Y la respuesta me llega como un espejismo que se revela ante los ojos, como una silueta que empezara a cobrar sentido. Es un enigma simple, casi trivial, inmaduro, pero impactante y sobrecogedor. Frente a la vista todo el tiempo. Es como si mis ojos vieran desde otra perspectiva y la incógnita fuera obvia.

"23 de noviembre.

***Soy**.
Miento, entiendo, niego.
Sin amar, juzgar, envejecer, obedecer.
Curo un lamento, tomo otro*".

Un escalofrío me recorre el cuerpo y de pronto me tiemblan las manos. No puedo hacer más que continuar leyendo con fascinación y horror. Ahora recuerdo como el diario tiene repetidos segmentos encerrados en asteriscos y algunas otras señales, justo como este fragmento.

Sigo leyendo el registro de ese día:

"Es cierto que los días parecen confusos y grises si uno ha perdido a quien ama. Aunque debo confesar que no es tan difícil como en otros tiempos. *Pude amar, reír, aspirar, dar. Olvidé, juré, amé, di el alma.* Pero ahora solo pienso, que *ganar requiere amor, no poder*. Una lección que NO debo olvidar".

De algún lado me llega una voz que me resulta conocida, pero no hallo a quién pertenece. Llama un nombre. No es el mío, aunque también me suena conocido. Es una voz insistente.

VI

Mis pasos suenan amortiguados mientras avanzo por los pasillos hechos de estanterías. Dejo atrás uno tras otro pasadizo y, en ocasiones, solo alcanzo a ver la extensa y antigua bóveda que es la Biblioteca Pública de Valinto. No vine por un libro exactamente, sino por alguien.

Ahí.

No me dejó plantado después de todo.

Antes de internarme en el pasillo donde se encuentra, reviso mi entorno con discreción. Unos cuantos pasos me ponen cerca de ella. Está leyendo los lomos de los libros tras un flequillo rubio, como si buscara. Quizá solo finge hacerlo.

—Sigrid —la saludo con tacto. Mi voz también resulta amortiguada.

Ella me dedica una mirada estricta, sucinta, apenas para hacerme saber que estoy ahí. Luego me ignora.

—Viniste —alego—. Bien podrías hablarme al respecto de una vez.

—¿Siempre eres así de intenso? —Al fin habla, reacia.

—Para serte honesto, ahora eso lo tomo como un cumplido. Además, puedes estar tranquila, nadie notará que estamos aquí.

Parece que se le acaba la paciencia.

—Nada de trucos.

—Escucha —trato de apaciguarla—, no sé si pueda explicar lo importante que es para mí. Con o sin tu ayuda voy a llegar al fondo de esto, pero si decidieras ayudarme con algo… lo que sea.

—Escúchame tú —se detiene para recobrar la compostura y continúa en un tono más discreto—. No tengo ninguna obligación de estar aquí, pero estoy. Agradece que tuve compasión de un insensato como tú.

—Y te lo agradezco… Está bien, me callo —le digo antes de que descargue su autoridad sobre mí.

—Lo que buscas está prohibido dentro del aquelarre y es una misión de nuestro apartado impedir que este tipo de cosas se salga de las manos. Nadie, escúchame, nadie sabe el fondo de esto. Ni siquiera yo. Este caso en particular recibió un tratamiento muy especial. Confía en mí cuando te digo que no llegarás muy lejos con nosotros. Por otro lado, la investigación del caso de Velina está, sin condición, prohibida. Sea lo que sea que creas que sepas, es mejor que lo dejes. La única razón por la que vine es porque yo estoy en contra de la condena de olvido, pero no puedo pasarle por encima a la ley. Si persistes, el aquelarre no dudará en callarte y hacerte olvidar. Si dejas esto en paz, podrían ser benevolentes.

—La condena de olvido es bastante extrema, ¿no crees? ¿Qué tiene que ver con todo esto? Tu aquelarre no puede hacerme algo así, ¿qué crees que pensaría el gremio entero? Ni los anarquistas ni los truequistas apoyarían semejante acto.

—Te dije que esto es un caso especial. El aquelarre no dudará en tomar el asunto en sus manos y te aseguro que lo harán sin que nadie del gremio se entere o reclame.

—Caras vemos... —digo incrédulo—. No sabía que Los Hijos de la noche se lideraran por ese tipo de moral —digo tan incriminador como puedo sonar.

—Es cierto, siempre hay más de lo que se ve a simple vista, pero se hace lo que se tiene que hacer —responde con una convicción en apariencia irrevocable.

Siento un vacío en el pecho, aun así no agacho mi frente. *Tienes razón, se hace lo que se tiene que hacer,* quiero decirle. No soy tan imprudente.

—Supongo que es un final sin salida.

—Correcto. ¿Vas a dejar este asunto en paz?

Dudo antes de responder.

Asiento, intentando actuar frustrado.

—¿De verdad no hay manera? —Finjo que aún voy a suplicar.

—Memoriza esto: es un no.

—Está bien. Gracias por prevenirme, creo. Te debo una.

—Tonterías. Ahora desaparece.

VII

Un camino pedregoso me lleva por un campo abierto y montañoso. El *Parvani* definitivamente no está acostumbrado a estos trotes, pero tendrá que acoplarse. Los altos pinos se comienzan a agrupar más seguido y más adelante pueden verse bosques formarse. Además de ellos, parece que el área estuviera deshabitada. Se me hace muy familiar el lugar. ¿Brimin Alto? ¿Por qué se me hace tan conocido? Es como si lo conociera desde niño. Además, ese tal Íldrigo debió haber tenido un desliz con la ilusión; puedo percibir la distorsión desde aquí. Claro que solo alguien habilidoso sabría reconocerlo.

No tengo duda de que me estoy acercando.

Más adelante, donde el camino empieza a elevarse, la percepción de la distorsión es más clara, así que conduzco con más detenimiento. Se me hace como escuchar un zumbido sigiloso. Sería muy, muy fácil pasarlo por desapercibido o confundirlo con algo más. Es, sin duda, un desliz de su creador. Una ilusión, dependiendo de su alcance, podría ser quebrada por lo obvio. La intensidad con la que percibo esta distorsión me dice que ni una mirada de frente la quebraría. Imagino que conllevaría una pista muy clara para que desafíe este engaño. Por otro lado, con una obra tan complicada, me extraña que dejara esa imperfección.

De repente doy con lo que estaba buscando, el origen del zumbido. No pensé que fuera a tener tanta suerte de una vez. Lilian le habría llamado un designio o una señal y yo no puedo evitar decantarme por ese pensamiento. De un lado del camino, diviso una abertura en medio de un paredón natural, un trillo conquistado por hierba alta sube hacia un denso bosque de colores verdes fríos. Si no supiera que es una ilusión, estaría seguro de que ahí arriba se esconde un mal pavoroso. Tiene sentido que el lugar esté desolado y no me extraña que en la oficina postal me hicieran una mueca cuando pregunté por direcciones. Si es cierto que un gato conjuró esta ilusión, y estoy al tanto de lo disparatado del asunto, debo felicitarle. Lograr engaños visuales es toda una hazaña, ¿pero conjugarlo con emociones así de sombrías? Necesitaré que me de unas cuantas lecciones. En fin, así como un sastre habilidoso puede notar una costura mal hecha por alguien más, esta hechura se me hace imposible de obviar.

De un lado de la entrada, logro percibir cierta aberración cromática.

Es mi pase.

Estaciono el auto y me bajo. La sensación de hostilidad es fuerte. Es un acecho de sombra y amargura que no me trae buenos recuerdos.

Camino hacia el lugar donde noto la distorsión de luz y levanto mi mano hacia esta con seguridad. Mi mano termina tocando algo que no está representado frente a mis ojos. Podría jurar que es madera. Hago un esfuerzo consciente por concentrarme en la sensación que obtengo a través de mi mano. Inspecciono con el tacto la superficie y doy con pequeños canales. Podrían ser... letras. ¿Un letrero? C...a...s...a... M... Marlo. No tengo que adivinar el resto.

Estoy seguro de que si llego a soltar el letrero, podría olvidar que está ahí y tendría que empezar de cero. Me pregunto si no lo hice unas cuantas veces ya.

Me aferro al letrero y me acerco a este para olerlo. Aire puro, sí; hierba, sí; madera, no. Debo esforzarme, su olor debe estar bajo la mentira. Acerco mi nariz aún más y ahí está. Entre los demás olores, puedo percibir la leve esencia a madera vieja. Mi vista también empieza a percibir una alteración en la luz frente a mí. Mis manos parecen empezar a sostener una sombra en lugar del aire.

Y, al fin, empiezo a notar el letrero. Empiezo a ser capaz de leer *Casa Marlo*.

¡Sí!

Y ahora, como un maestro que deshace un trabajo mal hecho, puedo afianzarme de esta costura suelta para desbaratar el engaño.

—Sé que es una ilusión —anuncio con seguridad. Es el inicio de mi contra conjuro. Una tensión se activa en el lugar, como si el aire se detuviera a escuchar. Voy a necesitar mucha energía para este truco. Invoco una cantidad sustancial de poder y con seguridad me apropio de este. Una ligera ráfaga de aire se arremolina a mi alrededor. Cuando he impregnado de mi instrucción a la energía, la dejo salir en palabras—. Disípate.

Una fuerte corriente de aire barre por mis lados y puedo ver como se lleva consigo la imagen de lo que tengo enfrente. Ahora, sin lugar a duda, un letrero da la bienvenida en la entrada. El camino que sube al bosque deja de estar enmontado y se ve una calzada de piedra. Allá arriba se asoma una loma verde desnuda y puedo atisbar las copas de unos pinos al fondo. Al parecer, la ilusión solo se disipó para mi vista, aún puedo percibir la distorsión.

Una voz me hace dar un respingo.

Pero estoy solo.

La escucho de nuevo. No viene de ningún lugar. Dice ese nombre. Lo he escuchado antes, estoy seguro de que lo conozco. ¿Yoshaya? La voz me resulta extrañamente familiar. ¿Dice que es mi hermano?

XIII

Estoy cansado. Tiro el libro que estoy leyendo y me dejo caer de lado en el sofá. La biblioteca de la casa ahora se siente más callada que de costumbre, como si se guardara todos sus secretos con más ganas. Debería darme un baño; hasta yo puedo oler mi hedor. He buscado de pies a cabeza el lugar, he leído tantos libros como he podido, he intentado mis mejores técnicas de Percepción, pero no he tenido éxito en semanas. Muero de aburrimiento y decepción. Hoy me aventuré a hacer el jardín para distraerme y en eso una hipótesis me vino de repente y me hizo correr adentro. No probó ser nada útil.

Además de mi intento fallido como jardinero, pensé que mi experimento de mandarme correspondencia al menos me daría un espectáculo con qué entretenerme. Solo comprobé que la ilusión tiene un buen alcance. Me pregunto qué pasará con la correspondencia, cómo se camuflará o escurrirá para que no sea encontrada.

Un maúllo llama mi atención.

—Ah, ahí estás.

Íldrigo resultó ser más reservado de lo que esperaba, para mi mala suerte. Hasta el momento solo he logrado que responda a mis maullidos, aunque supongo que es un comportamiento habitual de los gatos. Debo mencionar que tiene la costumbre de salir y entrar de la casa a su gusto. Él abre las puertas por sí solo. Si no fuera por esa curiosidad, podría pasar por un animal cualquiera. Si tiene una Lumbre de algún tipo con la que logra conjurar una ilusión tan compleja, la esconde. Me cuestiono si entendí bien el mensaje de Velina. Un gato haciendo magia...

Me vuelve a maullar.

Y advierto algo.

Se me eriza la piel, en parte por saber lo que significa, y en parte porque me parece que Íldrigo vino a avisarme.

Alguien se acerca, una Lumbre inquieta.

Tengo un sentido cardinal de procedencia. Me lanzo y me voy a asomar con discreción por la ventana. En las meditaciones de rastreo que he hecho en los últimos días solo he logrado registrar dos Lumbres inquietas. Una y otra vez. Así que al menos que alguien nuevo haya llegado al pueblo, una de esas debe ser.

Es un muchacho, viene en bicicleta.

—Vaya, vaya. ¿Quién eres y cómo rayos estás aquí?

Llega hasta el muro de piedra y se baja de la bicicleta. Parece un poco torpe, como si no supiera andar en su propio cuerpo. Aunque el muro está lejos, puedo reconocer un rostro inmaduro acentuado por unos mechones de cabello oscuro sobre la frente.

Saca un paquete de la bicicleta que ahora está cubierta tras el muro. Parece estar cautivado por el escenario que le rodea. Debería.

—Bueno, démosle una bienvenida.

Concentro mis pensamientos en su sombrero.

—Amigo mío, ¿me echarías una mano? —Digo mientras atraigo energía de mi Lumbre; me gusta pensar que el viento me escucha. Luego impregno el poder de mi instrucción y lo libero.

Su sombrero se cae y contengo una risa.

Ahora el portillo.

Después de que la ráfaga revolotea alrededor, lo abre con un chillido. El chico lo ve, aunque casi podría jurar que se hace de la vista gorda. En efecto, no debe ser practicante.

—Jmm... Bueno, déjame verte de cerca.

El muchacho entra a paso inseguro y continúa mirando los alrededores con detenimiento. Por fin llega al frente de la casa, sube al porche y toca la puerta. Ahora recuerdo que la dejé abierta y puedo ver como revisa el interior de la casa.

¿De verdad? ¿Así como si nada viene a dejar un paquete? ¿De casualidad no te topaste con una gran ilusión de camino, amigo? ¿Quién rayos eres?

Después de tocar varias veces, el chico parece dudoso, como si ya fuera a irse. Puedo verlo con más detenimiento cuando mira hacia el horizonte. No me cae mal un deguste al ojo. Parece más adulto de cerca, debe estar empezando sus veinte. Sus mejillas aún conservan algo del sonrojo de haber venido hasta aquí en bicicleta y su frente brilla con algunas gotas de sudor.

Basta de distracciones. No le atenderé, necesito saber más de él antes. Ni siquiera doy con su nombre aún. Val estaría orgullosa de mi desempeño justo ahora. Además, estoy seguro de que podría oler mi hedor aunque estuviéramos al aire libre. Adiós por hoy, muchacho apuesto.

El chico se da media vuelta y se va, pero algo nos hace devolver la mirada de inmediato. ¡Es Íldrigo! Salió a su encuentro. ¿Qué está haciendo?

Me paralizo por unos momentos. El muchacho se vuelve y luego se acerca con curiosidad. Cuando está cerca del felino deja el paquete en el suelo. Íldrigo lo mira con total determinación. Nunca lo había visto actuar de esa manera. El chico parece verse cautivado por su mirada, casi a un nivel de estupefacción. Es al punto de que temo que se va a ir de bruces si no se detiene.

Esto no es normal.

Estoy a punto de salir a ayudarlo cuando el chico entra en razón. Parece consternado, está pálido, aún a través de su piel trigueña, y luce desequilibrado. Antes de que pueda hacer algo, el chico se va, tambaleándose de vez en cuando.

Pronto está del otro lado del muro montándose a su bicicleta.

Íldrigo lo sigue mirando desde el corredor.

IX

Yoshaya se recuesta como le digo, boca arriba en el sofá. Aspira e inspira de manera profunda.

—Voy a visitarte en tu sueño —le digo—. Si respondes a mi llamado, voy a poder experimentar el mundo que estás creando ahí.

—¿Haces esto a menudo?

—No, solo si me dejan entrar.

Me mira, pero no dice nada. Debe pensar que entré en sus sueños, pero en realidad compartimos una mezcla en el umbral de mi mente. Se me escapa una media sonrisa. Aún me pregunto qué habrá visto en mis ojos esa vez

—A ver —le digo—. Una vez que duermas, intentaré llamarte de manera astral.

Una vez que Yoshaya está en trance, empiezo mi proceso de entrar yo mismo en este. Me toma menos de un minuto lograr entrar al umbral de mi mente. En este estado seré capaz de enlazarme al sueño de Yoshaya si acepta mi invitación.

Abro mis ojos, aunque no son mis ojos físicos, y me levanto del sillón donde estoy sentado. Puedo vernos a los dos reposando. Yo estoy un poco escurrido en el asiento con mis brazos sobre los reposaderos y mi cabeza hacia atrás. Yoshaya ahora tiene un semblante cercano a lo apaciguado, con sus manos entrelazadas sobre su pecho. Verlo así me enternece y debo hacer un esfuerzo para no crear uno de esos sueños despiertos disparatados que pueden surgir de la nada. Uno donde imagino que cuidaré de él y procuraré que nada malo le pase. Incluso hasta se logra filtrar una imagen mía envejeciendo junto con él.

No puedo pensar en eso ahora, no debo distraerme. Un sueño a estas horas puede resultar inestable.

Me acerco a él en mi forma incorpórea y pongo mi mano sobre las suyas. Si en este momento tuviera un corazón físico en mi pecho, quizá lo podría percibir bombeando más fuerte.

—Yoshaya, ¿estás ahí?

Su barriga sube y baja en una respiración diafragmal.

—Yoshaya, déjame entrar en tus sueños. Soy Éveril —pero no tengo respuesta alguna.

Pensé que habría sido más fácil que reconociera mi voz habiendo hablado al respecto. Usaré lo que funcionó en el pasado.

Llevo mi mano transparente a su frente y la toco con delicadeza. Sobre una ventisca de poder de mi Lumbre, hago volar una melodía hacia su mente. Debe ser sublime y ligera. Cada nota que lleva el sonido proveniente de un piano debe ser grácil para que se intercale de manera natural en su sueño.

Recuerda la melodía, Yosh. Recuérdame.

—¿Éveril, eres tú? —su voz, un susurro entre sus labios—. Puedes entrar.

De pronto siento una particular sensación. Algo parecido a un vacío en el estómago, si justo ahora tuviera uno. Es como si fuera succionado por su mente. Al momento, me encuentro de pie en la misma habitación, sin embargo, tengo mi forma corpórea conmigo. De inmediato entiendo lo que Yoshaya me dijo en varias ocasiones, así no se ve un sueño. Al contrario, presenciar un sueño es como ver uno de esos cuadros que al admirar de cerca pierden su ilusión. Y me siento desorientado; la realidad que me rodea parece infalible.

Miro a mi alrededor con recelo y me detengo al instante cuando me percato de que en uno de los sillones está sentada una mujer. Debe ser ella. En el pasado apenas logré encontrar una que otra fotografía suya en periódicos, pero, dadas las circunstancias, sería difícil equivocarse. Tiene un cuaderno grande como para hacer bocetos en el que hace trazos con unos carboncillos. Está acurrucada y envuelta en una cobija. Su mirada está clavada en su tarea y es la única razón por la que no se ha percatado de mí. Solo son momentos para que lo haga.

Antes de que algo pueda suceder, hago uso de mis mejores habilidades para intentar conjurar una ilusión que me ayude a desaparecer de vista. Como si fuera tan sencillo... Una cosa es trabajar en una ilusión por vario tiempo y lograr hacer, por ejemplo, que la gente que te rodea vea signos de edad en tu rostro, una en la que me he vuelto excelente, o que todo apunte a que en efecto eres un egresado de un conservatorio musical prestigioso para que te dejen trabajar como profesor. Pero ser invisible así nada más, eso puede llevar horas o días para que se cocine bien. De todas maneras, necesito intentarlo, ganar tiempo con algo. Acudo a mi Lumbre e invoco una gran cantidad de poder, una cantidad que me ayude a burlar la mente de alguien de la manera que necesito. Tomo control de ese poder e infundo mi instrucción.

Es posible que una ilusión tan brusca se haga notar. No tengo opción.

Sin quitarle la mirada de encima, dejo correr el conjuro. Por el momento no tengo ninguna señal de que esté dando resultado, más que el zumbido que, en efecto, genera; uno que resulta descontrolado y nada discreto. Este puede causar un desatino en algunas personas. Solo me queda esperar que ella lo pase por alto.

No lo hace. Maldición.

Velina es interrumpida de su trazo, es como si hubiera captado un olor extraño. Levanta su mirada y me da un vuelco el corazón. Sabe que algo no se siente bien. Mira primero al lado contrario de donde estoy. En segundos mirará a mi lado y no sé si el conjuro sea efectivo.

Velina mira hacia mi lado descuidada y parece no ver nada, pero de inmediato retracta su acción y me vuelve a ver. Se sobresalta y deja caer el cuaderno. Por unos segundos me mira espantada y respira frenéticamente. Luego se tapa los ojos y comienza a sollozar nerviosamente.

—Arnold —llama con voz temblorosa—. ¡Arnold!

Aprovecho y me voy a esconder tras el sofá. Es más fácil desaparecer de la vista en un lugar donde no debería haber nada en primer lugar.

—¡Arnold! —Llama de nuevo.

Puedo escuchar como alguien entra apresurado a la biblioteca.

—Vel, ¿qué sucede? Vel, ya. ¿Qué pasa?

—El hombre —al fin habla.

—¿A qué te refieres?

—Ese hombre de mis sueños, el que me dice que recuerde.

—¿Qué con él?

—Vi un fantasma suyo.

X

Le insistí a Yoshaya que yo lo llevaría en auto a su casa. Es la tarde del mismo día. El clima se puso muy frío y, después de un día como hoy, debía de haber estado cansado. Me declinó en repetidas ocasiones. Debo admitir que parecía un poco alterado cuando se marchó, pero, después de lo que pasamos, no quise levantar el polvo. Me pregunto si me habrá contado todo. Yo no lo hice. No pude evitarlo. Claramente no tuvo sentido lo que dijo Velina y necesito tiempo para hallarle un ángulo plausible.

Lo veo alejarse. Poco a poco se esconde tras la pequeña loma que está más allá de los pinos altos.

—Viento —hablo a la nada—, ve y acompáñalo, por favor.

Quiero pensar que he logrado enseñarle "trucos" al viento, por así decirlo. Como que ayude de alguna manera o que revolotee por ahí cuando alguien diga mi nombre, algo así como una seña de compañía. Es un trabajo en progreso.

Una brisa me pasa por los lados y sopla en dirección a Yoshaya.

Me doy media vuelta y empiezo a caminar hacia la casa. Tengo mucho en qué pensar.

—¡Hey! —Alguien me llama atrás.

—¿Yoshaya? —Atiendo intrigado. Él espera del otro lado del portillo—. ¿Cambiaste de opinión?

Y tengo una sensación confusa.

—No estamos solos —le advierto—. Alguien se... aleja.

—Descuida —me dice seguro.

—Yosh, no puedo sentir tu Lumbre.

Eso solo puede significar una cosa.

—Lo sé —abre el portón y se encamina hacia mí. Yoshaya luce diferente, casi confiado en su manera de andar y...

—¿Qué te pasó? —Su rostro trae algunos moretones.

Al fin llega cerca de mí.

—Si no me equivoco, partí hace unos momentos, ¿no?

¿De qué habla?
—¿Estás... soñando ahora mismo?
Asiente con una sonrisa ahora nerviosa.
—Ya ocurrió el evento, ¿verdad?
Vuelve a asentir.
—¿Qué haces aquí? ¿Es seguro?
—Creo que sí. Hoy no te conté algunas cosas que sucedieron en nuestro viaje, Éveril; estaba muy asustado.
—Me pareció.
—Cuando intentamos buscar revelaciones acerca de la casa y terminamos visitando el pasado, también vi a mis padres. Vi a mi madre embarazada de mí y luego vi a mi padre en la ciudad. Me salvó de un accidente. Cuando me preguntó cómo me llamaba, no pude mentirle.
—Yoshaya.
—¿Recuerdas la historia de mi nombre? Los hechos parecen encajar.
—Vaya... —no puedo decir mucho—. Es...
—Extraño, por decir algo. Mi punto es que pasó lo que tenía que pasar; nunca cambié nada con ir al pasado. Así que supongo que esto debe de ser seguro.
—Ya veo. Yoshaya, eso es una paradoja de todas maneras.
Él asiente con semblante apesumbrado.
—Yo... también no te conté algo —añado—. En la sesión, antes de encontrarnos, me debiste haber llevado a otro momento también. Velina me vio. Intenté conjurar una ilusión, pero no fue suficiente. Supongo que vio al menos un espejismo de mí y alcanzó para que me reconociera. Dijo que había visto un fantasma del hombre de sus sueños, el que le decía que recordara.
El rostro de Yoshaya cambia. Sé que intenta ocultarlo, pero no es muy bueno haciéndolo.
—¿Sabes algo al respecto? —Pregunto.
Ahora no puede ocultarlo.

—No. Sí. No... Creo que no es buena idea hablar sobre esto ahora, Éveril.

Decido si debo presionar.

—Si tú lo dices... —confío en su palabra, aunque me carcome la curiosidad.

Él asiente de nuevo con un semblante preocupado.

—Y, entonces —retomo—, ¿por qué viniste?

—Eso. Aquí viene otra paradoja: necesito que no me vuelvas a buscar de ahora en adelante.

—¿Qué?

—Mi otro yo va en camino a encontrarse con mi hermano. Ya no es seguro allá abajo.

—¿Así nada más? ¿Qué se supone que haga entonces? No puedo dejarte solo así.

—Estaré bien. Ten calma.

—No estoy seguro de que pueda protegerte si solo me quedo aquí, Yoshaya.

—Me da miedo hablar de más, así que solo me arriesgaré en decir que esperes a buscarme hasta que suceda mi Evento. Supongo que serás capaz de percibirlo.

—¿Tu evento? Podría ser peligroso, debería ayudarte con eso.

—Solo espera el Evento. Y necesitarás conjurar una ilusión que te haga ser invisible para cuando vayas por mí. Deberás ser meticuloso, encontrarás mentes ávidas vigilando. Si no recuerdo mal, tendrás poco más de una semana para prepararte. Sé que esas ilusiones pueden ser complicadas.

—¿Lo sabes?

—No importa ahora. Lo importante es que te prepares.

Miro a Yoshaya a los ojos. Quisiera que hablara más al respecto y al mismo tiempo siento temor de que lo haga.

—¿Cómo supiste que debías venir?

Él suspira.

—No estoy seguro. Quizá es como aquello que dijiste en la playa, cuando caminamos por la orilla.

Intento recordar.

—Es como si fuera un… gran ovillo que se cruza entre sí en muchas partes, pero que al final es el mismo hilo —recito.

—Nadie sabe dónde empieza o dónde acaba —termina la frase.

—No es una explicación reconfortante.

—Quizá no haya una.

Asiento distraído, al igual que frustrado.

Me parece que Yoshaya escucha algo y mira a su alrededor.

—Bien, creo que debo regresar —me dice—. No quiero exagerar mi estadía.

—Está bien. Buen viaje.

Yoshaya asiente.

Me percato de que sus ojos están brillantes. Por un momento parece inseguro, pero luego se acerca a mí decidido. Sus brazos me rodean y me abraza con fuerza. No puedo hacer más que recibirlo, corresponderle. Mentiría si dijera que no he deseado que me abrazara así desde hace tiempo.

Pero no tardo en recordar. El peso de mi pasado sabe en lo que terminan este tipo de situaciones. Con todo, mi mente inmadura no puede hacer más que sucumbir ante el contacto físico. Justo ahora desearía que no tuviera que irse, que yo no tuviera que preocuparme de verlo marchitarse como una flor en el campo, que todo fuera tan sencillo y tan completo como este abrazo.

Para mi pena, Yoshaya se separa y, para mi sorpresa, me toma el rostro entre sus manos. Nunca me había visto de esa manera tan directa. Es como si fuera otra persona. Se acerca decidido y posa un beso en mi frente. Se me eriza la piel.

—Vamos a resolver esto.

¿Esto? ¿Qué sabe?

Asiento, de todas maneras, temeroso de preguntar.

—Nos vemos —se despide con una sonrisa optimista. Puedo ver como su imagen se deshace como un polvo ligero que revolotea en el viento y luego termina por desvanecerse por completo.

XI

A veces desearía que Lilian no me hubiera ayudado a despertar mi Percepción de Vestigios. Es una habilidad que nunca se ha portado fiel conmigo y me cuesta prestarle oído con confianza. Solo en pocas ocasiones ha sido latente y sonante, dos de esas las recuerdo muy bien y me pregunto si justo ahora será una posible tercera. Sin embargo, a diferencia de aquel nefasto y catártico día, ahora solo siento miedo.

Miro el agua que sostengo en el cuenco que forma mi mano. Yoshaya me mira con expectativa. No sé si lo siguiente me va a matar de una vez por todas o si prevaleceré. Desde que vi la fuente a lo lejos, en medio del gran círculo, sentí que algo me atravesó el pecho. Si pude disimular mi desacierto en ese momento, ahora no sé si lo esté logrando. Nunca antes había sentido una radiación tan latente como esta. Casi puedo ver el agua vibrar frente a mí. Es como si me quisiera decir muchas cosas a gritos y no puedo componer palabra. Tan abrumador es que me veo tentado a abrir mi mano y dejarla caer.

Pero la tomo antes de que pueda arrepentirme.

XII

Un dolor desgarrador me quiere abrir el pecho en dos. Rostros, rostros, y más rostros. Lugares, sentimientos, personas. Mi mente está llena de una cantidad abrumadora de imágenes de mi pasado a las que no logro atender del todo, pero que son como cuchillas que me cortan profundo cada vez que se aparecen. Es como si la tempestad que he guardado por tanto me revolcara a raudales y sé que el detonante fue un acto de mala fe, una acción maliciosa. Desde el momento en que vi la aparición de ese ser, vi bajo su capucha mis peores miedos. Es como si todo él estuviera hecho de ellos. Debajo de este tormento aún puedo recordar como Omni-Ómnimun me infundió con todo el peso de mi desconsuelo para hacerme sucumbir, para hacerme sostener tan dócilmente esta esquirla mortal hecha de mi misma pena, para hacerme dar pasos hacia Yoshaya, para ponerme frente a él y considerar asesinarlo a cambio de conseguir lo que deseo.

—Dime, Yoshaya —apenas creo escuchar mi voz—, dime que no soy capaz.

Necesito un ancla.

Levanto la esquirla, siento su amargo filo entre mis palmas. Apenas puedo verle entre todas las lágrimas. Hay un estrépito en mi cabeza. En el fondo sé que no quiero hacerlo, el rostro vulnerable de Yoshaya me rompe aún más el corazón, pero justo ahora es como si una fuerza implacable me empujara.

—Por favor —ruega indefenso.

Acerco la punta del cuchillo a su pecho, mas por dentro lucho con todo lo que tengo para contradecir mi acción.

—Recuerda —apenas le escucho—, tú me lo dijiste, la respuesta es la voluntad. Puedes cambiar esto.

Sus palabras crean un efecto dominó en mi mente. Es como si de pronto me hubiera podido asir de ellas y trajeran consigo recuerdos con Yoshaya. Una tras otra, nuestras interacciones cruzan mi mente y me logro aferrar a un momento que no ha acontecido del todo. Me anclo al recuerdo del abrazo que me dio Yoshaya del futuro.

Esto no puede acabar aquí. No es posible.

¿Por qué no puede ser todo tan sencillo y tan completo como ese abrazo?

—¡Por qué! —Grito y logro tomar poder de mi Lumbre.

—¿No lo vale? —Sisea la voz maliciosa de Omni-Ómnimun—. Recuerda la pena, la soledad

Hago mi mayor esfuerzo por dominar la energía que obtuve, en estas condiciones es toda una hazaña. Mis manos se sienten cansadas y tengo que esforzarme por no complacer lo que la pena les dice que hagan. Se me escapa un grito mientras intento retroceder.

—¡Hazlo! —La copia de la voz de mi madre es un peso que me subyuga.

Pero logro domar la energía, logro impregnarle mi instrucción.

Si alguien ha de morir hoy, debo ser yo.

Siento un cosquilleo en todo el cuerpo y mis entrañas parecen revolverse.

No puedo ver; algo me tapa los ojos.

Hay agua, agua. No me gusta el agua.

Algo me abraza. ¿Unas manos me abrazan?

Puedo ver de nuevo. Yoshaya está asustado.

Y todo está mojado. Agua por todos lados.

¿Yoshaya me habla? ¿Está llorando?

Me siento extraño, ¿qué está pasando?

33

Íldrigo

I

—Creo que metimos la pata —me acaricia la espalda.

Quiero hablar, pero mi boca se siente extraña. Lo intento con todas mis fuerzas y al final solo consigo producir un... ¿maullido?

—No estoy seguro de cómo hacerlo —sigue hablando—, pero debemos intentar regresar.

—Éveril —siento un vacío en el estómago cuando me levanta de pronto—, ¿estás ahí?

Y de nuevo tengo una corazonada. ¿Cómo es que siempre aparecen cuando menos las espero? ¿Habrá olvidado Lilian mencionar que en realidad nunca hay que buscar señales? Parece que solo vienen cuando les entra en gana.

En fin, es como si el bosque a nuestro lado palpitara. Es como si pudiera ver el viento yendo en una dirección. Es difícil ponerlo en palabras.

—Hey, mírame —me dice—. Intentemos volver a casa. Tal vez el aquelarre pueda ayudarnos. Lo siento, pero no sé qué más pueda hacer.

Yo lo siento, Yoshaya. Voy a necesitar que me dejes ir.

—Espera, tranquilo —intenta impedir que me escape.

Algo me dice que escondido en mis... patas, llevo unas filosas herramientas que me ayudarán a escapar.

Lo siento.

II

«¿Hola? —La niña no mueve su boca. Sin embargo...—. Mi nombre es Velina —la escucho en mi mente».

—¿Puedes entenderme? —Intento hablar. Solo provoco un maullido.

«Gatito».

Gatito... Velina... Tengo un presentimiento pavoroso acerca de esas dos palabras.

—Gato escurridizo —es Yoshaya, me alcanzó.

Sale de un matorral e intenta atraparme, pero entonces ve a la niña. Yoshaya se acerca más a mí y se detiene cuando escuchamos un sonido como de un árbol siendo derribado.

—¿Velina? ¿Dónde estás? —Es una mujer, viene de una de las tiendas.

Yoshaya intenta tomarme, pero antes corro hacia la niña. Necesito descubrir qué significa esta señal.

III

El olor a pino habita en el interior de la casa. Los meses desde que acabaron los trabajos de construcción no le han desgastado el aroma. A veces es abrumador, a veces es bienvenido y reconfortante. Hoy es reconfortante. Hoy me trae paz. También lo hace el olor a cobijas limpias. La madre de Velina las lavó hoy. Y hasta la cama parece más suave.

La niña está ya envuelta en sus cobijas, lista para dormir. Yo estoy a sus pies. Un permiso al que acceden sus padres para compensar que a sus pocos amigos les cuesta venir a visitarla a menudo.

—¿Por qué tenemos que vivir tan lejos del pueblo? —La escucho preguntar de vez en cuando a la niña—. ¿Por qué no podemos vivir como los demás, en Brimin?

—Nuestra casita es especial, por eso la construimos aquí —justificó su madre una vez y Velina no pareció muy convencida—. Dentro de un año entrarás a la escuela y tendrás muchos amigos.

Su madre ya empieza a mostrar signos de una barriga y Velina cuenta los días para conocer a su nuevo hermano o hermana —no importa qué sea, solo quiero alguien que juegue mucho, mucho conmigo—, les repite a sus padres.

Mientras tanto, me tiene a mí. Y aunque en ocasiones tengo que buscar un escondite para que no me asfixie, debo decir que ser una mascota consentida no es el peor infierno. Cuando una noche, después de que su padre le leyera una historia para dormir y decidiera que mi nombre iba a ser Íldrigo, como el gato de la historia, confirmé lo ridículo y disparatado de mi situación. Entré en un estado de pánico como nunca antes. Al fin había caído en cuenta por completo.

Después de una noche difícil y un sueño tardío que me duró bastante, todo volvió a la normalidad. Fue como si algo me dijera que lo peor había sucedido ya. Fue como si de pronto fuera capaz de aceptar que no podía hacer mucho al respecto y esa sensación resultó ser reconfortante. A decir verdad, ser gato nubla un poco mi razón. Mientras que siento una claridad en mis reflejos físicos para interactuar ágilmente con mi entorno, mi mente suele estar nublada y, con cada día que pasa, puedo sentir como me va ganando.

IV

Velina y su padre llegan a casa en el auto. Hace rato había escuchado el motor y por eso vine al porche para esperarla. Es cierto, me emociona un poco la hora de su llegada. Los días se vuelven borrosos y tampoco tengo mucho que hacer por aquí, así que es como una pequeña novedad. Velina viene con su uniforme de escuela, ya está por terminar su segundo año. Todos siempre envejecen muy rápido, supongo que no hay diferencia aquí. La niña se baja del auto y viene corriendo a donde estoy. Extiende sus manos y me levanta. Hace años no siento nada en las entrañas cuando lo hace.

«Hola, pelota —escucho en mi mente—. ¿Me estabas esperando?»

—Sí —respondo, pero, como de costumbre, solo reproduzco un maullido.

No entiende lo que le digo, lo he comprobado, aunque al menos sabe que reacciono a lo que me dice. Hasta donde sé, nunca se lo ha mencionado a sus padres y ellos no la instruyen en la magia aún. Es algo común, los niños y la magia suelen generar accidentes poco agradables. La adolescencia suele ser un lugar menos peligroso y aun así no hay garantías.

«Tengo que contarte lo que pasó hoy en la escuela —escucho su voz de nuevo».

—Soy todo oídos niña, soy todo oídos...

V

El crujir de la madera comunica que unas pisadas decididas se acercan a la recámara, en el segundo piso es más notable. Por el pasillo aparece Velina con el ceño fruncido. Apenas lo noto porque se vuelve y tira la puerta para cerrarla.

—Velina Marbet, ¿qué te he dicho de tirar las puertas? —La reprende su madre.

—¡No lo haría si me dejaras ir!

Los pasos de su madre se acercan.

—Sabes bien que a tu padre no le gusta que nos separemos cuando va a la ciudad.

—Pero ahí van a estar todas mis amigas. Es el cumpleaños de Berta, mamá, y es una pijamada. ¿Cómo se supone que asista si no me puedo quedar?

—Lo siento, Vel —dice un poco más sutil—, son las reglas. Estoy segura de que habrá más pijamadas.

Velina, que ahora cursa quinto de escuela, se tira en la cama con los ojos inundados.

—¿Por qué papá se tiene que ir por tanto, tanto tiempo?

No estoy seguro si es una pregunta de verdad, igual su madre la alcanza a escuchar.

—Sabes que tiene que atender los negocios de la familia, amor. ¿Quieres que te peine para la fiesta?

—¡No! —Su voz le sale quebrada.

—Estaré abajo si cambias de opinión.

Velina se queda sollozando en la cama y sé que puedo hacer algo al respecto. Me levanto de mi suave y acolchonada cama y salto sobre la suya. Intento buscar su rostro; eso le suele dar gracia.

—Hey, niña, yo que tú sobornaría al conductor para que no te traiga de vuelta.

Obvio no me entiende.

—¿Qué haces, Íldrigo? No estoy de humor.

—Vamos —rebusco su cara escondida en la almohada—, vas a tener que hacer algo mejor que llorar para conseguir lo que quieres.

«Está bien, ¿qué quieres? —La escucho en mi mente».

—La vida es muy corta para desperdiciarla llorando por algo así.

—Ugh —se incorpora en la cama—. Ven acá, gato consentido.

VI

Mi yo humano se me hace otra vida, una distante, una a la cual no estoy seguro de que quiera regresar. Cada vez me siento más... dormido. Puedo sentirlo, con los años se acentúa en mí. Los días, las semanas, se me borran de la mente. Es como si cada vez fuera más instinto y menos razón. Como cuando empecé a tener la costumbre de traer animales muertos a la casa. De verdad se me hicieron un gran presente para los Marbet.

Ellos han sido formidables conmigo; les gusta mucho los animales y me siento parte de su familia. Hasta los dos hermanos menores de Velina, a pesar de ser revoltosos, son amigables conmigo. El tema es que gracias al apego que la ahora muchacha tiene conmigo, me mudo. Desde hace mucho tiempo sus padres la habían venido advirtiendo que cuando tuviera edad para ir al colegio tendría que ir a un internado en la ciudad. Una institución muy prestigiosa a la que su familia había ido. Precisamente en la cual sus padres se habían conocido. Y entonces pasó algo que rara vez sucede: cuando fue el tiempo de que Velina partiera, toda la familia hizo un viaje a la ciudad para dejarla y, de paso, visitar familiares. Nos quedamos en uno de los edificios del internado. Velina no estuvo nada emocionada de partir; ella ama a Brimin. Mi estadía ahí fue la condición más fuerte que impuso para aceptar mudarse y sus padres sabían que ella no era fácil de disuadir, así que halaron de cuantas cuerdas pudieron para que fuera permitido.

En fin, Velina era la única engañada. Desde que vi las instalaciones supe que eran propiedad de Los Hijos de la noche. El internado, aunque verdadero, ha sido usado durante años para encaminar a los descendientes del aquelarre para que logren obtener un Despertar. La herencia de la magia no siempre es regla, pero es bastante común.

Así que aquí estoy en una de las habitaciones del internado. Debo decir que no estaremos nada incómodos. Me pregunto si todos los estudiantes tienen el mismo trato. Velina no está, se la llevó su madre, a ella y a sus dos hermanos menores, a tener un recorrido por las instalaciones. Velina tampoco estaba feliz al respecto, pero su madre no pudo evitar ignorarla debido a su emoción. Eric, el padre, se quedó en la habitación ordenando un par de cosas. Yo no estaba de ánimo para caminar, así que decidí probar de una vez el colchón de la cama.

Y unos golpes en la puerta interrumpen el sueño que estoy empezando a tener.

Eric va a abrir y adopta una postura cordial. Es extraño verlo actuar tan formal.

—Señor Aldos —saluda.

Aldos...

—Querido Eric —replica una voz madura—. Me alegra ver que ya están por aquí. Quise venir y asegurarme de que todo estuviera bien.

—Todo en perfecto orden, señor. Le agradezco mucho.

—Formidable. Si necesitan algo, no duden en hacérnoslo saber. Tu familia merece todas las comodidades que podamos ofrecer.

—Gracias de nuevo, señor.

—Está bien. Nos vemos entonces.

—¡Señor Aldos! —Lo llama y me parece verlo titubear—. Tal vez haya algo.

—Encantado de oírlo, Eric.

—Quizá quiera pasar un momento, si le parece.

El hombre entra al fin. Su cabello es casi todo blanco y tiene un semblante amigable, pero rostros así he visto muchos. Algo no de él no conjuga con la fachada que propone. Eric cierra la puerta y luego ambos toman asiento en unas butacas que componen una minisala dentro de la habitación.

—Tienes mi atención —dice Aldos.

Eric se seca las manos antes en sus pantalones antes de empezar.

—Quiero que sepa que he analizado muy bien lo que le voy a decir y espero poder proponérselo de manera más formal al Concilio, si usted me lo permite. Siempre entendí las condiciones de nuestra asignación: ser los Protectores. Entiendo la confianza que el aquelarre depositó en nuestro equipo y en mí como líder.

—Eric, sabes que puedes hablarme con confianza. Anda, dime lo que quieres decir.

Eric bota el aire y sacude un poco sus manos.

—Tengo dos propuestas. Verá, en un principio era totalmente comprensible la estricta vigilancia de la entrada al portal —habla un poco más bajo cuando dice lo último—. Las medidas que tomamos fueron de acuerdo con la situación.

Aldos asiente, aunque parece querer anticipar el mensaje.

—Nos esforzamos muy duro para juntar cada pieza suelta, borrar cada rastro posible y proteger la entrada de manos indebidas. Entiendo que el plan original era de quince años, pero en todo este tiempo no ha habido más que dos minúsculas instancias negativas. Los conjuros que forjamos con tanto cuidado dieron resultado —hace una pausa—. Quisiera proponerles que adelantemos la siguiente fase. Sé que quedan al menos seis años para que el plazo se cumpla, pero las aguas no pueden estar más tranquilas. Si el equipo de hechiceros logró un excelente trabajo en la primera etapa, ¿qué nos detiene de una Protección Definitiva sobre el lugar? Tal vez sea tiempo de que los aturdidores nos hagan olvidar esto y lo enterremos de una vez por todas. Hemos hecho lo necesario y más.

Entonces lo atrapo, es minúsculo, casi imperceptible, pero estos ojos no me dejan perder. A Aldos se le escapa un pequeño tic facial. Un ligero espasmo que logra esconder con agilidad.

—Hablas con razón, querido Eric. Hemos querido dejar este asunto atrás por mucho tiempo ya. Ahora, tenemos que ver lo que piensa el Concilio entero. Sabes que son mentes difíciles de cambiar. Tal vez quieras reconsiderarlo.

—Con todo respeto, lo he hecho en repetidas ocasiones. Creo que puedo demostrar razones suficientes para que sea una moción de peso.

—En ese caso, tienes toda libertad de hacerlo —dice con gentileza, aunque huelo hipocresía en su gesto—. Sabes que el aquelarre tiene sus oídos abiertos.

—Le agradezco, señor.

—Descuida. Y bueno, ¿cuál es la segunda propuesta?

Eric traga grueso.

—Antes de decirla, quiero que sepa que no infringí nuestro credo. No investigué de manera práctica y en ninguna circunstancia revelé ni dejé rastros del tema.

—Me intrigas, Eric —el semblante de Aldos es aún sutil, pero se le suma un aire de rigidez.

—Me tomé la libertad de extender mis horizontes para investigar. Dado que las aguas han estado tan calmadas durante tanto tiempo me arriesgué a alargar mis viajes rutinarios de trabajo. Le puedo asegurar que la casa estuvo siempre bajo estricta vigilancia por las otras familias del equipo asegurándonos que nada se saliera del lugar. Lidia, personalmente, se encargó de tenerme al tanto a la distancia sobre cada detalle; sabe que ella es excepcional en sus habilidades telepáticas.

—Lo sé, ¿pero podrías ir más al grano, por favor?

—Por supuesto, disculpe. Para resumir mi historia, creo que descubrí una manera de destruir la entrada.

—Ya veo. Algo me dice que sé de lo que hablas.

Aldos se pone de pie decidido.

—¿Sí? —Pregunta Eric confundido.

—Querido Eric, me temo que esta es una conversación que tendremos que continuar cuando estemos frente al Concilio.

VII

Mis años como gato me han enseñado a ser escurridizo y también que abrir cerraduras con magia puede ser un pasatiempo bastante entretenido. En primer lugar, porque la telequinesia nunca fue lo mío, así que el reto me trajo una satisfacción increíble en medio de una vida sin muchos acontecimientos. Por supuesto que hay ocasiones donde puedo arreglármelas para abrir una cerradura con las patas, pero eso no tiene nada de emocionante.

En fin, justo ahora debo estar viendo el susodicho Concilio y no reconozco a nadie, salvo por Aldos, ahora con un semblante no tan cordial. Ocupa un espacio en uno de los extremos de una mesa en media luna. El lugar parece un aula magna, seguimos en el internado, y al frente está el panel: un grupo de personas de apariencia mayor. Eric está sentado en una de las butacas del público. Yo los miro desde una viga en el techo, unos ventanales me dieron acceso a esta vista.

—Eric, adelante —le da la palabra Aldos.

—Gracias —se pone en pie—. Señores del Concilio, muchas gracias por su tiempo. Espero no demorar mucho en mi mensaje, aunque considero este de mucha importancia.

—¿Qué tal Eric? —Lo saluda una de las integrantes frente a él, es una señora de sonrisa fácil y amplia, lleva el cabello blanco y lacio cortado por encima de los hombros—. ¿Cómo están Lidia y los niños?

—Muy bien, señora. Emocionados de ingresar a Velina al fin.

—Muy emocionante, de hecho. No puedo esperar a darle clases.

Alguien se aclara la garganta de manera disimulada.

—No podríamos dejarla en mejores manos. Como les decía —retoma el hilo—, quiero que sepan que vengo con toda la seriedad del caso y considero que tengo razones de peso para presentarlo.

«Para nuestra familia, así como las familias de apoyo, ha sido un honor servir como protectores en esta asignación tan particular en la que emprendió el aquelarre. Estamos en el noveno año del plan y no hemos podido tener un mejor trayecto. Como ya sabrán, por medio de nuestros constantes reportes, en todo este tiempo solo hubo dos instancias de intento de infiltración y una de ellas fue una especulación. Cuando preparamos este plan, cada conjuro fue sumamente calculado y meticulosamente preparado por el equipo especial que se fundó. Todo rastro posible fue borrado y cuanta persona que tuviera la más mínima relación o conocimiento fue hecha olvidar al respecto. Prometimos hacer lo posible para que un ente como ese no cayera en manos ambiciosas e inmaduras otra vez. Y, señores, considero que aunque el plan inicial de guardia por quince años fue un cálculo acertado, mi ardua meditación en el asunto me dice que hemos pasado cualquier área de peligro. Me gustaría proponer que avancemos al siguiente paso del plan: olvidar».

—Eric —lo interrumpe la mujer que lo saludó antes—, el aquelarre no ha visto un despliegue de esfuerzo en muchos años como el que logró ese equipo. Entendemos que el que protegemos es un poder peligroso. No es fácil olvidar los estragos de una guerra, aun décadas después.

—Por supuesto que no —alza la voz uno de los integrantes del panel. Es un señor de piel oscura y su cabello parece el más blanco entre todos—. Es una vergüenza que ese Bremen se haya adiestrado bajo nuestro nombre. Y creer que en algún momento le dimos nuestro apoyo para que llegara a ser gobernante. Al menos tuvo la decencia de confesar sus fechorías.

—Déjalo ya, Armías —le dice la mujer con calma—. Hace muchos años que Bremen falleció; hablar de él no va a arreglar sus estragos. Lo que me regresa a mi punto. Eric, cariño, el esfuerzo que hicimos, como lo mencionaste, fue formidable. ¿No crees que adelantar el plan podría sabotearlo? ¿De verdad tenemos suficientes motivos para creer que es seguro proseguir?

—Señores, eso y más.

Mi vista atrapa a Aldos, este se remueve en su asiento. Parece ansioso.

—Como mencioné, nueve años con solo dos instancias negativas me hace creer que, en efecto, nadie está detrás del ente. Fuimos precavidos, más de la cuenta, y bien por ello. Con todo, al parecer Bremen sí habló con verdad y nos reveló todos los enlaces de personas que su juicio pudiera concebir. Nuestro equipo hizo una ardua investigación y borramos rastros de información y recuerdos, lo más posible.

—Dinos tu punto, dulzura —le dice la mujer ansiosa, pero siempre amable.

Eric duda antes de seguir, pero luego lo suelta.

—Me di a la tarea de investigar más a fondo la Magia por intercambio con los truequistas.

Casi puedo sentir la tensión que esa frase genera en el panel. Nadie dice nada por un momento.

—No fue nada práctico, solo teórico. Entiendo lo herético de mis acciones, pero lo hice con la mejor de las intenciones. Verán, siempre supimos que no había posibilidad de destruir la entrada. Se nos fue dicho que de hacerlo, esta solo reaparecería en otro lugar. Por eso mismo elaboramos el plan actual. Cuando fuera el tiempo haríamos una Protección y finalmente nos haríamos olvidar. Enterraríamos el ente para siempre. Pero no pude dejar de pensar que debería de haber otra opción más efectiva. ¿No sería mejor que todo acabara de una vez por todas? Las familias de la guardia podrían regresar a su tierra natal si lo desearan y no tendríamos que preocuparnos de que alguien lo vuelva a encontrar.

Su público sigue en silencio, casi aprensivo.

Eric continúa.

—Mi investigación me enseñó algo más. Omni-Ómnimun es un ente raro, desconfiable, incluso para los truequistas. Suelen llamarlos demonios de mal trato porque solo viven para el caos y no son confiables. Además, los llaman arquitectos caídos porque se dice que alguna vez ayudaron a manifestar este mundo a la existencia, pero ahora solo buscan el desorden y la maldición.

Aún nadie chista, sino que continúan con la mirada fija en Eric.

—Se supone que existe una manera de cerrar el portal. Y no solo eso, al parecer si la conexión se corta, los efectos mágicos generados por cualquier trueque con el ente serán anulados. Dos pájaros con una piedra, señores.

El corazón me da un vuelco. De pronto temo que los reflejos me fallen y que termine por caerme de la viga en donde estoy.

No sé si se trate de la impresión, pero me parece escuchar una voz proveniente de la nada. Nadie más la escucha. Es esa voz que dice ser mi hermano. Me eriza los pelos. Dice el nombre de Yoshaya una y otra vez.

No puedo distraerme, no ahora. No puedo perderme lo que está diciendo Eric.

—...si un equipo fuerte de hechiceros se conjuga, se puede reunir el suficiente poder y voluntad para cerrar el portal. Al parecer se ha hecho antes. Señores, mi petición es que hagamos el intento.

Hago un esfuerzo por prestar atención a lo que está sucediendo abajo; sin embargo, la voz en mi cabeza es persistente.

«Yoshaya —dice una y otra vez. Quiere que... ¿despierte?»

—No —logro escuchar abajo. Es la mujer sentada en el centro de la mesa, parece la líder.

—¿Perdón? —Replica Eric.

—No vamos a hacerlo. La solicitud es denegada.

—Pero... No entiendo.

—Dulzura —interviene de nuevo la profesora.
—Ana... —la detiene la líder en el centro—. Eric, lamento decirte que estamos al tanto de lo que nos dices.
—¿Qué? —Eric no logra esconder su asombro.
—Tal vez no comprendas ahora, pero el Concilio resolvió, desde el principio, que era mejor no cerrar el portal.
—Señora, yo... Está en lo correcto, no entiendo.
—El aquelarre nunca se había topado con una garantía tan poderosa como esta, muchacho.
—¿Garantía? ¿Esto es en serio?
—Lo es, pero va más allá de lo que crees.
—Ilumínenme entonces.
—Omni-Ómnimun nos podría fungir de respaldo, de ayuda, en alguna situación de extrema seriedad.
—Disculpe mi atrevimiento por citarles esto, ¿pero acaso no dice nuestra fe que nuestra humanidad es lo único que necesitamos para hacerle frente a la vida? Es todo lo que crecí escuchando aquí día tras día y es la misma razón por la cual se villanizan a los truequistas y sus prácticas, supuestamente, inmorales y oscuras. En ese caso, ¿cuál es la diferencia? ¿Estamos dispuestos a arriesgarnos por la avaricia de poder? Si con esta mentalidad suponen que son mejores que los truequistas o que Bremen y su inmaduro deseo por la inmortalidad, lamento quitarles la venda de los ojos. Pensando así solo tendremos una trampa en nuestras manos y es cuestión de tiempo para que seamos presa. ¿La guerra por las Tierras libres no es un buen ejemplo? Sin mencionar la burla que significa el sacrificio que hemos hecho muchos para proteger *su garantía*.
—Es la decisión del Concilio, Eric —informa con autoridad la cabecilla. Los otros parecen querer evadir con la mirada al hombre frente a ellos, quien los encara incriminante—. Estás en tu derecho de abandonar la asignación, te lo has ganado. Incluso, tu propuesta de adelantar el plan tiene sentido. Aunque debes saber que, de entre todos, el Concilio mantendrá los

recuerdos estrictamente necesarios para acceder a esta garantía si alguna vez llegara la necesidad.

—No puedo creerlo —Eric mueve la cabeza de un lado a otro—. Todo este tiempo. No podemos, señores.

—No quiero sonar extremista en esta situación. Te has ganado un gran prestigio en el aquelarre; sin embargo, debo informarte que este asunto es de aguda delicadeza y si no llegas a someterte a la decisión del Concilio, podría haber consecuencias graves para ti y tu familia.

Apenas puedo atisbar el rostro de Eric, luce rojo, como de rabia.

—Apuesto a que sí. Gracias por su tiempo, señores.

Dice y comienza a caminar gradas arriba hacia la salida. Ana se levanta de su silla con semblante atribulado. Parece querer llamarlo, mas no lo hace. Eric se va bufando de la habitación.

VIII

Intento hacer caso omiso a la voz que me sigue llamando. Cada vez es más difícil de ignorar, pero hago mi mejor esfuerzo.

—Debo confesar que, de todos, el que más me aflige es usted. No puedo negar que me siento traicionado por mi casa.

Seguí a Eric y me escurrí en su visita a la oficina de Aldos. Es un lugar acogedor, aunque con techo alto. Un lado de las paredes porta una biblioteca que llega casi al techo y del otro lado unos ventanales altos dan vista a espacios verdes del campus, dos pisos abajo.

—¿Qué puedo decir, muchacho? Estar al mando nunca ha sido una tarea fácil —parece un tanto atribulado, pero resuelto—. Yo siempre he esperado que algún día llegues a ser parte del Concilio, sin embargo, debes saber que asuntos como estos suelen suceder y que al final del día se deben tomar decisiones difíciles. Quizá no lo entiendas ahora, parece poco moral el camino que tomamos. Una traición. Hay sendas que parecen controversiales y exageradas hasta que empiezas a andar por ellas y te das cuenta de que era necesario hacerlo. No por eso las convierte en fáciles.

—Aun así, no puedo aceptarlo como si nada. Ahora que conozco la posición del aquelarre, no puedo continuar con la asignación. Si Lidia y yo sacrificamos nuestra vida ahí fue porque creíamos en la importancia del credo, así como las otras familias y miembros

—Y has brindado un servicio excepcional. Tienes la libertad de retirarte. Sabes que tienes una confianza de otro nivel con el Concilio. Además de que has sido prospecto por vario tiempo ya y por eso no te hemos hecho olvidar un dato tan delicado como este de inmediato.

—Pero ahí sobresale un punto importante: no puedo irme de la asignación así nada más. Las demás familias y miembros necesitan que se les brinde la posibilidad de optar. Es injusto que continúen siendo peones de un proyecto del que no conocen por completo —alega Eric con seriedad.

—Por eso nos gustas como prospecto, muchacho; te importa la gente.

—¿Entonces está de acuerdo conmigo?

—Sí y no. Tendrás que saber que a veces no todas las partes necesitan saber todo de un plan para que este sea efectivo. Es lo mejor en ocasiones.

Eric niega incrédulo.

—En este caso difiero, señor. Creo que el equipo merece saber la verdad y decidir por ellos mismos. Estamos hablando que protegemos algo que en esencia va contra un gran estatuto del aquelarre, sino el más importante.

—Y por eso es imprescindible que tal información permanezca confidencial. ¿Imaginas lo que le haría a las bases de nuestra organización? Esto es peligroso, Eric. ¿Estás dispuesto a derrumbar tu propia casa, el lugar que te vio crecer, por algo así?

Eric duda por un momento. Parece no tener una respuesta inmediata a ese argumento.

—Pero... —resopla—. Señor, debe haber otra manera.

—Querido Eric, no sé hasta dónde llegó tu investigación, pero quizá sabrás que para lograr cerrar ese portal se necesita una especie de sacrificio.

Eso atrapa su atención.

—¿Podría explicarse, por favor?

—Míralo de esta manera, la energía que se requiere para efectuar ese conjuro es tal que necesitaríamos de muchos hechiceros para poder lograrlo de la manera segura y estable. Pero —lo detiene antes de que se emocione—, esa opción no está disponible. No sabemos cómo pueden reaccionar los miembros del aquelarre ante tal noticia y arriesgamos mucho exponiendo una verdad así. ¿Sabes lo mucho que conlleva fortalecer la confianza y los enlaces? Ah, pero romper eso es mucho más sencillo.

—¿Y si un grupo de hechiceros poderosos como el Concilio lo intentara?

—Ahí está el sacrificio. Un grupo pequeño puede intentarlo, pero al menos uno debe ellos fungir como fuente de poder principal. La energía del alma de una persona puede ser suficiente.

Eric parece intentar dimensionar esa idea en su mente.

—Pero si la cantidad de poder que necesita es tan extensa —analiza Eric—, la persona bien podría drenarse. Podría olvidar la magia, sin mencionar el claro peligro de morir.

—Exacto.

—No entiendo, ¿por qué no se puede distribuir el peso?

—La escala del conjuro lo vuelve vulnerable. Es decir, entre muchos proveedores, la fuente de energía sería más fácil de canalizar de manera estable. Ese es el escenario óptimo. Con dos o tres personas fungiendo de fuentes, se añaden probabilidades de fluctuaciones y podría generarse un rebote. Y no sabemos a fondo las implicaciones en este caso. Pero con una fuente de poder principal, la posibilidad de estabilidad es más segura.

Eric continúa procesando la información.

—Sabes que tengo razón, querido —añade en un tono comprensivo—. Ahora dime, ¿conoces a alguien que esté dispuesto a hacer tan peligrosa maniobra? Ciertamente, ninguno del concilio estaría dispuesto. ¿Tú lo harías?

Los dos se miran. Eric parece querer alegar algo más, pero no logra hacerlo.

—Yo...

—Querido, estoy dispuesto a repasar la técnica más a fondo para que confirmes de manera definitiva lo que te digo. Te aseguro que no hay mentiras en esto.

Eric parece decepcionado, quizá de él mismo.

—Si de verdad estas son nuestras únicas opciones, entonces al menos les solicito que consideren con seriedad mi primera propuesta. Lo acepto, no puedo decidir si poner la vida de alguien en un peligro así valga la pena. Incluso si solo llega a olvidar la magia. Pero, señor, el equipo en Brimin no merece vivir una mentira así. Reconozco que con el tiempo hemos echado algunas raíces allá. Con todo, es mi deber alegar por ellos aquí —Eric hace una pausa, parece meditar lo que va a decir a continuación—. Si quieren mi apoyo, necesito que adelantemos el plan como propuse. Si de verdad no existiera otra opción más viable, al menos con eso podremos olvidar la ubicación, la enterraremos y podremos volver a casa.

La voz que me sigue llamando es tan pertinente como molesta. Es como escuchar una campana despertadora que intenta arrancarte de un sueño placentero y cálido.

¿Acaso estoy desarrollando alguna cualidad telepática?

Aunque deseo seguir escuchando la conversación entre Aldos y Eric, intento escabullirme fuera de la oficina. Me estoy ganando un dolor de cabeza cada minuto que me esfuerzo por ignorar esa voz.

IX

Mis patas sienten la suave tela de una de las butacas, donde estoy echado. Me encuentro en la recámara de Velina, en el campus.

¿Cómo llegué aquí tan rápido?

El lugar parece diferente, definitivamente aparenta que ella ya lo convirtió en su espacio. Algunas prendas usadas adornan por aquí y allá, así como unos libros y cuadernos ocupan su escritorio y cama, y algunas de las paredes muestran varios dibujos hechos por ella. Algo me recuerda que últimamente ha tomado muy enserio lo de dibujar.

Aún escucho aquella voz, me llama como en un eco. ¿Por qué creo que me llama a mí cuando solo repite el nombre de Yoshaya?

«Íldrigo, ¿estás ahí? —La voz de Velina suena clara como el día en mi mente—. ¿Acaso no me escuchas?»

Está echada en su cama tomando notas en un cuaderno y con un libro grueso abierto de lado.

Maúllo, de manera instintiva, haciendo solo un balbuceo o, en mi mente, suena como eso. Ya casi se cumple un año del ingreso de Velina al internado y probó ser una candidata excepcional para la magia. Superó sin problemas los primeros dos pasos de iniciación y aunque no ha atravesado el Evento, todos tienen gran fe en su potencial. Decidí dejar de intentar comunicarme con ella de manera mental. El Concilio apoyó la moción de Eric, pero están esperando al Evento de Velina para ejercer el olvido de todo el asunto. Hacerlo antes podría afectarla. Ella no tiene mayor razón para sospechar que solo soy un animal corriente, aunque ha intentado que yo confirme lo contrario. Parte de su entrenamiento ha sido sensibilizar su Percepción Telepática. Y, hasta donde sé, no le ha comentado abiertamente a nadie acerca de sus sospechas para conmigo, mas no puedo fiarme. Si se enteran de que no soy un gato común y corriente, podrían incluirme en su pequeño viaje al olvido.

Necesito que todos olviden primero, incluida Velina, para luego poder poner mi plan en funcionamiento. Aún hay piezas que necesito encajar, pero si de algo dispongo es de tiempo. Por el momento solo debo esperar con paciencia al Evento. Luego debo encontrar la manera de escabullirme hacia Brimin. Si entiendo bien el plan, la única manera de derribar la Protección que desean instalar es estando desde adentro y, aun así, no sé cuánto tiempo me tomará deshacerla. Una vez que lo haga, espero contactar a Velina por sueños y revelarme ahí.

«¡Íldrigo! —Me llama de nuevo—. ¿Me estás ignorando bola peluda?»

Reacciono como de costumbre: salto desde donde estoy y me voy a acurrucar a uno de sus costados. Además, añado un ronroneo que no es del todo fingido.

«Más te vale —me rasca la cabeza—. Quisiera que pudieras responderme —suelta un suspiro—. Sería estupendo. ¿Sabes? Todo esto de la magia es magnífico y en el fondo es como si siempre lo hubiera sabido, pero este lugar, la ciudad… No sé, me cuesta encajar y extraño mucho nuestra casa —me rasca debajo de las orejas, sabe que me encanta—. Todo el tiempo me paso soñando que volvemos a Brimin».

«¡YOSHAYA! —Esa maldita voz de nuevo».

X

El día es intenso y soleado o, al menos, así se ve aquí en el patio de la Casa Marlo. Si no fuera por el dolor de cabeza que tengo en este momento, disfrutaría la rotunda quietud que me rodea. ¿Y qué es lo que siento en la barriga? ¿Hambre? Cierto, no estoy seguro de la última vez que comí algo en forma. Primero pasé con sobras camino de regreso para evitar que se enteraran de mi compañía y, ahora, que llevo varios días encerrado en la protección, me entero de la poca variedad de comida.

Esa voz sigue llamando a Yoshaya, pero debo pensar en mi plan. Velina ha fortalecido su habilidad telepática y una vez que finiquite mi estrategia, estaré a un sueño de establecer contacto con ella. Hace tiempo entendí lo que me dijo Omni-Ómnimun acerca de la Paradoja del Alma: "Eso es algo que inventarías de no escucharme". Parece que calza. Lo siento tanto, Velina. Aunque no solo a ella tendré que engañar; mi otro yo no aceptará convertirse en un animal durante décadas sin ni siquiera saber si va a funcionar. Aunque lograra romper esta maldición cerrando el portal, no sé con exactitud el efecto que tendrá en mí. Podría convertirme en un humano común, de manos y piernas, que envejece, o podría extinguirme en un instante cuando el tiempo se cobrase todo lo que perduré sin su permiso. Con todo, mis posibilidades son mejores que lo que tengo ahora y no puedo desperdiciar la oportunidad.

«¡Yoshaya!»

XI

De pronto la noche lo cubre todo. La luz cálida que se escapa por las ventanas de la vivienda resalta en medio de la oscuridad. Las carcajadas de un niño rompen el sigilo y llenan de vida el espacio. Subo por el porche y luego trepo en la banca que está bajo la ventana. A través de las cortinas alcanzo a ver Velina, se ve mucho más madura, y frente a ella está un hombre. Están sentados en dos sillones opuestos junto a una acogedora chimenea y se ríen de las gracias de un bebé que juega de caminar del abrazo de su madre al de su padre. La escena me resulta bastante enternecedora.

Pequeña amiga, no sé si algún día conseguiré el perdón de esto. Intentaré hacerte recordar, al menos eso te debo.

Un sonido en el patio llama mi atención. Es una especie de aparición. Es bastante conocida y me causa un desasosiego. De pronto, lo que me rodea me resulta falso y mi mente siente un deseo de liberarse, como si no cupiera en mi cabeza. Allá, frente mí, a unos cuantos pasos, se levanta una puerta vieja en medio del jardín. La puerta está abierta, pero no se logra ver lo que está del otro lado, tan solo se puede apreciar una oscuridad rotunda que me oprime el pecho y me atrae. Es una sensación ominosa y familiar. Temo atravesar ese umbral y experimentar el vacío y la soledad que irradia, pero algo me dice que debo hacerlo.

Me encamino hacia el lugar. Un paso convence al otro, y al otro más, y al otro.

Y por fin atravieso la puerta.

XXX

Mis piernas no logran sostenerme y caigo postrado en la arena.

De inmediato reconozco las manos con las que me sostengo. Mis palmas, mis nudillos, mis uñas. Son humanas y soy yo, Yoshaya. Toco mi rostro y la sensación de familiaridad es abrumadora.

—¿Dónde estoy? —Me escucho preguntar. La novedad de una voz humana es desconcertante.

La puerta se cierra tras de mí y la luz cálida de las ventanas de la casa se extingue. Mis ojos la extrañan de inmediato y el pecho se me encoge más. De este lado tan solo permanece una anémica luz que flota. Me invade un miedo terrible de que esta llegue a extinguirse.

Aquella silueta se planta frente a mí. Apenas puedo reconocer que posee rasgos humanos; el efecto contraluz impide que pueda reconocer su rostro.

Me extiende una mano y la tomo.

Es como si tocara un espejismo.

—¿Dónde estoy? —Repito con dificultad cuando me logro poner de pie, pero no recibo respuesta—. ¿Dónde estoy?

Su silencio me frustra.

—¿Dónde...?

—Un sueño —la voz de mi hermano aparece un eco confuso. No fue la sombra quien contestó.

¿Un sueño?

—¿Franco —articulo con torpeza—, estás ahí?

—Sueño... —logro discernir entre las reverberaciones—. Despertar.

La sombra pone sus manos sobre mis hombros, parece aprobar lo que oí asintiendo parsimoniosamente.

—Date prisa —escuchó un débil y carrasposo susurro proveniente de la sombra y se me eriza la piel: es un vestigio de la voz de Éveril —no me queda mucho. Despierta.

34
Emerger

Una sensación de lucidez me invade de manera violenta y de inmediato me incorporo de donde estoy. Empiezo a respirar bocanadas de aire como si hubiera estado sumergido bajo el agua por un tiempo inconcebible. Y el peso... El peso de todos esos recuerdos, el peso de todos esos sentimientos. Mi pecho y mi mente simplemente desean desfallecer, desgarrarse.

Y lloro hasta más no poder.

35

Una solución, un sacrificio

—Yosh, ¿cómo te sientes? —Es la voz que me llamaba, ahora es más sencillo saber que es mi hermano.

—Exhausto —mi garganta está seca como un trillo bajo un sol de verano.

Estoy recostado en una cama, en una de las habitaciones. Aún tengo vivos recuerdos sobre eventos que sucedieron aquí durante varios años. Se ve diferente, pero ahora reconozco que esta era la habitación de Velina cuando era niña.

Me incorporo de inmediato y siento una punzada en la cabeza.

—Espera, no hagas eso.

—¡Franco, lo vi! —La avalancha de emociones se me atora en la garganta.

—Está bien, pero debes tomarlo con calma. Estás débil —me intenta apaciguar y fracasa.

—No lo entiendes, lo vi… Vi tanto. Lo vi todo. No podemos esperar, tengo que contarles. Es como un sueño, se va borrando después de que despiertas.

Unos pasos acelerados se acercan a la habitación y Sigrid se asoma por la puerta.

—Despertaste ya.

Asiento.

—Sigrid, quizá estén siendo engañados.

—Así que Magia de Intercambio —dice abstraída en el fuego de la chimenea.

Nos reunimos en la sala que se conecta a la cocina. Por las puertas ventanales se puede ver como afuera cae una ligera llovizna vespertina que empapa el patio. Alguien preparó café y casi todos tenemos una taza humeante en nuestras manos. A Sigrid y a mi hermano los acompañan otros seis integrantes, así que el espacio se siente poblado.

—Es correcto pensar que una verdad como esta podría desmoronarnos en un instante —continúa Sigrid—. Sería un escándalo colosal. Tiene sentido que nos tuvieran trabajando con las manos atadas y los ojos vendados todo este tiempo. ¿Cómo dijiste que se llama? ¿Omni...?

—Omni-Ómnimun —repito.

—¿Estás seguro?

Asiento deseando que no fuera así.

—El Concilio sabía que el portal se podía cerrar —los miro con determinación tratando de ignorar el cansancio que me quiere doblegar—, y tenemos que hacerlo lo más pronto posible.

Recibo un par de miradas, principalmente consternadas.

—Hablo en serio —planteo—. Éveril podría regresar si logramos hacerlo. Además, si es cierto que va en contra de sus principios, ¿no es la dirección más obvia?

—Me parece tu entusiasmo, Yoshaya —Sigrid se pone en pie como tratando de digerir todo—, pero no podemos precipitarnos. Al menos debemos hablar con el Concilio.

—¿Acaso no escucharon lo que les acabo de contar? ¿Por qué piensan que hablar con ellos sería diferente esta vez? Tenemos la oportunidad de sellar este mal de una vez por todas y rescatar a Éveril. Debemos hacerlo.

—Respira un poco, ¿sí? —Me pide intentando no perder su compostura.

—Sigrid —alza la voz una de las integrantes de su equipo y luego duda en continuar. Es una muchacha que parece veinteañera, de pelo negro azabache lacio y piel morena. A pesar de vacilar, su mirada de ojos oscuros demuestra una determinación que intimida. Su contextura me recuerda la de aquella mujer a un lado de Sigrid el día que nos amenazaron en la ciudad—. Toda mi vida... —retoma—. Este secreto va en contra de lo que crecimos creyendo. Si todo esto es verdad... Trabajamos a ciegas en este equipo porque precisamente creemos en nuestros estatutos. Si hay una posibilidad de que el Concilio tome la decisión de seguir manteniendo esta situación, prefiero revelarme ahora e intentar destruir el portal. Lo que hicieron no tiene otro nombre más que traición.

—Emma... —habla Sigrid, pero parece no poder decir nada más.

—Sigrid —dice otro integrante sentado en unos de los banquillos altos de la cocina. Podría aventurarme a decir que era el otro acompañante de Sigrid aquella vez. Es un hombre alto de piel oscura y de hombros anchos. Me pareció tener un semblante hostil, pero su voz más bien me transmite un aire de fidelidad—. Apoyo lo que dice Emma. No le debo mi lealtad a una mentira. Además, tenemos una oportunidad de quitar una trampa peligrosa. Lo peor sería darle la espalda.

Sigrid lo mira con aire pensativo.

—Concuerdo, Sigrid —dice otro hombre adulto de lentes, parece el mayor del grupo. Estoy seguro de haberlo visto antes en el pueblo. Un tipo de piel pálida, pelo desenfado y un tanto escuálido—. Sé que como líder no es la decisión más fácil de tomar, pero si nos conozco bien diría que todos estamos de acuerdo con lo que debemos hacer. ¿O alguien piensa lo contrario?

Varias miradas de aprobación se cruzan entre sí. Solo mi hermano parece más indeciso que los demás, como aun procesando todo.

—Tienes nuestro apoyo, Sigrid —le asegura Emma—. Si tenemos que enfrentarnos al Concilio, lo haremos. Esto no puede quedar así.

A Sigrid se le escapa una risa media sarcástica.

—Muy conmovedores todos, muchachos. Y créanme que no espero menos de ustedes. Si les soy sincera, en el fondo también presiento que esta es la acción que debemos tomar. Sin embargo, esta verdad no es nada fácil de digerir.

—Entonces... —no me puedo contener.

—Solo se escapa un detalle muy importante —añade mi hermano, ausente—, necesitamos el sacrificio.

—Exacto —lo apoya Sigrid—. Sabemos el peligro de drenarse.

Un silencio rotundo se hace presente.

—Yo puedo hacerlo —mi corazón encuentra fuerzas para martillar de nuevo y mi voz resulta más débil de lo que esperaba.

—Yosh... —Franco intenta detenerme.

—Quiero hacerlo —le hablo a todos—. Después de lo que viví, no creo que pueda pasar un día sin que recuerde el vacío y la pena que se acumula dentro de él. Y ese es el caso, aún sigue ahí. Aquí. Estoy seguro de que todos pudieron percibir un poco de ella, la ilusión que él puso en este lugar se imbuyó como un vino que fermenta y hasta el más insensible puede oler la angustia a distancia. Por décadas, Éveril se ha encerrado en su mente sin nadie más. Solo, en estos bosques, en esta casa, sin envejecer. Lo que un día fue una sombra que lo acechaba, un miedo meramente humano, con todos estos años, se convirtió en una amarga y profunda oscuridad. Más de lo que nadie puede soportar. Lo que era Éveril, ahora es por poco un espejismo. Está haciendo un gran esfuerzo por proteger sus recuerdos más preciados dentro de su mente, los que me enseñó. El resto es un mar de oscuridad que solo se extenderá con el tiempo. Una cárcel eterna. Si puedo hacer algo para rescatarlo antes de que se pierda por completo, lo voy a hacer.

Sus miradas permanecen en mí.

No surgen palabras aún.

—Yosh —Franco rompe el silencio—, viste como Éveril se aprovechó de Velina para conseguir lo que quería —alega preocupado—. Está pasando lo mismo contigo. ¿Por cuántas personas tendrá que pasar por encima hasta que consiga su objetivo?

—Sé cómo se ve esto, pero tengo que hacerlo. No solo significa regresarlo a ser humano, sino que al fin podrá envejecer como todos. Liberarse realmente.

—¿No moriría al instante? Éveril —conjetura Emma, su voz sucinta y pragmática—. Después de vivir tanto tiempo bajo el amparo de una maldición así, ¿cómo saber cuál va a ser el efecto una vez levantada?

La atención de todos se divide en mí y en Emma mientras esperan una respuesta.

—Éveril sabía lo incierto de la situación —tomo la palabra—. Sé que solo tienen mi testimonio como garantía, pero es lo que él quiere. Yo… no quiero que él muera y entiendo que el riesgo es grande, pero lo apoyo en su pensar. Es la mejor oportunidad que ha tenido y debemos tomarla mientras podamos. No queda mucho tiempo.

—Alto ahí —interviene Sigrid—, no es tan sencillo —mis esperanzas decaen por un momento, pero parece que tiene que decir algo más. Su rostro se contradice a sí mismo, como si debatiera con su mente—. Es… posible intentarlo, PERO —contiene mi emoción—, pondré un umbral. Utilizaremos la energía de Yoshaya, de manera experimental, en una zona segura. Si me entero de que este arreglo no es suficiente para cerrar el portal, abortaremos el conjuro y llevaremos el caso al Concilio. Eso quiere decir que solo dispondremos de una oportunidad. Repetir una maniobra así es igual de peligroso. Además, Yoshaya debe recuperarse bien. En el escenario de que no funcione, presionaremos al Concilio para que se haga algo al respecto. No voy a perder la vida de nadie por apresurarnos en una decisión.

Nadie parece totalmente feliz con esta condición, pero tampoco se escucha objeción.

36
Conjuro de Linimento

El sol no sale aún, pronto lo hará. Me esforcé por dormir, como me recomendó Sigrid, pero a quién voy a engañar, la noche se me hizo larga y el sueño escaso. En su lugar, mi mente se inundaba de recuerdos, imágenes, sonidos; la mayoría acerca de la vida de Éveril. Y, en definitiva, la mente humana no está hecha para cargar con tantos. Por eso agradezco que parezcan irse desvaneciendo, poco a poco, como un sueño. Con las horas se hace menos complicado sentirme truncado por el peso de todo.

Con respecto al plan, Sigrid sigue rígida en su condición del rango seguro. Se concretó que debíamos aplicar una prueba lo más antes posible o al menos tan pronto me recupere. Todos nos quedamos en la Casa Marlo y no hubo problema para que cada uno encontrara un espacio donde poder pegar el ojo. Ya que Éveril tenía la casa bien abastecida de víveres, entre algunos prepararon una cena y cuando nos sentamos a cenar fui testigo de su planificación para el día de hoy. La conversación también me da vueltas en la mente.

—No estamos seguros de la configuración exacta que tiene el sello incandescente, puede tener muchas variables —conversa Sigrid entre cucharadas un tanto desagraciadas—, así que mañana debemos estar en pie antes de que salga el sol. Si el sello se cierra con la luz naranja, eso nos podría complicar las cosas.

—Tendríamos que terminar el conjuro en ese tiempo —añade Emma después de sorber un poco de agua.

—¿Cuánto podría durar un amanecer? —Pregunta mi hermano desde uno de los sillones de la sala. No cupimos todos en la mesa de la cocina.

—Técnicamente podría durar hasta media hora —responde Gino, el hombre que parece ser mayor que todos—, pero, si no me equivoco, quizá tengamos menos que eso.

—Es cierto —secunda Sigrid—. El sello podría valerse solo de los minutos más intensos de la puesta.

—Entonces cabe la posibilidad de que se ocasione un rebote si no la hacemos dentro de ese tiempo —concluye Jackson con la boca todavía llena. Jackson es el hombre corpulento y de voz leal.

—Por eso es indispensable que estudiemos el sello primero —reitera Sigrid—. Mañana por la mañana confirmaremos de cuánto tiempo disponemos.

—¿Y un par de minutos sería suficiente? —No puedo evitar intervenir.

Sus semblantes son mixtos.

—Será una jugada arriesgada —explica Emma seria, pero amable.

—Por eso el rango seguro —toma de nuevo la palabra Sigrid—. Mañana por la tarde, en nuestra segunda prueba, vamos a sondear cómo se comporta el portal. Algunos de nosotros trabajarán en proteger al equipo en caso de algún rebote. Dividiremos la fuerza a la mitad. Cuatro levantarán una Protección y cuatro haremos un intento "amistoso" de cerrar el pasaje.

—¿Y cómo hago mi parte? —Pregunto.

—A eso voy —responde—. En nuestra primera prueba entablaremos una conexión con Yoshaya, pero utilizaremos nuestra propia energía. No queremos malgastar ni un poco, innecesariamente, de nuestra fuente de poder principal. Emma te ayudará a prepararte.

Asiento tratando de ocultar la ansiedad.

—Si en nuestra primera prueba podemos determinar que tenemos una buena posibilidad de cerrarla, el siguiente día avanzaremos a un escenario real, contemplando que Yoshaya esté recuperado.

Es la mañana siguiente. Estamos todos agrupados en la biblioteca, donde Éveril y yo logramos abrir el sello. Todos llevamos una suerte de abrigos para mitigar el frío de la mañana y tenemos la chimenea ardiendo a fuego vivo. Estamos en silencio, repartidos donde podamos encontrar un asiento o un lugar donde recostarse. Ya casi puedo reconocer los rostros de todos en la creciente claridad. Todavía es tenue, solo la luz de la fogata nos ampara, pero si de algo estamos todos seguros es que el sol no falla un día. Para nuestra suerte, el cielo, allá afuera, está despejado y solo son momentos para que se asome el primer destello deslumbrante en el horizonte.

Siento un vacío en el estómago. Me parece que fue hace muchísimos años cuando abrimos el pasaje, cuando en realidad fue tan solo ayer. Intento no prestar mucha atención al tema. Cuando lo hago, mi pecho desea abrirse en dos de tantas emociones a la vez. Extrañamente ahora me funciona recurrir a los dolores físicos resultantes de mi encuentro con Eric y el cansancio producto de los últimos hechizos. El malestar del cuerpo me ayuda a ignorar el peso existencial que estoy arrastrado, además de un escurridizo remordimiento que empieza a filtrarse en mi conciencia por haber presenciado algunos de esos recuerdos que bien sé, eran muy cercanos al corazón de Éveril.

Quiero creer que era necesario.

—¡Ahí! —Anuncia Emma señalando a través de la ventana.

Tenemos las cortinas recogidas en ambos extremos para dejar que al momento la luz entre con todo su esplendor.

Y empieza a hacerlo.

La tenue luz del alba ya formaba una silueta difuminada, pero cuando dije las palabras que abren el sello no sucedió nada. Debíamos esperar al completo resplandor.

Poco a poco, al pasar de los minutos, el desfigurado rectángulo de luz se va tornando más definido y contrastante en medio de las sombras en la habitación.

—Haz los honores —me indica Sigrid.

Mi corazón se hace notar en mi pecho.

Asiento.

—*Pas a vin* —enuncio.

Una vez más, la silueta de luz se enmarca en un hilo incandescente. Admiramos como este parece viajar por los bordes de la silueta hasta dejarla. El hilo corre por la pared como la otra vez y baja hasta el suelo, donde toma la forma de la compuerta. Momentos después, el brillo se extingue y en su lugar queda una rendija. La nueva puerta da un empujoncito hacia afuera como la última vez y queda apenas abierta.

Avanzo hacia esta.

—¿Yosh? —Me detiene Franco.

—Debemos abrirla, ¿no?

Sigrid asiente. Yo continúo y lo hago. Allá abajo puedo ver el círculo de piedra con la abertura que da paso a la escalera en espiral. Esta lleva a una oscuridad, en apariencia, sin fondo.

—Además —les digo—, no hay manera de que vuelva a poner un pie ahí adentro.

—Más te vale —me sentencia sin más Sigrid—. Y bien, ahora queda esperar.

Sus sospechas probaron ser ciertas; el sello se cerró en cuestión de unos dieciocho minutos. Tan solo permaneció abierto durante la etapa más deslumbrante del amanecer. Con base en eso, empezaron a planear una estrategia. En general están de acuerdo de que tienen posibilidad de aplicar el conjuro si no pierden ni un segundo. De todas maneras, el consenso es que todo va a depender de la reacción del portal. Sigrid recalca que las pruebas nos dirán si podremos lograrlo desde un rango seguro. Es decir, sin que mi energía del alma se drene y olvide la magia o, peor aún, que muera.

Las manos me sudan cuando lo pienso. No sé si estoy listo para morir u olvidar la magia. No quiero terminar como papá o como Velina. No quiero vivir el resto de mi vida preguntándome qué es eso que no puedo explicar. No puedo retroceder ahora que mi vida parece empezar a cobrar algo de sentido, ahora que me parece que existe un rumbo. Nunca más quiero ser el Yoshaya de antes y la magia puede ser lo único que me ayude a descubrir quién soy realmente. Con todo, la oscuridad que acosa a Éveril aún tiene su garra en mí. Es como una herida que no sé si se va a llegar a sanar por completo. Por eso no puedo dejar que el temor me gane ahora, el remordimiento y la pena me perseguirían por siempre. Sin mencionar lo que le podría pasar a este lugar. Primero fue la Casa Marlo, pero en el futuro toda Brimin podría verse contaminada por la oscuridad. No veo manera de retractarme.

—¿Yoshaya?

—Lo siento.

—Debes concentrarte —me indica Emma. La luz de la mañana, que todavía entra inclinada por las ventanas de la biblioteca, le otorga un brillo excepcional a su oscuro cabello lacio—. Todos vamos a depender de ello para el éxito del conjuro. Debemos estar seguros de que podrás hacerlo.

—Lo haré. Perdón. Podré hacerlo.

Emma da un ligero suspiro, parece no estar acostumbrada a tener que repetirse. Desde que me enteré de que es la aturdidora del grupo le tomé más respeto. No quiero disgustarla.

—Cuando se intenta otorgar energía a un tercero es importante mantener una imagen clara de esta persona. Tal vez seas muy nuevo para esto, pero quizá habrás escuchado de los Conjuros de Linimento. Son usados para calmar aflicciones físicas o sentimentales.

Un recuerdo aparece en mi mente, estoy tomando las manos de Lilian. En realidad, es Éveril quien las toma. Ella está aplicando un Conjuro de Linimento para calmar su pesar. Éveril la extrañaba mucho después de su muerte. También recuerdo los momentos en los cuales Éveril me apaciguó con el conjuro que ella le enseñó.

—Creo que sé de lo que hablas —intento no sonar afectado por los recuerdos.

—Si hay contacto visual y, aún más, físico, el efecto es superior. Así que estaremos tomados de las manos en una forma parecida a un cuarto creciente y tú serás el centro. Así habrá contacto físico y también podrás mirarnos a todos. Tener a seis personas presentes a la vez puede ser complicado, vas a tener que concentrarte mucho.

—Está bien, me esforzaré. Cuando estuve en los recuerdos de Éveril experimenté ese tipo de conjuro. En cierta manera, ahora el conocimiento es mío también.

—Entiendo —me dice con una chispa de fascinación sin perder su temple—. Quizá un día me puedas platicar de ese don tuyo, tal vez tengamos más en común de lo que crees. Regresando al tema, el principio que vas a utilizar es el de un Conjuro de Linimento, con la diferencia de que no vas a otorgar una instrucción a la energía convocada.

—¿Entonces?

—Debes encauzarla hacia nosotros con tu voluntad y nosotros nos encargamos del resto. Un tema complicado para explicarlo hoy, lo importante es que hagas tu parte.

—Entonces —repaso—, ¿es como dejar correr la energía de mi alma?

Emma asiente seria.

—Correcto, de nuevo. No quiero minimizar el riesgo de hacerlo, Yoshaya, es peligroso. Verás, la Lumbre nunca se va a apagar por completo, en las condiciones correctas es capaz de regenerarse, como lo has visto. Pero puede suceder que se consuma al punto de no poder sustentar al cuerpo y este muere antes de que la Lumbre logre recuperarse.

—Ya veo —digo ausente.

—Aún puedes retractarte.

La miro sorprendido.

—Deseo acabar con esto también, pero de la manera correcta. Ya no quiero más mentiras y por eso te advierto.

—Tengo que intentarlo —me esfuerzo para que mi voz no flaquee—. Estoy seguro. Debo hacerlo.

El sonido de unos pasos se aproxima por el pasillo hacia la biblioteca, donde estamos.

—¿Cómo vamos? —Es Sigrid.

—Por buen camino —responde Emma.

—Avísennos cuando estén listos para hacer un ensayo de conexión con Yoshaya. Aún estamos planeando la configuración de prueba para mañana.

Asentimos y Sigrid se va de regreso por el pasillo a la sala interna.

37
Afuera la tempestad

No sé si Éveril esté feliz al respecto, pero lo atrapé para que durmiera conmigo. Ya van tres noches y aún me cuesta conciliar el sueño. Quizá se molestó, hace rato saltó de la cama y abrió sin problema la puerta de la habitación. No sé si recuerda exactamente quién soy o sepa lo que está sucediendo, pero pensé que tenerlo ayudaría a aferrarme a mis motivos con más fuerza.

Como era de esperar, el sueño de esta noche ha estado tan frágil como una hoja de papel seda. Mi hermano a veces ronca, lo cual no ayuda mucho. Está en la misma cama que yo, acostado opuesto a mí. Compartimos la habitación que solía ser de Velina. Deseo poder dormir como él. Me pregunto si podré volver a hacerlo de esa manera.

Rato después, Éveril regresa, salta sobre la cama y se acurruca sobre mis pies. Eso me hace sentir mejor, aunque no evita que continúe pensando en lo que viene dentro de pocas horas y lo que aconteció en dos días atrás. Después de mi tiempo con Emma, practiqué mi conexión con el grupo por buen espacio del día. Fue incómodo; tomarse de las manos con extraños y compartir miradas intensas no es exactamente lo que acostumbro. Y sí, mi hermano casi cuenta como uno de ellos. A la mañana siguiente, durante el amanecer de ayer, hicimos el primer sondeo. Por poco se nos trunca el plan, el cielo no quería despejarse y obtuvimos la luz intensa por mucho menos tiempo.

Yo solo estuve como parte de la configuración y sin hacer nada más. De acuerdo con sus conclusiones, no hubo respuesta hostil o algún tipo de rebote. Ellos clasificaron el intento como "un empujoncito" al portal para comprobar qué tan pesada es "la puerta". Sigrid concluyó que no sería del todo fácil, pero parecía haber posibilidad de lograrlo. Los demás secundaron su asesoramiento con confianza. Lo que me recuerda la cena de anoche.

—Yosh —Franco llama mi atención. Nos rodea un aire de optimismo. No había visto al grupo tan vivo como ahora—. Sé que estás preocupado, intenta calmar la mente. Hay una buena probabilidad de que dé resultado.
Asiento sin poder expresar más. Franco me rodea la espalda con su mano y frota mi hombro. Luego me despeina un poco.
—Estos que ves aquí son unos de los más hábiles entre el aquelarre. Todo va a estar bien. Haremos lo posible por salvar a Éveril.

Me doy vuelta en la cama. Y es que, en cierta manera, ahora comparto la anticipación que Éveril podría estar sintiendo ante tal posibilidad. Razón más por la cual no puedo pegar ojo. Después de todo ese tiempo, su mal podría acabar y, con suerte, se lleve la sombra que contamina este lugar.
La idea me emociona y me aterra a la vez. La otra opción podría ser que muera frente a nosotros.
Tampoco puedo dejar de pensar en lo que sucedió después de la cena. Caí en cuenta de que debía hacer algo antes de intentar el conjuro. Tenía que pasar anoche sin falta.

—¿Es necesario? —Me pregunta Franco sin ocultar su desacuerdo. El resto del grupo me observa mientras me dispongo en el sofá de la sala—. Debo hacerlo—. Intento que mi temple no falle—. No sé qué pasaría si algo sale mal mañana y olvido todo. Debo ir a prevenirlo hoy.

—Por lo que he visto, con que duerma bien después de esto, estará repuesto para mañana —asesora Sigrid—. Pero solo debes ir por unos minutos, Yoshaya.

—¿Y estás seguro de poder apuntar a un momento en específico así nada más? —Me cuestiona Franco.

—Creo que sí —espero que sí. Me estoy afianzado en perseguir el sentimiento de apego que desarrolló Éveril por el momento al que deseo ir—. Aunque por ahora solo creo poder hacerlo a través de un sueño. Y recuerden, es importante que me llamen de vuelta.

En mi mente se repite una y otra vez el momento en que vi a Éveril. Anoche regresé a través de un sueño a advertirle. Le pedí que no me buscara más, para que así sucediera lo que tenía que pasar. Un cruce más en la paradoja. No esperaba sentirme tan abrumado de verlo, de hacer lo que tenía que hacer. No sé si esto sea un poder realmente o si ahora solo soy parte de una corriente caprichosa. Sentí que lo estaba condenando a sabiendas. Tuve que verlo y esconder lo que venía, un engaño más. Y, por otro lado, no sucumbir a consolarlo. Eso hubiera sido extraño, claro, pero ahora llevo los sentimientos a flor de piel y es lo que deseaba hacer. No pude evitar abrazarlo con todas mis fuerzas. "Creo que llegué al otro lado y ahora sé cómo puedo ayudarte", quise decirle, pero solo alcancé a abrazarlo más fuerte. Verlo me hizo prometerle con convicción: "Vamos a resolver esto".

Las últimas horas de la madrugada pasan lentas y entrecortadas. Cuando al fin escucho movimiento en las otras habitaciones, lo agradezco y no dudo en salir de la cama. Quiero hacerme creer que el frío es lo que me hace temblar, aunque sé que no es la mayor razón. Además de mi ropa, tomo el abrigo largo y azul de Éveril, y me lo pongo encima. Su peso me reconforta y me llena de un poco más de valor. Tengo una oportunidad para que esto funcione y no puedo defraudarlo.

Cuando salgo al pasillo oscuro, me topo con Sigrid que viene saliendo diagonal a mí tras la luz que se escapa del cuarto principal. Compartió habitación con Emma y otra chica del grupo.

—¿Cómo te sientes? —Me saluda.

—Supongo que bien —me alegra poder al fin hablar con alguien y salir de mi mente—. Un poco ansioso, no voy a mentir.

—Es de esperar —puedo ver como Emma y la otra chica están en pie también, acabando de prepararse para salir—. Recuerda que puedes usar eso a tu favor. Utiliza tus inquietudes para conectarte con nosotros.

—Lo haré.

—Despierta a Franco —me pide—, es una roca.

Se me escapa una risa y regreso a la habitación para encender la luz y llamarle.

Momentos más tarde, aquí estoy, solo, en la biblioteca, con Éveril en mis brazos, esperando el punto en que el sol se asome en el horizonte con suficiente intensidad para decir las palabras y abrir el sello. Para mi alivio, no parece haber nubes intrusas en el horizonte. Los demás me esperan afuera como lo ensayamos. De acuerdo con Sigrid y con el resto, un conjuro de este tipo puede crear efectos secundarios en el ambiente, como ondas de fuerza. No suelen ser de largo alcance, pero pueden ser peligrosas. Así que el resto del grupo espera afuera en la formación lunar. Están en el patio delantero y forrados en cuanta prenda se pudieron poner para sobrellevar el frío. Por eso mismo estoy sudando bajo la ropa, pero sé que pronto yo también deberé correr afuera para unirme a ellos. Más o menos dieciocho minutos es lo que tenemos. Después de eso, el riesgo de un rebote es muy alto.

Éveril se remueve e intenta salirse de mis brazos, yo me esfuerzo para no dejarlo tener éxito. No puedo permitirme que se escape. Tal vez se sienta sofocado por la franela con la que lo rodeo, pero me aferro a la idea de que pronto lo agradecerá.

Y el sol brilla al fin entre las montañas. Solo un poco más. Un poco más.

Se hace eterno.

Un minuto más tarde, creo que es tiempo de decirlo. El estómago se me encoge y me da la impresión de que estoy a punto de saltar a un vacío nuevamente. Mi pecho no va a lograr contenerme el corazón.

—*Pas a vin*—digo al fin y la piel se me eriza.

Para mi alivio y angustia, la silueta de luz se rodea de aquel hilo rusiente. Este hace lo mismo que en otras ocasiones y corre dejando la forma que le dio vida hasta arribar en lo que será la puerta de entrada en el suelo. Apenas confirmo que la puerta se abre, me acerco y la levanto para dejar las gradas expuestas. Sin dudar, abandono la habitación. Cada segundo cuenta.

Cierro la puerta principal detrás mío y, cuando salgo al patio, me topo con los semblantes concentrados del grupo. Su determinación me reconforta. Camino hacia ellos y me coloco en el espacio vacío que me espera en el medio. Luego pongo a Éveril entre mis pies y lo aprisiono con la ayuda de la franela.

—Quieto —lo aseguro bien. Solo su cabeza queda fuera del rollo de cobija.

Suelto el aire y tomo la mano de mi hermano y la de Sigrid. Practicamos esto hasta el cansancio los días pasados, pero hoy se siente más nuevo que nunca. Debo entablar la conexión lo más rápido posible. No cierro los ojos, sino que intento observar a cada uno de los integrantes de la formación y ellos me miran a mí. Respiro profundo y consciente, incluso abrazando el frío que empieza a invadirme. Dispongo mis sentidos, mi mente, me propongo vulnerable y percibo la misma actitud de ellos.

Y siento aquel particular cosquilleo electrificante entre nuestras palmas: tengo una conexión con el grupo.

—Eso será suficiente —dice Sigrid—. Gino y Jackson pueden interponer la protección con toda su capacidad. El resto, ya saben qué hacer. Yoshaya —me habla a mí—, puedes dejar salir la corriente.

Asiento y cierro mis ojos. Mi corazón parece galopar. Ahora intento visualizar mi Lumbre, me concentro con toda mi voluntad para alcanzarla. Y empiezo a sentirla, su abrigo me reconforta en medio del creciente frío. Entonces la puedo ver, la tempestad que se agrupa en una esfera de luz, salvaje y llena de vida. Sus corrientes me recuerdan un ovillo que se cruza entre sí sin un inicio ni un fin.

"Si das, tomas". Puedo escuchar la voz de Éveril aconsejarme. "Si das, tomas".

Ahora que me encuentro en disposición, abro mis ojos y retomo mi conexión con el grupo. Y llamo al poder. No es difícil, más bien resulta emocionante, hilarante, excitante. Lo invoco a que se desboque a través de mí y este comienza a correr. Puedo sentir como me convierto en un conducto. Me paraliza como si estuviera siendo electrocutado y siento poder en cada parte de mi ser.

—¿Listos? —Pregunta Sigrid, a lo que todos confirman con un sí—. ¡Ahora! —Indica.

En medio de las sensaciones, logro percibir la expansión de una fuerza. Emana de nuestra formación y se propaga hacia el frente. Puedo escuchar claramente como la casa frente a nosotros se estremece.

—Excelente —asesora Sigrid—. Permanezcamos estables, no perdamos la concentración y la voluntad. Gino, ¿algún rebote?

—No, todo pacífico por el momento.

—Estupendo. Yoshaya, aguanta —me pide y luego habla a todos—. Vamos a dar otro golpe. No dejen de sostener el conjuro mientras se preparan. Vamos.

Yo estoy cerca del frenesí. Es como si mi cuerpo y mi mente fueran estallar de tal poder corriendo a través de mí. Un poco más y no podré detenerme.

—¿Listos?

Todos confirman con un sí.

—¡Ahora!

Siento como si fuera un elástico y me halaran de ambos extremos. Es el momento en el que extraen poder de mí y ahora raya al punto de ser insoportable. Una vez más percibo una expansión de fuerza y escucho como la casa rechina. Parece que grita pidiendo ayuda.

Intento enfocarme en el grupo, pero poco a poco voy perdiendo detalle de mi entorno. La sensación de frenesí comienza a convertirse en barullo, como cuando la radio pierde señal. Me percato de que aprieto la mandíbula con mucha fuerza y algo me dice que mis piernas se sacuden.

—Buen trabajo —escucho a Sigrid más lejos que antes—. Nos queda una vez más. Yoshaya, el siguiente intento es el tope de la zona segura. ¿Crees que puedas soportarlo? Debemos dar un golpe más fuerte si queremos lograrlo.

—Hazlo —creo que digo, pero no me logro escuchar.

—¿Qué dices?

Me esfuerzo para sacar las palabras de mí.

—¡Hazlo! —Mi mandíbula parece hecha de roca—. ¡Ciérrenlo!

—Ya lo escucharon. Podemos hacerlo. ¡Prepárense!

—Sigrid —escucho a mi hermano, parece preocupado. Alcanzó a ver que señala algo con la mirada.

—Más razón para terminar esto de una vez por todas.

Intento ver en la dirección que señaló y no puedo evitar preocuparme: un banco de neblina intenta interponerse en el camino del sol.

—No desfallezcas, Yoshaya —me alienta Sigrid—. Estamos a tiempo. ¡Todos listos!

La diferencia es notable en esta ocasión. Una vez más tengo esa sensación de ser estirado como una liga, pero ahora está a punto de reventarse. Además, me viene a la mente la imagen de un oleaje que se retrae antes de arremeter con una ola colosal. Así me siento, como si mi fuerza se drenara por un momento como las olas que retroceden. "Sonido del mar, Yoshaya. Es una onomatopeya". Resuena en mi mente la voz de Éveril. Ahora lo encuentro irónico, pero lo acepto.

—¿Listos? —Corrobora Sigrid y todos confirman una vez más—. ¡Ahora!

Mis piernas flaquean y no puedo evitar soltar un desgarrador grito. No se trata de un dolor físico, sino de un frío en el alma; uno peligrosamente filoso y chirriante que desconsuela el ser como las uñas en un pizarrón. Mis pies flaquean y me percato de que Sigrid y Franco ponen sus brazos bajo mis hombros para sostenerme. La madera truena y chilla frente a nosotros.

—¡Maldición! —Escucho a Sigrid de un lado

—Sigrid —reconozco la voz de Emma.

—Lo sé, lo sé —gruñe—. No se cerró.

—Uno más haría el truco —sugiere.

—Pero sería muy peligroso para Yosh —alega Franco.

—Es cierto —concuerda Sigrid—. Además, ya nos pasamos de la zona segura. Sabíamos las condiciones y sería irresponsable dar otro empujón más.

En este punto no me encuentro en capacidad de debatirlos. Solo puedo imaginar una cama dulce y suave a la luz de una cálida chimenea. Me imagino durmiendo en ella por cien años. Me parece que sus voces se convierten en un eco. Sé que me preocupaba salvar a Éveril, pero ahora es como si un fuerte sedante me sedujera a sucumbir. Un río de poder aún corre por mí; el equipo debe mantener una mano encima del progreso o de lo contrario el portal se reabrirá.

—¡Maldición! —Escucho a mi hermano.

Y algo más me da un tirón, algo que me ocasiona salir del letargo en el que estoy. Una voz, alguien parece estar batallando; gruñe, tose, se queja, jadea. Hago un gran esfuerzo para abrir los ojos y enfocar mi mirada, necesito confirmar que mis oídos no me están engañando.

No siento nada entre mis flanqueantes pies cuando hago el intento de comprobar.

Allá, cerca de la casa, yace la escuálida forma de Éveril. Se restriega en el pasto con dolor y su imagen desnuda frente a nosotros parpadea en la forma del gato negro. Un momento es Éveril, debatiéndose adolorido y, en un cerrar de ojos, es el gato, chillando.

—¿Por qué hace eso? —La voz grave de Jackson resuena en uno de los extremos de la formación.

—Quizás el portal está lo suficientemente cerrado como para cortar la magia —escucho a Emma—. Parece que está funcionando.

—¡Éveril! —Encuentro fuerzas para gritar—. ¡Éveril!

Cuando me mira a lo lejos, puedo reconocer una vez más la oscuridad y el miedo impregnado en su mirada. Una mancha nace de sus ojos y le contagia la piel con un negro de muerte. Ya no tiene rienda.

Sé que no tengo vuelta atrás.

—¡Háganlo! —Le pido a Sigrid.

—Yoshaya, es muy...

—¡Háganlo!

—Podrías morir, hay otras maneras —mi hermano suplica.

—¡No! ¡Podría ser muy tarde para él! Aún tengo fuerzas.

—¡La magia! ¡Puedes perderla! —Interviene Sigrid.

Miro a Éveril, debatiéndose entre formas, gimiendo de dolor, el cáncer de la pena propagándose por su piel. Tuvo lo que quizá muchos soñarían tener: inmortalidad, magia, riqueza. Y aun así podría ser, sin duda, la persona con más amargura que conoceré, una que lo quiere vestir y que quiere expandirse en estas tierras.

Sus respuestas nunca estuvieron en sus dones sobrenaturales, su trascendencia siempre gritó por algo más que ni la magia le pudo dar.

Y lo acepto: si olvido la magia, no todo estará perdido.

Papá odia lo sobrenatural.

Velina pintaba puertas y entradas.

Yo seguiré buscando mi camino.

—Por favor, háganlo —los intento mirar a los ojos con tanta determinación como puedo.

Éveril sigue transformándose entre quejidos.

—Sigrid —interviene Gino—, es ahora o nunca. La neblina está por cubrirlo todo.

Sigrid mira a Éveril y luego me mira con reprensión. Yo asiento con seguridad o creo que lo hago.

—Prepárense todos —les ordena, y al punto siento una vez más la escalofriante y desconsoladora sensación de las uñas en un pizarrón. La liga a nada de reventarse. El oleaje se retrae una vez más con saña y casi toda mi fortaleza es succionada por ellos. Y permito que lo hagan.

—Debe ser un golpe certero —ordena a Sigrid a lo lejos—. No tendremos más intentos.

Con esa dirección percibo como aún más vitalidad sale de mí. Un poco más y bien podría ser una hoja que el viento haga revolotear a su voluntad por los aires. No estoy seguro si sigo de pie, no estoy seguro si me sostienen. Mi mente está llena de una bulla que ya no me permite ser del todo consciente de mi entorno. Por ahora siento una combinación enfermiza de frenesí y debilidad.

—¿Listos? —La voz de Sigrid es una ola más que revienta en medio de esta tempestad.

Un coro de voces responde que sí.

—¡Ahora!

La fuerza del tsunami arremete. La onda expansiva resuena en todo mi cuerpo y el suelo se estremece con intensidad. Sus manos se hunden en mis costillas para que no caiga. De la casa, surgen violentos crujidos.

—¿Funcionó? —Creo que pregunto.

Intento abrir los ojos y enfocar la vista. La casa rechina y cruje como si soportara un peso.

—¿Funcionó? —Me esfuerzo por preguntar.

—¡Cuidado! ¡Aléjense de la casa! —No reconozco la voz.

—¡Alguien que lo aleje de la casa! —¿Esa fue Sigrid o Emma?

—Vamos, Yosh, unos pasos —tuvo que ser Franco.

—¡Aléjenlo de la casa ya! Los demás aléjense lo más que puedan.

Mis pies. Me parece que dan pasos. No, los arrastro. Alguien me levanta por debajo de un hombro. El suelo parece tambalearse y la madera se quiebra tras de mí.

—¿Funcionó? —Por poco no recuerdo por qué hago esa pregunta.

Toco algo áspero, piedra. Un muro de piedra.

—Aquí estamos más seguros —Franco.

—¿Estamos todos? —Emma.

—Jackson lo trae. Ahí vienen.

El suelo aún vibra con fuerza.

—Yoshaya —Franco me da la vuelta.

Intento enfocar la vista, los ojos me escuecen. Por mí, podría desvanecerme y abrazar el suelo hasta que fuera parte de este, pero alcanzo a ver el espectáculo. La casa al fondo se está destruyendo a sí misma. Es como si una mano invisible la estrujara poco a poco y fuera reventando cada parte de esta. La imagen y el sonido de la madera reventándose resulta aterrador.

Entonces veo algo más.

Una chispa enciende lo último que me queda de combustible. Casi me parece recobrar la lucidez y trato de dar un paso al frente. Franco me sostiene antes de que caiga de bruces. Allá, cerca de nosotros, Éveril camina con la ayuda de Jackson. Sus huesos se hacen notar a través de la piel y su pálido cuerpo viene apenas cubierto por la franela que usé hace rato.

Y algo me cala profundo. Algo que me da permiso de desvanecerme de una vez por todas, de descansar, de desaparecer.

Su mirada.

Las sombras se han ido.

38
Clases de piano

Invierno, primavera, verano, otoño, e invierno de nuevo. Un año entero, así como si nada. Parece que solo hace un par de semanas hubiera llegado a la ciudad. Poniéndolo en perspectiva, me alegra no haberme dejado vencer por la enfermedad que sufrí a finales del año pasado y que no escuché los consejos de mis padres intentando detenerme de partir de casa. A la fecha, no sé qué la ocasionó, tan solo caí enfermo como nunca antes. Fue como si mi cuerpo hubiera decidido tener todas las gripes de una vida entera. El médico del pueblo no supo dar con el motivo ni con una solución, simplemente empecé a mejorar con los días. Lento pero seguro. Por eso me perdí la semana de inducción en la universidad, lo cual hizo la curva de ajuste a mi nueva vida bastante más complicada. Mi hermano logró convencer a su antigua jefa en admisiones para que me permitiera tomar el puesto que antes había conseguido para mí. No fue fácil ganarme su favor, le costó dejar de resentirme que tuvo que apañarse la temporada de matrícula sin un asistente. Pero casi un año después y con muchas instancias en las que me esforcé para probar mi valía, debo decir que parece haberme perdonado. El trabajo de asistente me cae como anillo al dedo en mi vida universitaria y no tengo intenciones de perderlo en una jungla como Valinto.

Ahora estoy al inicio de mi segundo año en la universidad y me alegra sentir que ya no soy primerizo en todo esto. Por otro lado, estoy un poco decepcionado. Ahora que estoy aquí, tengo más preguntas que respuestas y más incertidumbre acerca de mi futuro. Al principio compré la fachada de ambición que lleva la gente de aquí, hasta me sentí intimidado, presionado. Todos parecen tener una misión, un sueño, dicen saber hacia dónde van, pero muy dentro de mí crece la sospecha de que en realidad nadie sabe lo que hace, con su vida, es decir. Y no puedo ignorar una idea que me escarba la mente como un gusano: ¿Qué hay de más? Más allá de... todo esto, supongo; de las ambiciones, los sueños, de ser alguien en el mundo. No sé si esté perdiendo la cabeza, siguiendo una causa perdida, solo sé que me llama y no me deja dormir, o no me deja poner atención en clase, o me hace equivocarme en el trabajo. Trato de no ser insensato e intento concentrarme. La universidad es mi nuevo hogar y he de admitir que no detesto del todo en quien me he convertido. Arremeter contra el mundo aquí, prácticamente sin mi familia, me ha enseñado muchísimo de mí mismo. He descubierto en mí habilidades y matices que no sabía que tenía y eso me da esperanza. Es como una garantía. Me hace sentir que si no tengo las respuestas a mis preguntas ahora, puede ser que en el futuro aprenda a responderlas. No está tan mal.

Por otro lado, no puedo decir que estoy completamente solo. Ahora puedo ver más a menudo a Franco. Desde que llegué se ha comportado muy diferente conmigo, es como si ahora sí quisiera ser mi hermano. También Clara llegó hace un tiempo y por el momento vivimos en el mismo apretado apartamento. Nunca habíamos sido más unidos que ahora. Las cosas van muy bien para ella, logró conseguir un trabajo de mesera y sus planes se están haciendo más grandes cada día. Es un inicio, aunque no me sorprendería que un día conquiste toda la ciudad. Y Valinto no es del todo hostil. Por ejemplo, siempre me topo en el campus universitario con una anciana que es demasiado amorosa. Casi siento que es familia.

Me salgo de mis pensamientos para confirmar que en efecto ya llegué al aula a donde debo ir. Estoy en un edificio que no pertenece a mi universidad. Es el Conservatorio de Música de Valinto. La universidad entabló una especie de convenio con ellos hace un par de años para que los estudiantes pudieran tomar cursos optativos musicales aquí. Se rumorea que la administración está tratando de mover montañas para que el conservatorio se convierta, oficialmente, en parte de la universidad, ya que esta no cuenta con una cátedra musical. Estos cursos optativos son bastantes codiciados porque los imparte una institución muy prestigiosa y, personalmente, yo deseaba muchísimo conocer las instalaciones. Me parece haber escuchado que son excepcionales.

El edificio es de un detalle estético casi ridículo. Todo un festín de murales pintados a mano, molduras y florituras doradas en cada rincón posible, intrincados diseños de mosaicos en el piso, esculturas de cuerpos semidesnudos y de características físicas un tanto inalcanzables y lámparas que parecen valer más que todo lo que poseo un par de veces. Todo esto conjugado en un edificio de varios pisos, ahuecado en el centro y con una cúpula de cristal en la cima, dejando varios niveles de balcones a la vista y que recuerdan los balcones de un teatro. En cierta manera describe la vida en la ciudad.

Toco la puerta, que por supuesto tiene detalles tallados, pero nadie abre.

Abro mi bolso de cartero y reviso mi hoja de matrícula. *2B,* dice ahí. *2B,* dice el letrero hecho en bronce de la puerta. *4:30 p.m.,* confirmo en la información, y el reloj marca cuatro minutos para esa hora.

Resoplo y acerco mi puño una vez más, entonces el llavín gira y la puerta cede. Me quedo esperando que el profesor me reciba, pero la puerta no se mueve más.

Extraño.

Espero que no me haya tocado alguno de esos profesores excéntricos y malhumorados. Ya tengo suficientes.

Me fijo una vez más en el papel para confirmar el nombre del profesor.

Éveril Gábula, Piso: 2, Aula: B.

Epílogo

Una cálida chimenea alumbra con sonrojo la habitación y un individuo ensombrerado se recuesta en la repisa de esta. El cabello suelto le cubre el perfil del rostro cabizbajo y sostiene un pequeño cuadro en sus manos. Parece un retrato. Antes de acercarme, me percato de que las paredes están adornadas con más cuadros, pero están borrosos, distorsionados.

Se entera de mi llegada y me ofrece la fotografía. Para mi sorpresa, es mi profesor de piano, Éveril Gábula. Aunque luce más joven.

—Hola, Yoshaya.

Su aspecto y el timbre jovial de su voz cala certero en mí. Es de una familiaridad incompresible.

Recibo el cuadro y puedo distinguir lo que ilustra. La imagen sigue borrosa, pero es más clara que las demás.

—¿Soy yo? —le digo al profesor y me devuelve una sonrisa.

—¿Qué les sucede a los cuadros? —Pregunto.

—Yoshaya —se acerca y me pone una mano en el hombro—, no dejas de sorprenderme.

Agradecimientos

Si algo aprendí en este largo proceso, es que es imposible, o al menos muy complicado, mejorar en el arte de contar historias sin la crítica constructiva. Por eso, deseo agradecer infinitamente a mis lectores de prueba; por ser lámparas en esos segmentos oscuros del camino, por ser la vista de ave que se percatara de lo que no yo no alcanzaba a ver y por ser los espejos que revelaran carencias y puntos de mejora. Gracias por su sinceridad, su apoyo desinteresado y por acompañarme en las diferentes revisiones, aun en esos tempranos textos que les faltaban muchas mejoras por recorrer. Para mí su ayuda fue un elemento de suma importancia y me sentí privilegiado de tenerla. Me honra poder darles las gracias hoy. Gracias (en orden alfabético) a Carolina Peralta Navarro, Esteban Fuentes Mora, Isela Barahona, Jimmy Álvarez Ugalde, Pamela Ramírez Rojas y Yoselin Solano Coto. Deseo agradecer también a la Filóloga Mariana Obando Miranda por su excelente atención y por su trabajo corrigiendo la novela, así como por sus sugerencias. También agradezco a Lidia Arguedas por su crítica y sugerencias en el diseño ilustrado del nombre de la novela. Desde lo más profundo les agradezco a todos y todas por ayudarme a construir la obra que presento ahora.

Por otro lado, agradezco a mi familia biológica y escogida por mantenerme a flote en la vida. Siempre tengo su apoyo en mis proyectos, aunque en este caso, por ejemplo, no entendieran muy bien en lo que había estado trabajando durante los últimos años (y pareciera más bien un delirio).

También, y sin afán de sonar egocentrista, le agradezco a mi yo de estos años pasados por no abandonar la promesa de terminar esta historia. Yo soy el primero y el más sorprendido de saber que logré concluir este proyecto. Tuve que aprender acerca de los procesos de aprendizaje y la humildad que conllevan (al igual que entender que es un camino de no acabar). Además, tuve que internalizar la perseverancia y entender que proyectos grandes se logran con pequeños y constantes pasos.

Por último, deseo agradecerle a usted, lector, por darme una oportunidad y leer esta historia. Creo que un relato se completa cuando es expuesto al mundo. Es como una semilla que se fabrica con el mayor esmero, pero que solo germina al ser plantada. Mi mayor deseo es que el viaje de Yoshaya y Éveril le haya encendido alguna chispa de inspiración en su interior.

Hasta la siguiente historia.

Pas a vin.

Ken

Acerca del autor

Oriundo de la verde comarca de Costa Rica, Kenneth Ramírez ha vivido su vida en las inspiradoras montañas de Alvarado, Cartago. A lo largo de su vida ha permanecido enraizado en la expresión artística; desde la composición y ejecución musical popular, hasta la elaboración de ficción, entre otras artes. Kenneth es un autodidacta que disfruta del constante aprendizaje sobre el arte de enrevesar relatos. Desde adolescente tuvo un gusto por las historias, que fue evolucionando para culminar en su primer proyecto como autor independiente, *La Paradoja de mi Alma*.

Redes: @wandering_machine

Made in the USA
Monee, IL
11 January 2025